凡例

1.本書定名為大專院校《現代小說精讀》，全一冊。為編者專為大專院校及自修學習者編撰有關新文藝或現代文學教材系列叢書之一。適合一般程度閱讀。其他三書分別為：現代詩精讀、現代散文精讀、現代文學批評精讀。

2.本書由游喚、徐華中二位教授合力編寫，最後並由游喚教授總校訂。

3.本書所選作家作品時間起自一九一七年新文學革命之始，下迄九〇年代為止，涵蓋現代時期與當代時期新文學作家作品。

4.本書所選皆為短篇小說。中長篇小說因涉教材教法篇幅過長所限，暫不入選。凡所選入小說家，主要以各流派具有代表性者為依據，並照顧到教材教法之需要，有所取捨，難免掛一漏萬，幸讀者諒諸。

5.本書於正文前面設有「概論」乙章，內容涉及現代小說的名義、基本要素、技巧、解讀策略及主要流派等。

6.本書體例：首列作品本文、次作者、次題解、次賞析、次問題與思考、次參考資料。作品本文以最早發表文字者為底本，如有學者重新校訂或作者自校者，則從改定本。題解欄以說明入選作品題目、發表及出版刊行資料為主。作者欄歷敘入選作者生平、里籍、主要學經歷與出版著作為主。賞析欄就每篇作品之撰作背景、全文結構層次、段落大意與藝術技巧，平均論述。務使讀者對全篇作品起到導讀功用。問題與思考欄則針對作品本身所引發之聯想，及相關問題，提示重點，以激盪學習者的創意思考，能發掘作品深層涵義，進而練習回答問題，以增進對作品原文之深入理解。每篇之末，並附參考資料，作為進階書目，以輔助解讀。所列條目，務求精要，不在貪多。讀者若能循序以進，引申閱讀，自可有所領會。

7.本書自二〇〇二年起，除正文以外的內容，做大幅度修訂增補改寫。

8.本書編者純就多年教學經驗，編寫此書。一己偏見，自忖難避。加以學力未逮，或恐有誤。竭誠歡迎先進或同行師友懇示金言。若賜片語，可傳真（〇四）二三九二〇五七一，或以電子郵件，隨時候教。E-Mail：hc456789@ms15.hinet.net或拜訪游喚入口網站，網址：http://www.tacocity.com.tw/huli。

現代小說精讀目次

凡例　〇〇一
概論　〇〇一
一、藥　魯迅　〇三五
二、一桿稱仔　賴和　〇五五
三、春桃　許地山　〇七三
四、春風沈醉的晚上　郁達夫　一〇九
五、柳家大院　老舍　一三五
六、蕭蕭　沈從文　一五七
七、先生媽　吳濁流　一八七
八、傾城之戀　張愛玲　二〇九
九、永遠的尹雪艷　白先勇　二六九

十、將軍族 陳映真 二九五
十一、我愛黑眼珠 七等生 三二三
十二、看海的日子 黃春明 三四五
十三、將軍碑 張大春 四二一
十四、死了一個國中女生之後 蕭颯 四五一
十五、海水正藍 張曼娟 四八一

概 論

一、敘 論

人類有說故事的興趣，由來已久。早先流傳於民間的故事，口耳相傳。與許多的祭典儀式一樣，是文化結構的一部分，那說故事的人，從歷史材料中去認同自己，而聽故事的人也由此而意識到自己的「人之所以為人」的自覺。那最早的文化初型根源，就是神話與傳說，也是人類最早的敘述方式。像希臘羅馬神話、詩經的〈生民〉、楚辭〈天問〉、易經裡的〈大人〉，都是一再發展、複雜化，而被寫下來的史前故事。

不過，現代所謂小說，究竟與神話有別。神話屬於一民族全體的共識，而小說卻由「作家」創造出來，是個人的表白與敘述。神話記錄了某些真理的全部觀點，而小說只是作者向一群讀者展示他的某些信念或肯定的價值，現代小說家不可能完全包容世界性觀點，至少也不能代表全體民族的意識。他不過是一篇一篇，或一個人物接著一個去發現，他不像神話來自祭禮，他是在創造，或者是製作，表達他的價值觀，所以，馬拉梅（Mallarme,stéphane 一八四二——一九九八）說：「我們這個時代是個生產神聖莊嚴書本的時代。」意思就是強調現代人刻意用心去製作小說。

現代小說家尤其不說是「講故事」（telling），而喜歡說是「展示」（showing），意思就是強調現代人刻意藉種種情節、人物、場景、風格，甚至語調，去展示他的故事，而價值觀就隱藏在故事裡。以下就從幾個層面談現代小說。

二、小說的定義

小說當作文類的一種，表示小說應該有明確的意義，有範圍。但是，小說的觀念是漸進發展的。現代人所謂小說，也只是就目前為止所見小說統合歸納而下的大概定義。自是人言人殊，各見一端。過去，小說指的是小家之說，殘叢小語，小說只是複詞。唐代雖有小說之實，但稱作傳奇，不叫小說。清代錢謙益《絳雲樓書目》列有小說一項，但指的是筆記。所以，就中國而言，小說的定義比較籠統不清。不過，中國歷代對小說的觀念仍可由小說史上見出端倪。吾人可視它作中國文學的史實資料，卻也不必拘泥中國的如何如何不同。

現代人所說的小說，已經有大家普遍共認共識的定義、形式，以及特性質素。吾人就姑且略古就今，就現代人的意見說一說吧！

羅伯特・潘・華倫說：小說乃是有關人類種種的敘述，敘述過程中，表現衝突，並藉此敘述與衝突暗示對人類某方面價值的看法。（譯引 Cleanth Brooks, John Thibaut Purser, Robert Pen Warren 三人合編之：An Approach to Literature, Fourth edition，頁二十六，臺北，雙葉書廊，一九七三年版）

這個定義說明了：

㈠小說起源於人類有說故事、聽故事的渴望。

㈡小說的範圍必定跟「人」有關，所以，像動物寓言就不算小說。

㈢小說的敘述方法，經過用心安排，要有衝突。

㈣小說的目的是說故事的人要表達某些價值肯定。小說其實也不是只講故事，或者亂說說而已。

㈤小說的價值，是能夠暗示讀者，激發讀者，對那些作者想要表達的價值，從人物情節的衝突中體會出，引起共鳴，小說的教化功能就在這裡。

三、情節與結構

亞里士多德說：「情節是悲劇的靈魂。」我們要說，它也是小說的靈魂。當我們說：國王死了，不久，皇后也死了。是一項故事，我們也可以說：國王死了，不久，皇后也因悲傷過度而死了。故事其實很簡單，但讀者會問為什麼發生？經過如何？還有意義呢？為了這些問題，情節於是產生了。對情節的概念，來自人類基本上是生活的形成者，同時藉很多經驗完成生活，小說既是有人物，那麼人物的活動，當然構成生活的情節。所以，亨利•詹姆斯（Henrry James）說：什麼是人物？事件的決定者。什麼是事件？人物的具體化也。（近代西方前衛派小說家甚至有懷疑情節，反對故事者，似為過激之論。）

有關情節結構至少可分如下：

㈠說明引端（exposition）：先介紹場景、人物、說開始的相關部分。

㈡衝突（conflict）：這是小說的中心，可以是個體與群眾的衝突，人與自然，個體與社會或習俗，衝突愈大，張力愈強。

㈢高潮（climax）：由衝突發展，藉觀點移位而達到的最頂點。

㈣結尾（denovement or nesolution）：借用場景，或組合某些混亂的局面結束小說全文。

四、人　物

情節既由人物帶出，人物也可說在你我左右。而小說裡人物首先須是「活的人物」（A living character）。什麼叫活的人物？他不一定活在真實生活裡，但必是吾人能聽能見者，而且一如人們所知道的真或假，而創造這人物者，雖然不一定非有相關於這人物的知識與敏感度，但創造者一定得完全了解他。

展現人物首先也與敘事觀點有涉，用全知，或第三人稱，或主觀的我，都可能創造不同的人物。

語氣也跟人物有關，敘述用嘲諷口氣，那人物會變得極冷酷；敘述用幽默口吻，人物看來會很有趣。

五、蒙太奇手法：場景的銜接

所謂蒙太奇（montage），原來是電影技巧的一種。用來銜接一系列的場景，使得畫面與畫面之間，節省了許多冗長的敘述，把時間與空間凝結在一起。基本上，電影乃透過許多鏡頭的接合，如何剪輯，如何接合，就是蒙太奇手法。這個字源自法文monter，含有組合、組織的意思。例如：

- 一個匪徒賭咒說：「如果我說謊，我的母親會死。」話剛說完，下面一個鏡頭切入他母親昏倒的鏡頭。
- 一群女人喧嘩叫鬧的鏡頭，接著一群母雞咯咯叫的鏡頭。
- 一群工人被射殺倒地，接著一群公牛被屠殺的鏡頭。

像這些都是表現式的蒙太奇。用暗示、聯想、對比，來引起印象。壓縮了時空，也節省了許多冗長的敘述。

小說也運用了這樣的技巧，藉場景的敘述，轉換不同的時空，造成氣氛。特別是在寫到小說角色的內心獨白（interior monologue）時最常用。請看這一段：

一位侍衛長趕過來，問明了原由，終於讓秦義方上了車。秦義方吃力的爬上去，還沒站穩，車子已經開動了。他東跌西撞亂晃了幾下，一位年輕侍從趕緊揪住他，把他讓到車邊去。他一把抓住車欄杆上一根鐵柱，佝著腰，喘了半天，才把一口氣透了過來。迎面一陣冷風，把他吹得縮起了脖子。出殯的行列，一下子便轉到了南京東路上，路口有一座用松枝紮成的高大牌樓，上面橫著用白菊花綴成的「李故上將浩公之喪」幾個大字。靈車穿過牌樓時，路旁有一支部隊正在行軍，部隊長看見靈車駛過，馬上發了一聲口令。

「敬禮！」

整個部隊士兵倏地都轉過頭去，朝著靈車行注目禮。秦義方站在車上，一聽到這聲號令，不自主的便把腰幹硬挺了起來，下巴頦揚起，他滿面嚴肅，一頭白髮給風吹得根根倒豎。他突然記了起來，抗日勝利，還都南京那一年，長官到紫金山中山陵去謁陵，他從來沒見過有那麼多高級將領聚在一塊兒，章司令、葉司令、劉副長官，都到齊了。那天他充當長官的侍衛長，他穿了馬靴，戴著白手套，寬皮帶把腰幹子紮得挺挺的，一把擦得烏亮的左輪別在腰邊。長官披著一襲軍披風，一柄閃亮的指揮刀斜掛在腰際，他跟在長官身後，兩個人的馬靴子在大理石階上踏得混響。那些駐衛部隊，都在陵前，排得整整齊齊的等候著，一看見他們走上來，轟雷般的便喊了起來：

「敬禮——」

白先勇《台北人‧國葬》

說明：前半段寫現在出殯行列，遇到士兵操練時，行注目禮的嚴肅場景，接著，立刻由主角內心獨白，回憶起從前也是同樣一幕敬禮的場景，兩個場景巧妙地接合，造成強烈的對比，更增加了小說的氣氛。

六、小說的語調（tone）

小說即使沒有明顯的敘述者，或我在說話。但整個過程有它的語調，這種語調透露了作者的聲音，同時，也塑造了小說的個別性。這就像契訶夫的故事若由海明威來說，一定不像。而愛倫波的故事幾乎沒有一個人能取替他，能說得更好的。

小說的語調最該注意者，就是反諷語調，作者的想法是這樣，但小說的敘述者卻完全用相反的口氣說出來，於是造成真實與虛偽之間的矛盾衝突，而如果這樣的語調一直貫串整篇小說，那麼就形成了這篇小說的結構模式之一。白先勇的《台北人》小說集就是慣用這技巧，如下面兩段文字：

㈠在〈永遠的尹雪豔〉裡，寫尹雪豔時用的反面嘲諷語氣。

敘述者的話：

尹雪豔總也不老……不管人事怎樣變遷，尹雪豔永遠是尹雪豔。

作者的本意：

（孰能不老？即使像尹雪豔，外表看似沒有改變，人人以為「永遠」，其實還不是自欺欺人。）

敘述者的話：

尹雪豔名氣大了，難免招忌，她同行的姐妹淘醋心重的就到處嘈起說：尹雪豔的八字帶著重煞，犯了白虎，沾上的人，輕者家敗，重者人亡。

作者的本意：

（尹雪豔的八字確實帶著重煞，使人家敗人亡。這和她的名氣大，招忌，倒沒什麼關係。）

敘述者的話：

洪處長……一年丟官，兩年破產……尹雪豔離開洪處長時還算有良心，除了自己的家當外，只帶走一個從上海跟來的名廚司及兩個蘇州娘姨。

作者的本意：

（尹雪豔真沒良心。洪處長破產後，她不但離棄他，而且把她自己的一切家當與僕人都帶走。）

(二)在〈滿天裡亮晶晶的星星〉裡，寫一群同性戀的生活形態，語氣裡充滿疑問、不安，與命中注定的無奈感。

朱燄？朱燄嗎？——他早就死了！你看過嗎？一個人的皺紋竟會有那麼深！

可是他那雙奇怪的眼睛——到底像什麼呢？

你們以為自己就能活得很長嗎？……你以為你的身體很棒嗎？你以為你的臉蛋兒長得很俏嗎？……你們以為你們都能活到四十？五十？

「唐伯虎」?他們個個都趕著叫他。

而你呢?你的脈搏愈跳愈慢。

那個月亮——你見過嗎?你見過那樣淫邪的月亮嗎?

七、客觀描寫與全知觀點

小說又有所謂客觀描寫,所有人物、故事、場景介紹,不是由小說裡任何角色說出,而是由一位看不見的,不在小說中的敘述者,一一介紹出來,這位敘述完全站在第三者的位置就他所看到的小說故事,向讀者一一說出,因此他是客觀敘述,而所有故事與人物的安排,也只有他完全知道,由他來掌握,所以,他當然是全知觀點。請讀這一段:

一個十二月的清晨,天色陰霾,空氣冷峭,寒風陣陣的吹掠著。臺北市立殯儀館門口,祭奠的花圈,白簇簇的排到了街上來。兩排三軍儀隊,頭上戴著閃亮的鋼盔,手裡持著槍,分左右肅立在大門外。街上的交通已經斷絕,偶爾有一兩部黑色官家汽車,緩緩的駛了進來。這時一位老者,卻拄著拐杖,步行到殯儀館的大門口。老者一頭白髮如雪,連鬚眉都是全白的;他身上穿了一套舊的藏青嗶嘰中山裝，腳上一雙軟底黑布鞋。他停在大門口的牌坊面前，仰起頭，覷起眼睛，張望了一下，「李故陸軍一級上將浩然靈堂」，牌坊上端掛著橫額一塊，老者佇立片刻，然後拄著拐杖，腰彎成了一把弓，顫巍巍的往靈堂裡，蹭了過去。

靈堂門口，擱著一張寫字桌，上面置了硯臺、墨筆，並攤著一本百摺簽名簿。

白先勇《台北人・國葬》

說明：故事一開始完全由第三者客觀敘述（其實第三者就是作者），裡面沒有哪一位人物能說出來。老者出現，他的打扮，由第三者說出。他的動作，也由第三者介紹。老者走近靈堂，所看到的，是這樣：

在桌後一位穿了新制服，侍從打扮的年輕執事，趕緊做了一個手勢，請老者簽名。

「我是秦義方，秦副官，」老者說道。

那位年輕侍從卻很有禮貌的遞過一枝蘸飽了墨的毛筆來。

「我是李將軍的老副官。」

秦義方扳著臉嚴肅的說道，他的聲音都有些顫抖了，說完，他也不待那位年輕侍從答腔，逕自拄著拐杖，一步一步，往靈堂裡走去，靈堂內疏疏落落，只有幾位提早前來弔唁的政府官員。四壁的輓聯掛得滿滿的，許多幅長得拖到地面，給風吹得飄拂了起來。堂中靈臺的正中，懸著一幅李浩然將軍穿軍禮服滿身佩掛勛章的遺像，左邊卻張著一幅綠色四星上將的將旗，臺上供滿了鮮花水果，香筒裡的檀香，早已氤氳的升了起來了。靈臺上端，一塊匾額卻題著「軫念勛猷」四個大字。秦義方走到靈臺前端站定，勉強直起腰，做了一個立正的姿勢。立在靈臺右邊的那位司儀，卻舉起了哀來，唱道：

「一鞠躬——」

秦義方也不按規矩，把拐杖撂在地上，掙扎著伏身便跪了下去，磕了幾個響頭，抖索索的撐著站起來，直喘氣，他扶著拐杖，兀自立在那裡，掏出手帕來，對著李將軍的遺像，又擤鼻涕，又抹眼淚。他身後早立了幾位官員，在等著致祭。

然而不管是心理回憶，場景介紹，人物出現，以及動作情節（如叩頭，鞠躬，蘸毛筆），整篇小說的故事，都不是由人物在小說裡說出，而是由一位隱形的，不在小說裡的「某」說出，他客觀地站在一旁，但又了然指掌，無所不知，所以是客觀描述的全知觀點手法。

說明：靈堂裡的一切景象，因為老者進入，所以看得到，這段描寫可看作是老者觀點，由他看到來介紹給讀者。問題是，「他自己扳著臉，聲音顫抖。叩完頭，身後早立了幾位官員。」（站在身後，他看得到嗎？）這些描寫，又是由第三人安排，不是老者，因此，又變成全知一切場景故事的旁觀者，對讀者說話了。接著有一段老者的獨白，寫一段回憶，是意識流手法，回想到哪裡就說哪裡，如：

秦義方猛的掙脫那位年輕侍從的手，回頭狠狠的瞪了那個小伙子一眼，才逕自拄著拐杖，退到一旁去。他瞪著那幾位在靈堂裡穿來插去，收拾得頭光臉淨的年輕侍從，一股怒氣，像盆火似的，便煽上了心頭來。長官直是讓這些小野種害了的！他心中恨恨的咕嚕著，這起吃屎不知香臭的小王八，哪裡懂得照顧他？只有他秦義方，只有他跟了幾十年，才摸清楚了他那一種拗脾氣。你白問他一聲：「長官，你不舒服嗎？」他馬上就黑臉。他病了，你是不能問的，你只有在旁邊悄悄留神守著。這起小王八羔子，他們哪裡懂得？前年長官去花蓮打野豬，爬山滑了一跤，把腿摔斷了，他從臺南趕上來看他。他腿上綁了石膏，一個人孤零零的靠在客廳裡沙發上。「長官，你老人家也該保重些了，」他勸他道。他把眉頭一豎，臉上有多少不耐煩的模樣。這些年沒有仗打了，他就去爬山，去打獵。七十多歲的人，還是不肯服老呢。

全知觀點作品例：《紅樓夢》、《水滸傳》（以及大部分的中國古典小說）、魯迅《阿Q正傳》、白先勇〈永遠的尹雪豔〉。

旁知觀點作品例：魯迅〈藥〉：用場景對話動作從旁敘事；《紅樓夢》第二回、第三回從旁人介紹林黛玉；《咆哮山莊》由一個女房客一個女管家說出故事；沈萌華《鬼井》整篇故事由二人對話說出；《紅樓夢》第七回借焦大口中罵出榮國府的荒淫奢華以及見不得人的黑暗面。

所謂全知，是作者無所不知，故事由作者控制，作者有極大的自由。而旁知則是限定了作者的自由，作者退身於後，化為小說中的某一人物，然後由此人物來說，來看，這人物可以是我，可以是他、她，或它。試讀以下這段：

直到一九五〇年春天，我才能由戰場轉回家。發現留在鎮上的人，已經沒有一個是我熟識的了。幸虧父母給我留了一點錢，我就在鎮上租了一間房，躺在床上，抽菸、等待，但不知道等待些什麼。我不願意工作，給錢包租婆，讓她替我買要的東西，替我煮飯。每一次，她送咖啡或開飯餐來我房裡，總是耽待下來，超過我意想中的時間。她的兒子戰死在一個叫卡林諾夫卡（Kalinovka）的地方。當她進來的時候，她總是把菸灰碟放在桌上，然後走向我放床的那個陰暗的角落。我在那裡打瞌睡、閒坐，把菸頭捺熄在牆上，使靠床的牆布滿了焦黑的斑痕。我的包租婆又蒼白又瘦小，在半明半暗的光線下，她的面木然對著我的床，令我覺得害怕。最初，我以為她是瘋的，因為她的雙眼睜得很大很亮，而且重複地問我關於她兒子的事情：「你肯定你不認識他嗎？那個地方叫卡林諾夫卡，你去過那裡嗎？」

但我從來沒有聽過叫卡林諾夫卡的地方，每次我對著牆說：「真的，我不知道，我記不起來。」

我的包租婆並不瘋，她是一個十分良善的女人，可是她問我的時候，令我很不高興。她時常問我，一天要問幾次。如果我到廚房去看她，她一定要我看她兒子的照片，那是彩色的，懸掛在梳化上邊，他是一個滿面笑容，頭髮長得很好看的孩子，在彩色照上，他穿著一套陸軍出外的常禮服。

「這是在軍營裡照的，」包租婆說：「在他們出發前線以前。」

這是一張半身照，他頭戴鋼盔，他背後遠處，你可以發現是一座晦暗的舊堡壘，它上面爬滿了藤花。

「他是一個電車司機，」我的包租婆說：「是個很誠懇的孩子。」然後她每次拿起那隻放在她縫衣檯上，和碎布亂線混雜在一起的照片匣，時常拿一堆她兒子的照片塞在我手裡。學校生活的那堆，每張照片上，可以看見一個坐在前排中間的孩子，膝蓋上放著一塊石板，上面寫著a6、 a7，最後寫個8字。另外一堆用紅色橡皮筋綑在一起的是參加聖禮的照片：一個滿面笑容的孩子，穿上一套像禮服的黑衫，手上拿了一個巨大的燭臺，站在上面印有聖杯的一幅發光的屏幕前面。最後是他站在車床前面，做鎖匠學徒時的照片，面上染著污灰，手裡緊握著一把銼刀。

「那是不適合他的工作，」包租婆說：「那種工作太繁重了。」接著她給我看在他當兵以前最後的照片：他站在那裡，穿著一套電車司機的制服，旁邊是停在終站的九號電車，當軌道轉彎的地方，我認識那裡有一間我時常買香菸的攤檔，那時候戰爭還沒有爆發。

波爾《蒼白的安娜》　沈庸譯

說明：情節的進展，場景的交代，人物的出現，都由「我」看出說出。作者沒有介入，隱身在後，這樣造成了小說的懸疑性、臨場感。

八、中國古典小說全知觀點寫景舉例

例一《鶯鶯傳》：

是夕，旬有八日也。斜日晶瑩、幽輝半床，張生飄飄然，且疑神仙之徒，不謂從人間至矣。有頃，寺鐘鳴，天將曉。紅娘促去，崔氏嬌啼宛轉，紅娘又捧之而去，終夕無一言。

例二《水滸後傳》第五回：

其時正是臘月下旬，嚴霜滿地，萬木凋枯，那殘月在東山邊吐出寒光皎潔。

例三《兒女英雄傳》第六回，十三妹大鬧能仁寺：

那女子片刻之間，彈打了一個當家和尚，一個三兒，刀劈了一個瘦和尚，一個禿和尚，打倒了五個做工的僧人，結果了一個虎面行者，一共整十個人。她這纔抬頭望著那一輪冷森森的月兒，長嘯了一聲，說：「這纔殺得爽快。」

九、中國古典小說旁知觀點舉例

例一《水滸傳》第六回，寫魯智深入廟的一段：

魯智深入得寺來，便投知客寮去。只見知客寮門前大門也沒了，四圍壁落全無。智深尋思：「這個大寺，如何敗落的恁地？」直入方丈前看時，只見滿地都是燕子糞，門上一把鎖鎖著，鎖上盡是蜘蛛網。智深把禪杖就地上搠著，叫道：「過往僧人來投齋。」叫了半日，沒一個答應。回到香積廚下看時，鍋也沒了，竈頭都塌了。智深把包裹解下，放在監齋使者面前，提了禪杖，到處尋去。尋到廚房後面一間小屋，見幾個老和尚坐地，一個個面黄肌瘦。

說明：整個場景一幕一幕出現，但都由魯智深的眼睛所見出現。

例二《水滸傳》裡的梁山泊，到底是什麼樣?在水滸傳就由三個不同的人物，各就不同的角度說出來，是旁知觀點的運用。當然，水滸傳全書還是以全知為主，這裡只是介紹場景與情節的時候，用「見事觀點」由其中某一人物說出來。如第十一回林沖看梁山泊：

小嘍囉把船搖開，望泊子裡去奔金沙灘來。林沖看時，見那八百里梁山水泊，果然是個陷人去處！但見：

山排巨浪，水接遙天，亂蘆攢萬隊刀鎗，怪樹列千層劍戟。濠邊鹿角，俱將骸骨攢成；寨內碗瓢，盡使骷髏做就。剝下人皮蒙戰鼓，截來頭髮做韁繩。阻當官軍，有無限斷頭港陌；遮攔盜賊，是許多絕逕林巒。鵝卵石疊疊如山，苦竹鎗森森似雨。斷金亭上愁雲起，聚義廳前殺氣生。

第七十三回排座次後的梁山泊：

梁山泊自是無話，不覺時光迅速。

看看鵝黃著柳，漸漸鴨綠生波。桃腮亂簇紅英，杏臉微開絳蕊。山前花，山後樹，俱發萌芽；州上蘋，水中蘆，都回生意。穀雨初晴，可是麗人天氣；禁煙纔過，正當三月韶華。

第一百二十回宋徽宗夢裡的梁山泊：

但見如雲似霧，耳聞風雨之聲，到一個去處，但見：

漫漫煙水，隱隱雲山。不覩日月光明，只見水天一色。紅瑟瑟滿目蓼花，綠依依一洲蘆葉。雙雙鴻雁，哀鳴在沙渚磯頭；對對鶺領，倦宿在敗荷汀畔。霜楓簇簇，似離人點染淚波；風柳疏疏，如怨婦蹙顰眉黛。淡月寒星長夜景，涼風冷露九秋天。

例三《紅樓夢》四十一回大觀園抄家前的景色是：

不一時，只聽得簫管悠揚，笙笛並發，正值風清氣爽之時，那樂聲穿林渡水而來，自然使人神怡心曠。寶玉先禁不住，拿起壺來斟了一杯，一口飲盡。

至於抄家以後則是：

只聽桂花陰裡又發出一縷笛音來，果然比先前越發淒涼，大家都寂然而坐。夜靜月明，眾人不禁傷感。

說明：整個場景是全面介紹，連眾人心理感受也說出來，這絕不可能只限定在某一人物，從此人物的觀點可以說得出這麼多的。

例四《水滸後傳》十四回，通過安道全的眼睛介紹場景：

安道全……長吁短歎，又過一兩里，望見一座村坊，官道旁有一所莊房，門前兩三株古木，屋背後枕著山岡，左邊一條小石橋，滿澗的冰澌；有一老梅橫過澗來，尚未有花，一群寒雀啄著蕊兒，見人來一鬨飛去。

例五《玉嬌梨》第四回寫蘇友白眼中所見的一段場景：

此時日色平南，微風拂拂，早有一陣陣的異香吹到蘇友白的鼻中來。蘇友白聞了，不禁情動。又立了一歇，忽見有一雙紫燕從畫梁上飛出來，在窗前翻舞，真是輕盈裊娜，點綴得春光十分動蕩。

只見一個侍兒立在窗邊，叫道：「小姐快來，看這一雙燕子倒舞得有趣。」說不了，果見一位小姐半遮半掩走到窗前，問道：「燕子在哪裡？」一邊說，那燕子見有人來，早飛過東邊柳中去了。

例六《儒林外史》第一回楔子透過王冕的觀點寫景，所寫的景完全是王冕看得見的。

王冕放牛倦了，在綠草地上坐著。須臾，濃雲密布，一陣大雨過了，那黑雲邊上鑲著白雲，漸漸散去，透出一派日光來，照耀得滿湖通紅。湖邊山上，青一塊，紫一塊，綠一塊。樹枝上都像水洗過一番的，尤其綠得可愛。湖裡有十來枝荷花，苞子上清水滴滴，荷葉上水珠滾來滾去。

十、觀點的轉換：從內與自外

一篇小說的敘述觀點，往往也出現移位或轉換，譬如由第三人稱看情景，故事的發展必須由「他或她」說出來，萬一他或她看不到的故事，或人物，則怎麼辦呢?只好由作者借用全知的能力，從旁插入，引出另一個人物，介紹給讀者。如下面這一段敘述：

錢夫人趕忙向余參軍長謙謝了一番，她記得余參軍長在南京時來過她公館一次，可是她又彷佛記得他後來好像犯了甚麼大案子被革了職退休了。接著竇夫人又引著她過去把在坐的幾位客人都一一介紹一輪。幾位夫人太太她一個也不認識，她們的年紀都相當輕，大概來到臺灣才興起來的。

「我們到那邊去吧，十三和幾位票友都在那兒。」

竇夫人說著又把錢夫人領到廳堂的右手邊去。她們兩人一過去，一位穿紅旗袍的女客便踏著碎步迎了上來，一把便將錢夫人的手臂勾了過去，笑得全身亂顫說道：

「五阿姐，剛才三阿姐告訴我你也要來，我就喜得叫道：『好哇，今晚可真把名角兒給抬了出來了！』」

錢夫人方才聽竇夫人說天辣椒蔣碧月也在這裡，她心中就躊躇了一番，不知天辣椒嫁了人這些年，可收斂了一些沒有。那時大夥兒在南京夫子廟得月臺清唱的時候，有風頭總是她占先，扭著她們師傅專揀討好的戲唱。一出臺，也不算清唱的規矩，就臉朝了那些捧角的，一雙眼睛鉤子一般，直伸到臺下去。同是一個娘生的，性格兒卻差得那麼遠。論到懂世故，有擔待，除了她姐姐桂枝香再也找不出第二個人來。桂枝香那兒的便宜，天辣椒也算撿盡了。任子久連她姐姐的聘禮都下定了，天辣椒卻有本事攔腰一把給奪了過去。也虧桂枝香有涵養，等了多少年才委委曲曲。

這段敘述，從錢夫人的觀點出發，故事由她說出。可是竇夫人的出現，以及紅旗袍女客，卻是作者的安排，作者完全知道故事中這兩位人物什麼時候該出現。所以，是第三人稱，也是全知觀點，交相運用。再著，錢夫人的一段回憶，把時間拉回當年南京夫子廟得月臺清唱的時候，只有錢夫人這角色才說得出，而且說了很多心裡感覺與印象。這是完全主觀的心理描寫，叫意識流手法。是從內寫起，與從外在情景動作寫起的大不相同。所以，一方面小說是客觀的描述，一方面也可以主觀的坦露。

十一、象徵的分歧與局限

小說家用意象，當然有所指涉，由那意象引申的象徵意義，當然也有他刻意經營的企圖。問題是，閱讀過程中，讀者不一定能完全認同那象徵，可以再作詮釋，讀者可以有自己的指涉。於是，作者之象，未必讀者之象，或者，作者一象，而可能引申三種不同的指涉。如下這段：

南美印第安故事中有個少年偷了父親心愛的豬拉到樹林裡去烤；於是，佛洛伊德學派下結論說，少年愛上母親，殺豬象徵殺父；馬克思學派則一口咬定這個無產階級少年跟地主展開階級鬥爭，奪取生產方式的控制權；利維史陀斯學派不以為然，說是少年把豬烤了，正是捨原始狀態而取精神文明的過程。一個問題居然惹出三種看法。

這段話，用小說知識去解釋，少年，拉豬，樹林，可看作具體的象，由這些象組合的意義，引申象徵指涉，假如那三派學者也是讀者，結果，就有了如上三種分歧的意義。

十二、小說的主題

既然小說家之所以要說故事，目的在表現他對人生的價值與觀念。那麼，這些觀念與價值就會出現在小說中，而形成小說的主題。只因這主題，不像哲學體系架構或社會學理論，而是隱藏起來，不容易看見。

尋找主題一向是讀者的興趣，也是教師的講解活動。不過近來頗有人反對解說。什麼是主題？主題就是故事的意義。而這意義往往是暗示的，隱藏的。但主題必須由故事全部發展中去尋找，不能分離故事，化約成簡單的「表明忠孝節操」或「中產階級的不滿」或「新女性覺醒」或「新舊傳統衝突」等公式。主題必須在故事中發現。如以下兩例：

其一主題藉由對比反諷的技巧表現出來。

如白先勇〈花橋榮記〉的敘述者是已屆中年的飯店老闆娘，來敘述一位從大陸到臺灣的盧先生前後不同時期的改變，以及她自己的依戀過往，暗示美好的過去，與醜陋的現在之對比，整篇小說大小細節，都在表現「今非昔比」的主題意識。如其中四個人物的敘述是：

㈠藉盧先生的故事來呈現主題。

㈡藉敘述者本人的身世遭遇來呈現主題。

㈢藉李老頭子、秦癲子等配角遭遇來呈現主題。

㈣藉敘述者的嘮叨和她對人對事的主觀評語來呈現主題。

而今與昔的對比，就是肉與靈的對比，就是俗垢與純淨的對比。由於時光不斷流逝，不肯暫停，沒有人能長保青春，不受年歲的腐蝕污染。花橋榮記位於「長春」路底，盧先生在「長春」國校教書，當然是作者有意的反諷。

由此可知，主題的呈現，不是單面的，更不是直說的，同時，主題也只有從故事發展中才真正能看出主題。

其二海明威的〈殺人者〉表現一個男孩的成長過程，需要付出極高的經驗代價，痛苦摸索，領會塵世的晦暗污濁，看出人性的複雜惡端，然後成熟了。這篇小說就是表現了成長主題。這類主題是海明威小說裡經常出現的，是他一貫的風格，但是這一篇特別受重視，寫得很成功，因為他用了二項技巧：

㈠是採用客觀敘述，有限制的旁知觀點。起始由一位匪盜想殺一位叫安德遜開始，但從頭至尾，安德遜根本沒出現，作者在小說裡始終保持客觀，以進行戲劇性情節，所有故事從小男孩觀點出發。

㈡整篇故事從對話中表現，沒有場景描寫。

藉這兩項主要技巧，海明威才成功地表現了小說的主題。

其三主題往往就隱藏在結構裡。因此，結構的巧妙安排可以增強主題的效果。例如：

㈠《水滸傳》第一回寫卑民出身，專會踢氣毬的高俅，因得著機會，迎合上官愛踢毬子的嗜好，搖身一變，做王府太尉，以後就開始過著淫威橫恣，欺壓善良的勾當，首先公報私仇，把王進逼到延安府去投靠經略。這正是「官逼民反」、「逼上梁山」、「亂自上作」的水滸傳主題。作者安排在第一回出現，可說是刻意的經營結構。

㈡《儒林外史》的故事開端楔子，寫王冕這個形象鮮活的人物，也是要強調作者諷刺科舉制度，批判讀書人醉心功名的主題。

十三、小說的語言（與人物關係）

人物要與語言配合，語言要能準確塑造人物性格。如寫洗衣婦的角色：

那個女人，人還沒見，一雙奶子先便擂到你臉上來了，也不過二十零點，一張屁股老早發得圓鼓隆咚。搓起衣裳來，肉彈彈的一身。兩隻冬瓜奶，七上八下，鼓槌一般，見了男人，又歪嘴，又斜眼。我頂記得，那次在菜場裡，一個賣菜的小伙子，不知怎麼犯著了她，她一雙大奶先欺到人家身上，擂得那個小伙子直往後打了幾個踉蹌，噼噼叭叭，幾泡口水，吐得人家一頭一臉，破起嗓門便罵：幹你老母雞歪！那副潑辣勁，那一種浪樣兒。

白先勇〈花橋榮記〉

這樣的描述語言很生動地把人物的性格、身分表現出來。另外，還可藉人物的對話表現語言的特色。小說裡，尤其要考慮什麼樣的人，說什麼樣的話。例如《水滸傳》寫黑旋風李逵的語言，就很貼切，李逵是個粗人，個性急切焦躁，他講的話，當然是脫口而出，爽利之極。如四十二回：

眾頭領席散，卻待上山，只見黑旋風李逵就關下放聲大哭起來。宋江連忙問道：「兄弟，你如何煩惱？」李逵哭道：「幹鳥氣麼！這個也去取爺，那個也去望娘，偏鐵牛是土掘坑裡鑽出來的。」……宋江便道：「使不得。李家兄弟生性不好，回鄉去必然有失。……」李逵焦躁，叫道：「哥哥，你也是個不平心的人。你的爺，便要取上山來快活，我的娘，由他在村裡受苦。兀的不是氣破了鐵牛的肚子！」

這一段是何等個性化的語言。人物因此而栩栩如生了。再有一種語言，是形象語言，藉著形象描寫表現語言的活潑，如：

這富家姓甚名誰？聽我道來：這富家姓張名富，家住東京開封府，積祖開質庫，有名喚做張員外。這員外有件毛病，要去那——

虱子背上抽筋，鷺鷥腿上割股，古佛臉上剝金，

黑豆皮上刮漆，痰吐留著點燈，捋松將來炒菜。

這個員外平日發下四條大願：

一願衣裳不破，二願吃食不消，三願拾得物事，四願夜夢鬼交。

是個一文不使的真苦人。他還地上拾得一文錢，把來磨做鏡兒，捹作磬兒，掐作鋸兒，叫聲「我兒」，做個嘴兒，放入篋兒，人見他一文不使，起他一個異名，喚作「禁魂」張員外。

《古今小說・宋四公大鬧禁魂張》

這段形象語言，描寫張員外的吝嗇，用了誇張的手法，恰如其分地反映了人物的身分，真是入木三分。

以上這類語言，都得靠小說家匠心獨運去創造組織，所以，它是小說家的創造性語言，除此之外，小說裡應該還有現成性語言，不是小說家創造，卻是經過小說家從日常語言裡加以選擇，從歷史文化語言裡加以截取，組織成小說裡的現成語言。像諺語、成語、俗語。

「自古道不怕官只怕管」　《水滸傳》第一回

「前不巴村後不巴地」　《水滸傳》第一回

「強龍壓不過地頭蛇」　《西遊記》

「籬牢犬不入」 《水滸傳》

「白酒紅人面，黃金黑世心」 《初刻拍案驚奇》卷十四

像歇後語：

這個正合著古語：「瞞天討價，就地還錢。」我說二三百兩銀子，你就說二三十兩，「戴著斗笠親嘴——差著一帽子。」怪不得人說你們「詩云子曰」的人難講話。這樣看來，你好像「老鼠尾巴上害癤子——出膿也不多。」 《儒林外史》十四回

像鄉土語言：

「他是童子功還沒破的在室男。」闊嘴認真地說：「照例——妳們煙花女遇到在室男要包紅包的；紅包要包多少先講好。」

「他是在室男，我是在室女，包什麼紅包？」

「妳早就爛糊糊了，連腳倉說不一定都被破功了，還敢說是在室女，沒見笑！」大目仔杏眼一睜，兩個圓滾滾的大眼像兩盞乍亮的紅燈。抓起碼尺猛抽闊嘴的肩膀：「幹你娘底闊嘴的，這裡的人雖然是酒家女，卻並不像你說的那麼爛。你不那麼愛說爛話，嘴巴哪會像西子灣那麼闊，一開口嘴角裂到耳根下。」

「我的嘴闊，你的嘴就不闊？闊嘴查埔吃四方，有什麼不好！」

「我的嘴闊，闊得帥。不像你的嘴闊得裂海海沒有收拾。」大目仔仰頭照照壁上的鏡子，意地打量她的些微大一點而輪廓很美的嘴型。「闊嘴查某吃嫁妝，有什麼不好？」

「吃個屁！闊嘴查某守空房。」

「守什麼空房？夜夜攬過幾個男人爽歪歪，歪歪爽。」獅子鼻兩手做擁抱狀，身子左一彎，右一彎。鼻頭誇耀他特有的天才：抖抖抖抖，抖個不停。

啪！碼尺抽在獅子鼻的腰間：「你娘底娘例！這裡的人只陪酒，從來不賺客人的，你說話客氣一點。你的鼻頭夠扁了，再說就把鼻尖打塌下去，跟人中黏在一起。」

楊青矗〈在室男〉

一、藥

魯 迅

1

秋天的後半夜，月亮下去了，太陽還沒有出，只剩下一片烏藍的天；除了夜遊的東西，什麼都睡著。華老栓忽然坐起身，擦著火柴，點上遍身油膩的燈盞，茶館的兩間屋子裡，便瀰滿了青白的光。

「小栓的爹，你就去麼？」是一個老女人的聲音。裡邊的小屋子裡，也發出一陣咳嗽。

「唔。」老栓一面聽，一面應，一面扣上衣服；伸手過去說，「你給我罷。」

華大媽在枕頭底下掏了半天，掏出一包洋錢，交給老栓，老栓接了，抖抖的裝入衣袋，又在外面按了兩下；便點上燈籠，吹熄燈盞，走向裡屋子去了。那屋子裡面，正窸窸窣窣的響，接著便是一通咳嗽。老栓候他平靜下去，低低的叫道，「小栓，你不要起來。店麼？你娘會安排的。」

老栓聽得兒子不再說話，料他安心睡了；便出了門，走到街上。街上黑沈沈的一無所有，只有一條灰白的路，看得分明。燈光照著他的兩腳，一前一後的走。有時也遇到幾隻狗，可是一隻也沒有叫。天氣比屋子裡冷得多了；老栓倒覺爽快，彷彿一旦變了少年，得了神通，有給人生命的本領似的，跨步格外高遠。而且路也愈走愈分明，天也愈走愈亮了。

老栓正在專心走路，忽然喫了一驚，遠遠裡看見一條丁字街，明明白白橫著。他便退了幾步。尋到一家關著門的鋪子，蹩進簷下，靠門立住了。好一會，身上覺得有些發冷。

「哼，老頭子。」

「倒高興……。」

老栓又喫一驚，睜眼看時，幾個人從他面前過去了。一個還回頭看他，樣子不甚分明，但很像久餓的人見了食物一般，眼裡閃出一種攫取的光。老栓看看燈籠，已經熄了。按一按衣袋，硬硬的還在。仰起頭兩面一望，只見許多古怪的人，三三兩兩，鬼似的在那裡徘徊；定睛再看，卻也看不出什麼別的奇怪。

沒有多久，又見幾個兵，在那邊走動；衣服前後的一個大白圓圈，遠地裡也看得清楚，走過面前的，並且看出號衣上暗紅色的鑲邊。——一陣腳步聲響，一眨眼，已經擁過一大簇人，那三三兩兩的人，也忽然合作一堆，潮一般向前趕；將到丁字街口，便突然立住，簇成一個半圓。

老栓也向那邊看，卻只見一堆人的後背；頸項都伸得很長，彷彿許多鴨，被無形的手捏住了的，向上提著。靜了一會，似乎有點聲音，便又動搖起來，轟的一聲，都向後退；一直散到老栓立著的地方，幾乎將他擠倒了。

「喂！一手交錢，一手交貨！」一個渾身黑色的人，站在老栓面前，眼光正像兩把刀，刺得老栓縮小了一半。那人一隻大手，向他攤著，一隻手卻撮著一個鮮紅的饅頭，那紅的還是一點一點的往下滴。

老栓慌忙摸出洋錢，抖抖的想交給他，卻又不敢去接他的東西。那人便焦急起來，嚷道，「怕什麼？怎的不拿！」老栓還躊躇著；黑的人便搶過燈籠，一把扯下紙罩，裹了饅頭，塞與老栓；一手抓過洋錢，捏一捏，轉身去了。嘴裡哼著說，「這老東西……。」

「這給誰治病的呀？」老栓也似乎聽得有人問他，但他並不答應；他的精神，現在只在一個包上，彷彿抱著一個十世單傳的嬰兒，別的事情，都已置之度外了。他現在要將這包裡的新的生命，移植到他家裡，收穫許多幸福。太陽也出來了；在他面前，顯出一條大道，直到他家中，後面也照見丁字街頭破匾上「古口亭口」這四個黯淡的金字。

2

老栓走到家，店面早經收拾乾淨，一排一排的茶桌，滑溜溜的發光。但是沒有客人：只有小栓坐在裡排的桌前喫飯，大粒的汗，從額上滾下，夾襖也貼住了脊心，兩塊肩胛骨高高凸出，印成一個陽文的「八」字。老栓見這樣子，不免皺一皺展開的眉心。他的女人，從竈下急急走出，睜著眼睛，嘴唇有些發抖。

「得了麼？」

「得了。」

兩個人一齊走進竈下，商量了一會；華大媽便出去了，不多時，拏著一片老荷葉回來，攤在桌上。老栓也打開燈籠罩，用荷葉重新包了那紅的饅頭。小栓也喫完飯，他的母親慌忙說：——

「小栓——你坐著，不要到這裡來。」

一面整頓了竈火，老栓便把一個碧綠的包，一個紅紅白白的破燈籠，一同塞在竈裡；一陣紅黑的火燄過去時，店屋裡散滿一種奇怪的香味。

「好香！你們喫什麼點心呀？」這是駝背五少爺到了。這人每天總在茶館裡過日，來得最早，去得最遲，此時恰恰蹩到臨街的壁角的桌邊，便坐下問話，然而沒有人答應他。「炒米粥麼？」仍然沒有人應。老栓匆匆走出，給他泡上茶。

「小栓進來罷！」華大媽叫小栓進了裡面的屋子，中間放好一條凳，小栓坐了，他的母親端過一碟烏黑的圓東西，輕輕說：——

「喫下去罷，——病便好了。」

小栓撮起這黑東西，看了一會，似乎拏著自己的性命一般，心裡說不出的奇怪。十分小心的拗開了，焦皮裡面竄出一道白氣，白氣散了，是兩半個白麵的饅頭。——不多工夫，已經全在肚裡了，卻全忘了什麼味；而前只剩下一張空盤。他的旁邊，一面立著他的父親，一面立著他的母親，兩人的眼光，都彷彿要在他身裡注進什麼又要取出什麼似的；便禁不住心跳起來，按著胸膛，又是一陣咳嗽。

「睡一會罷，——便好了。」

小栓依他母親的話，咳著睡了。華大媽候他喘氣平靜，纔輕輕的給他蓋上了滿幅補釘的夾被。

店裡坐著許多人，老栓也忙了，提著大銅壺，一趟一趟的給客人沖茶；兩個眼眶，都圍著一圈黑線。

「老栓，你有些不舒服麼？——你生病麼？」一個花白鬍子的人說。

「沒有。」

「沒有？——我想笑嘻嘻的，原也不像……」花白鬍子便取消了自己的話。

「老栓只是忙。要是他的兒子……」駝背五少爺話還未完，突然闖進了一個滿臉橫肉的人，披一件玄色布衫，散著鈕釦，用很寬的玄色腰帶，胡亂綑在腰間。剛進門，便對老栓嚷道：——

「喫了麼？好了麼？老栓，就是運氣了你！你運氣，要不是我信息靈……。」

老栓一手提了茶壺，一手恭恭敬敬的垂著；笑嘻嘻的聽。滿座的人，也都恭恭敬敬的聽。華大媽也黑著眼眶，笑嘻嘻的送出茶碗茶葉來，加上一個橄欖，老栓便去沖了水。

「這是包好！這是與眾不同的。你想，趁熱的拏來，趁熱喫下。」橫肉的人只是嚷。

「真的呢，要沒有康大叔照顧，怎麼會這樣……」華大媽也很感激的謝他。

「包好，包好！這樣的趁熱喫下。這樣的人血饅頭，什麼癆病都包好！」

華大媽聽到「癆病」這兩個字，變了一點臉色，似乎有些不高興；但又立刻堆上笑，搭訕著走開了。這康大叔卻沒有覺察，仍然提高了喉嚨只是嚷，嚷得裡面睡著的小栓也合夥咳嗽起來。

「原來你家小栓碰到了這樣的好運氣了。這病自然一定全好；怪不得老栓整天的笑著呢。」花白鬍子一面說，一面走到康大叔面前，低聲下氣的問道，「康大叔——聽說今天結果的一個犯人，便是夏家的孩子，那是誰的孩子？究竟是什麼事？」

「誰的？不就是夏四奶奶的兒子麼？那個小傢伙！」康大叔見眾人都聳起耳朵聽他，便格外高興，橫肉塊塊飽綻，越發大聲說，「這小東西不要命，不要就是了。我可是這一回一點沒有得到好處；連剝下來的衣服，都給管牢的紅眼睛阿義拏去了。——第一要算我們栓叔運氣；第二是夏三爺賞了二十五兩雪白的銀子，獨自落腰包，一文不花。」

小栓慢慢的從小屋子走出，兩手按了胸口，不住的咳嗽；走到竈下，盛出一碗冷飯，泡上熱水，坐下便喫。華大媽跟著他走，輕輕的問道，「小栓你好些麼？——你仍舊只是肚餓？」

「包好，包好！」康大叔瞥了小栓一眼，仍然回過臉，對眾人說，「夏三爺真是乖角兒，要是他不先告官，連他滿門抄斬。現在怎樣？銀子！——這小東西也真不成東西！關在牢裡，還要勸牢頭造反。」

「阿呀，那還了得。」坐在後排的一個二十多歲的人，很現出氣憤模樣。

「你要曉得紅眼睛阿義是去盤盤底細的，他卻和他攀談了。他說：這大清的天下是我們大家的。你想：這是人話麼？紅眼睛原知道他家裡只有一個老娘，可是沒有料到他竟會那麼窮，榨不出一點油水，已經氣破肚皮了。他還要老虎頭上搔癢，便給他兩個嘴巴！」

「義哥是一手好拳棒，這兩下，一定夠他受用了。」壁角的駝背忽然高興起來。

「他這賤骨頭打不怕，還要說可憐可憐哩。」

花白鬍子的人說。「打了這種東西，有什麼可憐呢？」

康大叔顯出看他不上的樣子，冷笑著說，「你沒有聽清我的話；看他神氣，是說阿義可憐哩！」

聽著的人的眼光，忽然有些板滯；話也停頓了，小栓已經喫完飯，喫得滿身流汗，頭上都冒出蒸氣來。

「阿義可憐——瘋話，簡直是發了瘋了。」花白鬍子恍然大悟似的說。

「發了瘋了。」二十多歲的人也恍然大悟的說。

店裡的坐客，便又現出活氣，談笑起來。小栓也趁著熱鬧，拚命咳嗽；康大叔走上前，拍他肩膀說：——

「包好！小栓——你不要這麼咳。包好！」

「瘋了。」駝背五少爺點著頭說。

4

西關外靠著城根的地面，本是一塊官地；中間歪歪斜斜一條細路，是貪走便道的人，用鞋底造成的，但卻成了自然的界限。路的左邊，都埋著死刑和瘦斃的人，右邊是窮人的叢塚。兩面都已埋到層層疊疊，宛然闊人家裡祝壽時候的饅頭。

這一年的清明，分外寒冷；楊柳纔吐出半粒米大的新芽。天明未久，華大媽已在右邊的一座新墳前面，排出四碟菜，一碗飯，哭了一場。化過紙，呆呆的坐在地上；彷彿等候什麼似的，但自己也說不出等候什麼，微風起來，吹動他短髮，確乎比去年白得多了。

小路上又來了一個女人，也是半白頭髮，襤褸的衣裙；提一個破舊的朱漆圓籃，外掛一串紙錠，三步一歇的走。忽然見華大媽坐在地上看她，便有些躊躇，慘白的臉上，現出些羞愧的顏色；但終於硬著頭皮，走到左邊的一座墳前，放下了籃子。

那墳與小栓的墳，一字兒排著，中間只隔一條小路。華大媽看她排好四碟菜，一碗飯，立著哭了一遍，化過紙錠；心裡暗暗地想，「這墳裡的也是兒子了。」那老女人徘徊觀望了一回，忽然手腳有些發抖，蹌蹌踉踉退下幾步，瞪著眼只是發怔。

華大媽見這樣子，生怕她傷心到快要發狂了；便忍不住立起身，跨過小路，低聲對她說：「你這位老奶奶不要傷心了，我們還是回去罷。」

那人點一點頭，眼睛仍然向上瞪著；也低聲吃吃的說道。「你看。——看這是什麼呢？」

華大媽跟了他指頭看去，眼光便到了前面的墳，這墳上草根還沒有全合，露出一塊一塊的黃土，煞是難看，再往上仔細看時，卻不覺也喫一驚；——分明有圈紅白的花，圍著那尖圓的墳頂。

他們的眼睛都已老花多年了，但望這紅白的花，卻還能明白看見。花也不很多，圓圓的排成一個圈，不很精神，倒也整齊。華大媽忙看他兒子和別人的墳，卻只有不怕冷的幾點青白小花，零星開著；便覺得心裡忽然感到一種不足和空虛，不願意根究。那老女人又走近幾步，細看了一遍，自言自語的說，「這沒有根，不像自己開的——這地方有誰來呢？孩子不會來玩；——親戚本家早不來了。——這是怎麼一回事呢？」她想了又想，忽又流下淚來，大聲說道：——

「瑜兒，他們都冤枉了你，你還是忘不了，傷心不過，今天特意顯點靈，要我知道麼？」她四面一看，只見一隻烏鴉，站在一株沒有葉的樹上；便接著說，「我知道了。——瑜兒，可憐他們坑了你，他們將來總有報應，天都知道；你閉了眼睛就是了。——你如果真在這裡，聽到我的話，——便教這烏鴉飛上你的墳頂，給我看罷。」

微風早經停息了；枯草支支直立，有如銅絲。一絲發抖的聲音，在空氣中愈顫愈細，細到沒有，周圍便都是死一般靜。兩人站在枯草叢裡，仰面看那烏鴉；那烏鴉也在筆直的樹枝間，縮著頭，鐵鑄一般站著。

許多的工夫過去了；上墳的人漸漸增多，幾個老的小的，在土墳間出沒。

華大媽不知怎的，似乎卸下了一挑重擔，便想到要走；一面勸著說，「我們還是回去罷。」

那老女人嘆一口氣，無精打采的收起飯菜；又遲疑了一刻，終於慢慢地走了。嘴裡自言自語的說，「這是怎麼一回事呢？，……」

她們走不上二三十步遠，忽聽得背後「啞——」的一聲大叫；兩個人都竦然的回過頭，只見那烏鴉張開兩翅，一挫身，直向著遠處的天空，箭也似的飛去了。

一九一九年四月作

作者

魯迅（一八八一——一九三六）原名周樹人，字豫才。浙江紹興人。青少年求學時期曾就讀於水師學堂與路礦學堂，奠立古典文學深厚基礎。

一九〇二年赴日留學習醫，上課之際，目睹影片放映國人受欺侮猶不自覺之影像，內心深受打擊。乃決意棄醫從文，積極閱讀文學思想著作，並開始創作小說。著名篇章有〈狂人日記〉、〈孔乙己〉、〈阿Q正傳〉及本篇〈藥〉等。

一九〇九年（清宣統元年、己酉）夏間魯迅自日本回國，時年二十九歲。任教紹興中學。一九一二年到北京應臨時政府教育總長蔡元培之邀任教育部參事等職。此期間，一面校刊古籍，特別是古小說之蒐集整理，一面創作新文學作品。小說、雜文、散文詩等，各體皆精。今有後人所編《魯迅全集》、《魯迅集外集拾遺補編》、《集外集拾遺》、《魯迅小說集》、《魯迅散文選》等多種。

一九二八至一九三六年魯迅久居上海，積極介入文學活動，鼓勵青年作家，對文學後輩多所提攜，造成廣大影響，乃有「文學導師」之美名。不幸於一九三六年十月十九日上午五時二十五分病逝於上海寓所。

題解

本篇原發表於一九一九年《新青年》第六卷第五號。後入選各選集。今自楊澤編《魯迅小說集》選入，字句考訂悉準此。

所謂「藥」，是浙江省紹興一帶，民間流傳的一種治肺癆偏方，用沾了血的饅頭讓病人吃，據說可以治病。作者以此為題材，撰作了這篇結合小說與民俗文化的名篇，探討民初的中國社會問題。

賞析

〈藥〉是魯迅繼〈狂人日記〉、〈孔乙己〉以後，發表的第三篇小說。代表魯迅個人小說藝術在主題思想，與形式技巧上的兩大典型。

就主題思想而言，〈藥〉探討一個古老民族文化之積澱下，人民性格、社會生活、精神信仰，多方面的糾葛纏結，如何決定了一個民族命脈的延續、發展與創新。簡言之，〈藥〉是在寫辛亥革命後，華夏人民對革命的態度。

就藝術技巧而言，〈藥〉採用旁知觀點，嚴格地遵守由此觀點展開的敘事情節，逐步推演，步步為營。讀者循序閱讀，一程漸進一程，一境逼近一境，最後，才恍然大悟故事的結局。但卻又在文末安排一個「烏鴉」形象，產生多元意義的聯想，而陷入更深刻的小說意識層次中。達到小說閱讀的「暢神」效果。這又是〈藥〉所表現的小說敘事技巧成就。

〈藥〉全文不過五千餘字，但要認真探究〈藥〉的形象之細節，以及〈藥〉由主軸情節延伸的輻射情節，卻遠遠超過這五千字的承載，為什麼呢？試問：

〈藥〉所描寫的人物有多少？真能數清嗎？

〈藥〉所展現的時間空間有多大？只有「古口亭口」嗎？

〈藥〉對革命的看法，是贊成？或支持？是希望？或絕望？

〈藥〉的情節只是小說所描寫的嗎？

若要仔細回答以上幾個提問，非得要把全文中幾組關鍵細節弄清楚不可。第一組是「華大媽」、「夏大媽」的聯想，即「華夏民族」的喻意。而華與夏兩個後代的結局，不是夭死就是慘死（為革命犧牲）。可謂是「絕子絕孫」，這又象徵華夏民族就此斷絕了。華夏民族為何會走到此地步？這正是〈藥〉全篇小說所要探討的主題。

作者魯迅正是要透過這樣一個「華夏」絕種的故事表達他對時代社會的剖析，他對民族命脈的看法，他對古老傳統無知信仰的「醬缸文化」提出苛刻的批判。他這篇小說題目〈藥〉，要醫的不是華老栓兒子的肺癆病，而是全民族全華人社會的集體意識之病。魯迅早年赴日習醫，一則有感於自己父親被鄉下庸醫的誤治而有失怙之痛，二則看到當時百姓蒼生的生活之苦，思有以醫濟世的高尚情操。但最終還是把這種情操擴大加深，緊緊地與「感時憂國」理想結合起來，化作知識分子的志節力量，實踐「小醫治病，大醫治國」的崇高使命。魯迅於是棄醫從文，力思借用華采文筆，在民族「精神文化」領域的一大塊病區，進行診治、開刀與嘗試醫療。〈藥〉的內在深層主題意義即是在此。

因此，〈藥〉由華夏對比的一組細節，可以引申諸多聯想，由內而外，由小而大，並且，與魯迅的一生經歷連繫起來，更加顯示〈藥〉的細緻精深之藝術描寫。

第二組關鍵細節可以墳墓上的「花」做代表。當華大媽與夏大媽以最悲痛的心情，所謂「白髮人送黑髮人」的錐心之痛，雙雙不約而同地上山，清明時紛，悲淒山河，相映成一幅強烈的「價值對比」。華小栓因民間迷信治療而死，它代表舊文化的累積對一個古老民族新生命一代已起不了作用，難以起死回生。而夏瑜的死，因革命被自己親人密告而死，是一種枉死，但夏瑜的革命精神，代表一個垂死民族大群體下偶有少數醒覺之士，思力挽狂瀾，抱著「往聖繼絕」的救亡意識，亟思再造一民族的生命，改革一民族的文化。因而夏瑜為革命而死，到底值不值得喝采？正是小說〈藥〉非常重要的關鍵描寫。魯迅對此情節的安排採用了「意象暗示」手法，極其形象地傳達了「意在不言中」的言外之意。此一細節關鍵，在小說的第四小節描寫咸亨酒店，人群七嘴八舌的討論夏瑜的死，形成極端一面倒的鄙薄與輕蔑態度，代表著芸芸眾生，廣大民族人民猶沈迷在紙醉金迷、意識未能覺醒的墮落氛圍中。真正能認同並高歌讚頌夏瑜為革命光榮的死，就只好留給少數一二清醒之士了。而這少數中的精英，代表意識覺醒的先進，他們無疑地應是一群革命志士。然而，革命志士在哪裡呢？

〈藥〉寫到最末，華夏兩大媽上墳掃墓，才驚覺墳上各有兩種不同的「花」，這不同「花」

的形象涵義，終於暗示了〈藥〉全文背後所透露的革命態度。而夏瑜墳上的花是紅白色，配上藍藍青天，已經很明顯知道是有人送來的，刻意送來的。那一定是黨人、革命志士，互相認同的一群民族社會之先進覺醒者。

〈藥〉安排「紅白花」與「無花」這一組關鍵意象對比，極其深刻地由淺入深，把小說帶入非常有韻味的形象思考。並隱藏了作者的「說教」企圖，讓讀者必須經由「細緻閱讀」才能分判出其中涵義。這又是〈藥〉此文形象描寫的成功手筆。

〈藥〉最後還安排了「烏鴉」呀的一聲，要讀者判斷到底烏鴉飛過墳頂沒有？如果飛過，代表夏大媽的許願成功，瑜兒確實被冤枉，因而也代表瑜兒不該死。瑜兒不死，也即表示由瑜兒代表的「革命」不死，革命有希望，革命是對的，是正確該走的坦然大道。是全民族生命繼絕存亡的唯一途徑。

反之，若烏鴉沒有飛過墳頂，表示許願失敗，瑜兒該死，一切希望破滅。象徵全民族面臨最終絕境。文化生命至此無再生之可能。

如此對比，便可知〈藥〉最後的「烏鴉」形象是全篇小說敘事情節中關鍵中的關鍵。因不同的理解而產生對全篇小說意義主題的領會也就不同。然而，作者魯迅終究沒有明白寫出烏鴉飛過沒有？這正是〈藥〉這篇小說留下無窮韻味之處。

問題與思考

1.〈藥〉這篇小說採用的是怎樣的敘述觀點?請舉例加以說明。

2.對〈藥〉這篇名小說,進行研究解讀者很多,請查考資料,找出不相同的三家說法,加以評述。

3.〈藥〉小說之末寫到烏鴉飛過墳頂,請問飛過與否,所代表的小說文本意義有何不同?

4.請參考魯迅一生歷史傳記,檢選其中相關史料,援引之,以討論〈藥〉乙文中的具體情節。

參考資料

1.楊義,一九九一,《中國現代小說史》,北京:人民文學出版社。

2.夏志清,一九七八,《中國現代小說史》,臺北:傳記文學出版社。

3.朱正，一九九二，《魯迅傳》，北京：人民文學出版社。
4.楊澤（編），一九九四，《魯迅小說集》，臺北：洪範書店。
5.樂黛雲（主編），一九九三，《當代英語世界魯迅研究》，南昌：江西人民出版社。
6.曹聚仁，一九八七，《魯迅的一生》，臺北：新潮社文化事業有限公司。
7.紀維周等，一九八七，《魯迅研究書錄》，北京：書目文獻出版社。
8.王景山（主編），一九九一，《魯迅名作鑑賞辭典》，北京：中國和平出版社。
9.李映萩（譯），一九七七《狂人日記》，臺北：志文出版社。

二、一桿稱仔

賴和

鎮南威麗村裡，住的人家，大都是勤儉、耐苦、平和、順從的農民。村中除了包辦官業的幾家勢豪，從事公職的幾家下級官吏，其餘都是窮苦的占多數。

村中，秦得參的一家，尤其是窮困的慘痛，當他生下的時候，他父親早就死了。他在世，雖曾贌得幾畝田地耕作，他死了後，只剩下可憐的妻兒。若能得到業主的恩恤，田地繼續贌給他們，雇用工人替他們種作，猶可得稍少利頭，以維持生計。但是富家人，誰肯讓他們的利益，給人家享。若然就不能其富戶了。所以業主多得幾斗租穀，就轉贌給別人。他父親在世，汗血換來的錢，亦被他帶到地下去。他母子倆的生路，怕要絕望了。

鄰右看她母子倆的孤苦，多為之傷心，有些上了年紀的人，就替他們設法，因為餓死已經不是小事了。結局因鄰人的做媒，他母親就招贅一個夫婿進來。本來做後父的人，很少能體恤前夫的兒子。他後父，把他母親亦只視作一種機器，所以得參，不僅不能得到幸福，又多挨些打罵，他母親因此和後夫就不十分和睦。

幸他母親，耐勞苦，會打算，自己織草鞋、畜雞鴨、養豬，辛辛苦苦，始能度那近於似人的生活。好容易，到得參九歲的那一年，他母親就遣他，去替人家看牛，做長工。這時候，他後父已不大顧到家內，雖然他們母子倆，自己的勞力，經已可免凍餒的威脅。

得參十六歲的時候，他母親教他辭去了長工，回家裡來，想贌幾畝田耕作，可是這時候，贌田就不容易了。因為製糖會社，糖的利益大，雖農民們受過會社刻虧、剝奪，不願意種蔗，會社就加「租聲」向業主爭贌，業主們若自己有利益，那管到農民的痛苦，田地就多被會社贌去了。有幾家說是有良心的業主，肯伍給農民，亦要同會社一樣的「租聲」，得參就贌不到田地。若做會社的勞工呢，有同牛馬一樣，他母親又不肯，只在家裡，等著做些散工。因他的氣力大，做事勤敏，就每天有人喚他工作，比較他做長工的時候，勞力輕省，得錢又多。又得他母親的刻儉，漸積下些錢來。光陰似矢，容易地又過了三年。到得參十八歲的時候，她母親唯一未了的心事，就是為得參娶妻。經她艱難勤苦積下的錢，已夠娶妻之用，就在村中，娶了一個種田的女兒。幸得過門以後，和得參還協力，到田裡工作，不讓一個男人，又值年成好，他一家生計，暫不覺得困難。

得參的母親，在他二十一歲那一年，得了一個男孫子，以後臉上已見時現著笑容，可是亦已衰老了。她心裡的欣慰，使她責任心亦漸放下，因為做母親的義務，經已克盡了。但二十年來的勞苦，使她有限的肉體，再不能支持。亦因責任觀念已弛，精神失了緊張，病魔遂乘虛侵入，病臥幾天，她面上現著十分滿足、快樂的樣子歸到天國去了。這時得參的後父，和他只存了名義上的關係，況他母親已死，就各不相干了。

可憐的得參，他的幸福，已和他慈愛的母親，一併失去。

翌年，他又生下一女孩子。家裡頭因失去了母親，須他妻子自己照管，並且有了兒子的拖累，不能和他出外工作，進款就減少一半，所以得參自己不能不加倍工作，這樣辛苦著，過有四年，他的身體，就因過勞，伏下病根，在早季收穫的時候，他患著瘧疾，病了四五天，才診過一次西醫，花去兩塊多錢，雖則輕快些，腳手尚覺乏力，在這煩忙的時候，而又是勤勉的得參，就不敢閒著在家裡，亦即耐苦到田裡去。到晚上回家，就覺得有點不好過，睡到夜半，寒熱再發起來，翌天也不能離床，這回他不敢再請西醫診治了。他心裡想，三天的工作，還不夠吃一服藥，那得那麼些錢花？但亦不能放他病著，就煎些不用錢的青草，或不多花錢的漢藥服食。雖未全部無效，總隔兩三天，發一回寒熱，經過有好幾個月，才不再發作。但腹已很脹滿。有人說，他是吃過多的青草致來的，有人說，那就叫脾腫，是吃過西藥所致。在得參總不介意，只礙不能工作，是他最煩惱的所在。

當得參病的時候，他妻子不能不出門去工作，只有讓孩子們在家裡啼哭，和得參呻吟聲相和著，一天或兩餐或一餐，雖不至餓死，一家人多陷入營養不良，尤其是孩子們，猶幸他妻子不再生育……

一直到年末。得參自己，才能做些輕的工作，看看「尾衙」到了，尚找不到相應的工作，若一至新春，萬事停辦了，更沒有做工的機會，所以須積蓄些新春半個月的食糧，得參的心裡，因此就分外煩惱而恐惶了。

末了，聽說鎮上生菜的販路很好。他就想做這項生意，無奈缺少本錢，又因心地坦白，不敢向人家告借，沒有法子，只得教他妻到外家走一遭。

一個小農民的妻子，那有闊的外家，得不到多大幫助，本是應該情理中的事，總難得她嫂子，待她還好，把她唯一的裝飾品——一根金花——借給她，教她去當鋪裡，押幾塊錢，暫作資本。這法子，在她當得帶了幾分危險，其外又別無法子，只得從權了。

一天早上，得參買一擔生菜回來，想吃過早飯，就到鎮上去，這時候，他妻子才覺到缺少一桿「稱仔」。「怎麼好？」得參想，「要買一桿，可是官廳的專利品，不是便宜的東西，那兒來得錢？」她妻子趕快到隔鄰去借一桿回來，幸鄰家的好意，把一桿尚覺新新的借來。因為巡警們，專在搜索小民的細故，來做他們的成績，犯罪的事件，發見得多，他們的高昇就快。所以無中生有的事故，含冤莫訴的人們，向來是不勝枚舉。什麼通行取締、道路規則、飲食物規則、行旅法規、度量衡規紀，舉凡日常生活中的一舉一動，通在法的干涉、取締範圍中——她妻子為慮萬一，就把新的「稱仔」借來。

這一天的生意，總算不壞，到市散，亦賺到一塊多錢。他就先糴些米，預備新春的糧食。過了幾天糧食足了，他就想，「今年家運太壞，明年家裡，總要換一換氣象才好，第一廳上奉祀的觀音畫像，要買新的，同時門聯亦要換，不可缺的金銀紙，香燭，亦要買。」再過幾天，生意屢好，他又想炊一灶年糕，就把糖米買回來。他妻子就忍不住，勸他說：「剩下的錢積積下，待贖取那金花，不是更要緊嗎？」得參回答說：「是，我亦不是把這事忘卻，不過今天才二十五，那筆錢不怕賺不來，就賺不來，本錢亦還在。當鋪裡遲早，總要一個月的利息。」

一晚市散，要回家的時候，他又想到孩子們。新年不能有件新衣裳給他們，做父親的義務，有點不克盡的缺憾，雖不能使孩子們享到幸福，亦須給他們一點喜歡。他就剪了幾尺花布回去。把幾日來的利益，一總花掉。

這一天近午，一下級巡警，巡視到他擔前，目光注視到他擔上的生菜，他就殷勤地問：

「大人，要什麼不要？」

「汝的貨色比較新鮮。」巡警說。

「是，城市的人，總比鄉下人享用，不是上等東西，是不合脾胃。」

得參接著又說：

「花菜賣多少錢？」巡警問。

「大人要的，不用問價，肯要我的東西，就算運氣好。」參說。他就擇幾莖好的，用稻草貫著，恭敬地獻給他。

「不，稱稱看！」巡警幾番推辭著說，誠實的參，亦就掛上「稱仔」稱一稱說：

「大人，真客氣啦！才一斤十四兩。」本來，經過稱稱過，就算買賣，就是有錢的交關，不是白要，亦不能說是贈與。

「不錯罷？」巡警說。

「不錯，本有兩斤足，因是大人要的……」參說。這句話是平常買賣的口吻，不是贈送的表示。

「稱仔不好罷，兩斤就兩斤，何須打扣？」巡警變色地說。

「不，還新新呢！」參泰然點頭回答。

「拿過來！」巡警赫怒了。

「稱花還很明瞭。」參從容地捧過去說。巡警接到手裡，約略考察一下說：

「不堪用了，拿到警署去！」

「什麼緣故？修理不可嗎？」參說。

「不去嗎？」巡警怒叱著。「不去？畜生！」噗的一聲，巡警把「稱仔」打斷擲棄，隨抽出胸前的小帳子，把參的名姓、住處，記下。氣憤憤地，回警署去。

參突遭這意外的羞辱，空抱著滿腹的憤恨，在擔邊失神地站著。等巡警去遠了，才有幾個閒人，近他身邊來。一個較有年紀的說：「該死的東西，到市上來，只這規紀亦就不懂？要做什麼生意？汝說幾斤幾兩，難道他的錢汝敢拿嗎？」

「難道我們的東西，該白送給他的嗎？」參不平地回答。

「唉！汝不曉得他的厲害，汝還未嘗到他，青草膏的滋味。」那有年紀的嘲笑地說。

「什麼？做官的就可任意凌辱人民嗎？」參說。

「硬漢！」有人說。眾人議論一回，批評一回，亦就散去。

得參回到家裡，夜飯前吃不下，只悶悶地一句話不說。經他妻子殷勤的探問，才把白天所遭的事告訴給她。

「寬心罷！」妻子說，「這幾天的所得，買一桿新的還給人家，剩下的猶足贖取那金花回來。休息罷，明天亦不用出去，新春要的物件，大概準備下，但是，今年運氣太壞，怕運裡帶有官符，經這一回事，明年快就出運，亦不一定。」

參休息過一天，看看沒有什麼動靜，況明天就是除夕日，只剩得一天的生意，他就安坐下來，絕早挑上菜擔，到鎮上去。此時，天色還未大亮，在曉景朦朧中，市上人聲，早就沸騰，使人愈感到「年華垂盡，人生頃刻」的悵惘。

到天亮後，各擔各色貨，多要完了，有的人，已收起擔頭，要回去圍爐，過那團圓的除夕，償一償終年的勞苦，享受著家庭的快樂。當這時參又遇到那巡警。

「畜生，昨天跑到那兒去？」巡警說。

「什麼?怎得隨便罵人？」參回說。

「畜生，到衙門去！」巡警說。

「去就去呢，什麼畜生？」參說。

巡警瞪他一眼便帶他上衙門去。

「汝秦得參嗎？」法官在座上問。

「是，小人，是。」參跪在地上回答說。

「汝曾犯過罪嗎？」法官。

「小人生來將三十歲了，曾未犯過一次去。」參。

「以前不管他，這回違犯著度量衡規則。」法官。

「唉！冤枉啊！」參。

「什麼？沒有這樣事嗎？」法官。

「這事是冤枉的啊！」參。

「但是，巡警的報告，總沒有錯啊！」法官。

「實在冤枉啊！」參。

「既然違犯了，總不能輕恕，只科罰汝三塊錢，就算是格外恩典。」官。

「可是，沒有錢。」參。

「沒有錢，就坐監三天，有沒有？」官。

「沒有錢！」參說，在他心裡的打算：新春的閒時節，監禁三天，是不關係什麼，這是三塊錢的用處大，所以他就甘心去受監禁。

參的妻子，本想洗完了衣裳，才到當鋪裡去，贖取那根金花。還未曾出門，已聽到這凶消息，她想：在這時候，有誰可央托，有誰能為她奔走？愈想愈沒有法子，愈覺傷心，只有哭的一法，可以少舒心裡的痛苦，所以，只守在家裡哭。後經鄰右的勸慰，教導帶著金花的價錢，到衙門去，想探探消息。

鄉下人，一見巡警的面，就怕到五分，況是進衙門裡去，又是不見世面的婦人，心裡的驚恐，就可想而知了。她剛跨進郡衙的門限，被一巡警的「要做什麼」的一聲呼喝，已嚇得倒退到門外去，幸有一十四來歲的小使，出來查問，她就哀求他，替伊探查，難得那孩子，童心還在，不會倚勢欺人，誠懇地，替伊設法，教她拿出三塊錢，代繳進去。

「才監禁下，什麼就釋出來？」參心裡正在懷疑地自問。出來到衙前，看著她妻子。

「為什麼到這兒來？」參對著妻子問。

「聽……說被拉進去……」她微咽著聲回答。

「不犯到什麼事，不至殺頭怕什麼。」參怏怏地說。

他們來到街上，市已經散了，處處聽到「辭年」的爆竹聲。

「金花取回未？」參問她妻子。

「還未曾出門，就聽到這消息，我趕緊到衙門去，去那兒繳去三塊，現在還不夠。」

妻子回答他說。

「唔！」參恍然地發出這一聲就拿出早上賺到的三塊錢，給他妻子說：「我挑擔子回去，當鋪怕要關閉了，快一些去，取出就回來罷。」

「圍過爐」，孩子們因明早要絕早起來「開正」各已睡下，在做他們幸福的夢。參尚在室內踱來踱去。經他妻子幾次的催促，他總沒有聽見似的，心裡只在想，總覺有一種不明瞭的悲哀，只不住漏出幾聲的嘆息，「人不像個人，畜生，誰願意做。這是什麼世間？活著倒不若死了快樂。」他喃喃地獨語著，忽又回憶到母親死時，快樂的容貌。他已懷抱著最後的覺悟。

元旦，參的家裡，忽譁然發生一陣叫喊、哀鳴、啼哭。隨後，又聽著說：「什麼都沒有嗎？」「只『銀紙』備辦在，別的什麼都沒有。」

同時，市上亦盛傳著，一個夜巡的警吏，被殺在道上。

這一幕悲劇，看過好久，每欲描寫出來，但一經回憶，總被悲哀填滿了腦袋，不能著筆。近日看到法朗士的克拉格比，才覺這樣事，不一定在未開的國裡，凡強權行使的地上，總會發生，遂不顧文字的陋劣，就寫出給文家批判。

十二月四夜記

作者

賴和（一八九四——一九四三），本名賴河，字懶雲。筆名有懶雲、甫三、安都生、灰、走街先等。臺灣彰化人。

賴和自臺灣醫學校畢業後，即回故鄉彰化創辦賴和醫院。縣壺濟世，並創作新文學。他又是個堅決抗日的民族主義者，屢次參與各種抗日活動，一九二四年因此被捕入獄。一九四一年又因思想問題二度入獄。獄中受盡凌辱，元氣大傷，引發心臟病逝世。民間傳說其墓草可治百病，爭相拔取，墳墓常新。又傳其魂魄常駐人間，有「彰化媽祖」之說。可見人民對他的景仰，今在彰化市中正路設有「賴和紀念館」。

賴和是一位堅強的抗日分子。他拒穿和服，終生以中文寫作，大力倡導白話文學。是臺灣新文學運動的先驅。其作品有深廣的民族抗爭意識與鄉土文化本色。對日後臺灣文學，尤其是鄉土寫實文學有極大的影響。其小說作品有〈鬥熱鬧〉、〈一桿稱仔〉、〈不如意的新年〉、〈蛇先生〉、〈善訟人的故事〉等。此外還有舊詩詞、新詩、雜文等作品。今有李南衡編《賴和全集》，一生作品大抵收編於此。

題解

本文原刊於日據臺灣時期《臺灣民報》九十二號，九十三號（一九二六年二月四日，二十一日）。後收入臺灣作家全集張恆豪主編的《賴和集》。今即據此版本選錄。

一桿，臺語即一枝。稱仔，臺語即鐵秤。

賞析

本篇小說寫於二十世紀初的二〇年代。二三〇年代世界思潮流行普羅主義，普羅思想主導大多數藝術家與作家的創作路向。普羅思想注重低下階層平民百姓的描寫，往往因為這種描寫過於極端，遂有一種向富貴階級對立的傾向，造成上下階層人民之間的矛盾與對立。本篇小說也有這樣的傾向。明顯看出，賴和是感受到世界思潮的影響，有意識地創作這一類型的小說。

然而不盡相同者，本篇小說若縮小聚焦放到二〇年代的日據時期臺灣社會，那又有另一層特別的解讀，可看作是日據下臺灣社會的縮影。從一幅幅顯明的社會影像之中，讓讀者很形象化地看到日據下臺灣低下層人民的生活悲情、經濟困境、生產剝削、民間信仰與民俗風情。這些描寫很生動、很具體、很富於感情筆調，遂組合成一幅熱鬧氣氛，鄉土風味十足的臺灣風情畫。

小說由一個日據臺灣農業社會結構之下的典型小村子威麗村開始說起。敘述者沒有用太多高妙寫法，只一逕子讓故事平鋪直敘下去。一個人物一個人物順序介紹。主角秦得參的身分，是孤兒。母親後來招贅，秦得參有了後父。這是小說的第一情節。秦得參母子相依為命，背後的辛酸悲苦，除了自家的窮之外，更大的因素是，那個剝削社會的「租佃」經濟結構，導致窮者愈窮，富者愈富的不合理現象。這是秦得參及其一家人終其一生不能解脫的客觀限制。

等到小說寫到秦得參母親過世之後，小說又進入第二情節，主要描寫秦得參這個人物如何在惡劣的社會背景之下討生活、求生存。

這時，不單只是「貧富」的不合理，又加上另一層更殘忍的殖民統治，強權高壓的痛苦。小說的主要情節由開始的經濟社會問題轉向「殖民社會」剖析。也就帶入了臺灣特殊社會情況的描寫，不再單純只是世界性的普羅思潮表現。所以，本篇小說兼具有一般性與特殊性，因而展現一個典型描寫的小說世界，其原因即在此。

賴和透過小說創作抗議日本殖民者對臺灣人民的侵凌統治，多數作品揭露了所謂「查大人」、「補大人」的罪惡。所謂「查大人」與「補大人」，即受日本殖民當局雇用的巡警，本是鄉里無賴，此時更為非作歹。當時，日本殖民當局為榨取人民血汗而制訂各種法規，如「道路規則」、「行旅規則」、「度量衡規則」等等，為虎作倀的巡警們便專意在人民身上尋找所謂違規事件，不惜無中生有，逼死人命。〈一桿稱仔〉作於一九二六年，暴露了日本巡警的罪惡，同時也以農民秦得參的抗爭，展示了「官逼民反」的日據下臺灣社會現實。

小說第二情節由秦得參改變謀生方法說起。即從租佃生涯轉向小買賣，進入小型的簡單市民經濟型態。經由這一轉變，終於改變了秦得參的一生，也使小說描寫做了大逆轉。因做生意，須要一根稱仔。於是一根稱仔成了本篇小說的主要意象。它代表實質上的一個度量衡，但更深層的涵義是，它乃是一種象徵。代表公理、公平、正義，還有代表更多的什麼呢?值得讀者細細品味。

第二情節主要寫秦得參與巡警之間發生的故事，最終發展到一根稱仔被沒收，秦得參被判坐監三天。最後，一名巡警突然遇害被殺。把高壓統治與人民抵抗精神發展到最激烈的高點。

小說最後以悲劇收場，但用兩個人的死亡，做對比。一個是秦得參的死，代表大部分小人物平民階級的平凡一生。一個是莫名的、無頭主的死，被反抗者最後的忍耐所打倒。代表一個高壓強權統治的結束。雙雙死亡，一切終將結束。

但兩種結束，卻有所不同。秦得參是在懷念母親慈祥的形象中，抱著覺悟而死。那種覺悟會一代一代傳下去。秦得參滿懷幸福與自足。因為他心中永遠有一個快樂容貌的母親在等待。

母親形象在此是與土地、生命、歸屬感結合在一起的感情。所以秦得參代表了日據臺灣社會普遍人民，在悲苦環境下的希望、毅力，與期盼。

反觀巡警的死，不明不白地被殺在道上，那是「橫死」、「慘死」。是沒有意義的死，猶如受到天譴的結束。代表統治階層終將失敗，公理正義，最終得到伸張。本篇小說最後安排這一顯明對比的情節，完全可以透露作者所要表達的控訴意圖，作者對小人物的讚美歌頌，對日據下臺灣社會現實極不公平現象的批判，對母愛親情的堅持等，都經由這樣的描寫表露無遺。

總的說，一根稱仔，雖然只是小小的一物，僅值三塊錢的東西。但把它當作每位平凡人物心中所丈量的一個良心標準與道德標竿，卻可以發揮無比精神力量，徹底摧毀高壓強權且又不仁道的殖民統治者。

問題與討論

1. 為什麼說賴和是臺灣新文學的先驅？
2. 本篇小說表現了日據時代臺灣怎樣的社會現實？

3.作品的鄉土文化色彩體現在哪些地方？

4.本篇小說表現生動的生活語言描寫，請具體指出來。

參考資料

1.張恆豪（主編），一九九一，《賴和集》，臺北：前衛出版社。

2.李南衡（主編），一九七九，《賴和先生全集》，臺北：明潭出版社。

3.編輯部（編），一九八七，《賴和作品選集》，北京：中國廣播電視出版社。

4.孫立川（編），一九九一，《日本研究中國現當代文學論著索引》，北京：北京大學出版社。

5.林瑞明（編），一九九四，《賴和漢詩初編》，彰化：彰化縣立文化中心。

6.賴和紀念館，一九九四，《賴和研究資料彙編》，彰化：彰化縣立文化中心。

7.施淑（編），一九九四，《賴和小說集》，臺北：洪範書店。
8.明清——秦人（主編），一九九四，《臺港小說鑑賞辭典》，北京：中央民族學院出版社。

三、春　桃

許地山

這年底夏天分外地熱。街上底燈雖然亮了，胡同口那賣酸梅湯底還像唱梨花鼓底姑娘耍著他底銅盌。一個揹著一大簍字紙底婦人從他面前走過，在破草帽底下雖看不清她底臉，當她與賣酸梅湯底打招呼時，卻可以理會她有滿口雪白的牙齒。她背上擔負得很重，甚至不能把腰挺直，只如駱駝一樣，莊嚴地一步一步蹎到自己門口。

進門是個小院，婦人住底是塌剩下底兩間廂房。院子一大部分是瓦礫。在她底門前種著一棚黃瓜，幾行玉米。窗下還有十幾棵晚香玉。幾根朽壞的梁木橫在瓜棚底下，大概是她家最高貴的坐處。她一到門前，屋裡出來一個男子，忙幫著她卸下背上底重負。

「媳婦，今兒回來晚了。」

婦人望著他，像很詫異他底話。「什麼意思?你想媳婦想瘋啦?別叫我媳婦，我說。」

她一面走進屋裡，把破草帽脫下，順手掛在門後，從水缸旁邊取了一個小竹筩向缸裡一連舀了好幾次，喝得換不過氣來，張了一會嘴，到瓜棚底下把簍子拖到一邊，便自坐在朽梁上。

那男子名叫劉向高。婦人底年紀也和他差不多，在三十左右，娘家也姓劉。除掉向高以外，沒人知道她底名字叫作春桃。街坊叫她作撿爛紙底劉大姑，因為她底職業是整天在街頭巷尾垃圾堆裡討生活，有時沿途嚷著：「爛字紙換取燈兒。」一天到晚在烈日冷風裡喫塵土，可是生來愛乾淨，無論冬夏，每天回家，她總得淨身洗臉。替她預備水底照例是向高。

向高是個鄉間高小畢業生，四年前，鄉裡鬧兵災，全家逃散了，在道上遇見同是逃難底春桃，一同走了幾百里，彼此又分開了。

她隨著人到北京來，因為總布胡同裡一個西洋婦人要雇一個沒渾過事底鄉下姑娘當「阿媽」，她便被薦去上工。主婦見她長得清秀，很喜愛她。她見主人老是喫牛肉，在饅頭上塗牛油，喝茶還要加牛奶，來去鼓著一陣膻味，聞不慣。有一天，主人叫她帶孩子到三貝子花園去，她理會主人家底氣味有點像從虎狼欄裡發出來底，心裡越發難過，不到兩個月，便辭了工。到平常人家去，鄉下人不慣當差，又挨不得罵，上工不久，又不幹了。在窮途上，她自己選了這撿爛紙換取燈兒底職業，一天底生活，勉強可以維持下去。

向高與春桃分別後底歷史倒很簡單，他到涿州去，找不著親人，有一兩個世交，聽他說是逃難來底，都不很願意留他住下，不得已又流到北京來。由別人底介紹，他認識胡同口那賣酸梅湯底老吳，老吳借他現在住底破院子住，說明有人來賃，他得另找地方。他沒事做，只幫著老吳算算賬，賣賣貨。他白住房子白做活，只賺兩頓喫。春桃底撿紙生活漸次發達了，原住底地方，人家不許她堆貨，她便沿著德勝門牆根來找住處。一敲門，正是認識底劉向高。她不用經過許多手續，便向老吳賃下這房子，也留向高住下，幫她底忙。這都是三年前底事了。他認得幾個字，在春桃撿來和換來底字紙裡，也會抽出些少比較能賣錢底東西，如畫片或某將軍、某總長寫底對聯信札之類。二人合作，事業更有進步。向高有時也教她認幾個字，但沒有什麼功效，因為他自己認得底也不算多，解字就更難了。

他們同居這些年，生活狀態，若不配說像鴛鴦，便說像一對小家雀罷。

言歸正傳。春桃進屋裡，向高已提著一桶水在她後面跟著走。他用快活的聲調說：「媳婦，快洗罷，我等餓了。今晚咱們喫點好的。烙蔥花餅，贊成不贊成？若贊成，就買蔥醬去。」

「媳婦，媳婦，別這樣叫，成不成？」春桃不耐煩地說。

「你答應我一聲，明兒到天橋給你買一頂好帽子去。你不說帽子該換了麼？」向高再要求。

「我不愛聽。」

他知道婦人有點不高興了，便轉口問：「到底喫什麼？說呀。」

「你愛喫什麼，做什麼給你喫。買去罷。」

向高買了幾根蔥和一碗麻醬回來，放在明間底桌上。春桃擦過澡出來，手裡拿著一張紅帖子。

「這又是那一位王爺底龍鳳帖！這次可別再給小市那老李了。托人拿到北京飯店去，可以多賣些錢。」

「那是咱們底。要不然，你就成了我底媳婦啦？教了你一兩年底字，連自己底姓名都認不得！」

「誰認得這麼些字？別媳婦媳婦底，我不愛聽。這是誰寫底？」

「我填底。早晨巡警來查戶口，說這兩天加緊戒嚴，哪家有多少人，都得照實報。老吳教我們把咱們寫成兩口子，省得麻煩。巡警也說寫同居人，一男一女，不妥當。我便把上次沒賣掉底那份空帖子填上了。我填底是辛未年咱們辦喜事。」

「什麼？辛未年？辛未年我那兒認得你？你別搗亂啦。咱們沒拜過天地，沒喝過交杯酒，不算兩口子。」

春桃有點不願意，可還和平地說出來。她換了一條藍布褲。上身是白的，臉上雖沒脂粉，卻呈露著天然的秀麗。若她肯嫁底話，按媒人底行情，說是二十三四底小寡婦，最少還可以值得一百八十底。

她笑著把那禮帖搓成一長條，說：「別搗亂，什麼龍鳳帖？烙餅喫了罷。」她掀起爐蓋把紙條放進火裡，隨即到桌邊和麵。

向高說：「燒就燒罷，反正巡警已經記上咱們是兩口子，若是官府查起來，我不會說龍鳳帖在逃難時候丟掉底麼？從今兒起，我可要你做媳婦了，老吳承認，巡警也承認，你不願意，我也要叫。媳婦嘍！媳婦嘍！明天給你買帽子去，戒指我打不起。」

「你再這樣叫，我可要惱了。」

「看來，你還想著那李茂。」向高底神氣沒像方纔那麼高興。他自己說著，也不一定要春桃聽見，但她已聽見了。

「我想他？一夜夫妻，分散了四五年沒信，可不是白想？」春桃這樣說，她曾對向高說過她出閣那天底情形。花轎進了門，客人還沒坐席，前頭兩個村子來人說大隊兵已經到了，四處拉人挖戰壕，嚇得大家都逃了，新夫婦也趕緊收拾東西，隨著大眾望西逃。同走了一天一宿。第二宿，前面連嚷幾聲：「鬍子來了，快躲罷！」那時大家只顧躲，誰也顧不了誰。到天亮時，不見了十幾個人，連她丈夫李茂也在裡頭。她繼續方才底話說：「我想他一定跟著鬍子走了，也許早被人打死了。得啦，別提他啦。」

她把餅烙好了，端到桌上。向高向砂鍋裡舀了一碗黃瓜湯，大家沒言語，喫了一頓。喫完，照例在瓜棚底下坐坐談談。一點點的星光在瓜葉當中閃著。涼風把螢火送到棚上，像星掉下來一般。晚香玉也漸次散出香氣來，壓住四周圍底臭味。

「好香的晚香玉！」向高摘了一朵，插在春桃底髻上。

「別糟蹋我底晚香玉。晚上戴花，又不是窯姐兒。」她取下來，聞了一聞，便放在朽梁上頭。

「怎麼今兒回來晚啦？」向高問。

「嚇！今兒做了一批好買賣！我下午正要回家，經過後門，瞧見清道夫推著一大車爛紙，問他從哪兒推來底。他說是從神武門甩出來底廢紙。我見裡面紅的黃的一大堆，便問他賣不賣，他說，你要，少算一點裝去罷。你瞧，」她指著窗下那大簍，「我花了一塊錢，買那一大簍！賠不賠，可不曉得，明兒撿一撿得啦。」

「宮裡出來底東西沒個錯。我就怕學堂和洋行出來底東西，分量又重，氣味又壞，值錢不值，一點也沒準。」

「近年來，街上包東西都作興用洋報紙。不曉得哪裡來底那麼些看洋報紙的人。撿起來真是分量又重，又賣不出多少錢。」

「念洋書底人越多，誰都想看看洋報，將來好混混洋事。」

「他們混洋事，咱們撿洋字紙。」

「往後恐怕什麼都要帶上個洋字，拉車要拉洋車，趕驢要趕洋驢，也許還有洋駱駝要來。」向高把春桃逗得笑起來了。

「你先別說別人。若是給你有錢，你也想念洋書，取個洋媳婦。」

「老天爺知道，我絕不會發財。發財也不會娶洋婆子。若是我有錢，回鄉下買幾畝田，咱們兩個種去。」

春桃自從逃難以來，把丈夫丟了，聽見鄉下兩字，總沒有好感想。她說：「你還想回去？恐怕田還沒買，連錢帶人都沒有了。沒飯喫，我也不回去。」

「我說回我們錦縣鄉下。」

「這年頭，哪一個鄉下都是一樣，不鬧兵，便鬧賊；不鬧賊，便鬧日本，誰敢回去？還是在這裡撿撿爛紙罷。咱們現在只缺一個幫忙底人，若是多個人在家替你歸著東西，你白天便可以出去擺地攤，省得貨過別人手裡，賣漏了。」

「我還得學三年徒弟才成，賣漏了，不怨別人，只怨自己不夠眼光。這幾個月來我可學了不少。郵票，哪種值錢，哪種不值，也差不多會瞧了。大人物底信札手筆，賣得出錢，賣不出錢，也有一點把握了。前幾天在那堆字紙裡撿出一張康有為底字，你說今賣了多少？」他很高興地伸出拇指和食指比仿著，「八毛錢！」

「說是呢？若是每天在爛紙堆裡能撿出八毛錢就算頂不錯，還用回鄉下種田去？那不是自找罪受麼？」春桃愉悅的聲音就像春深底鶯啼一樣。她接著說：「今天這堆準保有好的給你撿。聽說明天還有好些，那人教我一早到後門等他。這兩天宮裡底東西都趕著裝箱，往南方運，庫裡許多爛紙都不要。我瞧見東華門外也有許多，一口袋一口袋陸續地扔出來。明兒你也打聽去。」

說了許多話，不覺二更打過。她伸伸懶腰站起來說：「今天累了，歇吧！」

向高跟著她進屋裡。窗戶下橫著土炕，夠兩三人睡底，在微細的燈光底下，隱約看見牆上一邊貼著八仙打麻雀底諧畫，一邊是煙公司「還是他好」底廣告畫。春桃底模樣，若脫去破帽子，不用說到瑞蚨祥或別的上海成衣店，只到天橋搜羅一身落伍的旗袍穿上，坐在任何草地，也與「還是他好」裡那摩登女差不上下。因此，向高常對春桃說貼底是她底小照。

她上了炕，把衣服脫光了，順手揪一張被單蓋著，躺在一邊。向高照例是給她按按背，搥搥腿。她每天底疲勞就是這樣含著一點微笑。在小油燈底閃爍中，漸次得著甦息。在半睡的狀態中，她喃喃地說：「向哥，你也睡罷，別開夜工了，明天還要早起咧。」

婦人漸次發出一點微細的鼾聲，向高便把燈滅了。

一破曉，男女二人又像打食底老鴰，急飛出巢，各自辦各底事情去。

剛放過午炮，十剎海底鑼鼓已鬧得喧天。春桃從後門出來，揹著紙簍，向西不壓橋這邊來。在那臨時市場底路口，忽然聽見有人叫她：「春桃，春桃！」

她底小名，就使向高，一年之中也罕得這樣叫喚她一聲。自離開鄉下以後，四五年來沒人這樣叫過她。

「春桃，春桃，你不認得我啦？」

她不由得回頭一瞧，只見路邊坐著一個叫化子。那乞憐的聲音從他滿長了鬍子底嘴發出來。他站不起來，因為他兩條腿已經折了。身上穿底一件灰色的破軍衣，白鐵鈕釦都生了鏽，肩膀從肩章底破縫露出，不倫不類的軍帽斜戴在頭上，帽章早已不見了。

春桃望著他一聲也不響。

「春桃，我是李茂呀！」

她進前兩步，那人底眼淚已經帶著灰土透入蓬亂的鬍子裡。她心跳得慌，半晌說不出話來，至終說：「茂哥，你在這裡當叫化子啦？你兩條腿怎麼丟啦？」

「嗳，說來話長。你從多喒起，在這裡呢？你賣底是什麼？」

「賣什麼！我撿爛紙咧。……咱們回家再說罷。」

她雇了一輛洋車，把李茂扶上去，把簍子也放在車上，自己在後面推著。一直來到德勝門牆根，車夫幫著她把李茂扶下來。進了胡同口，老吳敲著小銅盌，一面問：「劉大姑，今兒早回家，買賣好呀！」

「來了鄉親啦。」她應酬了一句。

李茂像隻小狗熊，兩隻手按在地上，幫著兩條斷腿爬著。她從口袋裡拿出鑰匙，開了門，引著男子進去。她把向高的衣服取一身出來，像向高每天所做底，到井邊打了兩桶水倒在小澡盆裡教男人洗澡。洗過以後，又倒一盆水給他洗臉。然後扶他上炕坐，自己在明間也洗一回。

「春桃，你屋這裡收拾得很乾淨，一個人住嗎？」

「還有一個伙計。」春桃不遲疑地回答他。

「做起買賣來啦？」

「不告訴你就是撿爛紙麼？」

「撿爛紙？一天撿得出多少錢！」

「先別盤問我，你先說你底罷。」

春桃把水潑掉，理著頭髮進屋裡來，坐在李茂對面。

李茂開始說他底故事：

「春桃，唉，說不盡喲！我就說個大概罷。」

「自從那晚上教鬍子綁去以後，因為不見了你，我恨他們，奪了他們一桿鎗，打死他們兩個人，拚命地逃。逃到瀋陽，正巧邊防軍招兵，我便應了招。在營裡三年，老打聽家裡底消息，人來都說咱們村裡都變成磚瓦地了。咱們底地契也不曉得現在落在誰手裡。咱們逃出來時，偏忘了帶著地契。因此這幾年也沒告假回鄉下瞧瞧。在營裡告假，怕連幾塊錢底餉也告丟了。」

「我安分當兵，指望月月關餉，至於運到升官，本不敢盼。也是我命裡合該有事：去年年頭，那團長忽然下了一道命令，說，若團裡底兵能瞄鎗連中九次靶，每月要關雙餉，還升差事。一團人沒有一個中過四鎗，中，還是不進紅心。我可連發連中，不但中了九次紅心，連剩下那一顆子彈，我也放了。我要顯本領，背著臉，彎著腰，腦袋向地，鎗從褲襠放過去，不偏不歪，正中紅心。當時我心裡多麼快活呢。那團長教把我帶上去。我心裡想著總要聽幾句褒獎底話。不料那畜生翻了臉，楞說我是鬍子，要鎗斃我！他說若不是鬍子，鎗法絕不會那麼準。我底排長隊長都替我求情，擔保我不是壞人，好容易不鎗斃我了，可是把我底正兵革掉，連副兵也不許我當。他說，當軍官底難免不得罪弟兄們，若是上前線督戰，隊裡有個像我瞄得那麼準，從後面來一鎗，雖然也算陣亡，可值不得死在仇人手裡。大家沒話說，只勸我離開軍隊，找別的營生去。」

「我被革了不久，日本人便占了瀋陽；聽說那狗團長領著他底軍隊先投降去了。我聽見這事，憤不過，想法子要去找那奴才。我加入義勇軍。在海城附近打了幾個月，一面打，一面退到關裡。前個月在平谷東北邊打，我去放哨，遇見敵人，傷了我兩條腿，那時還能走，躲在一塊大石底下，開鎗打死他幾個。我實在支持不住了，把鎗扔掉，向田邊底小道爬，等了一天，兩天，還不見有紅十字會或紅卍字會底人來。傷口越腫越厲害，走不動又沒喫底喝底，只躺在一邊等死。後來可巧有一輛大車經過，趕車底把我扶了上去，送我到一個軍醫底帳幕。他們又不瞧，只把我扛上汽車，往後方醫院送。已經傷了三天，大夫解開一瞧，說都爛了非用鋸不可。在院裡住了一個多月，好是好了，就丟了兩條腿。我想在此地，舉目無親，鄉下又回不去，就說回去得了，沒腿怎能種田？求醫院收容我，給我一點事情做，大夫說醫院管治不管留，也不管找事，此地又沒有殘廢兵留養院，迫著我不得不出來討飯，今天剛是第三天。這兩天我常想著，若是這樣下去，我可受不了，非上吊不可。」

春桃注神聽他說，眼眶不曉得什麼時候都濕了。她還是靜默著。李茂用手捋捋額上底汗，也歇了一會。

「春桃，你這幾年呢？這小小地方雖不如咱們鄉下那麼寬敞，看來你倒不十分苦。」

「誰不受苦？苦也得想法子活。在閻羅殿前，難道就瞧不見笑臉？這幾年來，我就是幹這撿爛紙換取燈底生活，還有一個姓劉底同我合夥。我們兩人，可以說不分彼此，勉強能度過日子。」

「你和那姓劉底同住在這屋裡？」

「是，我們同住在這炕上睡。」春桃一點也不遲疑，她好像早已有了成見。

「那麼，你已經嫁給他？」

「不。同住就是。」

「那麼，你現在還算是我底媳婦？」

「不，誰底媳婦，我都不是。」

李茂底夫權意識被激動了。他可想不出什麼話來說。兩眼注視著地上，當然他不是為著什麼，只為有點不敢望著他底媳婦。至終他沈吟了一句：「這樣，人家會笑話我是活王八。」

「王八？」婦人聽了他底話有點翻臉，但她底態度仍是很和平。她接著說：「有錢有勢底人才怕當王八。像你，誰認得？活不留名，死不留姓，王八不王八，有什麼相干？現在，我是我自己，我做底事，絕不會玷著你。」

「咱們到底還是兩口子，常言道，一交夫妻百日恩——」

「百日恩不百日恩我不知道。」春桃截住他底話。「算百日恩，也過了好十幾個百日恩。四五年間，彼此不知下落，我想你也想不到會在這裡遇見我。我一個人在這裡，得活，得人幫忙。我們同住了這些年，要說恩愛，自然是對你薄得多。今天我領你回來，是因為我爹同你爹底交情，我們還是鄉親。你若認我做媳婦，我不認你，打起官司，也未必是你贏。」

李茂掏掏他底褲帶，好像要拿什麼東西來，但他底手忽然停住，眼睛望望春桃，至終把手縮回去撐著席子。

李茂沒話，春桃哭。日影在這當中也靜靜地移了三四分。

「好罷。春桃，你做主。你瞧我已經殘廢了，就使你願意跟我，我也養不活你。」李茂到底說出這英明的話。

「我不能因為你殘廢就不要你，不過我也捨不得丟了他。大家住著，誰也別想誰是養活著誰，好不好？」春桃也說了她心裡底話。

李茂底肚子發出很微細的咕嚕咕嚕聲音。

「噢，說了大半天，我還沒問你要喫什麼！你一定很餓了。」

「隨便罷。有什麼喫什麼。我昨天晚上到現在還沒喫，只喝水。」

「我買去。」春桃正踏出房門，向高從院子很高興地走進來，兩人在瓜棚底下撞了個滿懷。「高興什麼？今天怎樣這早就回來？」

「今天做了一批好買賣！昨天你揹回來底那一簍，早晨我打開一看，裡頭有一包是明朝高麗王上底表章，一份至少可以賣五十塊錢。現在我們手裡有十份！方纔散了幾份給行裡，看看主兒出得多少，再發這幾份。裡頭還有兩張蓋上端明殿御寶底紙，行家說是宋家底，一給價就是六十塊，我沒敢賣，怕賣漏了，先帶回來給你開開眼。你瞧……」他說時，一面把手裡底舊藍布包袱打開，拿出表章和舊紙來。「這是端明殿御寶。」他指著紙上底印紋。

「若沒有這個印，我真看不出有什麼好處，洋宣比它還白咧。怎麼官裡管事底老爺們也和我一樣不懂眼？」春桃雖然看了，卻不曉得那紙底值錢處在哪裡。

「懂眼？若是他們懂眼，咱們還能換一塊幾毛麼？」向高把紙接過去，仍舊和表章包在包袱裡。他笑著對春桃說：「我說，媳婦……」

春桃瞟了他一眼，說：「告訴你別管我叫媳婦。」

向高沒理會她，直說：「可巧你也早回家。買賣想是不錯。」

「早晨又買了像昨天那樣底一簍。」

「你不說還有許多麼？」

「都教他們送到曉市賣到鄉下包落花生去了！」

「不要緊，反正咱們今天開了光，頭一次做上三十塊錢底買賣。我說，咱們難得下午都在家，回頭咱們上十剎海逛逛，消消暑去，好不好？」

他進屋裡，把包袱放在桌上。春桃也跟進來。她說：「不成，今天來了人了。」說著掀開簾子，點頭招向高：「你進去。」

向高進去，她也跟著。「這是我原先的男人。」她對向高說過這話，又把他介紹給李茂說：「這是我現在的伙計。」

兩個男子，四隻眼睛對著，若是他們眼球底距離相等，他們底視線就會平行地連接著。彼此都沒話，連窗臺上歇底兩隻蒼蠅也不作聲。這樣又教日影靜靜地移一二分。

「貴姓？」向高明知道，還得照例地問。

彼此談開了。

「我去買一點喫底。」春桃又向著向高說：「我想你還沒喫罷？燒餅成不成？」

「我喫過了。你在家，我買去罷。」

婦人把向高拖到炕上坐下，說：「你在家陪客人談話。」給了他一副笑臉，便自出去。

屋裡現在剩下兩個男人，在這樣情況底下，若不能一見如故，便得打個你死我活。好在他們是前者底情形。但我們別想李茂是短了兩條腿，不能打。我們得記住向高是拿過三五年筆桿底，用李茂底分量滿可以把他壓死。若是他有鎗，更省事，一動指頭，向高便得過奈何橋。

李茂告訴向高，春桃底父親是個鄉下財主，有一頃田。他自己底父親就在他家做活和趕叫驢。因為他能瞄很準的鎗，她父親怕他當兵去，便把女兒許給他，為底是要他保護莊裡底人們。這些話，是春桃沒向他說過底。他又把方才春桃說底話再述一遍，漸次迫到他們二人切身的問題上頭。

「你們夫婦團圓，我當然得走開。」向高在不願意的情態底下說出這話。

「不，我已經離開她很久，現在並且殘廢了，養不活她，也是白搭。你們同住這些年，何必拆？我可以到殘廢院去。聽說這裡有，有人情便可進去。」

這給向高很大的詫異。他想，李茂雖然是個大兵，卻料不到他有這樣的俠氣。他心裡雖然願意，嘴上還不得不讓。這是禮儀的狡猾，念過書的人們都懂得。

「那可沒有這樣的道理，」向高說：「教我冒一個霸占人家妻子底罪名，我可不願意。為你想，你也不願意你妻子跟別人住。」

「我寫一張休書給她，或寫一張契給你，兩樣都成。」李茂微笑誠意地說。

「休？她沒什麼錯，休不得。我不願意丟她底臉。賣？我哪兒有錢買？我底錢都是她底。」

「我不要錢。」

「那麼？你要什麼？」

「我什麼都不要。」

「那又何必要寫賣契呢？」

「因為口講無憑，日後反悔，倒不好了。咱們先小人，後君子。」

說到這裡，春桃買了燒餅回來。她見二人談得很投機，心下十分快樂。

「近來我常想著得多找一個人來幫忙，可巧茂哥來了。他不能走動，正好在家管管事，撿撿紙。你當跑外賣貨。我還是當撿貨底。咱們三人開公司。」春桃另有主意。

李茂讓也不讓，拿著燒餅望嘴送，像從餓鬼世界出來底一樣，他沒工夫說話了。

「兩個男人，一個女人，開公司？本錢是你底？」向高發出不需要的疑問。

「你不願意嗎？」婦人問。

「不，不，不，我沒有什麼意思。」向高心裡有話，可說不出來。

「我能做什麼？整天坐在家裡，幹得了什麼事？」李茂也有點不敢贊成。他理會向高底意思。

「你們都不用著急，我有主意。」

向高聽了，伸出舌頭舔舔嘴脣，還吞了一口唾沫。李茂依然喫著，他底眼睛可在望春桃，等著聽她底主意。

撿爛紙大概是女性中心底一種事業。她心中已經派定李茂在家把舊郵票和紙煙盒裡底畫片撿出來。那事情，只要有手有眼，便可以做。她和一和，若是天天有一百幾十張捲煙畫片可以從爛紙堆裡撿出來，李茂每月底伙食便有了門。郵票好的和罕見的，每天能撿得兩三個，也就不劣。外國煙捲在這城裡，一天總銷售一萬包左右，紙包底百分之一給她撿回來，並不算難。至於向高還是讓他撿名人書札，或比較可以多賣錢底東西。他不用說已經是個行家，不必再受指導。她自已幹那吃力的工作，除去下大雨以外，在狂風烈日底下，是一樣地出去撿貨。尤其是在天氣不好底時候，她更要工作，因為同業們有些就不出去。

她從窗戶望望太陽，知道還沒到兩點，便出到明間，把破草帽仍舊戴上，探頭進房裡對向高說：「我還得去打聽宮裡還有東西出來沒有。你在家招呼他。晚上回來，我們再商量。」

向高留她不住，便由她走了。

好幾天底光陰都在靜默中度過。但二男一女同睡一鋪炕上定然不很順心。多夫制底社會到底不能流行得很廣。其中的一個緣故是一般人還不能擺脫原始的夫權和父權思想。由這個，造成了風俗習慣和道德觀念。老實說，在社會裡，依賴人和掠奪人底，纔會遵守所謂風俗習慣；至於依自己的能力而生活底人們，心目中並不很看重這些。像春桃，她既不是夫人，也不是小姐；她不會到外交大樓去赴跳舞會，也沒有機會在嚴重的典禮上當主角。她底行為，沒人批評，也沒人過問，縱然有，也沒有切膚之痛。監督她底只有巡警，但巡警是很容易對付底。兩個男人呢？向高誠然念過一點書，含糊地了解些聖人底道理，除掉些少名分底觀念以外，他也和春桃一樣。但他底生活，從同居以後，完全靠著春桃。春桃底話，是從他耳朵進去底維他命，他得聽，因為於他有利。春桃教他不要嫉妒，他連嫉妒底種子也都毀掉。李茂呢？春桃和向高能容他住一天便住一天，他們若肯認他做親戚，他便滿足了。當兵底人照例要丟一兩個妻子。但他底困難也是名分上的。

向高底嫉妒雖然沒有，可是在此以外底種種不安，常往來於這兩個男子當中。

暑氣仍沒減少，春桃和向高不是到湯山或北戴河去底人物。他們日間仍然得出去謀生活。李茂在家，對於這行事業可算剛上了道，他已能分別哪一種是要送到萬柳堂或天寧寺去做糙紙底，哪一樣要留起來底，還得等向高回來鑑定。

春桃回家，照例還是向高伺候她。那時已經很晚了，她在明間裡聞見蚊煙底氣味，便向著坐在瓜棚底下底向高說：「咱們多會點過蚊煙，不留神，不把房子點著了才怪咧。」

向高還沒回答，李茂便說：「那不是熏蚊子，是熏穢氣，我央劉大哥點底。我打算在外面地下睡。屋裡太熱，三人睡，實在不舒服。」

「我說，桌上這張紅帖子又是誰底？」春桃拿起來看。

「我們今天說好了，你歸劉大哥。那是我立給他底契。」聲從屋裡炕上發出來。

「哦，你們商量著怎樣處置我來！可是我不能由你們派。」她把紅帖子拿進屋裡，問李茂：「這是你底主意，還是他底？」

「是我們倆底主意。要不然，我難過，他也難過。」

「說來說去，還是那話。你們都別想著咱們是丈夫和媳婦，成不成？」

「你把我賣多少錢？」

「寫幾十塊錢做個彩頭。白送媳婦給人，沒出息。」

「賣媳婦，就有出息？」她出來對向高說：「你現在有錢，可以買媳婦了。若是給你闊一點……」

「別這樣說，別這樣說，」向高攔住她的話。「春桃，你不明白。這兩天，同行底人們直笑話我……」

「笑你什麼？」

「笑我……」向高又說不出來。其實他沒有很大的成見，春桃要怎辦，十回有九回是遵從底。他自己也不明白這是什麼力量。在她背後，他想著這樣該做，那樣得照他底意思辦，可是一見了她，就像見了西太后似地，樣樣都要聽她底懿旨。

「噢，你到底是念過兩天書，怕人罵，怕人笑話。」

自古以來，真正統治民眾底並不是聖人底教訓，好像只是打人底鞭子和罵人底舌頭。風俗習慣是靠著打罵維持底。但在春桃心裡，像已持著「人打還打，人罵還罵」底態度。她不是個弱者，不打罵人，也不受人打罵。我們聽她教訓向高底話，便可以知道。

「若是人笑話你，你不會揍他？你露什麼怯？咱們底事，誰也管不了。」

向高沒話。

「以後不要再提這事罷。咱們三人就這樣活下去，不好嗎？」

一屋裡都靜了。喫過晚飯，向高和春桃仍是坐在瓜棚底下，只不像往日那麼愛說話。連買賣經也不念了。

李茂叫春桃到屋裡，勸她歸給向高。他說男人底心，她不知道，誰也不願意當王八，占人妻子，也是不好名譽。他從腰間拿出一張已經變成暗褐色底紅紙帖，交給春桃，說：「這是咱們底龍鳳帖。那晚上逃出來底時候，我從神龕上取下來，揣在懷裡。現在你可以拿去，就算咱們不是兩口子。」

春桃接過那紅帖子，一言不發，只注視著炕上破席。她不由自主地坐下，挨近那殘廢的人，說：「茂哥，我不能要這個，你收回去罷。我還是你底媳婦。一夜夫妻百日恩，我不做缺德的事。今天看你走不動，不能幹大活，我就不要你，我還能算人嗎？」

她把紅帖也放在炕上。

李茂聽了她底話，心裡很受感動。他低聲對春桃說：「我瞧你怪喜歡他底，你還是跟他過日子好，等有點錢，可以打發我回鄉下，或送我到殘廢院去。」

「不瞞你說，」春桃底聲子低下去。「這幾年我和他就同兩口子一樣活著，樣樣順心，事事如意；要他走，也怪捨不得。不如叫他進來商量，瞧他有什麼主意。」他向著窗戶叫：「向哥，向哥。」可是一點回音也沒有。出來一瞧，向高已不在了。這是他第一次晚間出門。她楞一會，便向屋裡說：「我找他去。」

她料想向高不會到別的地方去。到胡同口，問問老吳。老吳說，望大街那邊去了。她到他常交易底地方去，都沒找著。人很容易丟失，眼睛若見不到。就是渺渺茫茫無尋覓處。快到一點鐘，她才懊喪地回家。

屋裡底油燈已經滅了。

「你睡著啦？向哥回來沒有？」她進屋裡，掏出洋火，把燈點著。向炕上一望，只見李茂把自己掛在窗櫺上，用底是他自己底褲帶。她心裡雖免不免存著女性的恐慌，但是還有膽量緊爬上去，把他解下來。幸而時間不久，用不著驚動別人：輕輕地撫揉著他，他漸次甦醒回來。

殺自己的身來成就別人是俠士底精神。若是李茂底兩條腿還存在，他也不必出這樣的手段。兩三天以來，他總覺得自己沒多少希望，倒不如毀滅自己，教春桃好好地活著。春桃於他雖沒有愛，卻很有義。她用許多話安慰他，一直到天亮。他睡著了，春桃下炕，見地上一些紙灰還剩下沒燒完底紅紙。她認得是李茂曾給她底那張龍鳳帖，直望著出神。

那天她沒出門。晚上還陪李茂坐在炕上。

「你哭什麼？」春桃見李茂熱淚滾滾地滴下來，便這樣問他。

「我對不起你。我來幹什麼？」

「沒人怨你來。」

「現在他走了，我又短了兩條腿……」

「你別這樣想。我想他會回來。」

「我盼望他會回來。」

又是一天過去了。春桃起來，到瓜棚摘了兩條黃瓜做菜，草草地烙了一張大餅，端到屋裡，兩個人同喫。

她仍舊把破帽戴著，揹上簍子。

「你今天不大高興，別出去啦。」李茂隔著窗戶對她說。

「坐在家裡更悶得慌。」

她慢慢地踱出門。做活是她的天性，雖在沈悶的心境中，她也要幹。中國女人好像只理會生活，而不理會愛情，生活底發展是她所注意底，愛情底發展只在盲悶的心境中沸動而已。自然，愛只是感覺，而生活是實質的，整天躺在錦帳裡或坐在幽林中講愛經，也是從皇后船或總統船運來底知識。春桃既不是弄潮兒底姐妹，也不是碧眼胡底學生，她不懂得，只會莫名其妙地納悶。

一條胡同過了又是一條胡同。無量的塵土，無盡的道路，湧著這沈悶的婦人，她有時嚷「爛紙換洋取燈兒」，有時連路邊一堆不用換底舊報紙，她都不撿。有時該給人兩盒取燈，她卻給了五盒。胡亂地過了一天，她便隨著天上那班只會嚷嚷和搶喫底黑衣黨慢慢地踱回家。仰頭看見新貼上底戶口照，寫底戶主是劉向高妻劉氏，使她心裡更悶得厲害。

剛踏進院子，向高從屋裡趕出來。

她瞪著眼，只說：「你回來……」其餘的話用眼淚連續下去。

「我不能離開你，我底事情都是你成全底。我知道你要我幫忙。我不能無情無義。」其實他這兩天在道上漫散地走，不曉得要往哪裡去。執路底時候，直像腳上扣著一條很重的鐵鐐，那一面是扣在春桃手上一樣。加以到處都遇見「還是他好」底廣告，心情更受著不斷的攪動，甚至餓了他也不知道。

「我已經同茂哥說好了。我是戶主，他是同居。」

向高照舊幫她卸下簍子。一面替她抹掉臉上底眼淚。他說：「若是回到鄉下，他是戶主，我是同居。你是咱們底媳婦。」

她沒有作聲，直進屋裡，脫下衣帽，行她每日的洗禮。

買賣經又開始在瓜棚底下念開了。他們商量把宮裡那批紙賣掉以後，向高便可以在市場裡擺一個小攤，或者可以搬到一間大一點點的房子去住。

屋裡，豆大的燈火，教從瓜棚飛進去底一隻油葫蘆撲滅了。李茂早已睡熟，因為銀河已經低了。

「咱們也睡罷。」婦人說。

「你先躺去，一會我給你搥腿。」

「不用啦，今天我沒走多少路。明兒早起，記得做那批買賣去，咱們有好幾天不開張了。」

「方纔我忘了拿給你。今天回家，見你還沒回來，我特意到天橋去給你帶一頂八成新的帽子回來。你瞧瞧！」他在暗裡摸著那帽子，要遞給她。

「現在哪裡瞧得見！明天我戴上就是。」

院子都靜了，只剩下晚香玉底香還在空氣中游盪。屋裡微微地可以聽見「媳婦」和「我不愛聽，我不是你底媳婦」等對答。

原載一九三四年七月《文學》三卷一號

作者

許地山（一八九三——一九四一），本名贊堃，字地山，筆名落花生。出生於臺灣臺南府城。甲午戰後，遷居大陸福建漳州。

一九一七年許地山考入北京燕京大學，積極參加五四運動。次年與葉聖陶等人共同創辦「文學研究會」，引介西洋理論與思潮。並發表第一篇短篇小說〈革命鳥〉。其他文類，亦多方嘗試，散文、批評、理論與翻譯等，皆有成就。著名結集作品有：《空山靈雨》（散文）、《綴網蛻》、《春桃》（小說）、《許地山選集》等。

許地山同時也是一位真誠的宗教家。一九二二年自北京大學宗教學院畢業，得神學士學位。一九二五年再赴英國牛津大學，研究比較宗教學，印度哲學、梵文及民俗學。一九二七年回國，任教於北大、清華、北師大等校。並主編《大藏經索引》，出版《中國道教史》。是民初宗教學代表作之一。

一九三五年，許地山應聘香港大學任教。授課之暇，鼓吹抗日戰爭，宣揚民主與科學之先進思想。一九四一年不幸病逝於香港。

題解

本編選自作者原刊小說集《解放者》，一九三三年四月北平星雲堂書店出版，後經楊牧編入《許地山小說選》。春桃是此篇小說女主角的名字，本篇是許地山後期作品的代表作。

賞析

本篇小說以「人物」為主體，集中塑造像「春桃」這樣一位典型人物。表現春桃這個人物的思想、動作、性格，與奇特的遭遇。小說中的情節與故事都是為了凸顯春桃這個人物的特殊形象，才編出來的。這是小說兩大型態之一。

另外一種型態，以「故事」為主。小說家有了一個奇特精彩的故事要講，於是才安排許多人物去把故事串連起來。一切的人物都在為故事服務，為故事穿針引線。這一型態的小說，可以本書第一篇魯迅的〈藥〉為代表。它是在講一個精彩而離奇的怪故事，吃死人血的藥。然後安排與此相關的一堆人物，個個人物顯明突出，但是個個人物都不能算是主要地位。人物龐雜眾多，分不清主線支線，但卻都離不開「吃藥」這個主題故事。這正是以「故事」為主體的小說典型寫法。

〈春桃〉這篇小說，既然以春桃的描寫為主體，不是在講故事，那麼，它寫出了春桃哪方面的主要特色呢？無疑地，本篇小說是在寫春桃這個人物的思想觀念。

如何寫呢？小說家安排給春桃這一人物特殊的命運。藉由偶然的，不可預知的命運結局，讓春桃去面對天命的遭遇，而激發出自己獨特的對應命運方式，去克服，去忍受「高處不勝寒」的境界。

什麼樣的命運呢？其實整篇小說故事很簡單。不外是說，春桃本該因父母之命，媒婆之言，拜堂成婚，養兒育女，像大多數平凡人一樣，終老一生。不料，拜堂之際，突然闖入土匪，夫妻因此拆散，各奔東西，幾年之後，再次重逢於京城，雖然夫妻名目依舊在，無奈時空改變，人事全非。春桃早先已有了同居但不具名分的另一男人——向高。於是，一個棘手的三角習題，重重地考驗著春桃的抉擇。

春桃——向高——李茂，二男一女的共處，終於引來鄰人的側目，竊竊私語，街談巷語，逼使這三個人的關係，相對應於傳統習俗的一夫一妻制，變成是一個異類。同類與異類，孰是孰非？正是本篇小說提供讀者思考討論的主要難題。

小說讀到此，終於可以帶入對春桃這個人物的思想討論。那麼，如何對春桃的行為與思想做出解讀呢？歸納言之，有一種解釋可能，就是女性主義文學思潮。

作為一種思潮，女性主義是什麼？根據愛倫·布洛克在《現代思潮大辭典》一書的解釋。他說：

在政治、社會、經濟各方面鼓吹女性平行，爭取女性權利，企圖根本地改變女性的社會地位，謂之女性主義。晚近女性主義形成一種運動，甚至集結為戰鬥團體，乃更理性地強調要在整個社會系統中，瓦解心理學與生理學方面的壓迫，以及結構上的性別歧視。

頁二三一

由這樣簡單的說明，可看出女性主義之想法，自古已有之，只是以前的努力，都在政治與社會的有形方面，要到女性主義形成一股有力的運動團體之後。才進一步探討女性的生理與心理，進入到女性的精神文化層次。

晚近女性主義的發展逐漸分成美國派與法國派，彼此側重研究路線有所不同，法國派比較探討女性潛意識與女性語言的分析。結合拉崗的心理分析手法，與德希達的解結構策略。重新尋找女性的聲音。而美國派則興趣在女性書寫與女性解讀策略。傑出的女性主義批評家伊蘭，修華特在《荒野中的女性主義批評》一文中，提出女性與男性書寫不同的四大層次，即是：生物學的，語言學的，心理分析的，文化的等等。並且認為文化層次最重要。

修華特的論點，經常被引用論證，標識著女性主義文學批評的新境界，有著濃厚的文化傾向。她特別看重女性作為獨立自主的原始空間，是從女性之所以為女性的立場而言，既非相對於男性之女性，也不是女性被男性稱謂下的女性，乃是超乎性別區隔的女性之為女性。也就是說：先做為人，再做女人。

從這一條思考路向出發，仔細對照春桃的行為舉止，思想觀念。確實十分吻合。春桃不願墨守過去拜堂成婚，一夜夫妻百世恩的教條陋規，也不想讓向高把她當作女人像一般物品買賣的被宰制地位。春桃一再高喊：「我不願意做媳婦。」就是十分強烈的抗拒心聲。春桃要做她自己的主宰，春桃要占有女性獨有的空間。

所以說，春桃是十足地具有女性主義文學思潮的小說角色。本篇小說主要特點即是藉由小說人物角色去探討女性主義文學思潮的具體形象。

問題與思考

1. 本篇小說首尾都寫到「晚香玉」這個意象，試問它在小說中代表什麼意義？
2. 本篇小說行文中，經常插入作者評論，請將之一一找出來，並發表自己看法。
3. 請將春桃與沈從文小說〈蕭蕭〉這兩位女性的描寫與性格做一比較。

4.何謂女性主義？請嘗試運用這種理論分析春桃的行為與思想。
5.請再找出另外一篇自己喜愛的小說，能表現女性主義文學思想者，試加以分析解讀。
6.請就本篇小說情節發展，分成幾個主要段落，簡述各段大意。

參考資料

1.璧華，一九八四，《中國新寫實主義文藝論稿》，香港：當代文學研究社。
2.溫儒敏，一九八八，《新文學寫實主義的流變》，北京：北京大學出版社。
3.楊牧（編），一九八四，《許地山小說選》，臺北：洪範書店。
4.許地山，一九八七，《國粹與國學》，臺北：水牛圖書出版事業有限公司。
5.愛倫·布洛克（編），一九八一，《現代思潮大辭典》。（英國）班結：喬叟出版有限公司。
6.米契爾·曼（編），一九八三，《社會學百科全書》。倫敦：麥克米林出版社。
7.賴門・希爾頓，一九八六，《當代文學理論導讀》。（英國）布萊頓：哈佛出版有限公司。
8.伊蘭・修華特（著），張小虹（譯），一九八六，《荒野中的女性主義批評》，刊於《中外文學》十四卷十期，頁七七——一一四。臺北：中外文學月刊社。

四、春風沈醉的晚上

郁達夫

在滬上閒居了半年，因為失業的結果，我的寓所遷移了三處。最初我住在靜安寺路南的一間同鳥籠似的永也沒有太陽曬著的自由的監房裡。這些自由的監房的住民，除了幾箇同強盜小竊一樣的兇惡裁縫之外，都是些可憐的無名文士，我當時所以送了那地方一箇 Yellow Grub Street 的稱號。在這 Grub Street 裡住了一個月，房租忽漲了價，我就不得不拖了幾本破書，搬上跑馬廳附近一家相識的棧房裡去。後來在這棧房裡又受了種種逼迫，不得不搬了，我便在外白渡橋北岸的鄧脫路中間，日新里對面的貧民窟裡，尋了一間小小的房間，遷移了過去。

鄧脫路的這幾排房子，從地上量到屋頂，只有一丈幾尺高。我住的樓上的那間房間，更是矮小得不堪。若站在樓板上伸一伸懶腰，兩隻手就要把灰黑色的屋頂穿通的。從前面的衖裡踱進了那房子的門，便是房主的住房。在破布洋鐵罐玻璃瓶舊鐵器堆滿的中間，側著身子走進兩步，就有一張中間有幾根橫擋跌落的梯子靠牆擺在那裡。用了這張梯子往上面的黑黝黝的一個二尺寬的洞裡一接，即能走上樓去。黑沈沈的這層樓上，本來只有貓額那樣，房主人卻把它隔成了兩間小房，外面一間是一個N煙公司的女工住在那裡，我所租的是梯子口頭的那間小房，因為外間的住者要從我的房裡出入，所以我的每月的房租要比外間的便宜幾角小洋。

我的房主，是一個五十來歲的彎腰老人。他的臉上的青黃色裡，映射著一層闇黑的油光。兩隻眼睛是一隻大一隻小，顴骨很高，額上頰上的幾條皺紋裡滿砌著煤灰，好像每天早晨洗也洗不掉的樣子。他每日於八九點的時候起來，咳嗽一陣，便挑了一雙竹籃出去，到午後的三四點鐘總仍舊是挑了一雙空籃回來的，有時挑了滿擔回來的時候，他的竹籃裡便是那些破鐵器玻璃瓶之類。像這樣的晚上，他必要去買些酒來喝喝，一個人坐在床沿上瞎罵出許多不可捉摸的話來。

我與間壁的同寓者的第一次相遇，是在搬來的那天午後。春天的急景已經快晚了的五點鐘的時候，我點了一枚蠟燭，在那裡安放幾本剛從棧房裡搬過來的破書。先把它們疊成了兩方堆，一堆小些，一堆大些，然後把兩個二尺長的裝畫的畫架覆在大一點的那堆書上。因為我的器具都賣完了，這一堆書和畫架白天要當寫字臺，晚上可當床睡的。擺好了畫架的板，我就朝著了這張由書疊成的桌子，坐在小一點的那堆書上吸菸，我的背係朝著梯子的接口的。我一邊吸菸，一邊在那裡呆看放在桌上的蠟燭火，忽而聽見梯子口上起了響動。回頭一看，我只見了一個自家的擴大的投射影子，此外什麼也辨不出來，但我的聽覺分明告訴我說：「有人上來了。」我向暗中凝視了幾秒鐘，一個圓形灰白的面貌，半截纖細的女人的身體，方纔映到我的眼簾上來。一見了她的容貌，我就知道了是我的間壁的同居者了。因為我來找房子的時候，那房主的老人便告訴我說，這屋裡除了他一個人外，樓上祇住著一個女工。我一則喜歡房價的便宜，二則喜歡這屋裡沒有別的女人小孩，所以立刻就租定了的。等她走上了梯子，我纔站起來對她點了點頭說：

「對不起，我是今朝纔搬來的，以後要請你照應。」

她聽了這話，也並不回答，放了一雙漆黑的大眼，對我深深的看了一眼，就走上她的門口去開了鎖，進房去了。我與她不過這樣的見了一面，不曉得是什麼原因，我只覺得她是一個可憐的女子。她高高的鼻梁，灰白長圓的面貌，清瘦不高的身體，好像都是表明她是可憐的特徵，但是當時正為了生活問題在那裡操心的我，也無暇去憐惜這還未曾失業的女工，過了幾分鐘我又動也不動的坐在那一小堆書上看蠟燭光了。

在這貧民窟裡過了一個多禮拜，她每天早晨七點鐘去上工和午後六點多鐘下工回來，總只見我呆呆的對著了蠟燭或油燈坐在那堆書上。大約她的好奇心被我那痴不痴呆不呆的態度挑動了罷，有一天她下了工走上樓來的時候，我依舊和第一天一樣的站起來讓她過去。她走到了我的身邊忽然停住了腳。看了我一眼，吞吞吐吐好像怕什麼似的問我說：

「你天天在這裡看的是什麼書？」

（她操的是柔和的蘇州音，聽了這一種聲音以後的感覺，是怎麼也寫不出來的，所以我祇能把她的言語譯成普通的白話。）

我聽了她的話，反而臉上漲紅了。因為我天天呆坐在那裡，面前雖則有幾本外國書攤著，其實我的腦筋昏亂得很，就是一行一句也看不進去。有時候我祇用了想像在書的上一行與下一行中間的空白裡，填些奇異的模型進去。有時候我祇把書裡邊的插畫翻開來看看，就了那些插畫演繹些不近人情的幻想出來。我那時候身體因為失眠與營養不良的結果，實際上已經成了病的狀態了。況且又因為我的唯一的財產的一件棉袍子已經破得不堪，白天不能走出外面去散步和房裡全沒有光線進來，不論白天晚上，都要點著油燈或蠟燭的緣故，非但我的全部健康不如常人，就是我的眼睛和腳力，也局部的非常萎縮了。在這樣狀態下的我，聽了她這一問，如何能夠不紅起臉來呢？所以我只是含含糊糊的回答說：

「我並不是在看書，不過什麼也不做呆坐在這裡，樣子一定不好看，所以把這幾本書攤放著的。」

她聽了這話，又深深的看了我一眼，做了一種不了解的形容，依舊的走到她的房裡去了。

那幾天裡，若說我完全什麼事情也不去找什麼事情也不會幹，卻是假的。有時候，我的腦筋稍微清新一點下來，也會譯過幾首英法的小詩，和幾篇不滿四千字的德國的短篇小說，於晚上大家睡熟的時候，不聲不響的出去投郵，在寄投給各新開的書局。因為當時我的各方面就職的希望，早已經完全斷絕了，只有這一方面，還能靠了我的枯燥的腦筋，想想法子看。萬一中了他們編輯先生的意，把我譯的東西登了出來，也不難得著幾塊錢的酬報。所以我自遷移到鄧脫路以後，當她第一次同我講話的時候，這樣的譯稿已經發出了三四次了。

在亂昏昏的上海租界裡住著，四季的變遷和日子的過去是不容易覺得的。我搬到了鄧脫路的貧民窟之後，只覺得身上穿在那裡的那件破棉袍子一天一天的重了起來，熱了起來，所以我心裡想：

「大約春光也已經老透了罷！」

但是囊中很羞澀的我，也不能上什麼地方去旅行一次，日夜只是在那暗室的燈光下呆坐。有一天大約是午後了，我也是這樣的坐在那裡，間壁的同住者忽而手裡拿了兩包用紙包好的物件走了上來，我站起來讓她走的時候，她把手裡的紙包放了一包在我書桌上說：

「這一包是葡萄醬的麵包，請你收藏著，明天好吃的。另外我還有一包香蕉買在這裡，請你到我房裡來一道吃罷！」

我替她拿住了紙包，她就開了門邀我進她的房裡去。共住了這十幾天，她好像已經信用我是一個忠厚的人的樣子。我見她初見我的時候臉上流露出來的那一種疑懼的形容完全沒有了。我進了她的房裡，纔知道天還未暗，因為她的房裡有一扇朝南的窗，太陽返射的光線從這窗裡投射進來，照見了小小的一間房，由二條板鋪成的一張床，一張黑漆的半桌，一隻板箱，和一條圓凳。床上雖則沒有帳子，但堆著有二條潔淨的青布被褥。半桌上有一隻小洋鐵箱擺在那裡，大約是她的梳頭器具，洋鐵箱上已經有許多油污的點子了。她一邊把堆在圓凳上的幾件半舊的洋布綿襖、粗布褲等收在床上，一邊就讓我坐下。我看了她那殷勤待我的樣子，心裡倒不好意思起來，所以就對她說：

「我們本來住在一處，何必這樣的客氣。」

「我並不客氣，但是你每天當我回來的時候，總站起來讓我，我卻覺得對不起得很。」這樣的說著，她就把一包香蕉打開來讓我吃。她自家也拿了一枝，在床上坐下，一邊吃一邊問我說：

「你何以只住在家裡，不出去找點事情做做？」

「我原是這樣的想，但是找來找去總找不著事情。」

「你有朋友麼？」

「朋友是有的，但是到了這樣的時候，他們都不和我來往了。」

「你進過學堂麼？」

「我在外國的學堂裡曾經念過幾年書。」

「你家在什麼地方？何以不回家去？」

她問到了這裡，我忽而感覺到我自己的現狀了。因為自去年以來，我只是一日一日的萎靡下去，差不多把「我是什麼人？」「我現在所處的是怎麼一種境遇？」「我的心裡還是悲還是喜？」這些觀念都忘掉了。經她這一問，我重新把半年來困苦的情形一層一層的想了出來。所以聽她的問話以後，我只是呆呆看她，半晌說不出話來。她看了我這個樣子，以為我也是一個無家可歸的流浪人，臉上就立時起了一種孤寂的表情，微微的嘆著說：

「唉！你也是同我一樣的麼？」

微微的嘆了一聲之後，她就不說話了。我看她的眼圈上有些潮紅起來，所以就想了一個另外的問題問她說：

「你在工廠裡做的是什麼工作？」

「是包紙煙的。」

「一天做幾個鐘頭工？」

「早晨七點鐘起，晚上六點鐘止，中午休息一個鐘頭，每天一共要作十個鐘頭的工。少作一點鐘就要扣錢的。」

「扣多少錢？」

「每月九塊錢，所以是三塊錢十天，三分大洋一個鐘頭。」

「飯錢多少？」

「四塊錢一月。」

「這樣算起來，每月一個鐘頭也不休息，除了飯錢，可省下五塊錢來。夠你付房錢買衣服的麼？」

「哪裡夠呢！並且那管理人又……啊啊！……我……我所以非常恨工廠的。你吃煙的麼？」

「吃的。」

「我勸你頂好還是不吃。就吃也不要去吃我們工廠的煙。我真恨死它在這裡。」

我看看她那一種切齒怨恨的樣子，就不願意再說下去。把手裡捏著的半個吃剩的香蕉咬了幾口，向四邊一看，覺得她的房裡也有些灰黑了，我站起來道了謝，就走回到了我自己的房裡。她大約做工倦了的緣故，每天回來大概是馬上就入睡的，只有這一晚上，她在房裡好像是直到半夜還沒有就寢。從這一回之後，她每天回來，總和我說幾句話。我從她自家的口裡聽得，知道她姓陳，名叫二妹，是蘇州東鄉人，從小是在上海鄉下長大的。她父親也是紙煙工廠的工人，但是去年秋天死了。她本來和她父親同住在那間房裡，每天同上工廠去的，現在卻只剩了她一個人了。她父親死後的一個多月，她早晨上工廠去也一路哭了去，晚上回來也一路哭了回來的。她今年十七歲，也無兄弟姐妹，也無近親的親戚。她父親死後的葬殮等事，是他於未死之前把十五塊錢交給樓下的老人，托這老人包辦的。她說：

「樓下的老人倒是一個好人，對我從來沒有起過壞心，所以我得同父親在日一樣的去做工，不過工廠的一個姓李的管理人卻壞得很，知道我父親死了，就天天的想戲弄我。」

她自家和她父親的身世，我差不多全知道了，但她母親是如何一個人？死了呢還是活在哪裡？假使還活著，住在什麼地方，等等，她卻從來還沒有說及過。

天氣好像變了。幾日來我那獨有的世界，黑暗的小房裡的腐濁的空氣，同蒸籠裡的蒸氣一樣，蒸得人頭昏欲暈，我每年在春夏之交要發的神經衰弱的重症，遇了這樣的氣候，就要使我變成半狂。所以我這幾天來到了晚上，等馬路上人靜之後，也常常走出去散步去。一個人在馬路上從隘狹的深藍天空裡看看群星，慢慢的向前行走，一邊作些漫無涯涘的空想，倒是於我的身體很有利益，當這樣的無可奈何，春風沈醉的晚上，我每要在各處亂走，走到天將明的時候回家裡。我這樣的走倦了回去就睡，一睡直可睡到第二天的日中，有幾次竟要睡到二妹下工回來的前後方纔起來，睡眠一足，我的健康狀態也漸漸的回復起來了。平時祇能消化半磅麵包的我的胃部，自從我的深夜遊行的練習開始之後，進步得幾乎能容納麵包一磅了。這事在經濟上雖則是一大打擊，但我的腦筋，受了些滋養，似乎比從前稍能統一，我於遊行回來之後，就睡之前，卻做成了幾篇 Allan Poe 式的短篇小說，自家看看，也不很壞。我改了幾次，抄了幾次，一一投郵寄出之後，心裡雖然起了些微細的希望，但是想想前幾回的譯稿的絕無消息，過了幾天，也便把它們忘了。

鄰住者的二妹，這幾天來，當她早晨出去上工的時候，我總在那裡酣睡，只有午後下工回來的時候，有幾次有見面的機會，但是不曉得是什麼原因，我覺得她對我的態度，又回到從前初見面的時候的疑懼狀態去了。有時候她深深的看我一眼，她的黑晶晶、水汪汪的眼睛裡，似乎是滿含著責備我規勸我的意思。

我搬到這貧民窟裡住後，約莫已經有二十多天的樣子，一天午後我正點上蠟燭，在那裡看一本從舊書鋪裡買來的小說的時候，二妹卻急急忙忙的走上樓來對我說：

「樓下有一個送信的在那裡，要你拿了印子去拿信。」

她對我講這話的時候，她的疑懼的態度更表示得明顯，她好像在那裡說：「呵呵！你的事件是發覺了啊！」我對她這種態度，心裡非常痛恨，所以就氣急了一點，回答她說：

「我有什麼信？不是我的！」

她聽了我這氣憤憤的回答，更好像是得了勝利似的，臉上忽湧出一種冷笑說：

「你自家去看罷！你的事情，只有你自家知道的！」

同時我聽見樓底下門口果真有一個郵差似的人在催著說：

「掛號信！」

我把信取來一看，心裡就突突的跳了幾跳，原來我前回寄去的一篇德文短篇譯稿，已經在某雜誌上發表了，信中寄來的五圓錢的一張匯票。我囊裡正是將空的時候，有了這五圓錢，非但月底要預付的來月的房金可以無憂，並且付過房金以後，還可以維持幾天的食料，當時這五圓錢對我的效用的擴大，是誰也不能推想得出來的。

第二天午後，我上郵局去取了錢，在太陽曬著的大街上走了一會，忽而覺得身上就淋出了許多汗來。我向我前後左右的行人一看，復向我自家的身上一看，就不知不覺的把頭低俯了下去。我頸上頭上的汗珠，更同盛雨似的，一顆一顆的鑽出來了。因為當我在深夜遊行的時候，天上並沒有太陽，並且料峭的春寒，於東方微白的殘夜，老在靜寂的街巷中留著，所以我穿的那件破綿袍子，還覺得不十分與季節違異。如今到了陽和的春日曬著的這日中，我還不能自覺，依舊穿了這件夜遊的敝袍，在大街上闊步，與前後左右的和季節同時進行的我的同類一比，我哪得不自慚形穢呢！我一時竟忘了幾日後不得不付的房金，忘了囊中本來將盡的些微的積聚，便慢慢的走上了閘路的故衣鋪去。好久不在白天之下行走的我，看看街上來往的汽車人力車，車中坐著的華美少年男女，和馬路兩邊的綢緞鋪、金銀鋪窗裡的豐麗的陳設，聽聽四面的同蜂衙似的嘈雜的人聲、腳步聲、車鈴聲，一時倒也覺得是身到了大羅天上的樣子。我忘記了我自家的存在，也想和我的同胞一樣的歡歌欣舞起來，我的嘴裡便不知不覺的唱起幾句久忘了的京調來了。這一時的涅槃幻境，當我想橫越過馬路，轉入閘路去的時候，忽而被一陣鈴聲驚破了。我抬起頭來一看，我的面前正衝來了一乘無軌電車，車頭上站著的那肥胖的機器手，伏出了半身，怒目的大聲罵我說：

「豬頭三！儂（你）艾（眼）睛勿散（生）咯！跌殺時，叫旺（黃）夠（狗）抵儂（你）命噢！」

我呆呆的站住了腳，目送那無軌電車尾後捲起了一道灰塵，向北過去之後，不知是從何處發出來的感情，忽而竟禁不住哈哈哈哈的笑了幾聲。等得四面的人注視我的時候，我纔紅了臉慢慢的走向了閘路裡去。

我在幾家故衣鋪裡，問了些夾衫的價錢，還了他們一個我所出的數目，幾個故衣鋪的店員，好像是一個師父教出的樣子，都擺下了臉面，嘲弄著說：

「儂（你）尋薩咯（什麼）凱（開）心！馬（買）勿起好勿要馬（買）咯！」

一直問到五馬路邊上的一家小鋪子裡，我看看夾衫是怎麼也買不成了，纔買了一件竹布單衫，馬上就把它換上。手裡拿了一包換下來的棉袍子，默默的走回家來，一邊我心裡卻在打算：

「橫豎是不夠用了，我索性來痛快的用它一下罷。」同時我又想了那天二妹送我的麵包香蕉等物。不等第二次的回想我就尋著了一家賣糖食的店，進去買了一塊錢巧格力、香蕉糖、雞蛋糕等雜食。站在那店裡，等店員在那裡替我包好來的時候，我忽而想起我有一月多不洗澡了，今天不如順便去洗一個澡罷。

洗好了澡，拿了一包棉袍子和一包糖食，回到鄧脫路的時候，馬路兩旁的店家，已經上電燈了。街上來往的行人也很稀少，一陣從黃浦江上吹來的日暮的涼風，吹得我打了幾個冷痙。我回到了我的房裡：把蠟燭點上，向二妹的房門一照，知道她還沒有回來。那時候我腹中雖則飢餓得很，但我剛買來的那包糖食怎麼也不願意打開來，因為我想等二妹回來同她一道吃。我一邊拿出書來看，一邊口裡儘在嚥唾液下去。等了許多時候，二妹終不回來，我的疲倦不知什麼時候出來戰勝了我，就靠在書堆上睡著了。

二妹回來的響動把我驚醒的時候，我見我面前的一枝十二混司一包的洋蠟燭已經點去了二寸的樣子，我問她是什麼時候了？她說：

「十點的汽管剛剛放過。」

「你何以今天回來得這樣遲。」

「廠裡因為銷路大了，要我們做夜工。工錢是增加的，不過人太累了。」

「那你可以不去做的。」

「但是工人不夠，不做是不行的。」

她講到這裡，忽而滾了兩粒眼淚出來，我以為她是做工做得倦了，故而動了傷感。一邊心裡雖在可憐她，但一邊看了她這同小孩似的脾氣，卻也感著了些兒快樂。把糖食包打開，請她吃了幾個之後，我就勸她說：

「初做夜工的時候不慣，所以覺得困倦，做慣了以後，也沒有什麼的。」

她默默的坐在我的半高的由書疊成的桌上，吃了幾個巧格力，對我看了幾眼，好像是有話說不出來的樣子。我就催她說：

「你有什麼話說？」

她又沈默了一會，便斷斷續續的問我說：

「我……我……早想問你了，這幾天晚上，你每晚在外邊，可在與壞人作夥友麼？」

我聽了她這話，倒吃了一驚，她好像在疑我天天晚上在外面與小竊惡棍混在一塊。她看我呆了不答，便以為我的行為真的被她看破了，所以就柔柔和和的連續著說：

「你何苦要吃這樣好的東西，要穿這樣好衣服？你可知道這事情是靠不住的。萬一被人家捉了去，你還有什麼面目作人。過去的事情不必去說它，以後我請你改過了罷……」

我儘是張大了眼睛，張大了嘴呆呆的在看她，因為她的思想太奇突了，使我無從辯解起。她沈默了數秒鐘，又接著說：

「就以你吸的煙而論，每天若戒絕了不吸，豈不可省幾個銅子。我早就勸你不要吸菸，尤其是不要吸那我所痛恨的N工廠的煙，你總是不聽。」

她講到了這裡，又忽而落了幾滴眼淚。我知道這是她為怨恨N工廠而滴的眼淚，但我的心裡，怎麼也不許我這樣的想，我總要把它們當作因規勸我而灑的。我靜靜兒的想了一回，等她的神經鎮靜下去之後，就把昨天的那封掛號信的來由說給她聽，又把今天的取錢買物的事情說了一遍，最後便將我的神經衰弱症和每晚何以必要出去散步的原因說了。她聽了我這一番辯解，就信用了我，等我說完之後，她頰上忽而起了兩點紅暈，把眼睛低下去看著桌上，好像是怕羞似的說。

「噢，我錯怪你了，我錯怪你了。請你不要多心，我本來是沒有歹意的。因為你的行為太奇怪了，所以我想到了邪路裡去。你若能好好兒的用功，豈不是很好麼？你剛纔說的那——叫什麼的——東西，能夠賣五塊錢，要是每天能做一個，多麼好呢？」

我看了她這種單純的態度，心裡忽而起了一種不可思議的感情，我想把兩隻手伸出去擁抱她一回，但是我的理性卻命令我說：「你莫再作孽了！你可知道你現在處的是什麼境遇！你想把這純潔的處女毒殺了麼？惡魔，惡魔，你現在是沒有愛人的資格的呀！」

我當那種感情起來的時候，曾把眼睛閉上了幾秒鐘，等聽了理性的命令以後，我的眼睛又開了開來，我覺得我的周圍，忽而比前幾秒鐘更光明了。對她微微的笑了一笑，我就催她說：

「夜也深了，你該去睡了罷！明天你還要上工去的呢？我從今天起，就答應你把紙煙戒下來罷！」

她聽了我這話，就站了起來，很喜歡的回到她的房裡去睡了。

她去之後，我又換上一枝洋蠟燭，靜靜兒的想了許多事情：

「我的勞動的結果，第一次得來的這五塊錢已經用去了三塊了。連我原有的一塊多錢合起來，付房錢之後，只能剩下二三角小洋來，如何是好呢！

就把這破棉袍子去當罷！但是當鋪裡恐怕不要。

這女孩子真是可憐，但我現在的境遇，可是還趕她不上，她是不想做工而工作要強迫她做，我是想找一點工作，終於找不到。

就去做筋肉的勞動罷！啊啊，但是我這一雙弱腕，怕吃不下一部黃包車的重力。

自殺！我有勇氣，早就幹了。現在還能想到這兩個字，足證我的志氣還沒有完全消磨盡哩！

哈哈哈哈！今天的那輛無軌電車的機器手！他罵我什麼來？

黃狗，黃狗倒是一個好名詞，

…………

…………」

我想了許多零亂斷續的思想，終究沒有一個好法子，可以救我出目下的窮狀來。聽見工廠的汽笛，好像在報十二點鐘了，我就站了起來，換上了白天脫下的那件破棉袍子，仍復吹熄了蠟燭，走出外面去散步去。

貧民窟裡的人已經睡眠靜了。對面日新里的一排臨鄧脫路的洋樓裡，還有幾家點著了紅綠的電燈，在那裡彈罷拉拉衣加。一聲二聲清脆的歌音，帶著哀調，從靜寂的深夜的冷空氣裡傳到我的耳膜上來。這大約是俄國的飄泊的少女，在那裡賣錢的歌唱。天上罩滿了灰白的薄雲，同腐爛的屍體似的沈沈的蓋在那裡。雲層破處也能看得出一點兩點星來，但星的近處，黝黝看得出來的天色，好像有無限的哀愁蘊藏著的樣子。

一九二三年七月十五日

作者

郁達夫（一八九六——一九四五），本名文，浙江富陽人，在杭州受中學教育。一九一三年九月隨其在外交部任職的胞兄郁華赴日本考察，次年考入東京第一高等學校。畢業後再考入東京帝國大學經濟部。一九二二年畢業後回國。

一九二三年到一九二六年先後在北京大學、武昌師範大學、廣東大學任教，並編輯《創造月刊》、《洪水》等刊物。後退出創造社。一九三〇年參與發起中國自由運動大同盟，並參加左聯。一九三四年退出左聯，遷居杭州，在各地遊覽。一九三八年參加軍事委員會政治部第三廳工作，年底去新加坡，從事抗戰文化工作。後逃亡印尼蘇門答臘隱居。一九四五年，在日本投降後，被當地日本憲兵殺害，在丹戎革岱的荒野裡，正當是年九月十七日的晚上，連屍骨都沒有找到。

郁達夫在留日期間開始寫作小說，其作品大都表現在社會動盪中讀書人的困境——即性的苦悶與生存的艱難，頗有自傳色彩，充滿感傷情緒與頹廢風格。文筆清麗，結構散文化，代表新文學中感傷的浪漫主義風格流派，對當時及後來的浪漫文學影響很大。小說代表作品有《沈淪》、

《春風沈醉的晚上》、《遲桂花》等。

題解

本篇原作於一九二三年七月，郁達夫二十七歲，旅居上海時期。後收入一九三五年十月上海北新書局出版的《達夫短篇小說集》。

此文用第一人稱「我」，帶有自傳色彩的筆調，寫上海女工生活的點點滴滴，被推許為現代小說史上最早出現的工人小說。

賞析

郁達夫從日本回國後，為生計所迫，輾轉於上海、北京、安慶、武昌等地，生活貧困，知識分子的尊嚴被剝奪殆盡。但這種貧困生活也使他接觸到了社會低階層廣大群眾的生活世界。創作視野漸漸開闊，具有了探索某種社會現象的眼光。本篇作品透過自己與煙廠女工陳二妹的交往、了解、互助過程，展示了女性美好心靈的一面，與反抗社會的衝突，也反映了低階層人物與處逆境而能互助向上，產生同類意識的積極人生。

所謂同類意識，又叫我群意識。是指一個群體中的團結感及一體性的意識。它具有共同利益感，是友誼或經濟需要的一種連繫，這種意識可以更深化為人類學所講的同宗意識（Syngenism），是指對於群體團結與忠實的集體情操，尤其是在一起成長的結果。本篇小說主角最終對女工產生愛慕，二人由好奇、認識、誤會到化解而新生感情，拉近距離，成為互相照顧的一體，便是出於此種同類意識。

〈春風沈醉的晚上〉屬於郁達夫小說中較具有社會性、客觀化的作品，但同時也具有浪漫小說的共同特性，其藝術上有以下幾個特點：

其一，既有自傳色彩，又有較多的現實主義傾向。小說中的「我」，其實就是作者的自我寫照，而女工陳二妹的形象也是透過「我」的眼光、印象來寫的。所有這些都有作者浪漫小說的一般特徵。但這篇作品又明顯地超出了自我經歷與情緒的局限，增加自我之外的人物為主人公，而且寫實性較強，有清晰的故事情節，結構首尾完整。這在作者的小說作品中不甚多見。

其二，既有感傷的抒情，又有積極向上的健康格調。抒情之中，有時不免感傷乃至頹廢。這篇作品注重抒發主人公多愁抑鬱、孤獨哀怨的情懷，但最後導向主題積極，從而透出少見的健康、樂觀色調。使到「我」在結尾時能夠心靈淨化，慾情昇華，沒有郁達夫作品中常見的頹廢與誇張色情傾向，殊為難能可貴。

今若從心理學角度看，小說主人公在故事情節發展中的行為變化，其實便是一種「心理自衛機轉」的運用。

所謂心理自衛機轉，是指每個人在成長生活中，必定會遭遇的挫折煩惱，要消解它，以減少內心爭執和不安，以保護精神統一，心情安寧的方法，稱之為「心理自衛機轉」。最常見的有十三種：

一、潛抑作用（repression）。
二、否定作用（denial）。
三、隔離作用（isolation）。
四、轉移作用（displacement）。
五、外射作用（projection）。
六、合理化作用（rationalization）。
七、抵消作用（undoing）。
八、反向作用（reaction formation）。
九、仿同作用（identification）。

十、退化作用（regression）。
十一、幻想作用（fantasy）。
十二、補償作用（compensation）。
十三、昇華作用（sublimation）。

在以上十三種心理自衛機轉中，主人公大抵用了其中幾項，開始時，他對女性的好奇心，與性的衝動，不敢任意發洩，完全是「潛抑作用」發揮功效。

後來，有些誤會，兩人羞於相見，主人公甚至有一段時間是躲避起來，這便是自我的「隔離作用」。在這段時間，主人公的憂鬱孤獨愈形加重，他便不斷抽菸，喫酒，藉以排遣苦悶，這其實是主人公的「轉移作用」行為。最後，兩人獲得相互同情與理解，互相勉勵，終而逐漸走向積極健康人生，這時，兩人可說是發揮了某種程度的昇華了。由此證明用心理學分析來理解小說中的人物性格與人物行為，不失為一種理解分析小說的好方法。特別是郁達夫小說，較著重人物心理的描寫，很可以採用心理學角度欣賞。

問題與思考

1. 何謂「心理自衛機轉」？請運用這個方法分析本篇小說中的人物心理。
2. 再運用這種方法分析郁達夫另外一篇小說〈沈淪〉。
3. 有關精神分析文學理論的主要內容為何？請根據「參考資料」所列書目，自行閱讀，做一份簡單報告。

參考資料

1. 徐靜，一九七七，《心理自衛機轉》，臺北：水牛出版社。
2. 王寧，一九九二，《深層心理學與文學批評》，西安陝西人民出版社。
3. 吳立昌，一九八七，《精神分析與中西文學》，上海：學林出版社。
4. 李繼軌，一九九一，《新文學的心理分析》，西安：陝西師範大學出版社。

5.王溢嘉，一九八五，《精神分析與文學》，臺北：野鵝出版社。
6.郁風（主編），一九九〇，《郁達夫海外文集》，北京：三聯書店。
7.何欣（譯），一九七八，《一個與世疏離的天才》，臺北：成文出版社。
8.蔣增福（編），一九九六，《眾說郁達夫》，杭州：浙江文藝出版社。
9.王潤華，一九八四，《郁達夫卷》，臺北：遠景出版事業公司。
10.張恩和，一九九〇，《郁達夫小說欣賞》，臺北：海風出版社。
11.劉心皇（編），一九八二，《郁達夫詩詞彙編全集》，臺北：臺灣商務印書館股份有限公司。
12.張慈宜（中譯），二〇〇二，《發展謬思》，臺北：遠流出版公司。
13.西格蒙・佛洛伊德，二〇〇一，《論文學與藝術》，北京：國際文化出版公司。
14.西格蒙・佛洛伊德，二〇〇一，《日常生活的精神病理學》，北京：國際文化出版公司。

15.卡倫・荷妮，二〇〇一，《我們時代的病態人格》，北京：國際文化出版公司。

五、柳家大院

老舍

這兩天我們的大院裡又透著熱鬧，出了人命。

事情可不能由這兒說起，得打頭兒來。先交代我自己吧，我是個算命的先生。我也賣過酸棗落花生什麼的，那可是先前的事了。現在我在街上擺卦攤，好了呢一天也抓弄個三毛五毛的。老伴兒早死了，兒子拉洋車。我們爺兒倆住著柳家大院的一間北房。

除了我這間北房，大院裡還有二十多間房呢。一共住著多少家子？誰記得清！住兩間房的就不多，又搭上今天搬來，明兒又搬走，我沒有那麼好記性。大家見面招呼聲「吃了嗎，」透著和氣；不說呢，也沒什麼。大家一天到晚為嘴奔命，沒有工夫扯閒盤兒。愛說話的自然也有啊，可是也得先吃飽了。

還就是我們爺兒倆和王家可以算作老住戶，都住了一年多了。早就想搬家，可是我這間屋子下雨還算不十分漏；這個世界哪去找不十分漏水的屋子，不漏的自然有哇，也得住得起呀！再說，一搬家又得花三分兒房錢，莫如忍著吧。晚報上常說什麼「平等」，銅子兒不平等，什麼也不用說，這是實話。就拿媳婦們說吧，娘家要是不使彩禮，她們一定少挨點揍，是不是？

王家是住兩間房。老王和我算是柳家大院裡最「文明」的人了。「文明」是三孫子，話先說在頭裡。我是算命的先生，眼前的字兒頗念一氣。天天我看倆大子的晚報。「文明」人，就憑看篇晚報，別裝孫子啦！老王是給一家洋人當花匠，總算混著洋事。其實他會種花不會？他自己曉得；若是不會的話，大概他也不肯說。給洋人院裡剪草皮的也許叫作花匠；無論怎說吧，老王有點好吹。有什麼意思？剪草皮又怎麼低得呢？老王想不開這一層。要不怎麼窮人沒起色呢，窮不是，還好吹兩句！大院裡這樣的人多了，老跟「文明」人學；好像「文明」人的吹鬍子瞪眼睛是應當應分。反正他掙錢不多，花匠也罷，草匠也罷。

老王的兒子是個石匠，腦袋還沒石頭順溜呢，沒見過這麼死巴的人。他可是好石匠，不說屈心話，小王娶了媳婦，比他小著十歲，長得像擱陳了的窩窩頭，一腦袋黃毛，永遠不樂，一挨揍就哭，還是不短挨揍。老王還有個女兒，大概也有十四五歲了，又醜又壞，他們四口住兩間房。

除了我們兩家，就得算張二是老住戶了，已經在這兒住了六個多月。雖然欠下兩月的房錢。可是還對付著沒叫房東給攆出去。張二的媳婦嘴真甜甘，會說話；這或者就是還沒叫攆出去的原因。自然她只是在要房租來的時候嘴甜甘；房東一轉身，你聽她那個罵。誰能不罵房東呢；就憑那麼一間狗窩，一月也要一塊半錢！可是誰也沒有她罵得那麼到家，那麼解氣。連我這老頭子都有點愛上她了，不為別的，她真會罵。可是，任憑怎麼罵，一間狗窩還是一塊半錢，這麼一想；我又不愛她了。沒真章兒，罵罵算得了什麼呢。

張二和我的兒子同行，拉車。他的嘴也不善，喝兩銅子的貓尿能把全院沒人說暈了；窮嚼！我就討厭窮嚼，雖然張二不是壞心腸的人。張二有三個小孩，大的撿煤核，二的滾車轍，三的滿院爬。

提起孩子來了，簡直的說不上來他們都叫什麼。院子裡的孩子足夠一混成旅，怎能記得清楚呢？男女倒好分，反正能光眼子就光著，在院子裡走道總得小心點；一慌，不定踩在誰的身上呢。踩了誰也得鬧一場氣。大人全彆著一肚子委屈，可不就抓個碴兒吵一陣吧。越窮，孩子越多，難道窮人就不該養孩子？不過，窮人也真得想個辦法。這群小光眼子將來都幹什麼去呢？又跟我的兒子一樣，拉洋車？我倒不是說拉洋車就低得，我是說人就不應當拉車；人嗎。當牲口？可是，好得個還活不到拉車的年紀呢。今年春天鬧瘟疹死了一大批。最愛打孩子的爸爸也咧著大嘴的哭，自己的孩子有個不心疼的？可是哭完也就完了，小蓆頭一捲，夾出城去；死了死了，省吃是真的。腰裡沒錢心似鐵，我常這麼說。這不像一句話，是得想個辦法！

除了我們三家子，人家還多著呢。可是我只提這三家子就夠了。我不是說柳家大院出了人命嗎？死的就是王家那個小媳婦——像窩窩頭的那位。我又說她像窩窩頭，這可不是拿死人打哈哈。我也不是說她「的確」像窩窩頭。我是替她難受，替和她差不多的姑娘媳婦們難受。我就常思索，憑什麼好好的一個姑娘，養成像窩窩頭呢？從小兒不得吃、不得喝，還能油光水滑的嗎？是，不錯，可是憑什麼呢？

少說閒話吧；是這麼回事：老王第一個不是東西。我不是說他好吹嗎？是，事事他老學那些「文明」人。娶了兒媳婦，喝，他不知道怎麼好了。一天到晚對兒媳婦挑鼻子弄眼睛，派頭大了。為三個錢的油，兩個大的醋，他能鬧得翻江倒海。我知道，窮人肝氣旺，愛吵架。老王可是有點存心找毛病；他鬧氣，不為別的，專為學學「文明」人的派頭。他是公公；媽的，公公幾個子兒一個！我真不明白，為什麼窮小子單要充「文明」，這是哪一股兒毒氣呢？早晨，他起得早，總得也把小媳婦叫起來，其實有什麼事呢？他要立這個規矩，窮酸！她稍微晚起來一點，聽吧，這一頓揍！

我知道，小媳婦的娘家使了一百塊的彩禮。他們爺兒倆大概再有一年也還不清這筆虧空，所以老拿小媳婦洩氣。可是要專為這一百塊錢鬧氣，也倒罷了，雖然小媳婦已經夠冤枉的，他不是專為這點錢。他是學「文明」人呢，他要作足了公公的氣派。他的老伴不是死了嗎，他想把婆婆給兒媳婦的折磨也由他承辦。他變著方兒挑她的毛病。她呢，一個十七歲的孩子可懂得什麼？跟她要排場？我知道他那些排場是打哪兒學來的：在茶館裡聽那些「文明」人說的，他就是這麼個人——「文明」人要是過兩句話，替別人吹幾句，臉上立刻能紅堂堂的。在洋人家裡剪草皮的時候，洋人要是跟他過一句半句的話，他能把尾巴擺動三天三夜。他確是有尾巴。可是他擺了一輩子的尾巴了，還是他媽的住破大院啃窩窩頭。我真不明白！

老王上工去的時候，把折磨兒媳婦的辦法交給女兒替他辦，那個賊丫頭！我一點也沒有看不起窮人家的姑娘的意思；她們給人家作丫環去呀，作二房去呀，當窯姐去呀，是常有的事（不是應該的事），那能怨她們嗎？不能！可是我討厭王家這個二妞，她和她爸爸一樣的討人厭，能鑽天覓縫的給她嫂子小鞋穿，能大睜白眼的造早謠言給嫂子使壞。我知很她為什麼這麼壞，她是由那個洋人供給著在一個工讀學校念書，她一萬多個看不上她的嫂子。她也穿雙整鞋，頭髮上也戴著把梳子，瞧她那個美！我就這麼琢磨這回事：世界上不應當有窮有富。可是窮人要是夠著有錢的，往高處爬，比什麼也壞。老王和二妞就是好例子。她嫂子要是作雙青布鞋，她變著方兒給踩上泥，然後叫他爸爸罵兒媳婦。我沒工夫細說這些事兒，反正這個小媳婦沒有一天得著好氣；有的時候還吃不飽。

小王呢，石廠子在城外，不住在家裡，十天半月的回來一趟，一定揍媳婦一頓。在我們的柳家大院，揍兒媳婦是家常便飯。誰叫老婆吃著男子漢呢，誰叫娘家使了彩禮呢，挨揍是該當的。可是小王本來可以不揍媳婦，因為他輕易不家來，還願意回回鬧氣嗎？哼，有老王和二妞在旁邊唧咕啊。老王罰兒媳婦挨餓，跪著；到底不能親自下手打，他是自居為「文明」人的，哪能落個公公打兒媳婦呢？所以挑唆兒子去打；他知道兒子是石匠，打一回勝似別人打五回的。兒子打完了媳婦，他對兒子和氣極了，二妞呢，雖然常擰嫂子的胳臂，可也究竟是不過癮，恨不能看著哥哥把嫂子當作石頭，一鎚子砸碎纔痛快，我告訴你，一個女人要是看不起一個女人的，那就是活對頭。二妞自居女學生；嫂子不過是花一百塊錢買來的一個活窩窩頭。

王家的小媳婦沒有活路。心裡越難受，對人也越不和氣；全院裡沒有愛她的人。她連說話都忘了怎麼說了。也有痛快的時候，見神見鬼的鬧「撞客」。總是在小王揍完她走了以後，她又哭又說，一個人鬧歡了。我的差事來了，老王和我借憲書，抽她的嘴巴，他怕鬼，叫我去抽。等我進了她的屋子，把她安慰得不哭了——我沒抽過她，她要的是安慰，幾句好話——他進來了，掐她的人中，用草紙熏；其實他知道她已緩醒過來，故意的懲治她。每逢到這個節骨眼，我和老王吵一架。平日他們吵鬧我不管；管又有什麼用呢？我要是管，一定是向著小媳婦；這豈不更給她添毒？所以我不管。不過每逢一鬧撞客，我們倆非吵不可了，因為我是在那兒，眼看著，還能一語不發？奇怪的是這個，我們倆吵架，院裡的人總說我不對；婦女們也這麼說。他們以為她該挨揍，他們也說我多事。男的該打女的，公公該管教兒媳婦，小姑子該給嫂子氣受，他們這群男女信這個！怎麼會信這個呢？誰教給他們的呢？那個王八蛋三孫子「文明」可笑，又可哭，肚子餓得像兩層皮的臭蟲，還信「文明」呢？！

前兩天，石匠又回來了。老王不知怎麼一時心順，沒叫兒子揍媳婦，小媳婦一見大家歡天喜地，當然是喜歡，臉上居然有點像要笑的意思。二妞看見了這個，彷彿是看見天上出了兩個太陽。一定有事！她嫂子正在院子裡作飯，她到嫂子屋裡去搜開了。一定是石匠哥哥給嫂子買來了貼己的東西，要不然她不會臉上笑出來。翻了半天，什麼也沒翻出來，我說「半天」，意思是翻得很詳細；小媳婦屋裡的東西還多得了嗎？我們的大院裡湊到一塊也找不出兩張整桌子來，要不怎麼不鬧賊呢？我們要是有錢票，是放在襪筒兒裡。

二妞的氣大了。嫂子臉上敢有笑容？不管查得出私弊查不出，反正得懲治她！

小媳婦正端著鍋飯澄米湯。二妞給了她一腳。她的一鍋飯出了手。「米飯」！不是丈夫回來，誰敢出主意吃「飯」！她的命好像隨著飯鍋一同出去了。米湯還沒澄乾，稀粥似的雪白的飯，攤在地上。她拚命用手去捧，滾燙，顧不得手；她自己還不如那鍋飯值錢呢。實在太熱，她捧了幾把，疼到了心上，米汁把手糊住。她不敢出聲，咬上牙，扎著兩隻手，疼得直打轉。

「爸！瞧她把飯全灑在地上啦！」二妞喊。

爺兒倆全出來了。老王一眼看見飯在地上冒熱氣，登時就瘋了。他只看了小王那麼一眼已然說明白了；「你是要媳婦？還是要爸爸？」

小王的臉當時就漲紫了，過去揪住小媳婦的頭髮，拉倒在地。小媳婦沒出一聲，就人事不知了。

「打！往死了打！打！」老王在一旁嚷，腳踢起許多土來。

二妞怕嫂子是裝死，過去擰她的大腿。

院子裡的人都出來看熱鬧，男人不過來勸解，女的自然不敢出聲；男人就是喜歡看別人揍媳婦——給自己的那個老婆一個榜樣。

我不能不出頭了。老王很有揍我一頓的意思。可是我一出頭，別的男人也蹭過來。好說歹說，算是勸開了。

第二天一清早，小王老王全去做工。二妞沒上學，為是繼續給嫂子氣受。

張二嫂動了善心，過來看看小媳婦，因為張二嫂自信會說話，所以一安慰小媳婦，可就得罪了二妞。她們倆抬起來了。當然二妞不行，她還說得過張二嫂「你這個丫頭要不下窯子，我不姓張！」一句話就把二妞罵悶過去了，「三禿子給你倆大子，你就叫他親嘴；你當我沒看見呢？有這麼回事沒有？有沒有？」二嫂的嘴就堵著二妞的耳朵眼，二妞直往後退，還說不出話來。

這一場過去，二妞搭訕著上了街，不好意思再和嫂子鬧了。

小媳婦一個人在屋裡，工夫可就大啦。張二嫂又過來看一眼，小媳婦在坑上躺著呢，可是穿著出嫁時候的那件紅襖。張二嫂問了她兩句，她也沒回答，只扭過臉去。張家的小二，正在這麼工夫跟個孩子打起來，張二嫂忙著跑去解圍，因為小二被敵人給按在底下了。

二妞直到快吃飯的時候纔回來，一直奔了嫂子的屋子去，看看她作好了飯沒有。二妞向來是不動手作飯的，女學生嗎！一開屋門，她失了魂似的喊了一聲，嫂子在門梁上吊著呢！院子的人全嚇驚了，沒人想起把她摘下來，好鞋不踩臭狗屎，誰肯往人命事兒裡纔合呢？

二妞摀著眼嚇成孫子了。「還不找你爸爸去？」不知道誰說了這麼一句，她扭頭就跑，彷彿鬼在後頭追她呢。

老王回來也傻了。小媳婦是沒有救兒了；這倒不算什麼，髒了房，人家房東能饒得了他嗎？再娶一個，只要有錢；可是上次的債還沒歸清呢！這些個事叫他越想越氣，真想咬吊死鬼兒幾塊肉纔解氣！

娘家來了人，雖然大嚷大鬧，老王並不怕。他早有了預備，早問明白了二妞，小媳婦是受張二嫂的挑唆才想上吊；王家沒逼她死，王家沒給她氣受。你看，老王學「文明」人真學得到家，能瞪著眼扯謊。

張二嫂可抓了瞎，任憑怎麼能說會道，也禁不住賊咬一口，入骨三分！人命，就是自己能分辯，丈夫回來也得鬧一陣。打官司自然是不會打的，柳家大院的人還敢打官司？可是老王和二妞要是一口咬定，小媳婦的娘家要是跟她要人呢，這可不好辦！柳家大院是不講情理的！老王要是咬定了她，她還就真跑不了。誰叫自己平日愛說話呢，街坊們有不少恨著她的，就棍打腿，他們還不一擁而上把她「打倒」，用個晚報上的字眼，果不其然，張二一回來就聽說了，自己的媳婦惹了禍。誰還管青紅皂白，先揍完再說，反正打媳婦是理所當然的事。張二嫂挨了頓好的，全大院都覺得十分的痛快。

小媳婦的娘家不打官司；要錢；沒錢再說厲害的。老王怕什麼偏有什麼；前者娶兒媳婦的錢還沒還清，現在又來了一檔子！可是，無論怎樣，也得答應著拿錢，要不然屋裡放著吊死鬼，總不像句話。

小王也回來了，十分的像個石頭人，可是我看得出，他的心裡很難過，誰也沒把死了的小媳婦放在心上，只有小王進到屋中，在屍首旁邊坐了半天。要不是他的爸爸「文明」，兒子也自然是要孝順了，打吧！一打，他可就忘了他的胳臂本是砸石頭的。他一聲沒出，在屋裡坐了好大半天，而且把一條新褲子——就是沒補釘的呀——給媳婦穿上。他的爸爸跟他說什麼，他好像沒聽見。他一個勁兒的吸蝙蝠牌的煙，眼睛不錯眼珠的看著點什麼——別人都看不見的一點什麼。

娘家要一百塊錢——五十是發送小媳婦的，五十歸娘家人用。小王還是一語不發。老王答應了拿錢。他第一個先找了張二去。「你的媳婦惹的禍，沒什麼說的，你拿五十，我拿五十；要不然我把吊死鬼搬到你屋裡來。」老王說得溫和，可又硬張。

張二剛喝了四個大字的貓尿，眼珠子紅著。他也來得不善。「好王大爺的話，五十？我拿！看見沒有？屋裡有什麼你拿什麼好了。不要不然我把這兩個大孩子賣給你，還不值五十塊錢？小三的媽！把兩個大的送到王大爺屋裡去！會跑會吃，絕不費事，你又沒個孫子，正好嗎！」

老王碰了個軟的。張二屋裡的陳設大概一共值不了四個子兒！倆孩子？叫張二留著吧。可是，不能這麼輕輕的便宜了張二；拿不出五十呀，三十行不行？張二唱開了打牙牌，好像很高興似的。「三十幹嘛？還是五十好了，先寫在賬上，多咱我叫電車軋死，多咱還你。」

老王想叫兒子揍張二一頓。可是張二也挺壯，不一定能揍了他。張二嫂始終沒敢說話，這時候看出一步棋來，乘機會自己找找臉：「姓王的你等著好了，我要不上你屋裡去上吊，我不算好老婆，你等著吧！」

老王是「文明」人，不能和張二嫂鬥嘴皮子。而且他也看出來，這種野娘們什麼也幹得出來，真要再來個吊死鬼，可就更吃不了兜著走了。老王算是沒敲上張二，張二由打牙牌改成了刀劈三關。

其實老王早有了「文明」主意，跟張二這一場不過是虛晃一刀。他上洋人家裡去，洋大人沒在家，他給洋太太跪下了，要一百塊錢。洋太太給了他，可是其中的五十是要由老王的工錢扣的，不要利錢。

老王拿著錢回來了，鼻子朝著天。

開張殃榜就使了八塊；陰陽生要不開這張玩藝，麻煩還小得了嗎，這筆錢不能不花。小媳婦總算死得值，一身新紅洋緞的衣褲，新鞋新襪子，一頭銀白銅的首飾。十二塊錢的棺材。還有五個和尚念了個光頭三。娘家弄了四十多塊去；老王無論如何不能照著五十的數給。

事情算是過去了，二妞可遭了報，不敢進屋子。無論幹什麼，她老看見嫂子在門梁上掛著穿著紅襖，向她吐舌頭。老王得搬家。可是，髒房誰來住呢？自己住著，房東也許馬馬虎虎不究真兒；搬家，不叫賠房纔怪呢。可是二妞不敢進屋睡覺也是個事兒。況且兒媳婦已經死了，何必再住兩間房？讓出那一間去，誰肯住呢？這倒難辦了。

老王又有了高招兒了，兒媳婦變成吊死鬼，他更看不起女人。四五十塊花在吊死鬼身上，還叫她娘家拿走四十多，真堵得慌。因此，連二妞的身分也落下來了。乾脆把她打發了，進點彩禮，然後趕緊再給兒子續上一房。二妞不敢進屋子呀，正好，去她的。賣個三百二百的，除給兒子續娶之外，自己也得留點棺材本兒。

他搭訕著跟我說這個事。我以為要把二妞給我的兒子呢；不是，他是託我給留點神，有對事的外鄉人肯出三百二百的就行。我沒說什麼。

正在這個時候，有人來給小王提親，十八歲的大姑娘，能洗能做，纔要一百二十塊錢的彩禮。老王更急了，好像立刻把二妞剷出去才痛快。

房東來了，因為上吊的事吹到他耳朵裡。老王把他唬回去了：房髒了，我現在還住著呢！這個事怨不上來我呀，我一天到晚不在家，還能給兒媳婦氣受？架不住有壞街坊，要不是張二的娘們，我的兒媳婦能想起上吊？上吊也倒沒什麼，我呢！現在又給兒子張羅著，反正混著洋事，自己沒錢呀，還能和洋人說句話，接濟一步。就憑這回事說吧，洋人送了我一百塊錢！

房東叫他給唬住了，跟旁人一打聽，的的確確是由洋人那兒拿來的錢，而且大家都很佩服老王。房東沒再對老王說什麼，不便於得罪混洋事的。可是張二這個傢伙不是好調貨，欠下兩個月的房租，還由著娘們拉舌頭扯簸箕，攆他搬家！張二嫂無論怎麼會說，也得補上兩月的房錢，趕快滾蛋！

張二搬走了，搬走的那天，他又喝得醉貓似的。

等著看吧。看二妞能賣多少錢，看小王又娶個什麼樣的媳婦！什麼事呢！「文明」是三孫子，還是那句！

原載一九三三年十一月《大眾畫報》

作者

老舍（一八九九——一九六六），原名舒慶春，生於北京，滿族正紅旗人。一九一八年從北京師範畢業後，曾任小學校長。一九二二年到天津南開中學任國文教員。一九二四年赴英國，任倫敦大學東方學院中文講師。一九三〇年回國到山東齊魯大學任教，後辭去教職，專事創作。抗戰後，中華全國文藝界抗敵協會成立，老舍被推為總務部主任。一九四六年赴美講學，一九四九年回國後，任北京市文聯主席，曾被授予「人民藝術家」稱號。一九六六年八月與北京市二十多位作家被揪到國子監，遭毆打，第二天在太平湖自沈身亡。

老舍於執教英倫時，完成了《老張的哲學》、《趙子曰》、《二馬》三部長篇小說。三〇年代在山東時寫下《駱駝祥子》、《離婚》等長篇小說。四〇年代完成了三卷百萬字長篇小說《四世同堂》。五〇年代側重於話劇創作，有話劇《茶館》、《龍須溝》等。此外另有《趕集》、《櫻海集》、《蛤藻集》等六個短篇小說集。老舍小說大都以北京底層市民生活為題材，具有濃郁的京味與幽默風格。

題　解

本文原載一九三三年十一月號《大眾畫報》。後收入一九四七年二月出版的老舍傑作選《歪毛兒》，由上海新象書店出版。

一九四九年以後，老舍被迫修改自己的大量作品，本文亦有修改之處。茲依鄭樹森編選的《中國現代小說選》所訂版本為據。

賞　析

本篇小說可以當作「文化小說」這一類型去閱讀。老舍是旗人血統，又長期生活在北京，自然熟悉京城百姓的生活方式，與生活品味。

一切的生活實質，不能離開生活環境與生活經驗。老舍自幼生長於北京下層階級，成年後也格外關注低下階層老百姓的命運。老舍說：「我自己是寒苦出身，所以對窮苦人有很深的同情」。因此老舍常將低階層人民生活的場景，特別是大雜院，納入文學視野之中。他說：「我能描寫大雜院，因為我住過大雜院」。〈柳家大院〉寫的便是大雜院內一位年輕婦女的生命慘劇，而這幕慘劇的罪魁禍首，就是所謂「文明」，即傳統文化固有的封建倫理道德以及由此而來的畸形人格。

全篇小說以「柳家大院」所住的一群人為主要描寫對象，用虛構的「文明人」與被眾人欺凌，終至百般不堪、痛苦死亡的媳婦這一個形象，形成兩個對比。一方面，寫媳婦這個人物如何一步一步被逼至死，它代表王家所受的傳統文化生活之下的產物。另外一家是張家。

張二拉車，嘴頗不善，而張二媳婦則「真會罵」，卻仍不脫貧困的生活。這是貧困生活所造成的生存本能反應。而王家則因「混著洋事」，自居「文明」人，其實是受封建觀念作祟與文化人格的病態表現。兩戶人家可說是代表了大雜院居民的整體文化精神狀態，也構成了王家媳婦被逼致死的社會環境。

本篇小說的主要情節是寫王家媳婦最後上吊自殺的來龍去脈。說穿了，她雖然明白地死於表面上公公一家人的虐待折磨，但深層地探究此種遭遇的背面，其實是「文明」與「文化」在作怪。只因她是文化系統「男尊女卑」之下的犧牲者。她必須一輩子「壓抑」著自然的人性。

小媳婦被人打卻不能說什麼；她把米飯弄掉了，「她拚命用手去捧，滾燙，顧不得手……。

她不敢出聲，咬上牙，扎著兩隻手，疼得直打轉。」小媳婦在家中是沒有地位的，她被欺負則習慣以壓抑為適應的方法，表現出退縮、緊張、拘謹等反應。在一步一步壓縮退化之後，小媳婦的性格已嚴重扭曲。並已出現幻覺作用，染上了躁鬱症。

小媳婦「一腦袋黃毛，永遠不樂，一挨揍就哭，還是不短挨揍。」小媳婦長期受到虐待，心情嚴重低落，對於情緒強烈壓抑，而無法得到正確的疏通管道，最後選擇上吊自殺，結束生命。再探討王家上下何以如此殘忍對待小媳婦呢？完全是出於王家對文明的認同作用。怎樣認同呢？

老王「在洋人家裡剪草皮的時候，洋人要是跟他過一句半句的話，他能把尾巴擺動三天三夜。」「大院裡這樣的人多了，老跟『文明』人學，好像『文明』人的吹鬍子瞪眼睛是應當應分。」「一天到晚對兒媳婦挑鼻子弄眼睛，派頭大了。……他鬧氣，不為別的，專為學學『文明』人的派頭。」二妞「她是由那個洋人供給著在一個工讀學校念書，她一萬多個看不上她的嫂子。」老王和二妞十分認同洋人，處處模仿洋人，也把自己就當成洋人。因為羨慕洋人，而將之內化認同，發展出相同的特質，目的在提高自己的價值感。試想，認同文明的人，照理不應該有對待小媳婦那種行為。卻反而不是如此，竟然做出對小媳婦不盡合人性的無理作法。這顯然是文明與傳統作為「文化」性質，出現相互間的矛盾。老舍正是要藉由本篇小說探討這樣矛盾的文化問題。

所以說，這是一篇文化問題小說。白海珍與汪帆《文化精神與小說觀念》此書就文化與小說的關係，有如下解釋：

一、文化涵括著小說，小說是文化的一種特殊型態；

二、文化規定了小說的內容與形式，小說是文化價值體系的審美表現；

三、文化標示著民族的心理性格，小說通過文化的中介，使民族的心理性格轉化成藝術形象（包括人物形象與情感形象）；

四、文化以多種符號形式存在，小說只能以一種形式——文學語言——創造。

〈柳家大院〉除了在主題上有文化小說的特色之外，老舍也在本篇表現了精熟的敘事技巧與語言趣味。

首先，在敘事結構方面，採用第一人稱的敘事態度，溝通讀者與人物的連繫，使故事層層開展，步步緊扣。小說先是點出大雜院的特色，然後重點介紹王家與張家的職業、作風與性情，作為整個故事的環境基礎。接著，才進入情節，描述了小媳婦慘死的前因後果。故事線索分明，但又波瀾迭起。另外，作品以第一人稱敘事，「我」既是事件的目擊者，又是敘述者，形成夾敘夾議的風格，使作品主題不斷得到強化。

再看小說的語言，特點是俗而白，有濃郁的「京片兒」特色。敘述語言方面，有時採用算命先生的野言村語，頗貼切人物的個性特徵。如老王與張二的一場對話，雖然都有市井色彩，但一個無理取鬧，語帶威脅，一副無賴相；一個則軟中有硬，話裡有刺，滿身刁橫氣，各各不同。很具有人物的立體效果，而不是扁平人物。

問題與思考

1. 本篇小說語言最具有「京片兒」標準，請具體指出哪些話的描寫敘述是這種類型？
2. 何謂「文明三孫子」？
3. 本篇小說人物的行為與心理，十足反映華人文化孕育之下華人的性格，請問有哪些具體性格特徵？請運用本書第四篇賞析郁達夫小說的心理分析手法，再次練習本篇人物的心理作用有哪些？

參考資料

1.陳孝全，一九九〇，《老舍短篇小說欣賞》，臺北：海風出版社。
2.胡金銓，一九八七，《老舍和他的作品》，香港：香港文化生活出版社。
3.舒乙，一九八六，《老舍》，北京：人民出版社。
4.王潤華，一九九五，《老舍小說新論》，上海：學林出版社。
5.舒濟，一九八一，《老舍幽默詩文集》，香港：三聯書店。
6.郭志剛，一九八八，《中國現代文學漫話》，北京：知識出版社。
7.白海珍、汪帆，一九八九，《文化精神與小說觀念》，石家莊：河北人民出版社。

六、蕭蕭

沈從文

鄉下人吹嗩吶接媳婦，到了十二月是成天有的事情。

嗩吶後面一頂花轎，兩個伕子平平穩穩的抬著，轎中人被銅鎖鎖在裡面，雖穿了平時不上過身的體面紅綠衣裳，也仍然得荷荷大哭。在這些小女人心中，做新娘子，從母親身邊離開，且準備做他人的母親，從此必然將有許多新事情等待發生。像做夢一樣，將同一個陌生男子漢在一個床上睡覺，做著承宗接祖的事情。這些事想起來，當然有些害怕，所以照例覺得要哭哭，就哭了。

也有做媳婦不哭的人。蕭蕭做媳婦就不哭。這女人沒有母親，從小寄養到伯父種田的莊子上，終日提個小竹兜籮，在路旁田坎撿狗屎。出嫁只是從這家轉到那家。因此到那一天，這女人還只是笑。她又不害羞，又不怕。她是什麼事也不知道，就做了人家的新媳婦了。

蕭蕭做媳婦時年紀十二歲，有一個小丈夫，年紀還不到三歲。丈夫比她年少十來歲，還沒斷奶。地方有這麼一個老規矩，過了門，她喊他做弟弟。她每天應做的事是抱弟弟到村前柳樹下去玩，到溪邊去玩，餓了，餵東西吃，哭了，就哄他，摘南瓜花或狗尾草戴到小丈夫頭上。或者連連親嘴，一面說：「弟弟，哪，啵。再來，啵。」在那滿是骯髒的小臉上親了又親，孩子於是便笑了。孩子一歡喜興奮，行動粗野起來，會用短短的小手亂抓蕭蕭的頭髮。那是平時不大能收拾蓬蓬鬆鬆在頭上的黃髮。有時候，垂到腦後那條小辮兒被拉得太久，把紅絨線結也弄鬆了，生了氣，就撻那弟弟幾下，弟弟自然哇的哭出聲來。蕭蕭於是也裝成要哭的樣子，用手指著弟弟的哭臉，說：「哪，人不講理，可不行！」

天晴落雨日子混下去，每日抱抱丈夫，也幫同家中做點雜事，能動手的就動手。又時常到溪溝裡去洗衣，搓尿片，一面還撿拾有花紋的田螺給坐在身邊的小丈夫玩。到了夜裡睡覺，便常常做這種年齡人所做的夢，夢到後門角落或別的什麼地方撿得大把大把銅錢，吃好東西，爬樹，自己變成魚到水中各處游。或一時彷彿身子很小很輕，飛到天上眾星中，沒有一個人，只是一片白，一片金光，於是大喊「媽」，人就嚇醒了。醒來心裡還只是跳。吵了隔壁的人，不免罵著：「瘋子，你想什麼！白天玩得瘋，晚上就做夢！」蕭蕭聽著卻不做聲，只是咕咕的笑。也有很好很爽快的夢，為丈夫哭醒的事情。那丈夫本來晚上在自已母親身邊睡，吃奶方便，但是吃多了奶，或因另外情形，半夜大哭，起來放水拉稀是常有的事。丈夫哭到婆婆無可奈何，於是蕭蕭輕腳輕手爬起床來，走到床邊，把人抱起，給他看月亮，看星光，或者互相覷著，孩子氣的「嗨嗨，看貓呵！」那樣喊著哄著，於是丈夫笑了。玩一會會，困倦起來，慢慢的合上眼。人睡定後，放上床，站在床邊看看，聽遠處一傳一遞的雞叫，知道快到什麼時候了，於是仍然蜷到小床上睡去。天亮後，雖不做夢，卻可以無意中閉眼開眼，看一陣在面前空中變幻無端的黃邊紫心葵花，那是一種真正的享受。

蕭蕭嫁過了門，做了拳頭大的丈夫小媳婦，一切並不比先前受苦，這只看她一年來身體發育就可明白。風裡雨裡過日子，像一株長在圓角落不為人注意的蓖麻，大葉大枝，日增茂盛。這小女人簡直是全不為丈夫設想那麼似的，一天比一天長大起來了。

夏夜光景說來如做夢。大家飯後坐到院中心歇涼，揮搖蒲扇，看天上的星同屋角的螢。聽南瓜棚上紡織娘咯咯咯拖長聲音紡車，遠近聲音繁密如落雨，禾花風翛翛吹到臉上，正是讓人在各種方便中說笑話的時候。

蕭蕭好高，一個人常常爬到草料堆上去，抱了已經熟睡的丈夫在懷裡，輕輕的輕輕的隨意唱著自編的四句頭山歌。唱來唱去卻把自己也催眠起來，快要睡去了。

在院壩中，公公婆婆，祖父祖母，另外還有幫工漢子兩個，散亂的坐在小板凳上，擺龍門陣學古，輪流下去打發上半夜。

祖父身邊有個煙包，在黑暗中放光。這種用艾蒿作成的煙包，是驅逐長腳蚊得力東西，蜷在祖父腳邊，猶如一條烏捎蛇。間或又拿起來晃那麼幾下。

想起白天場上的事情，祖父開口說話：

「我聽三金說，前天又有女學生過身。」

大家就哄然笑了起來。

這笑的意義何在？只因為在大家印象中，都知道女學生沒有辮子，留下個鵪鶉尾巴，像個尼姑，又不完全像。穿的衣服像洋人，又不是洋人。吃的，用的，……總而言之，事事不同，一想起來就覺得怪可笑！

蕭蕭不大明白，她不笑。所以老祖父又說話了。他說：

「蕭蕭，你長大了，將來也會做女學生！」

大家於是更哄然大笑起來。

蕭蕭為人並不愚蠢，覺得這一定是不利於己的一件事情，所以接口便說：

「爺爺，我不做女學生。」

「你像個女學生，不做可不行。」

「我一定不做。」

眾人有意取笑異口同聲的說：「蕭蕭，爺爺說得對，你非做女學生不行！」

蕭蕭急得無可如何，「做就做，我不怕。」其實做女學生有什麼好處，蕭蕭全不知道。

女學生這東西，在本鄉的確永遠是奇聞。每年一到六月天，據說放「水假」日子一到，照例便有三三五五女學生，由一個荒謬不經的熱鬧地方來，到另一個遠地方去，取道從本地過身。從鄉下人眼中看來，這些人都近於另一世界中活下的人，裝扮奇奇怪怪，行為更不可思議。這種女學生過身時，使一村人都可以說一整天的笑話。

祖父是當地一個人物，因為想起所知道的女學生在大城中的生活情形，所以說笑話要蕭蕭也去做女學生。一面聽到這話，就感覺一種打哈哈趣味，一面還有那被說的蕭蕭感覺一種惶恐，說這話的不為無意義了。

女學生由祖父方面所知道的是這樣一種人：她們穿衣服不管天氣冷暖，吃東西不問飢飽，晚上交到子時纔睡覺，白天正經事全不做，只知唱歌打球，讀洋書。她們都會花錢，一年用的錢可以買十六隻水牛。她們在省裡京裡想往什麼地方去時，不必走路，只要鑽進一個大匣子中，那匣子就可以帶她到各地。城市中還有各種各樣的大小不同匣子，都用機器開動。她們在學校，男女在一處上課讀書，人熟了，就隨意同那男子睡覺，也不要媒人，也不要財禮，名叫「自由」。她們也做做州縣官，帶家眷上任，男子仍然喊作「老爺」，小孩子「少爺」。她們自己不養牛，卻吃牛奶羊奶，如小牛小羊；買那奶時是用鐵罐子盛的。她們無事時到一個唱戲地方去，那地方完全像個大廟，從衣袋中取出一塊洋錢來（那洋錢在鄉下可買五隻母雞），買了一小方紙片兒，拿了那紙片到裡面去，就可以坐下看洋人扮演影子戲。她們被冤了，不賭咒，不哭。她們年紀有老到二十四歲還不肯嫁人的，有老到三十四十居然還好意思嫁人的。她們不怕男子，男子不能使她們受委屈，一受委屈就上衙門打官司，要官罰男子的款，這筆錢她有時獨占自己花用，有時和官平分。她們不洗衣煮飯，也不養豬餵雞，有了小孩子，也只花五塊錢或十塊錢一月，雇個人專管小孩，自己仍然整天看戲打牌，或者讀那些沒有用處的閒書。……

總而言之，說來事事都稀奇古怪，和莊稼人不同，有的簡直還可說豈有此理。這時經祖父一為說明，聽過這話的蕭蕭，心中卻忽然有了一種模模糊糊的願望，以為倘若她也是個女學生，她是不是照祖父說的女學生一個樣子去做那些事情？不管好歹，女學生並不可怕，因此一來，卻已為這鄉下姑娘初次體念到了。

因為聽祖父說起女學生是怎樣的人物，到後蕭蕭獨自笑得特別久。笑夠了時，她說：

「爺爺，明天有女學生過路，你喊我，我要看看。」

「你看，她們捉你去做丫頭。」

「我不怕她們。」

「她們讀洋書念經你也不怕？」

「念觀音菩薩消災經，念緊箍咒，我都不怕。」

「她們咬人，和做官的一樣，專吃鄉下人，吃人骨頭渣渣也不吐，你不怕？」

蕭蕭肯定的回答說：「不怕。」

可是這時節蕭蕭手上所抱的丈夫，不知為什麼，在睡夢中哭了，媳婦於是用做母親的聲勢，半哄半嚇的說。

「弟弟，弟弟，不許哭，不許哭，女學生咬人來了。」

丈夫還仍然哭著，得抱起各處走走。蕭蕭抱著丈夫離開了祖父，祖父同人說另外一樣古話去了。

蕭蕭從此以後心中有個「女學生」。做夢也便常常夢到女學生，且夢到同這些人並排走路。彷彿也坐過那種自己會走路的匣子，她又覺得這匣子並不比自己跑路更快。在夢中那匣子的形體同穀倉差不多，裡面還有小小灰色老鼠，眼珠子紅紅的，各處亂跑，有時鑽到門縫裡去，把個小尾巴露在外邊。

因為有這樣一段經過，祖父從此喊蕭蕭不喊「小丫頭」，不喊「蕭蕭」，卻喚作「女學生」。在不經意中蕭蕭答應得很好。

鄉下日子也如世界上一般日子，時時不同。世界上把日子糟蹋，和蕭蕭一類人家把日子吝惜是同樣的，各有所得，各屬分定，許多城市中文明人，把一個夏天完全消磨到軟綢衣服、精美飲料以及種種好事情上面。蕭蕭的一家，因為一個夏天的勞作，卻得了十多斤細麻，二三十擔瓜。

做小媳婦的蕭蕭，一個夏天中，一面照料丈夫，一面還績了細麻四斤。到秋八月工人摘瓜，在瓜間玩，看碩大如盆、上面滿是灰粉的大南瓜，成排成堆擺到地上，很有趣味。時間到摘瓜，秋天真的已來了，院子中各處有從屋後林子裡樹上吹來的大紅大黃木葉。蕭蕭在瓜旁站定，手拿木葉一束，為丈夫編小小笠帽玩。

工人中有個名叫花狗，年紀二十三歲，抱了蕭蕭的丈夫到棗樹下去打棗子。小小竹竿打在棗樹上，落棗滿地。

「花狗大，莫打了，太多了吃不完。」

雖這樣喊，還不動身。到後，彷彿完全因為丈夫要棗子，花狗纔不聽話。蕭蕭於是又警告她那小丈夫：

「弟弟，弟弟，來，不許撿了。吃多了生東西肚子痛！」

丈夫聽話，兜了大堆棗子向蕭蕭身邊走來，請蕭蕭吃棗子。

「姐姐吃，這是大的。」

「我不吃。」

「要吃一顆！」

她兩手哪裡有空！木葉帽正在製邊，工夫要緊，還正要個人幫忙！

「弟弟，把棗子餵我口裡。」

丈夫照她的命令做事，做完了覺得有趣，哈哈大笑。

她要他放下棗子幫忙捏緊帽邊，便於添加新木葉。

丈夫照她吩咐做事，但老是頑皮的搖動，口中唱歌。這孩子原來像一隻貓，歡喜時就得搗亂。

「弟弟，你唱的是什麼？」

「我唱花狗大告我的山歌。」

「好好的唱一個給我聽。」

丈夫是一面幫忙拉著帽邊，一面就唱下去，照所記到的歌唱：

天上起雲雲起花，
包穀林裡種豆莢，
豆莢纏壞包穀樹，
嬌妹纏壞後生家。

天上起雲雲重雲，
地下埋墳墳重墳，
嬌妹洗碗碗重碗，
嬌妹床上人重人。

歌中意義丈夫全不明白，唱完了就問蕭蕭好不好。蕭蕭說好，並且問從誰學來的，她知道是花狗教他的，卻故意盤問他。

「花狗大告我，他說還有好多歌，長大了再教我唱。」

聽說花狗會唱歌，蕭蕭說：

「花狗大，花狗大，你唱一個正經好聽的歌我聽聽。」

那花狗，面如其心，生長得不很正氣，知道蕭蕭要聽歌，人也快到聽歌的年齡了，就給她唱「十歲娘子一歲夫」。那故事說的是妻年大，可以隨到外面做一點不規矩事情，夫年小，只知吃奶，讓他吃奶。這歌丈夫完全不懂，懂到一點兒的是蕭蕭。把歌聽過後，蕭蕭裝成「我全明白」那種神氣，她用生氣的樣子，對花狗說：

「花狗大，這個不行，這是罵人的歌！」

花狗分辯說：「不是罵人的歌。」

「我明白，是罵人的歌。」

花狗難得說多話，歌已經唱過了，錯了賠禮，只有不再唱。他看她已經有點懂事了，怕她回頭告祖父，會挨頓臭罵，就把話支吾開，扯到「女學生」上頭去。他問蕭蕭，看不看過女學生習體操唱洋歌的事情。

若不是花狗提起，蕭蕭幾乎已忘卻了這事情。這時又提到女學生，她問花狗近來有沒有女學生過路，她想看看。

花狗一面把南瓜從棚架邊抱到牆角去，告她女學生唱歌的事情，這些事的來源還是蕭蕭的那個祖父。他在蕭蕭面前說了點大話，說他曾經到路上見過四個女學生，她們都拿得有旗幟，走長路流汗喘氣之中仍然唱歌，同軍人所唱的一模一樣。不消說，這自然完全是胡謅的話。可是那故事把蕭蕭可樂壞了。因為花狗說這個就叫作「自由」。

花狗是起眼動眉毛、一打兩頭翹、會說會笑的一個人。聽蕭蕭帶著歆羨口氣說：「花狗大，你膀子真大。」他就說：「我不止膀子大。」

「你身個子也大。」

「我全身無處不大。」

蕭蕭還不大懂得這個話的意思，只覺得憨而好笑。

到蕭蕭抱了她丈夫走去以後，同花狗在一起摘瓜，取名字叫啞巴的，開了平時不常開的口。

「花狗，你少壞點。人家是十三歲黃花女，還要等十二年後才圓房！」

花狗不作聲，打了那伙計一巴掌，走到棗樹下撿落地棗去了。

到摘瓜的秋天，日子計算起來，蕭蕭過丈夫家有一年半了。

幾次降霜落雪，幾次清明穀雨，一家中人都說蕭蕭是大人了。天保佑，喝冷水，吃粗糲飯，四季無疾病，倒發育得這樣快。婆婆雖生來像一把剪子，把凡是給蕭蕭暴長的機會都剪去了，但鄉下的日頭同空氣都幫助人長大，卻不是折磨可以阻攔得住。

蕭蕭十五歲時已高如成人，心卻還是一顆糊糊塗塗的心。

人大了一點，家中做的事也多了一點。績麻、紡車、洗衣、照料丈夫以外，打豬草推磨一些事情也要做，還有漿紗織布。凡事都學，學學就會了。鄉下習慣凡是行有餘力的都可以勞作積攢點本分私房，兩三年來僅僅蕭蕭個人份上所聚集的粗細麻和紡就的棉紗，也夠蕭蕭坐到土機上拋三個月的梭子了。

丈夫早斷了奶。婆婆有了新兒子，這五歲兒子就像歸蕭蕭獨有了。不論做什麼，走到什麼地方去，丈夫總跟在身邊。丈夫有些方面很怕她，當她如母親，不敢多事。他們倆實在感情不壞。

地方稍稍進步，祖父的笑話轉到「蕭蕭你也把辮子剪去好自由」那一類事上去了。聽著這話的蕭蕭，某個夏天也看過了一次女學生，雖不把祖父笑話認真，可是每一次在祖父說過這笑話以後，她到水邊去，必不自覺的用手捏著辮子末梢，設想沒有辮子的人那種神氣，那點趣味。

打豬草，帶丈夫上螺蛳山的山陰是常有的事。

小孩不知事故，聽別人唱歌也唱歌。一開腔唱歌，就把花狗引來了。

花狗對蕭蕭生了另外一種心，蕭蕭有點明白了，常常覺得惶恐不安。但花狗是男子，凡是男子的美德惡德都不缺少，勞動力強，手腳勤快，又會玩會說，所以一面使蕭蕭的丈夫非常歡喜同他玩，一面一有機會即纏在蕭蕭身邊，且總是想方設法把蕭蕭那點惶恐減去。

山大人小，到處是樹木蒙茸，平時不知道蕭蕭所在，花狗就站在高處唱歌逗蕭蕭身邊的丈夫；丈夫小口一開，花狗穿山越嶺就來到蕭蕭面前了。

見了花狗，小孩子只有歡喜，不知其他。他原要花狗為他編草蟲玩，做竹篛哨子玩，花狗想方法支使他到一個遠處去找材料，便坐到蕭蕭身邊來，要蕭蕭聽他唱那使人開心紅臉的歌。她有時覺得害怕，不許丈夫走開；有時又像有了花狗在身邊，打發丈夫走去反倒好一點。終於有一天，蕭蕭就這樣給花狗把心竅子唱開，變成個婦人了。

那時節，丈夫走到山下採刺莓去了，花狗唱了許多歌，到後卻向蕭蕭唱：

嬌家門前一重坡，

別人走少郎走多，
鐵打草鞋穿爛了，
不是為你為哪個？

末了卻向蕭蕭說：「我為你睡不著覺。」他又說他賭咒不把這事情告訴人。聽了這些話仍然不懂什麼的蕭蕭，眼睛只注意到他那一對粗粗的手膀子，耳朵只注意到他最後一句話。末了花狗大又唱了許多歌給她聽。她心裡亂了。她要他當真對天賭咒，賭過了咒，一切好像有了保障，她就一切盡他了。到丈夫返身時，手被毛毛蟲螫傷，腫了一大片，走到蕭蕭身邊。蕭蕭捏緊這一隻小手，且用口去呵它，吮它，想起剛才的糊塗，才彷彿明白自己做了一點不大好的糊塗事。

花狗誘她做壞事情是麥黃四月，到六月，李子熟了，她喜歡吃生李子。她覺得身體有點特別，在山上碰到花狗，就將這事情告給他，問他怎麼辦。

討論了多久，花狗全無主意。雖以前自己當天賭得有咒，也仍然無主意。原來這傢伙個子大，膽量小。個子大容易做錯事，膽量小做了錯事就想不出辦法。

到後，蕭蕭捏著自己那條烏梢蛇似的大辮子，想起城裡了，她說：

「花狗大，我們到城裡去自由，幫幫人過日子，不好麼？」

「那怎麼行？到城裡去做什麼？」

「我肚子大了，那不成。」

「我們找藥去。場上有郎中賣藥。」

「你趕快找藥來，我想……」

「你想逃到城裡去自由，不成的。人生面不熟，討飯也有規矩，不能隨便！」

「你這沒有良心的，你害了我，我想死！」

「我賭咒不辜負你。」

「負不負我有什麼用，幫我個忙，趕快拿去肚子裡這塊肉吧。我害怕！」

花狗不再作聲，過了一會，便走開了。不久丈夫從他處拿了大把山裡紅果子回來，見蕭蕭一個人坐在草地上，眼睛紅紅的。丈夫心中納罕，看了一會，問蕭蕭：

「姐姐，為什麼哭？」

「不為什麼，毛毛蟲落到眼睛窩裡，痛。」

「我吹吹吧。」

「不要吹。」

「你瞧我，得這些這些。」

他把手中拿的和從溪中撿來放在衣口袋裡的小蚌、小石頭全部陳列到蕭蕭面前，蕭蕭淚眼婆娑看了一會，勉強笑著說：「弟弟，我們要好，我哭你莫告家中。告家中我可要生氣！」到後這事情家中當真就無人知道。

過了半個月，花狗不辭而行，把自己所有的衣褲都拿去了。祖父問同住的長工啞巴，知不知道他為什麼走路，走哪兒去？是上山落草，還是作薛仁貴投軍？啞巴只是搖頭，說花狗還欠了他兩百錢，臨走時話都不留一句，為人少良心。啞巴說他自己的話，並沒有把花狗走的理由說明。因此這一家稀奇一整天，談論一整天。不過這工人既不偷走物件，又不拐帶別的，這事情過後不久，自然也就忘掉了。

蕭蕭仍然是往日的蕭蕭。她能夠忘記花狗就好了，但是肚子真有些不同了，肚中東西總在動，使她常常一個人乾發急，盡做怪夢。

她脾氣壞了一點，這壞處只有丈夫知道，因為她對丈夫似乎嚴厲苛刻了好些。

仍然每天同丈夫在一處，她的心，想到的事自己也不十分明白。她常想，我現在死了，什麼都好了。可是為什麼要死？她還很高興活下去，願意活下去。

家中人不拘誰在無意中提起於丈夫弟弟的話，提起小孩子，提起花狗，都使這話如拳頭，在蕭蕭胸口上重重一擊。

到九月，她擔心人知道更多了，引丈夫廟裡去玩，就私自許願，吃了一大把香灰。吃香灰時被她丈夫看見時，丈夫問這是做什麼事，蕭蕭就說自己肚痛，應當吃這個。蕭蕭自然說謊。雖說求菩薩保佑，菩薩當然沒有如她的希望，肚子中的東西依舊在慢慢的長大。

她又常常往溪裡去喝冷水，給丈夫看見時，丈夫問她，她就說口渴。

一切她所常想到的方法都沒有能夠使她與自己不歡喜的東西分開。大肚子只有丈夫一人知道，他卻不敢告這件事給父母曉得。因為時間長久，年齡不同，丈夫有些時候對於蕭蕭的怕同愛，比對於父母還深切。

她還記得花狗賭咒那一天裡的事情，如同記著其他事情一樣。到秋天，屋前屋後毛毛蟲都結繭，成了各種好看蝶蛾，丈夫像故意折磨她一樣，常常提起幾個月前被毛毛蟲螫手的舊語，使蕭蕭心裡難過。她因此極恨毛毛蟲，見了那小蟲就想用腳去踹。

有一天，又聽人說有好些女學生過路，聽過這話的蕭蕭，睜了眼做過一陣夢，愣愣的對日頭出處癡了半天。

蕭蕭步花狗後塵，也想逃走，收拾一點東西預備跟女學生走的那條路上城去自由。但沒有動身，就被家裡人發覺了。這種打算照鄉下人說來是一件大事，於是把她兩手捆起來，丟在灶屋邊，餓了一天。

家中追究這逃走的根源，纔明白這個十年後預備給小丈夫生兒繼香火的蕭蕭肚子已被另一個人搶先下了種。這在一家人生活中真是了不得的一件大事！一家人的平靜生活，為這件新事全弄亂了。生氣的生氣，流淚的流淚，罵人的罵人，各按本分亂下去。懸梁，投水，吃毒藥，被禁困著的蕭蕭，諸事漫無邊際的全想到了，究竟是年紀太小，捨不得死，卻不曾做。於是祖父從現實出發，想出個聰明主意，把蕭蕭關在房裡，派人好好看守著，請蕭蕭本族的人來說話，照規矩看，是「沈潭」還是「發賣」？蕭蕭家中人要面子，就沈潭淹死了她，捨不得死就發賣。蕭蕭只有一個伯父，在近處莊子裡為人種田，去請他時先還以為是吃酒，到了才知是這樣丟臉事情，弄得這老實忠厚的家長手足無措。

大肚子作證，什麼也沒有可說。照習慣，沈潭多是讀過「子曰」的族長愛面子才做出的蠢事。伯父不讀「子曰」，不忍把蕭蕭當犧牲，蕭蕭當然應當嫁人作二路親了。

這也是一種處罰，好像極其自然，照習慣受損失的是丈夫家裡，然而卻可以在改嫁上收回一筆錢，當作損失賠償。那伯父把這事情告訴了蕭蕭，就要走路。蕭蕭拉著伯父衣角不放，只是幽幽的哭。伯父搖了一會頭，一句話不說，仍然走了。

一時沒有相當的人來要蕭蕭，送到遠處去也得有人，因此暫時就仍然在丈夫家中住下。

這件事既經說明白，照鄉下規定，倒又像不什麼要緊，只等待處分，大家反而釋然了。先是小丈夫不能再同蕭蕭在一處，到後又仍然如月前情形，姐弟一般有說有笑的過日子了。

丈夫知道了蕭蕭肚子中有兒子的事情，又知道因為這樣蕭蕭纔應當嫁到遠處去。但是丈夫並不願意蕭蕭去，蕭蕭自己也不願意去。大家全莫名其妙，只是照規矩像逼到要這樣做，不得不做。究竟是誰定的規矩，是周公還是周婆，也沒有人說得清楚。

在等候主顧來看人，等到十二月，還沒有人來，蕭蕭只好在這人家過年。

蕭蕭次年二月間，十月滿足，坐草生了一個兒子，團頭大眼，聲響洪壯。大家把母子二人照料得好好的，照規矩吃蒸雞同江米酒補血，燒紙謝神。一家人都歡喜那兒子。

生下的既是兒子，蕭蕭不嫁別處了。

到蕭蕭正式同丈夫拜堂圓房時，兒子已經年紀十歲，有了半勞動力，能看牛割草，成為家中生產者一員了。平時喊蕭蕭丈夫做大叔，大叔也答應，從不生氣。

這兒子名叫牛兒。牛兒十二歲時也接了親，媳婦年長六歲。媳婦年紀大，方能諸事做幫手，對家中有幫助。哨吶到門前時，新娘在轎中嗚嗚的哭著，忙壞了那個祖父、曾祖父。

這一天，蕭蕭剛坐月子不久，孩子纔滿三月，抱了自己新生的毛毛，在屋前榆蠟樹籬笆間看熱鬧，同十年前抱丈夫一個樣子。小毛毛哭了，唱歌一般哄著他：

「哪，毛毛，看，花轎來了。看，新娘子穿花衣，好體面！不許鬧，不講道理不成的！不講理我要生氣的！看看，女學生也來了！明天長大了，我們討個女學生媳婦！」

一九二九年作

作者

沈從文（一九〇二——一九八八），原名沈岳煥，湖南省鳳凰縣人。在家鄉小學畢業後，參加當地土著軍隊，足跡遍及湘、川、黔邊境與沅水流域。一九二二年到北京，經過自學，開始發表作品。一九二八年到上海中國公學任教。一九三一年到青島大學任教授，教「小說習作」課程，一九三四年後，先後編輯北平與天津《大公報》文藝副刊，成為京派文人的代表人物之一。抗戰爆發後，到昆明西南聯合大學任教。抗戰勝利後到北京大學任教。五〇年代後到中國歷史博物館、故宮博物院，以及中國社會科學院歷史所，從事文物與古代服飾的研究，直到辭世為止。

沈從文的小說作品大致可分為兩類，一類取材於湘西邊境生活，表現邊民的「優美、健康、自然而又不悖乎人性的鄉土文化」，一類取材於都市上流社會，刻意暴露其中人性黑暗與醜陋。

但沈氏最為人稱道的是湘西小說。其主要小說有長篇《邊城》、《長河》，短篇集《沈從文小說選》，散文集有《湘西散記》等。今有邵華強蒐集《沈從文總書目》，其一生作品大抵在此。

題解

本篇原作於一九二九年，後編入一九三六年由上海良友圖書印刷公司出版的短篇小說集《新與舊》。此集共收九篇小說，是沈從文小說題材比較廣泛的一部。小說主人公有童養媳、軍人、劊子手、菜農後代、公務員、教授等。描寫這些人物在生活中與心理上的困境，與沈從文慣常描寫的湘西風土人情作品相比較，此集具有多元化與社會訊息的特色。

蕭蕭是本篇小說女主人翁，同時也是童養媳身分的女性。

賞析

本篇小說可與沈從文另外一篇小說〈丈夫〉參看。這兩篇最能表現沈從文湘西生活、湘西民俗、湘西地方性文化特點，是典型的、中性的鄉土小說類型。

另外一篇中篇小說《邊城》，也有同樣的鄉土風格，可看作是〈丈夫〉與〈蕭蕭〉這兩篇的結合。何以說沈從文小說以鄉土文化為主要類型呢？先看鄉土小說的定義。它並非簡單的化約成鄉土與中原的對立，而是鄉土與中原的互補。

沈從文的小說，向來被談論者貼上「鄉土」的標籤，認為他是三四十年代現代小說的鄉土派代表。這一鄉土概念的提出，隱含有集中主題之意。容易錯解成只有鄉土，沒有別的。

從相對的角度看，鄉土與中央相對待。因之，鄉土文化與中原文化也是這種關係。果若如此，沈從文以鄉土小說的歸屬，是否即表示他的小說不存在中原文化的聲言呢？若無，鄉土與文化是怎樣談的？如何辨認？反之，若以為沈從文小說依然有中原與文化的表現，那又是什麼樣的中原面貌與文化呢？還有，這兩者的地位，在沈從文小說中又是如何表現的呢？這一連串的關係提問，正是沈從文小說中亟須探討的課題。根據顏元叔主編《西洋文學辭典》對 Regionalism 這條術語譯作鄉土色彩云：

> 將某一特殊地理區域之習慣、言語、風情、歷史、民俗、信仰作忠實精確之描述的文學作品。從一方面看，真正的鄉土色彩就是，小說（Novel）、短篇小說（Short Story）或戲劇（Drama）中屬地區性的人物或行為一旦置於其他地理環境就會造成不妥當或歪曲之感。哈代

（Thomas Hardy）的鄉土小說寫的就是英國威塞克斯地區（Wessex）生活。十九世紀末葉三十年間的美國地方色彩作品（Local-Color Writing）就是鄉土色彩的型態。班奈特（Arnold Bennett）描寫五城（Five Towns）的小說明顯屬於地方型。近年的美國南方文學多半是地方性的。本世紀興起的鄉土色彩概念遠比十九世紀的要複雜而有哲學深度。部分是文化人類學家與社會學家的研究成果（Howard W. Odum 有顯著成績），表達於文學中的，是有意追尋每一時代每一地方每一個人的，是有意追尋每一時代每一地方每一個人共同的性格與難題的各個特殊之處。

這一定義，更直接地標示了鄉土文學作為地區性，無可避免地有其他地區專屬的性格。所以說，一地區的文學，移換了另外一地區，就會造成不妥當或歪曲之感。理解了地方文學作為地區殊異性這一物質之後，所謂地方主義，其實與另一術語「地方色彩描寫」息息相關。什麼是地方色彩作品?此書又云：

> 利用到某一地區的語言、衣著、特殊習性、慣常想法、地勢等的作品。所有小說自然有發生之場所（Locale），但地方色彩作品的原始目的就是要描繪某一地理環境中的人們與生活情形。約一八八〇年前後，地方色彩的旨趣支配了美國文學；興起了所謂的「地方色彩運動」（Local-

Color Movement），新「發現」了許多地區的分支。

地方色彩作品的特點是，力求表現正確之地方語（Dialect）傾向於採用怪癖的人物，在情節（Plot）上使用濫情的傷感（sentimentalized pathos）或古怪的幽默。地方色彩作品雖是寫實主義（Realism）的一小支，卻缺乏真正寫實主義基本應有的嚴肅性；所以並不能奢望憑其表面的怪異有趣達到娛樂報導以外的效果。由於其強調細節上的似真性（Verisimilitudf），也常會忽略生活較廣闊的一面以及人性的真實感。雖有地方色彩的小說（Novel），但仍以素描（Sketch）與短篇小說（Short Story）為多，對象是新興銷路廣的雜誌的讀者。

歸納以上兩種清楚的定義。可知鄉土有濃厚的「在地屬性」，鄉土文學不一定僅等於地方色彩，但鄉土文學勢必要寫出一地方的幾個要素：地方語（方言）、怪癖人物、濫情傷感、古怪幽默等。

但是沈從文對鄉土的描寫，是緊密地帶上文化的色彩，自文化的角度去思考。

沈從文小說描述的文化類別，明顯有著「鄉土文化」與「中原文化」之分。這可以〈蕭蕭〉這篇小說的女學生形象為例。女學生在蕭蕭及其一村子的人民百姓印象中，代表著「外來文化」的具體綜合。女學生這一形象的描述，由村中幾個重要角色的口中說出，並由這些角色做出判斷，表示了村中人以自己社區觀點與鄉土意識對「外來文化」介入的一種態度。其情形，大致是「憧憬」、「羨慕」、「模糊不定」、「誤解」、「好奇」等多種情緒的組合。而不是像茅盾在〈春蠶〉中寫村中人對洋鬼子外來介入的愁恨與抵制。當然，也不至於像許地山〈春桃〉中對新奇外來文化的全盤接受、追逐。至於像施蟄存、穆時英等一批海派小說家，對現代主義彌漫下的都市氛圍之歌頌、沈醉，故而喪失了本土社區的自覺肯定，沈從文筆下的小說人物是絕無這種描述的。

例如，在〈蕭蕭〉乙文中，沈從文安排的結局，是文化自覺接受與鄉土認同。也就是讓蕭蕭永遠留下來。縱使他曾與花狗大私通暗戀，一度被全家及全村人抵制過，拒絕過。但最後，因著「女學生」雖事實存在但並不實際在村中落地生根。故而，女學生自女學生。然而，蕭蕭不然，她終究是鄉土出來的，也歸根於鄉土。下面這一段話，道出了不同文化之間存在著一種極自然不過的鄉情選擇，表現了極坦白的同類意識，沈從文寫道：

沒有相當的人家來要蕭蕭，就仍然在丈夫家中住下。這件事情既經說明白，倒又像不甚麼要緊，大家反而釋然了。先是小丈夫不能再同蕭蕭在一處，到後又仍然如月前情形，姐弟一般有說有笑的過日子了。

丈夫知道了蕭蕭肚子中有兒子的事情，又知道因為這樣蕭蕭纔應當嫁到遠處去。但是，丈夫並不願意蕭蕭去，蕭蕭自己也不願意去，大家全莫名其妙，像逼到要這樣做，不得不做。

在等候主顧來看人，等到十二月，還沒有人來。

這一段描述，交代了蕭蕭最後「留下來」的結局，透露著「不知如何」的一種自然性態度，此態度高度暗示了沈從文對鄉土文化、鄉土人文的濃厚嚮往，同時也是根深柢固的鄉土情懷。因而，在沈從文小說中描述人物主角「留下來」的結局，而不是出走，一直是沈從文小說中一再重複出現的情節或結局。在某一方面沈從文讓其小說開展了人物無限的潛藏與開放，足以經受一連串的「外力」、「外來」或「異類」的衝擊挑戰。哪怕是來自中原或中央力量的強勢介入，沈從文盡力寫出他小說人物面對此種介入的能力。這表示沈從文對中原文化的不排斥，或者可以說是觀看與欣賞。

問題與思考

1. 在〈蕭蕭〉乙文中，所描寫的「中原文化」有哪些內容？請具體勾劃之。

2.同前題，試問哪些又是「地方文化」的內容？
3.再就前兩題，加以比較，討論作者沈從文對中原與地方這兩種文化的「態度」如何？
4.何謂鄉土文學？請略述其大要。

參考資料

1.凌宇，一九八九，《從邊城走向世界》，北京：三聯書店。
2.彭小研（編），一九九五，《沈從文小說選》，臺北：洪範書店有限公司。
3.黃修己，一九九四，《中國現代文學發展史》。香港：中國圖書刊行社。
4.丁帆，一九九二，《中國鄉土小說史論》。南京：江蘇文藝出版社。
5.白海珍、汪帆，一九八九，《文化精神與小說概念》，石家莊：河北人民出版社。
6.菲利普・巴格比（原著），夏克等（中譯），一九八七，《文化：歷史的投影》，上海：上海人民出版社。

7.吳立昌，一九九一，《沈從文：建築人性神廟》，上海：復旦大學出版社。

8.邵華強（編），一九九一：《沈從文研究資料》，廣州：花城出版社。

9.金介甫（著），符家欽（中譯），一九九〇，《沈從文傳》，北京：時事出版社。

10.金介甫，一九九四，《沈從文筆下的中國社會與文化》，上海：華東師範大學出版社。

七、先生媽

吳濁流

後院那扇門，咿嗳的響了一聲，開了。裡面走出一個有福相的老太太，穿著尖細的小鞋子，帶了一個丫頭；丫頭手提著竹籃仔，籃仔裡放著三牲和金銀紙香。

門外有一個老乞丐，伸著頭探望，偷看門內的動靜，等候老太太出來。這個乞丐知道老太太每月十五一定要到廟裡燒香。然而他最怕同伴曉得這事，因此極小心的隱祕此事，恐怕洩漏。他每到十五那天，一定偷偷到這個後門等候，十年如一日，從來不缺一回。

當下他見到老太太，佮似遇著活仙一樣，恭恭敬敬地迎接。白髮蓬蓬，衣服襤褸補了又補，只有一枝竹杖油光閃閃。他到老太太跟前，馬上發出一種悲哀的聲音：

「先生媽，大慈大悲！」

先生媽聽了憐憫起來，立刻將乞丐的米袋拿來交給丫頭，命令她：

「米量二斗來。」

但丫頭躊躇不動。先生媽見了這情形，有點著急，大聲喝道：

「有什麼東西可怕，新發不是我的兒子嗎？零碎東西，不怕他，快快拿來。」

「先生媽對是對的，我總是沒有膽子，一看見先生就驚得要命。」

說著，小心翼翼地進去了。她觀前顧後，看看沒有人在，急急開了米櫃，量米入袋，倉倉皇皇跳出廚房，走到先生媽面前，將手掌撫了一下胸前，纔不那樣怕。因為廚房就在錢新發房子的隔壁，量米的時候如果給錢新發看見，一定要被他臭罵一頓。他罵人總是把人罵得無容身之地，哪管他人的面子。

有一次丫頭量米的時候，忽然遇見錢新發闖進來，他馬上發怒，向丫頭嚇道：

「到底是你最壞了。你不量出去，乞丐如何得到。老太太說一斗，你只量一升就成了。」

丫頭聽了這樣說法，不得不依命量出一升出來。先生媽就問明白這個緣故，馬上發怒罵道：

「蠢極了！」

借了乞丐的杖子，兇兇狂狂一直奔了進去。錢新發尚不知道他的母親發怒，仍在吵吵鬧鬧，說了一篇道理。

「豈有此理，給乞丐普通一杯米最多，哪有施一兩斗米的！」

母親聽了這話，不分皂白，用乞丐的杖子亂打一頓罵道：

「新發！你的田租三千多石，一斗米也不肯施，看輕貧人。如果是郡守、課長一來到，就大驚小怪，備肉，備酒，不惜千金款待他們。你成走狗性，看來不是人了。」

罵著，又拿起乞丐的手杖向錢新發打下去。家人嚇得大驚，七舌八嘴向老太太求恕，老太太方纔息怒。錢新發敢怒而不敢言，氣無所出，只怨丫頭生是生非。做人最難，丫頭也無可奈何，不敢逆了老太太，又難順主人，不得不每月到了十五日依然慌慌張張，量出米來交給乞丐。

後來到了戰局急迫，糧食開始配給，米也配分。先生媽因時局的關係不能施米，不得不用錢代了。丫頭的每月十五日的憂鬱，到了這時候，纔解消。

錢新發是K街的公醫，他最喜歡穿公醫服外出，旅行、大小公事、會葬、出診，不論何時一律穿著公醫服。附近的人沒有一個能夠看見他穿著普通衫褲。他的公醫服常用燙斗燙得齊齊整整像官家一樣，他穿公醫服好把威風擺得像大官一般。他的醫術，並沒有精通過人，只能算是最普通的，然而他的名聲遠近都知道。這偉大的名聲是經什麼地方來的呢？因為，他對患者假親切，假好意。百姓們都是老實人，怎能懂得他的箇中文章，個個都認錯了他。於是一傳十，十傳百，所以他的名聲傳得極普遍的。這個名聲得到後，他就能夠發財了，不出十四、五年，賺得三千餘石的家財。錢新發，他是貧苦人出身。在學生時代，他穿的學生服補了又補，縫了又縫，學生們都笑他穿著柔道衣。他的學生服，補得厚厚的，實在像柔道衣。這樣的嘲笑使他氣得無言可對，羞得無地自容，但沒有辦法，只得任他人嘲弄了。他學生時代，父親做工度日，母親織帽過夜，纔能夠支持他的學費。他艱難刻苦地過了五年就畢業了。他畢業後，聘娶有錢人的小姐為妻。叨蒙妻舅們的援助，開了一個私立醫院。開院的時候，又靠著妻舅們的勢力，招待官家紳商和地方有勢者，集會一堂，開了極大的開業祝宴，來宣傳他的醫術。這個宴會，也博得當地人士的好感，收到意外的好成績。於是他愈加小心，凡對病者親親切切，不像是普通開業醫生僅做事務的處置。病者來到，問長問短說閒話。這種閒話與病毫無關係，但是病者聽了也喜歡他的善言。老百姓到來，他就問耕種如何；商人到來，他就問商況怎麼這樣；婦人到來，他就迎合女人的心理。

「你的小相公，斯文秀氣，將來一定有官做。」

說的總是奉承的話。

又用同情的態度，向孩子的母親道：

「此病恐怕難醫，恐怕發生肺炎，我想要打針，可是打針價錢太高，不敢決定，不知尊意如何？」

他用甜言商量，鄉下人聽見孩子的病厲害，又聽見這些甜言順耳的話，多麼高價的打針費，也情願傾囊照付。

錢新發不但這樣宣傳，他出診的時候，對人無論童叟，一樣低頭敬禮；若坐轎，到了崎嶇的地方也不辭勞苦，下轎自走，這也博得轎夫和老百姓的好感。

他在家裡有閒的時候，把來訪問的算命先生和親善好事家作為宣傳羽翼。他的宣傳不止這二三種，他若有私事外出也不忘宣傳，一定抱著出診的皮包來虛張聲勢。所以，他的開水特別好賣。

錢新發最關心注意的是什麼呢？就是銀行存款摺，存款自一千元到二千元，二千元不覺又到三千元，日日都增加了，他心裡也是日日增加了喜歡，盤算著什麼時候才能夠得到上萬元。預算已定，愈加努力越發對患者打針獲利。到了一萬元了，他就託仲人買田立業，年年如是。不知不覺他的資產在街坊上也算數一數二的了。

然而，錢新發少時經驗過貧苦，竟養成了一種愛錢癖，往往逾過節約美德的界限外。他干涉他母親的施米，也是這種癖性暴露出來的。雖然如此，他也有一種另外的大方。還是什麼呢？凡有關名譽地位的事，他不惜千金捐款，這樣的捐款也只是為了業務起見，終不出於自利的打算。所以他博得人們的好評，不知不覺地成為地方有力的士紳了。當地的名譽職，被他占了大半。公醫、矯風會長、協議會員、父兄會長，其他種種名譽的公務上，沒有一處會漏掉他的姓名。所以他的行為，成為K街的推動力。他率先躬行，當局也信任他。國語家庭，改姓名，也是以他為首。

可是，對於「先生媽」總不能如意，他不得不常勸他母親：

「知得時勢者，方為人上人，在這樣的時勢，阿媽學習日本話好不好！」

「…………」

「我叫金英教你好嗎？」

「蠢極了，哪有媳婦教媽媽的！」

「阿媽不喜歡媳婦教你，那麼叫學校裡的陳先生來教你。」

「愚蠢得很，我的年紀比不得你。你不必煩勞，我在世間不久，也不累你了。」

錢新發沒有法子，不敢再發亂言，徒自增加憂鬱。

錢新發的憂鬱不單這一件。他的母親見客到來，一定要出來客廳應酬。身穿臺灣衫褲，說出滿口臺灣話來，聲又大，音又高，全是鄉下人的樣子。不論是郡守或是街長來，也不客氣。錢新發每遇官客來到，看了他母親這樣應酬，心中便起不安，暗中祈求「不要說出話，快快進去」。可是，他母親全不應他的祈求，仍然在客廳上與客談話，大聲響氣，統統用臺灣話。錢新發氣沒話可說，只在心中痛苦，錢家是日本語家庭，全家都禁用臺灣話。可是先生媽全不懂日本話，在家裡沒有對手談話，因此以出客廳來與客談話為快。臺灣人來的時候不敢輕看她，所以用臺灣話來敘寒暄，先生媽喜歡得好像小孩子一樣。日本人來的時候也對先生媽敘禮，先生媽雖不懂日語，卻含笑用臺灣話應酬。錢新發每看見他的母親這樣應酬，忍不住痛苦，感到不快極了。又恐怕因此失了身分，又錯認官客一定會輕侮他。錢新發不單這樣誤會，他對母親身穿的臺灣衫褲也惱得厲害。

有一天，錢新發在客人面前說：「母親！客人來了，快快進後堂好。」先生媽聽了，立刻發怒，大聲道：「又說蠢話，客人來，客人來，你把我看作眼中釘，退後，退到哪裡去？這不是我家嗎？」

罵得錢新發沒臉可見人，臉紅了一陣又一陣，地若有孔，就要鑽入去了。從此以後，錢新發斷然不敢干涉母親出客廳來。但心中常常恐怕因此失了社會的地位，丟了自己的面子，煩惱得很。

錢新發，當局來推薦日本語家庭的時候，他以自欺欺人的態度對調查員說他母親多少曉得日本話應酬，所以能得通過了。錢新發已被列為日本語家庭，而對此感到無上光榮。馬上改造房子，變為日本式的。設備新的榻榻米和紙門，採光又好，任誰看到也要稱讚的。可是這樣純日本式的生活，不到十日，又惹了先生媽發怒。先生媽根本不喜歡吃早餐的「味噌汁」，但得忍著吃，也忍不住在日本草席上打坐的苦楚。先生媽吃飯的時候，在榻榻米上強將發硬的腳屈了坐下，坐得又痛又麻，飯也吞不下喉，沒到十分鐘，就麻得不能站起來了。

先生媽又有一個習慣，每日一定要午睡。日本房子要掛蚊帳，蚊帳又大，不但難掛，又要晝晚掛兩次，惱得先生媽滿腔鬱塞。這樣生活到第九天晚飯的時候，桌上佳味，使她吃得久，先生媽腳子麻得不能動，按摩也沒有效。錢新發沒可奈何，不得不把膳堂和母親的房子仍然修繕如舊。錢新發敢怒不敢言，沒有法子，只在暗中嘆氣。他一想起他的母親，心中被陰雲遮了一片。想要積極的進行自己的主張，又難免與母親衝突。他的母親頑固得很，錢新發怎樣憔悴，怎樣侷促，也難改變他母親的性情。若要強行，一定受他母親打罵。

不能使母親覺悟，就不能實現自己的主張。雖然如此，錢新發並不放棄自己的主張，在能實現的範圍內就來實現，不肯落人之後。臺灣人改姓名也是他為首。日本政府許可臺灣人改姓名的時候，他爭先恐後，把姓名改為金井新助。馬上掛起新的名牌，同時家族開始了穿「和服」的生活。連他年久愛用的公醫服也丟開不問。同時又建築純日本式的房子。這個房子落成的時候，他喜歡極了，要照相作紀念。他又想要母親穿和服，奈何先生媽始終不肯穿，只好仍然穿了臺灣服拍照。金井新助心中存了玉石同架的遺憾，但他不敢說出來，只得自惱自氣著。然而先生媽拍照後，不知何故，將當時準備好的和服，用菜刀亂砍斷了。旁人嚇得大驚，以為生先媽一定是發了狂了。

「留著這樣的東西，我死的時候，恐怕有人給我穿上了，若是穿上這樣的東西，我也沒有面子去見祖宗。」

說了又砍，砍得零零碎碎的，旁人纔了解先生媽的心事，也為她的直腸子感動了。

當地第一次改姓名的只有兩位。一位是金井新助，一位大山金吉，大山金吉也是地方的有力者，又是富家。這兩個人常常共處，研究日本生活，實現日本精神。大山金吉沒有老人阻礙，萬事如意。金井新助看了大山金吉改善得快，又恐怕落後，焦慮得很，無意中想起母親的頑固起來，惱得心酸。

第二次當局又發表了改姓名的名單，當地又有四五個，總算是第二流的家庭。金井新助看了新聞，眉皺頭昏，感覺得自尊心崩了一角。他的優越感也被大風搖動一樣，急急用電話來連絡同志。須臾，大山金吉穿了新縫的和服，手拏一枝黃柿杖子，足登著一隻桐屐得得地來到客廳。

「大山君，你看了新聞嗎？」

「沒有，今天有什麼東西發表了？」

「千載奇聞。賴良馬改了姓名，不知道他們有什麼資格呢？」

「唔！豈有此理……呵呵！徐發新、管仲山、賴良馬……同是鼠輩。這般猴頭老鼠耳。也想學人了。」

金井新助忽然拍案怒吼：「學人不學人，第一沒有『國語家庭化』，又沒有榻榻米，並且連『風呂』（日本浴桶）也沒有。」

「這樣的猴子徒知學人，都是スフ。」（原文Staple Fiber人造纖維，非真實之意。）

「唔！」

「當局也太不慎重了。」

二人說了，憤慨不已。沈痛許久，說不出話來。金井新助不得已，亂抽香菸，將香菸和嘆氣一齊吐出來，大山金吉弄著杖子不禁憂鬱自嘲地說：「任他去。」說罷嘆出一口氣來，就將話題換過。

「我又買了一個茶櫥子，全身是黑檀做的，我想鄉下的日本人都沒有。」

「日後借我觀摩。我也買了一個日本琴，老桐樹做的。這桐樹是五六百年的。你猜一猜值多少錢呢……化了一千兩百塊錢了。」

大山金吉聽見這話，就上去看裝飾在「床間」的日本琴，拏來看，拏來彈。

郡守移交的時候，新郡守到地方來巡視。適逢街長不在，「助役」代理街長報告街政大概。接見式後，新郡守就與街上的士紳談話，金井新助也在座。他身穿新縫的和服，這和服是大島稠作的，風儀甚好，一見誰也認不出他是臺灣人。新郡守是健談的人，態度慇勤，問長問短。這時候，助役一一介紹士紳，不意中說出金井新助的舊姓名。新助聽了，變了臉色，紅了一陣又一陣，心中叫道：「助役可惡。」他的憎惡感情勃勃湧起來了，同座的士紳沒有一個知道他的心事。他用全身之力壓下自己的感情，隨後又想到他在職業上與助役抗爭不利，不如付之一笑，主張已定，仍然笑咪咪的，裝成謙讓的態度談話。助役雖然又介紹金井氏的好處，然而終難消除他心裡被助役污辱了的感情。

第三次改姓名發表了，他比從前愈加憂鬱。人又多，質又劣，氣成如啞子一樣，說不出來的苦。不久又發表了第四次姓名，他看了新聞，站不得，坐不得。只得信步走出，走到大山氏家裡。看到大山氏放聲叫道：「大山君，千古所未聞，從沒有這樣古怪。連剃頭的也改了姓名。」大山金吉把金井拿的新聞看了，啞然連聲都喘不出，半晌，只吐出一口大氣。金井新助禁不得性急，破口罵出臺灣話來：「下流十八等也改姓名。」他想，改姓名就是臺灣人無上的光榮，家庭同日本人的一樣，沒有遜色。一旦改了姓名，和日本人一樣，絲毫無差。然而剃頭的，補皮鞋的，吹笛賣藝的也改了姓名。他迄今的努力，終歸水泡，覺得身分一瀉千里，如墜泥濘中，竟沒有法子可拔。他沈痛許多，自暴自棄地向大山氏說：

「衰，最衰，全然依靠不得，早知這樣……」不知不覺地吐出真言。他的心中恰似士紳的社交場，突然被襤褸的乞丐闖入來一樣了。

有一天，國民學校校庭上，金井良吉與石田三郎，走得太快了，突然相碰撞，良吉馬上握起拳頭，不分皂白向三郎打下去。三郎嚇道：

「食人戇子，我家也改了姓名，不怕你的。」

喝著立刻向前還手。

良吉應聲道：

「你改的姓名是スフ。」

三郎也不讓他，罵道：

「你的正正是スフ。」

罵了，二人亂打一場。

三郎力大，不一會良吉被三郎推倒在地。三郎騎在良吉身上亂打，適逢同校六年級的同學看到，大聲嚇道：「學校不是打架地方。」說罷用力推開。良吉乍啼乍罵：「莫迦野郎，沒有日本浴桶也改姓名，真真是スフ。」

「你有本事再來。」

二人罵了，怒目睜睜，又向前欲打，早被六年級的學生阻止不能動手。良吉的恨不得消處，大聲罵道：

「我的父親講過剃頭的是下流十八等，下流，下流，下流末節，看你下流！」良吉且罵且去了。

金井良吉是公醫先生的小相公。石田三郎是剃頭店的兒子。這兩個是國民學校三年級的同學，這事情發生後的二三日，剃頭店的剃頭婆，偷偷來訪問先生媽。

「老太太，我告訴你，學校裡你的小賢孫，開口就罵，下流，下流，スフ，スフ，想

我家的小兒，沒有面子見人。老太太對先生說知好不好？」

剃頭婆低言細語，託了先生媽歸去。

晚飯後，金井新助的家庭，以他夫婦倆為中心，一家團聚和樂為習。大相公、小姐、太太、護士、藥局生等，個個也在這個時候消遣。到了這時候，金井新助得意揚揚，提起日本精神來講，洗臉怎樣，喫茶、走路、應酬作法，這樣使不得，一一舉例，說得明明白白，有頭有尾，指導大家做日本人。金井先生說過之後，太太繼續提起日本琴的好處，插花道之難，且講且誇自己的精通。藥局生最喜歡電影，也常常提起電影的趣味來講。大學畢業的長男，懂得一點英語，常常說的半懂不懂的話來。大家說了話，小姐就拿日本琴來彈，彈得叮叮噹噹。最後大家一齊同唱日本歌謠。此時護士的聲音最高最亮。這樣的娛樂每夜不缺。

獨有先生媽，絕不參加，吃飯後，只在自己房裡，冷冷淡淡，有時蚊子咬腳。到了冬天也沒有爐子，只在床裡，憑著床屏，孤孤單單拏被來蓋腳忍寒。她也偶然到娛樂室去看看，大家說日本語。她聽不懂，感不到什麼趣味，只聽見吵吵嚷嚷，他們在那裡做什麼是不知道的。所以吃完飯，獨自到房間去。然而聽了剃頭婆的話，這夜飯後她不回去房間裡。等大家齊集了，先生媽大聲喝道：

「新發，你教良吉罵剃頭店下流是什麼道理？」

新助吞吞吐吐，勉勉強強的辯解了一番；然而先生媽搖頭不信，指出良吉在學校打架的事實來證明。說明後就罵，罵後就講。

「從前的事，你們不知道，你的父親做過苦力，也做過轎夫，你罵剃頭是下流，轎夫是什麼東西哪？」

大聲教訓，新助此時也有點覺悟了，只有唯唯而已。

但是過了數日，仍然是木偶兒一樣，從前的感情又來支配他一切。

十五日早晨，先生媽輕輕地咳嗽，要去廟裡燒香。老乞丐仍在後門等候，見了先生媽，吃了一驚，慌忙問道：

「先生媽，元氣差多了，不知什麼地方不好？」

先生媽全不介意，馬馬虎虎應道：

「年紀老了。」

說了就拏出錢來給乞丐。

次日先生媽坐臥不安，竟成病了。病勢逐日加重。雖也有進有退，藥也不能醫真病。

老乞丐不知此事，到了來月十五日，仍在後門等候。然而沒有人出來，乞丐愈等愈不安，翹首望內，全不知消息。日將臨午，丫頭才出來。

「先生媽病了，忘記今天是十五日，方纔想起，吩咐我拏這個錢來給你。」

說罷將二十元交給乞丐就要走。乞丐接到一看，平常是伍元，頓覺先生媽病情不好，馬上向丫頭哀求著要看先生媽一面。丫頭就憐乞丐的心情，將他偷偷帶進去。乞丐恭恭敬敬地站在先生媽的床頭。先生媽看乞丐來了，就將瘦弱不支之身軀用全身的力氣撐起來坐。

「我想不能再見了，來的好，來得最好。」

說罷喜歡極了，請乞丐坐。乞丐自彝衣服襤褸，不敢坐上漆光潔亮的凳子，謙讓了幾次，然而先生媽強勸他坐，乞丐不得不坐下。先生媽才安心和乞丐閒談，談得很愉快，好像遇到知己一樣，心事全拋。談到最後……

「老哥，我在世一定不長久了。沒有什麼所望的，很想再吃一次油條，死也甘心。」

先生媽想起在貧苦時代吃的油條的香味，再想吃一次。叫新助買，他又不買，因為新助是日本語家庭，吃味噌汁，不吃油條的。

次日乞丐買了油條，偷偷送來。先生媽拏油條吃得很快樂，嚼得很有味，連讚數聲好吃。「老哥，你也知道的，我從前貧苦得很，我的丈夫做苦力，我也每夜織帽子到三更。吃番薯簽過的日子也有。我想那個時候，比現在還快活。有錢有什麼用？有兒子不必歡喜，大學畢業的也是個沒有用的東西。」

先生媽說了，嘆出氣來。乞丐聽得心酸。先生媽感到淒涼的半生，一齊湧上心頭，不禁淚下。乞丐憐憫地，安慰地道：

「先生媽不必傷心，一定會好的。」

「好，好不得，好了有何用呢？」

先生媽自嘲自語，語罷找了枕頭下的錢，拏來給乞丐。乞丐去後，先生媽叫新助到面前，囑咐死後的事。

「我不曉得日本語，死了以後，不可用日本和尚。」

囑咐了一番。

到了第三天病狀急變，先生媽忽然逝去。然而新助是矯風會長，他不依遺囑，葬式不用臺灣和尚，依新式舉行。會葬者甚眾，郡守、街長，街中的有力者沒有一個不到來。然而這盛大的葬式裡，沒有一個痛惜先生媽，連新助自己也不感悲傷，葬式不過是一種事務而已。雖然這樣，其中也有一個人真心悲痛的，這就是老乞丐。出喪當日，他不敢近前，在後邊遙望先生媽的靈柩而啼哭。從此以後每到十五日，老乞丐一定備辦香紙，到先生媽的墳前燒香。燒了香，老乞丐看到香煙繚繞，不覺淒然下淚，嘆一口氣說：

「呀！先生媽，你也和我一樣了。」

作者

吳濁流（一九〇〇——一九七六），又名建田，號饒畊。生於新竹縣書香之家。臺北師範學院畢業，曾任小學教員。一九四〇年因抗議日本督學的侮辱而辭職。一九四一年赴大陸，曾任南京機構翻譯與報館記者。隨後返臺，一九六四年在臺創辦《臺灣文藝》。一九六九年，變賣祖產，獨力創辦吳濁流文學獎，頒行至今不輟。

吳濁流到三十七歲時方開始創作小說。大多表現出反抗日本帝國殖民統治的創作傾向。一九四三——一九四五年，寫下反映日據時期臺灣人民覺醒抗日的代表性長篇小說《亞細亞的孤兒》（原書名《胡志明》），於臺灣光復後始得出版。同時還創作了短篇小說《先生媽》、《陳大人》、《功狗》等。中篇小說有《波茨坦科長》等。吳濁流一生致力於抗日愛國的文學活動，有「鐵血鑄成的男兒」之譽，對六〇年代後的臺灣鄉土小說產生了極大影響。去世後，由友人出版《吳濁流作品集》（六卷）行世。

題解

本篇原發表於一九四四年《新生報》。後收入臺灣作家全集《吳濁流集》。先生媽，是台語。本省方言稱呼醫生多叫先生。先生媽，是本篇小說男主角錢新發的母親。

賞析

吳濁流是臺灣新文學發展史上具有重要地位定評的作家。他一生為臺灣新文學所作的貢獻，足堪後世青年的楷模典型。

綜觀其一生的文學成就，有三個特點：其一，他是個很有歷史意識的作家。其二，他是個境界寬闊，頗有見識的作家。他看出臺灣的漢文是文化的中文，而不只是語言而已。故而他積極支持漢文化的推廣。其三，吳濁流是非常有個性，有民族意識、堅守民族氣節的作家風範。

吳濁流三十七歲日據統治下，冒著查禁的危險寫下《亞細亞的孤兒》，試圖探討臺灣人的民族出路問題。此書原名《胡志明》。吳濁流自白說是把外族日本帝國當作胡人，而他要表明心志，堅決抗日，永不妥協的決心。這一點，正是他民族氣節的極致表現。

本篇〈先生媽〉則可看作是吳濁流小說創作有歷史意義傾向的又一代表作。

小說寫大戰期間，從一九三七到一九四五年之間，日本帝國為了鞏固戰爭的勝利，更加嚴苛地控制臺灣人民，以榨取戰爭資源，並對臺灣人民進行徹底的思想控制，文化洗腦。於是如火如荼地推行所謂的「皇民化運動」。

本篇就是這一歷史事件的忠實紀錄，它可以當作歷史小說讀，也可以看作民族意識小說。

小說一起筆，首先帶出錢新發與先生媽這兩個性格顯明的人物。一個體恤下人，一個陽奉陰違，勢利之徒。以下情節開展，即藉由兩人的故事發展出兩條主線，最後再把兩線合一，交代最後的結局。

一個是皇民化運動之下的信徒，力行者。而一個是不會數典忘祖，終生堅守民族文化情操的傳統母親——先生媽。母子兩人的對比，把作家吳濁流對漢文化的孺慕心情，對日本殖民的痛惡，與堅定抵抗之心，表露無遺。

其實，小說集中描寫這母子兩人的強烈對比性格，是藉由具體的描寫手法把它形象化呈現。而考查錢新發的所作所為就是最典型的皇民化之子。

作為一個有歷史意識的作家，吳濁流的小說表現出一種質樸的寫實風格，蘊意深刻而文筆簡樸。〈先生媽〉取材於臺灣一個常見的普通家庭，其間所敘的無非是衣食住行的瑣碎生活，使人如入市井之中，小說透出極強的民族意識與批判思想，但這一切只在先生媽與兒子錢新發比較之中得出。可謂褒貶分明，但又不露聲色。小說結尾頗有意味。先生媽去世後，葬儀隆盛，但無人能理解先生媽的節操。唯有老乞丐望靈柩而啼哭。作品對人物的臧否，其實也不言而喻。

其二，與塑造先生媽不同，作品在描寫錢新發的殖民性格時，採用了幾分漫畫式的誇張諷刺手法，以表達作者對這類人物的極大諷刺。錢新發錦衣玉食，但對貧賤的下人卻不施斗米，反而如郡守、課長之類的名宦巨公一到，就大驚小怪，備肉擺酒。一副搖尾乞憐的醜相。錢新發當走狗可謂「轟轟烈烈」，操日語，改姓氏，穿著簇新的和服招搖過市。每晚按日本方式夜夜笙歌，奴才嘴臉窮形極相。錢新發的闊大派與招搖作風正與先生媽的質樸愚拙形成鮮明對比。從此對比也寄喻了本篇小說所要傳達的文本意義，那就是歷史意識與民族氣節。

問題與思考

1. 〈先生媽〉乙文所展現的日據下臺灣社會，是什麼樣的狀況？您認同嗎？為什麼？

2.〈先生媽〉乙文中的先生媽拒講日語，若換成臺灣光復以後，試問她會不會拒講國語？語言對先生媽這個人物所代表的意義是什麼？

3.何謂皇民化運動？請查考臺灣近代史略述其大要，並檢證與本篇小說的內容情節是否相符？

參考資料

1.張良澤（編），一九八二，《吳濁流作品集》，臺北：遠景出版社。

2.彭瑞金（編），一九九一，《吳濁流集》，臺北：前衛出版社。

3.吳濁流，一九九一，《臺灣連翹》，臺北：前衛出版社。

4.呂新昌，一九八四，《鐵血詩人吳濁流》，臺北：臺灣文藝出版社。

5.吳濁流，一九九〇，《無花果》，臺北：前衛出版社。

八、傾城之戀

張愛玲

上海為了「節省天光」，將所有的時鐘都撥快了一小時，然而白公館裡說：「我們用的是老鐘。」他們的十點鐘是人家的十一點。他們唱歌唱走了板，跟不上生命的胡琴。

胡琴咿咿啞啞拉著，在萬盞燈的夜晚，拉過來又拉過去，說不盡的蒼涼的故事——不問也罷了！……胡琴上的故事是應當由光豔的伶人來搬演的，長長的兩片紅胭脂夾住瓊瑤鼻，唱了、笑了，袖子擋住了嘴……然而這裡只有白四爺單身坐在黑沈沈的破陽臺上，拉著胡琴。

正拉著，樓底下門鈴響了。這在白公館是一件稀罕事。按照從前的規矩，晚上絕對不作興出去拜客。晚上來了客，或是平空裡接到一個電報，那除非是天字第一號的緊急大事，多半是死了人。

四爺凝神聽著，果然三爺三奶奶四奶奶一路嚷上樓來，急切間不知他們說些什麼。陽臺後面的堂屋裡，坐著六小姐、七小姐、八小姐，和三房四房的孩子們，這時都有些皇皇然。四爺在陽臺上，暗處看亮處，分外眼明，只見門一開，三爺穿著汗衫短褲，揸開兩腿站在門檻上，背過手去，拍啦拍啦撲打股際的蚊子，遠遠的向四爺叫道：「老四你猜怎麼著？六妹離掉的那一位，說是得了肺炎，死了！」四爺放下胡琴往房裡走，問道：「是誰來給的信？」三爺道：「徐太太。」說著，回過頭用扇子去攆三奶奶道：「你別跟上來湊熱鬧呀，徐太太還在樓底下呢，她胖，怕爬樓。你還不去陪陪她！」三奶奶去了，四爺若有所思道：「死的那個不是徐太太的親戚麼？」三爺道：「可不是。看這樣子，是他們特為託了徐太太來遞信給我們的，當然是有用意的。」四爺道：「他們莫非是要六妹去奔喪？」三爺用扇子柄刮了刮頭皮道：「照說呢，倒也是應該……」他們同時看了六小姐一眼，白流蘇坐在屋子的一角，慢條斯理繡著一雙拖鞋，方才三爺四爺一遞一聲說話，彷彿是沒有他發言的餘地，這時她便淡淡的道：「離過婚了，又去做他的寡婦，讓人家笑掉了牙齒！」她若無其事地繼續做她的鞋子，可是手頭上直冒冷汗，針澀了，再也拔不過去。

三爺道：「六妹，話不是這樣說。他當初有許多對不起你的地方，我們全知道。現在人已經死了，難道你還記在心裡？他先下的那兩個姨奶奶，自然是守不住的。你這會子堂堂正正的回去替他戴孝主喪，誰敢笑你？你雖然沒生下一男半女，他的姪子多著呢，隨你挑一個，過繼過來。家私雖然不剩什麼了，他家是個大族，就是撥你看守祠堂，也餓不死你母子。」白流蘇冷笑道：「三哥替我想得真周到，就可惜晚了步，婚已經離了這麼七八年了。依你說，當初那些法律手續都是糊鬼不成？我們可不能拿著法律鬧著玩哪！」三爺道：「你別動不動就拿法律來嚇人，法律呀，今天改，明天改，我這天理人情，三綱五常，可是改不了！你生是他家的人，死是他家的鬼，樹高千丈，落葉歸根——」流蘇站起身來道：「你這話，七八年前為什麼不說？」三爺道：「我只怕你多心了，只當我們不肯收容你。」流蘇道：「哦？現在你就不怕我多了心？你把我的錢用光了，你就不怕我多了心？」三爺直問到她臉上道：「我用了你的錢？我用了你幾個大錢？你住在我們家，吃我們的，喝我們的，從前還罷了，添個人不過添雙筷子，現在你去打聽打聽著，米是什麼價錢？我不提錢，你倒提起錢來了！」

四奶奶站在三爺背後，笑了一聲道：「自己骨肉，照說不該提錢的話。提起錢來，這話可就長了！我早就跟我們老四說過——我說：老四，你去勸勸三爺，你們做金子，做股票，不能用六姑奶奶的錢哪，沒的沾上了晦氣！她一嫁到了婆家，丈夫就變成了敗家子。回到娘家來，眼見得娘家就要敗光了——天生的掃帚星！」三爺道：「四奶奶這話有理。我們那時候，如果沒讓她入股子，絕不至於弄得一敗塗地！」

流蘇氣得渾身亂顫，把一隻繡了一半的拖鞋面子抵住了下頷，下頷抖得彷彿要落下來。三爺又道：「想當初你哭哭啼啼回家來，鬧著要離婚，怪只怪我是個血性漢子，眼見你給他打成那個樣子，心有不忍，一拍胸脯子站出來說：『好！我白老三窮雖窮，我家裡短不了我妹子這一碗飯！』我只道你們年少夫妻，誰沒有個脾氣？大不了回娘家來個三年五載的，兩下裡也就回心轉意了。我若知道你們認真是一刀兩斷，我會幫著你辦離婚麼！拆散人家夫妻，是絕子絕孫的事。我白老三是有兒子的人，我還指望著他們養老呢？」流蘇氣到了極點，反倒放聲笑了起來道：「好，好，都是我的不是，你們窮了，是我把你們吃窮了。你們虧了本，是我帶累了你們。你們死了兒子，也是我害了你們傷了陰騭！」四奶奶一把揪住了她兒子的衣領，把她兒子的頭去撞流蘇，叫道：「赤口白舌的咒起孩子來了！就憑你這句話，我兒子死了，我就得找著你！」流蘇連忙一閃身躲過了，抓住四爺道：「四哥你瞧，你瞧——你倒是評評理看！」四爺道：「你別著急呀，有話好說，我們從長計議。三哥這都是為你打算——」流蘇賭氣撒開了手，一逕進裡屋去了。

屋裡沒點燈，影影綽綽的只看見珠羅紗帳子裡，她母親躺在紅木大床上，緩緩揮動白團扇。流蘇走到床跟前，雙膝一軟，就跪了下來，伏在床沿上，哽咽道：「媽。」白老太太耳朵還好，外間屋裡說的話，她全聽見了。她咳嗽了一聲，伸手在枕邊摸索到了小痰罐子，吐了一口痰，方才說道：「你四嫂就是這樣碎嘴子！你可不能跟她一樣的見識。你知道，各人有各人的難處，你四嫂天生的要強性兒，一向管著家，偏生你四哥不爭氣，狂嫖濫賭，玩出一身病來不算，不該挪了公賬上的錢，害得你四嫂面上無光，只好讓你三嫂當家，心裡嚥不下這口氣，著實不舒坦。你三嫂精神又不濟，支持這份家，可不容易！種種地方，你得體諒他們一點。」流蘇聽她母親這話風，一味的避重就輕，自己覺得沒意思，只得一言不發。白老太太翻身朝裡睡了，又道：「先兩年，東拼西湊的，賣一次田，還夠兩年吃的。現在可不行了。我年紀大了，說聲走，一撒手就走了，可顧不得你們。天下沒有不散的筵席，你跟著我，總不是久長之計。倒是回去是正經。領個孩子過活，熬個十幾年，總有你出頭之日。」

正說著，門簾一動，白老太太道：「是誰？」四奶奶探頭進來道：「媽，徐太太還在樓下呢，等著跟您說七妹的婚事。」白老太太道：「我這就起來，你把燈捻開。」屋裡點上了燈，四奶奶扶著老太太坐起身來，伺候她穿衣下床。白老太太問道：「徐太太那邊找到了合適的人？」四奶奶道：「聽她說得怪好的，就是年紀大了幾歲。」白老太太咳了一聲道：「寶絡這孩子，今年也二十四了，真是我心上一個疙瘩。白替她操了心，還讓人家說我：她不是我親生的，我存心耽擱了她！」四奶奶把老太太攙到外房去，老太太道：「你把我那兒的新茶葉拿出來，給徐太太泡一碗，綠洋鐵筒子裡的是大姑奶奶去年帶來的龍井，高罐兒裡的是碧螺春，別弄錯了。」四奶奶答應著，一面叫喊道：「來人哪！開燈！」只聽見一陣腳步響，來了些粗手大腳的孩子們，幫著大媽子把老太太搬運下樓去了。

四奶奶一個人在外間屋裡翻箱倒櫃找尋老太太的私房茶葉，忽然笑道：「咦！七妹，你打那兒鑽出來了，嚇我一跳！我說怎麼的，剛才你一晃就不見影兒了！」寶絡細聲道：「我在陽臺上乘涼。」四奶奶格格笑道：「害臊呢！我說，七妹，趕明兒你有了婆家，凡事可得小心一點，別那麼由著性兒鬧。離婚豈是容易的事？要離就離了，稀鬆平常！果真那麼容易，你四哥不成材，我幹嗎不離婚哪！我也有娘家呀，我不是沒處可投奔的。可是這年頭兒，我不能不給他們划算划算，我是有點人心的，就得顧著這一點，不能靠定了人家，把人家拖窮了。我還有三分廉恥呢！」

白流蘇在她母親床前淒淒涼涼跪著，聽見了這話，把手裡的繡花鞋幫子緊緊按在心口上，戳在鞋上的一枚針，扎了手也不覺得疼。小聲道：「這屋子裡可住不得了！……住不得了！」她的聲音灰暗而輕飄，像斷斷續續的塵灰吊子。她彷彿做夢似的，滿頭滿臉都掛著塵灰吊子，迷迷糊糊向前一撲，自己以為是枕住了她母親的膝蓋，嗚嗚咽咽哭了起來道：「媽，媽，你老人家給我做主！」她母親呆著臉，笑嘻嘻的不作聲。她摟住她母親的腿，使勁搖撼著，哭道：「媽！媽！」恍惚又是多年前，她還只十來歲的時候，看了戲出來，在傾盆大雨中和家裡人擠散了。她獨自站在人行道上，瞪著眼看人，人也瞪著眼看她，隔著雨淋淋的車窗，隔著一層層無形的玻璃罩——無數的陌生人。人人都關在他們自己的小世界裡，她撞破了頭也撞不進去，她似乎是魘住了。忽然聽見背後有腳步聲，猜著是她母親來了。便竭力定了一定神，不言語。她所祈求的母親與她真正的母親根本是兩個人。

那人走到床前坐下了，一開口，卻是徐太太的聲音。徐太太勸道：「六小姐，別傷心了，起來，起來，大熱的天……」流蘇撐著床勉強站起來，道：「嬸子，我……我在這兒再也待不下去了。早就知道人家多嫌著我，就只差明說。今兒當面鑼，對面鼓，發過話了，我可沒有臉再住下去了！」徐太太扯她在床沿上一同坐下，悄悄的道，「你也太老實了，不怪人家欺侮你，你哥哥們把你的錢盤來盤去盤光了，就養活你一輩子也是應該的。」流蘇難得聽見這幾句公道話，且不問她是真心還是假意，先就從心裡熱起來，淚如雨下，道：「誰叫我自己糊塗呢！就為了這幾個錢，害得我要走也走不開。」徐太太道：「年紀輕輕的人，不怕沒有活路。」流蘇道：「有活路，我早走了！我又沒念過兩句書，肩不能挑，手不能提，我能做什麼事？」徐太太道：「找事，都是假的，還是找個人是真的。」流蘇道：「那怕不行，我這一輩早完了。」徐太太道：「這句話，只有有錢的人，不愁吃，不愁穿，才有資格說。沒錢的人，要完也完不了哇！你就剃了頭髮當姑子去，化個緣罷，也還是塵緣——離不了人！」流蘇低頭不語，徐太太道：「你這件事，早兩年托了我，又要好些。」流蘇微微一笑道：「可不是，我已經二十八了。」徐太太道：「放著你這樣好的人才，二十八也不算什麼，我替你留心著。說著我又要怪你了，離了婚七八年了，你早點拿定了主意，遠走高飛，少受多少氣！」流蘇道：「嬸子你又不是不知道，像我們這樣的家庭，哪兒肯放我們出去交際？倚仗著家裡人罷，別說他們根本不贊成，就是贊成了，我底下還有兩個妹妹沒出閣，三哥四哥的幾個女孩也漸漸的長大了，張羅她們還來不及呢！還顧得到我？」

徐太太笑道：「提起你妹妹，我還等著他們的回話呢。」流蘇道：「七妹的事，有希望麼？」徐太太道：「說得有幾分眉目了。剛才我有意的讓娘兒們自己商議商議，我說我上去瞧瞧六小姐就來；現在可該下去了。你送我下去，成不成？」流蘇只得扶著徐太太下樓，樓梯又舊，徐太太又胖，走得吱吱格格一片響。到了堂屋裡，流蘇欲待開燈，徐太太道：「不用了，看得見。他們就在東廂房裡。你跟我來，大家說說笑笑，事情也就過去了，不然，明兒吃飯的時候免不了要見面的，反而僵得慌。」流蘇聽不得「吃飯」這兩個字，心裡一陣刺痛，哽著嗓子，強笑道：「多謝嬸子——可是我這會子身子有點不舒服，實在不能夠見人，只怕失魂落魄的，說話闖了禍，反而辜負了您待我的一片心。」徐太太見流蘇一定不肯，也就罷了，自己推門進去。

門掩上了，堂屋裡暗著，門的上端的玻璃格子裡透進兩方黃色的燈光，落在青磚地上。朦朧中可以看見堂屋裡順著牆高高下下堆著一排書箱，紫檀匣子，刻著綠泥款識。正中天然儿上，玻璃罩子裡，擱著琺藍自鳴鐘，機括早壞了，停了多年。兩旁垂著硃紅對聯，閃著金壽字團花，一朵花托住一個墨汁淋漓的大字。在微光裡，一個個的字都像浮在半空中，離著紙老遠。流蘇覺得自己就是對聯上的大字，虛飄飄的，不落實地。白公館有這麼一點像神仙的洞府：這裡悠悠忽忽過了一天，世上已經過了一千年。可是這裡過了一千年，也同一天差不多，因為每天都是一樣的單調與無聊。流蘇交叉著胳膊，抱住她自己的頸項。七八年一霎眼就過去了。你年輕麼？不要緊，過兩年就老了，這裡，青春是不希罕的。他們有的是青春——孩子一個個的被生出來，新的明亮的眼睛，新的紅嫩的嘴，新的智慧。一年又一年的磨下來，眼睛鈍了，人鈍了，下一代又生出來了。這一代便被吸收到硃紅灑金的煇煌的背景裡去，一點一點的淡金便是從前的人的怯怯的眼睛。

流蘇突然叫了一聲，掩住自己的眼睛，跌跌衝衝往樓上爬，往樓上爬……上了樓，到了她自己的屋子裡，她開了燈，撲在穿衣鏡上，端詳她自己。還好，她還不怎麼老。她那一類的嬌小的身軀是最不顯老的一種，永遠是纖瘦的腰，孩子似的萌芽的乳。她的臉，從前是白得像磁，現在由磁變為玉——半透明的輕青的玉。上頷起初是圓的，近年來漸漸的尖了，越顯得那小小的臉，小得可愛。臉龐原是相當的窄，可是眉心很寬。一雙嬌滴滴，滴滴嬌的清水眼。陽臺上，四爺又拉起胡琴來了，依著那抑揚頓挫的調子，流蘇不由的偏著頭，微微飛了個眼風，做了個手勢。她對鏡子這一表演，那胡琴聽上去便不是胡琴，而是笙簫琴瑟奏著幽沉的廟堂舞曲。她向左走了幾步，又向右走了幾步，她走一步路那彷彿是合著失了傳的古代音樂的節拍。她忽然笑了——陰陰的，不懷好意的一笑，那音樂便戛然而止。外面的胡琴繼續拉下去，可是胡琴訴說的是一些遼遠的忠孝節義的故事，不與她相關了。

這時候，四爺一個人躲在那裡拉胡琴，卻是因為他自己知道樓下的家庭會議中沒有他置喙的餘地。徐太太走了之後，白公館裡少不得將她的建議加以研究和分析。徐太太打算替寶絡做媒說給一個姓范的，那人最近和徐先生在礦務上有相當密切的聯絡，徐太太對於他的家世一向就很熟悉，認為絕對可靠。那范柳原的父親是一個著名的華僑，有不少的產業分布在錫蘭馬來亞等處。范柳原今年三十二歲，父母雙亡。白家眾人質問徐太太，何以這樣的一個標準夫婿到現在還是獨身的，徐太太告訴他們范柳原從英國回來的時候，無數的太太們緊扯白臉的把女兒送上門來，硬要推給他，勾心鬥角，各顯神通，大大熱鬧過一番。這一捧卻把他捧壞了，從此他把女人看成他腳底下的泥。由於幼年時代的特殊環境，他脾氣本來就有點怪癖。他父母的結合是非正式的，他父親一次出洋考察，在倫敦結識了一個華僑交際花，兩人祕密地結了婚。原籍的太太也有點風聞，因為懼怕太太的報復，那二夫人始終不敢回國，范柳原就是在英國長大的。他父親故世以後，雖然大太太只有兩個女兒，范柳原要在法律上確定他的身分，卻有種種棘手之處。他孤身流落在英倫，很吃過一些苦，然後方才獲得了繼承權。至今范家的族人還對他抱著仇視的態度，因此他總是住在上海的時候多，輕易不回廣州老宅裡去。他年紀輕的時候受了些刺激，漸漸的就往放浪的一條路上走，嫖賭吃著，樣樣都來，獨獨無意於家庭幸福。白四奶奶就說：「這樣的人，想必喜歡是存心挑剔。我們七妹是庶出的。只怕人家看不上眼。放著這麼一門好親戚，怪可惜了兒的！」三爺道：「他自己也是庶出。」四奶奶道：「可是人家多厲害呀，就憑我們七丫頭那股子傻勁兒，還指望拿得住他？倒是我那個大女孩機靈些，別瞧她，人小心不小，真識大體！」三奶奶道：「那似乎年歲差得太多了。」四奶奶道：「喲！你不知道，越是那種人，越是喜歡那年紀輕的。我那個大的若是不成，還有二的呢。」三奶奶道：「你那個二的比姓范的小二十歲。」四奶奶悄悄扯了她一把，正顏厲色的道：「三嫂，你別那麼糊塗！你護著七丫頭，她是白家什麼人？隔了一層娘肚皮，就差遠了。嫁了過去，誰也別想在她身上得點什麼好處！我這都是為了大家的好。」然而白老太太一心一意只怕親戚議論她虧待了沒娘的七小姐，決定照原來的計畫，由徐太太擇日請客，把寶絡介紹給范柳原。

徐太太雙管齊下，同時又替流蘇物色到一個姓姜的，在海關裡做事，新故了太太，丟下了五個孩子，急等著續弦，徐太太主張先忙完了寶絡，再替流蘇撮合，因為范柳原不久就要上新加坡去了。白公館裡對於流蘇的再嫁，根本就拿它當一個笑話，只是為了要打發她出門，沒奈何，只索性不聞不問，由著徐太太鬧去。為了寶絡這頭親，卻忙得鴉飛雀亂，人仰馬翻。一樣是兩個女兒，一方面如火如荼，一方面冷冷清清，相形之下，委實使人難堪。白老太太將全家的金珠細軟，盡情搜刮出來，能夠放在寶絡身上的都放在寶絡身上。三房裡的女孩子過生日的時候，乾娘給的一件巢絲衣料，也被老太太逼著三奶奶拿了出來，替寶絡製了旗袍。老太太自己歷年攢下的私房，以皮貨居多，暑天裡又不能穿著皮子，只得典質了一件貂皮大襖，用那筆款子去把幾件首飾改鑲了時新款式。珍珠耳墜子、翠玉手鐲、綠寶戒指，自不必說，務必把寶絡打扮得花團錦簇。

到了那天，老太太、三爺、三奶奶、四爺、四奶奶自然都是要去的。寶絡輾轉聽到四奶奶的陰謀，心裡著實惱著她，執意不肯和四奶奶的兩個女兒同時出場，又不好意思說不要她們，便下死勁拖流蘇一同去。一部出差汽車黑壓壓坐了七個人，委實再擠不下了，四奶奶的女兒金枝金蟬便慘遭淘汰。她們是下午五點鐘出發的，到晚上十一點方才回家。金枝金蟬哪裡放得下心，睡得著覺？眼睜睜盼著他們回來了，卻又是大夥兒啞口無言。寶絡沈著臉走到老太太房裡，一陣風把所有的插戴全剝了下來，還了老太太，一言不發回房去了。金枝金蟬把四奶奶拖到陽臺上，一疊連聲追問怎麼了。四奶奶怒道：「也沒有看見像你們這樣的女孩子家，又不是你自己相親，要你這樣熱辣辣的！」三奶奶跟了出來，柔聲緩氣說道：「你這話，別讓人家多了心去！」四奶奶索性衝著流蘇的房間嚷道：「我就是指桑罵槐，罵了她了，又怎麼著？又不是千年萬代沒見過男子漢，怎麼一聞見生人氣，就痰迷心竅，發了瘋了？」金枝金蟬被她罵得摸不著頭腦，三奶奶做好做歹穩住了她們的娘，又告訴她們道：「我們先去看電影的。」金枝詫異道：「看電影？」三奶奶道：「可不是透著奇怪，專為看人去的，倒去坐在黑影子裡，什麼也瞧不見。後來徐太太告訴我說都是那范先生的主張，他在那裡掏壞呢。他要把人家擱個兩三個鐘頭，臉上出了油，胭脂花粉褪了色，他可以看得親切些。那是徐太太的猜想。據我看來，那姓范的始終就沒有誠意。他要看電影，就為著懶得跟我們應酬。看完了戲，他不是就想溜麼？」四奶奶忍不住插嘴道：「哪兒的話，今兒的事，一上來挺好的，要不是我們自己窩兒裡的人在裡頭搗亂，準有個七八成！」金枝金蟬齊聲道：「三媽，後來呢？後來呢？」三奶奶道：「後來徐太太拉住了他，要大家一塊兒去吃飯。他就說他請客。」四奶奶拍手道：「吃飯就吃飯，明知我們七小姐不會跳舞，上跳舞場去乾坐著，算什麼？不是我說，這就要怪三哥了，他也是外面跑跑的人，聽見姓范的吩咐汽車夫上舞場去，也不攔一聲！」三奶奶忙道：「上海這麼多的飯店，他怎麼知道哪一個飯店有跳舞，哪一個飯店沒有跳舞？他可比不得四爺是個閒人哪，他沒那麼多的工夫去調查這個！」金枝金蟬還要打聽此後的發展，三奶奶給四奶奶幾次一打岔，興致索然。只道：「後來就吃飯，吃了飯，就回來了。」

金蟬道：「那范柳原是怎麼的一個人？」三奶奶道：「我哪兒知道？統共沒聽見他說過三句話。」又尋思了一會，道：「跳舞跳得不錯罷！」金枝咦了一聲道：「他跟誰跳來著？」四奶奶搶先答道：「還有誰，還不是你那六姑！我們詩禮人家，不准學跳舞的，就只她結婚之後跟她那不成材的姑爺學會了這一手！好不害臊，人家問你，說不會跳不就結了？不會也不是丟臉的事。像你三媽，像我，都是大戶人家的小姐，活過這半輩子了，什麼世面沒見過？我們就不會跳！」三奶奶嘆了口氣道：「跳了一次，說是敷衍人家的面子，還跳第二次，第三次！」金枝金蟬聽到這裡，不禁張口結舌。四奶奶又向那邊喃喃罵道：「豬油蒙了心！你若是以為你破壞了你妹子的事，你就有指望了，我叫你早早的歇了這個念頭！人家連多少小姐都看不上眼呢，他會要你這敗柳殘花？」

流蘇和寶絡住著一間屋子，寶絡已經上床睡了，流蘇蹲在地下摸著黑點蚊煙香，陽臺上的話聽得清清楚楚，可是她這一次卻非常的鎮靜，擦亮了洋火，眼看著它燒過去，火紅的小小三角旗，在它自己的風中搖擺著，移，移到她手指邊，她噗的一聲吹滅了它，只剩下一截紅豔的小旗桿，旗桿也枯萎了，垂下灰白蜷曲的鬼影子。她把燒焦的火柴丟在煙盤子裡。今天的事，她不是有意的，但無論如何，她給了她們一點顏色看看。她們以為她這一輩子已經完了麼？早哩！她微笑著。寶絡心裡一定也在罵她，罵得比四奶奶的話還要難聽。可是她知道寶絡恨雖恨她，同時也對她刮目相看，肅然起敬。一個女人，再好些，得不著異性的愛，也就得不著同性的尊重。女人們就是這點賤。

范柳原真心喜歡她麼？那倒也不見得。他對她說的那些話，她一句也不相信。她看得出他是對女人說慣了謊的，她不能不當心——她是六親無靠的人。她只有她自己了。床架子上掛著她脫下來的月白蟬翼紗旗袍。她一歪身坐在地上，摟住了長袍的膝部，鄭重地把臉偎在上面。蚊香的綠煙一蓬一蓬浮上來，直薰到腦子裡去。她的眼睛裡，眼淚閃著光。

隔了幾天，徐太太又來到白公館。四奶奶早就預言過：「我們六姑奶奶這樣的胡鬧，眼見得七丫頭的事是吹了。徐太太豈有不惱的？徐太太怪了六姑奶奶，還肯替她介紹人麼？這叫作偷雞不著蝕把米。」徐太太果然不像先前那麼一盆火似的了，遠兜遠轉先解釋她這兩天為什麼沒上門。家裡老爺有要事上香港去接洽，如果一切順利，就打算在香港租下房子，住個一年半載的，所以她這兩天忙著打點行李，預備陪他一同去。至於寶絡的那件事，姓范的已經不在上海了，暫時只得擱一擱。流蘇的可能的對象姓姜的，徐太太打聽了出來，原來他在外面有了人，若要拆開，還有點麻煩。據徐太太看來，這種人不甚可靠，還是算了罷。三奶奶四奶奶聽了這話，彼此使了個眼色，撇著嘴笑了一笑。

徐太太接下去皺眉說道：「我們的那一位，在香港倒有不少的朋友，就可惜遠水救不著近火……六小姐若是能夠到那邊去走一趟，倒許有很多的機會。這兩年，上海人在香港的，真可以說是人才濟濟。上海人自然是喜歡上海人，所以同鄉的小姐們在那邊聽說很受人歡迎。六小姐去了，還愁沒有相當的人？真可以抓起一把來揀揀！」眾人覺得徐太太真是善於辭令。前兩天轟轟烈烈鬧著做媒，忽然煙消火滅了，自己不得下場，便姑作遁辭，說兩句風涼話，白老太太便嘆了口氣道：「到香港去一趟，談何容易！單講——」不料徐太太很爽快的一口剪斷了她的話道：「六小姐若是願意去，我請她，我答應幫她忙，就得幫到底。」大家不禁面面相覷，連流蘇都怔住了。她估計著徐太太當初自告奮勇替她做媒，想必倒是一時仗義，真心同情她的境遇。為了她跑跑腿尋尋門路，治一桌酒席請請那姓姜的，這點交情是有的。但是出盤纏帶她到香港去，那可是所費不貲。為什麼徐太太平空的要在她身上花這些錢？世上的好人雖多，可沒有多少傻子願意在銀錢上做好人。徐太太一定是有背景的，難不成是那范柳原的詭計？徐太太曾經說過她丈夫與范柳原在營業上有密切接觸，夫婦兩個大約是很熱心地捧著范柳原。犧牲一個不相干的孤苦的親戚來巴結他，也是可能的事。流蘇在這裡胡思亂想著，白老太太便道：「那可不成呀，總不能讓您——」徐太太打了個哈哈道：「沒關係，這點小東，我還做得起！我還指望著六小姐幫我忙呢。我拖著兩個孩子，血壓又高，累不得，路上有了她，凡事也有個照應。我是不拿她當外人的，以後還要她多多的費神呢！」白老太太忙代流蘇客氣一番。徐太太掉過頭來，單刀直入的問道：「那麼六小姐，你一準跟我們跑一趟罷！就算是逛逛，也值得。」流蘇低下頭去，微笑道，「您待我太好了。」她迅速地盤算了一下，姓姜的那件事是無望了，以後即使有人替她做媒，也不過是和那姓姜的不相上下，也許還不如他。流蘇的父親是一個有名的賭徒，為了賭而傾家蕩產，第一個領著他們往破落戶的路上走。流蘇的手沒有沾過骨牌和骰子，然而她也是喜歡賭的，她決定用她的前途來下注。如果她輸了，她聲名掃地，沒有資格做五個孩子的後母。如果賭贏了，她可以得到眾人虎視眈眈的目的物范柳原，出淨她胸中這一口惡氣。

她答應了徐太太。徐太太在一星期內就要動身。流蘇便忙著整理行裝。雖說家無長物，根本沒有什麼可整理的，卻也亂了幾天。變賣了幾件零碎東西，添製了幾套衣服。徐太太在百忙中還騰出時間來替她做顧問。徐太太這樣的籠絡流蘇，被白公館裡的人看在眼裡，漸漸的也就對流蘇發生了新的興趣，除了懷疑她之外，又存了三分顧忌，背後嘰嘰咕咕議論著，當面卻不那麼指著臉子罵了，偶然也還叫聲「六妹」、「六姑」、「六小姐」，只怕她當真嫁到香港的闊人，衣錦榮歸，大家總得留個見面的餘地，不犯著得罪她。

徐太太徐先生帶著孩子一同乘車來接了她上船，坐的是一隻荷蘭船的頭等艙。船小，顛簸得厲害，徐先生徐太太一上船便雙雙睡倒，吐個不休，旁邊兒啼女哭，流蘇倒著實服侍了他們好幾天，好容易船靠了岸，她方才有機會到甲板上看看海景，那是個火辣辣的下午，望過去最觸目的便是碼頭上圍列著的巨型廣告牌，紅的、橘紅的、粉紅的，倒映在綠油油的海水裡，一條條，一抹抹刺激性的犯沖的色素，竄上落下，在水底下廝殺得異常熱鬧。流蘇想著，在這誇張的城市裡，就是栽個跟斗，只怕也比別處痛些，心裡不由得七上八下起來。忽然覺得有人奔過來抱住她的腿，差一點把她推了一交，倒吃了一驚，再看原來是徐太太的孩子，連忙定了定神，過去助著徐太太照料一切。誰知那十來件行李與兩個孩子，竟不肯被歸著在一堆，行李齊了，一轉眼又少了個孩子。流蘇疲於奔命，也就不去看野眼了。

上了岸，叫了兩部汽車到淺水灣飯店。那車馳出了鬧市，翻山越嶺，走了多時，一路只見黃土崖，紅土崖，土崖缺口處露出森森綠樹，露出藍綠色的海。近了淺水灣，一樣是土崖與叢林，卻漸漸的明媚起來。許多遊了山回來的人，乘車掠過他們的車，一汽車一汽車載滿了花，風裡吹落了零亂的笑聲。

到了旅館門前，卻看不見旅館在哪裡。他們下了車，走上極寬的石級，到了花木蕭疏的高臺上，方見再高的地方有兩幢黃色房子。徐先生早定下了房間，僕歐們領著他們沿著碎石小徑走去，進了昏黃的飯廳，經過昏黃的穿堂，往二層樓上走。一轉彎，有一扇門通著一個小陽臺，搭著紫籐花架，曬著半壁斜陽。陽臺上有兩個人站著說話，只見一個女的，背向著他們，披著一頭漆黑的長髮直垂到腳踝上，腳踝上套著赤金扭麻花鐲子，光著腿，底下看不仔細是否趿著拖鞋，上面微微露出一截印度式桃紅皺窄腳褲。被那女人擋住的一個男子，卻叫了一聲：「咦！徐太太！」便走了過來，向徐先生徐太太打招呼，又向流蘇含笑點頭。流蘇見是范柳原，雖然早就料到這一著，一顆心依舊不免跳得厲害。陽臺上的女人一閃就不見了。范柳原伴著他們上樓。一路上大家彷彿他鄉遇故知似的，不斷的表示驚訝與愉快。那范柳原雖然夠不上稱作美男子，粗枝大葉的，也有他的一種風神。徐先生夫婦指揮著僕歐們搬行李，柳原與流蘇走在前面，流蘇含笑問道：「范先生，你沒有上新加坡去？」柳原輕輕的答道，「我在這兒等著你呢。」流蘇想不到他這樣直爽，倒不便深究，只怕說穿了，不是徐太太請她上香港而是他請的。自己反而下不落臺，因此只當他說玩話，向他笑了一笑。

柳原問知她的房間是一百三十號，便站住了腳道：「到了。」僕歐拿鑰匙開了門，流蘇一進門便不由得向窗口筆直走過去。那整個的房間像暗黃的畫框，鑲著窗子裡一幅大畫。那灩灩的，艷艷的海濤，直濺到窗簾上，把簾子的邊緣都染藍了。柳原向僕歐道：「箱子就放在櫥跟前。」流蘇聽他說話的聲音就在耳根子底下，不覺震了一震，回過臉來，只見僕歐已經出去了，房門卻沒有關嚴。柳原倚著窗臺，伸出一隻手來撐在窗格子上，擋住了她的視線，只管望著她微笑。流蘇低下頭去。柳原笑道：「你知道麼？你的特長是低頭。」流蘇抬頭笑道：「什麼？我不懂。」柳原道：「有的人善於說話，有的人善於笑，有的人善於管家，你是善於低頭的。」流蘇道：「我什麼都不會，我是頂無用的人。」柳原笑道：「無用的女人是最最厲害的女人。」流蘇笑著走開了道：「不跟你說了，到隔壁去看看罷。」柳原道：「隔壁？我的房還是徐太太的房？」流蘇又震了一震道：「你就住在隔壁？」柳原已經替她開了門道：「我屋裡亂七八糟的，不能見人。」

他敲了一敲一百三十一號的門，徐太太開門放他們進來道：「在我這邊吃茶罷，我們有個起坐間。」便揿鈴叫了幾客茶點。徐先生從臥室裡走了出來道：「我打了個電話給老朱，他鬧著要接風，請我們大夥兒上香港飯店。就是今天。」又向柳原道：「連你在內。」徐太太道：「你真有興致，暈了幾天的船，還不趁早歇歇？今兒晚上，算了罷。」柳原笑道：「香港飯店，是我所見過的頂古板的舞場。建築、燈光、布置、樂隊，都是老英國式，四五十年前頂時髦的玩藝兒，現在可不夠刺激了。實在沒有什麼可看的，除非是那些怪模怪樣的西崽，大熱的天，仿著北方人穿著紮腳褲——」流蘇道：「為什麼？」柳原道：「中國情調呀！」徐先生笑道：「既然來到此地，總得去看看。就委屈你做做陪客罷！」柳原笑道：「我可不能說準。別等我。」流蘇見他不像要去的神氣，徐先生並不是常跑舞場的人，難得這麼高興，似乎是認真要替她介紹朋友似的，心裡倒又疑惑起來。

然而那天晚上，香港飯店裡為他們接風一班人，都是成雙成對的老爺太太，幾個單身男子都是二十歲左右的年輕人。流蘇正跳著舞，范柳原忽然出現了，把她從另一個男子手裡接了過來，在那荔枝紅的燈光裡，她看不清他的黝暗的臉，只覺得他異常的沈默。流蘇笑道：「怎麼不說話呀？」柳原笑道：「可以當著人說的話，我全說完了。」流蘇噗嗤一笑道：「鬼鬼祟祟的，有什麼背人的話？」柳原道：「有些傻話，不但是要背著人說，還得背著自己。讓自己聽了也怪難為情的。譬如說，我愛你，我一輩子都愛你。」流蘇別過頭去，輕輕啐了一聲道：「偏有這些廢話！」柳原道：「不說話又怪我不說話了，說話，又嫌嘮叨！」流蘇笑道：「我問你，你為什麼不願意我上跳舞場去？」柳原道：「一般的男人，喜歡把好女人教壞了，又喜歡去感化壞女人，使她變為好女人。我可不像那麼沒事找事做。我認為好女人還是老實些的好。」流蘇瞟了他一眼道：「你以為你跟別人不同麼？我看你也是一樣的自私。」柳原笑道：「怎麼自私？」流蘇心裡想著：你最高的理想是一個冰清玉潔而又富於挑逗性的女人。冰清玉潔，是對於他人。挑逗，是對於你自己。如果我是一個徹底的好女人，你根本就不會注意到我！她向他偏著頭笑道：「你要我在旁人面前做一個好女人，在你面前做一個壞女人。」柳原想了一想道：「不懂。」流蘇又解釋道：「你要我對別人壞，獨獨對你好。」柳原笑道：「怎麼又顛倒過來了？越發把人家搞糊塗了！」他又沈吟了一會道：「你這話不對。」流蘇笑道：「哦，你懂了。」柳原道：「你好也罷，壞也罷，我不要你改變。難得碰見像你這樣的一個真正的中國女人。」流蘇微微嘆了口氣道：「我不過是一個過了時的人罷了。」柳原道：「真正的中國女人是世界上最美的，永遠不會過了時。」流蘇笑道：「像你這樣的一個新派人——」柳原道：「你說新派，大約就是指的洋派。我的確不能算一個真正的中國人，直到最近幾年才漸漸的中國化起來。可是你知道，中國化的外國人，頑固起來，比任何老秀才都要頑固。」流蘇笑道：「你也頑固，我也頑固，你說過的，香港飯店又是最頑固的跳舞場……」他們同聲笑了起來。音樂恰巧停了。柳原扶著她回到座上，向眾人笑道：「白小姐有些頭痛，我先送她回去罷。」流蘇沒提防他有這一著，一時想不起怎樣對付，又不願意得罪了他，因為交情還不夠深，沒有到吵嘴的程度，只得由他替她披上外衣，向眾人道了歉，一同走了出來。

迎面遇見一群西洋紳士，眾星捧月一般簇擁著一個女人。流蘇先就注意到那人的漆黑的長髮，結成雙股大辮，高高盤在頭上。那印度女人，這一次雖然是西式裝束，依舊帶著濃厚的東方色彩。玄色輕紗氅底下，她穿著金魚黃緊身長衣，蓋住了手，只露出晶亮的指甲，領口挖成極狹的V形，直開到腰際，那是巴黎最新的款式，有個名式，喚作「一線天」。她的臉色黃而油潤，像飛了金的觀音菩薩，然而她的影沈沈的大眼睛裡躲著妖魔。古典型的直鼻子，只是太尖，太薄一點。粉紅的厚重的小嘴唇，彷彿腫著似的。柳原站住了腳，向她微微鞠了一躬。流蘇在那裡看她，她也昂然望著流蘇，那一雙驕矜的眼睛，如同隔著幾千里地，遠遠的向人望過來。柳原便介紹道：「這是白小姐。這是薩黑荑妮公主。」流蘇不覺肅然起敬。薩黑荑妮伸出一隻手來，用指尖碰了一碰流蘇的手，問柳原道：「這位白小姐，也是上海來的？」柳原點點頭。薩黑荑妮微笑道：「她倒不像上海人。」柳原笑道：「像哪兒的人呢？」薩黑荑妮把一隻食指按在腮幫子上，想了一想，翹著十指尖尖，彷彿是要形容而又形容不出來的樣子，聳肩笑了一笑，往裡走去。柳原扶著流蘇繼續往外走，流蘇雖然聽不大懂英文，鑒貌辨色，也就明白了，便笑道：「我原是個鄉下人。」柳原道：「我剛才對你說過了，你是個道地的中國人，那自然跟她所謂的上海人有點不同。」

他們上了車，柳原又道：「你別看她架子搭得十足。她在外面招搖，說是克力希納•柯蘭姆帕王公的親生女，只因王妃失寵，賜了死，她也就被放逐了，一直流浪著，不能回國。其實，不能回國倒是真的，其餘的，可沒有人能夠證實。」流蘇道：「她到上海去過麼？」柳原道：「人家在上海也是很有名的。後來她跟一個英國人上香港來。你看見她背後那個老頭子麼？現在就是他養活著她。」流蘇笑道：「你們男人就是這樣。當面何嘗不奉承著她，背後就說得她一個錢不值。像我這樣一個窮遺老的女兒，身分還不及她高的人，不知道你對別人怎樣的說我呢！」柳原笑道：「誰敢一口氣把你們兩人的名字說在一起？」流蘇撇了撇嘴道：「也許因為她的名字太長了。一口氣念不完。」柳原道：「你放心。你是什麼樣的人，我就拿你當什麼樣的人看待，準沒錯。」流蘇做出安心的樣子，向車窗上一靠，低聲道：「真的？」他這句話，似乎並不是挖苦她，因為她漸漸發覺了，他們單獨在一起的時候，他總是斯斯文文的，君子人模樣。不知道為什麼，他背著人這樣穩重，當眾卻喜歡放肆。她一時摸不清那到底是他的怪脾氣，還是他另有作用。

到了淺水灣，他攙著她下車，指著汽車道旁鬱鬱的叢林道：「你看那種樹，是南邊的特產。英國人叫它『野火花』。」流蘇道：「是紅的麼？」柳原道：「紅！」黑夜裡，她看不出那紅色，然而她直覺地知道它是紅得不能再紅了，紅得不可收拾，一蓬蓬一蓬蓬的小花，窩在參天大樹上，壁栗剝落燃燒著，一路燒過去，把那紫藍的天也薰紅了。她仰著臉望上去。柳原道：「廣東人叫它『影樹』。你看這葉子。」葉子像鳳尾草，一陣風過，那輕纖的黑色剪影零零落落顫動著，耳邊恍惚聽見一串小小的音符，不成腔，像簷前鐵馬的叮噹。

柳原道：「我們到那邊去走走。」流蘇不作聲。他走，她就緩緩的跟了過去。時間橫豎還早，路上散步的人多著呢——沒關係。從淺水灣飯店過去一截子路，空中飛跨著一座橋梁，橋那邊是山，橋這邊是一堵灰磚砌成的牆壁，攔住了這邊的山。柳原靠在牆上，流蘇也就靠在牆上，一眼看上去，那堵牆極高極高，望不見邊。牆是冷而粗糙，死的顏色。她的臉，托在牆上，反襯著，也變了樣——紅嘴脣、水眼睛、有血、有肉、有思想的一張臉。柳原看著她道：「這堵牆，不知為什麼使我想起地老天荒那一類的話。……有一天，我們的文明整個的毀掉了，什麼都完了——燒完了、炸完了、坍完了，也許還剩下這堵牆。流蘇如果我們那時候在這牆根底下遇見了……流蘇，也許你會對我有一點真心，也許我會對你有一點真心。」

流蘇嗔道：「你自己承認你愛裝假，可別拉扯上我！你幾時捉出我說謊來著？」柳原嗤的一笑道：「不錯，你是再天真也沒有的一個人。」流蘇道：「得了，別哄我了！」

柳原靜了半晌，嘆了口氣。流蘇道：「你有什麼不稱心的事？」柳原道：「多著呢。」流蘇嘆道：「若是像你這樣自由自在的人，也要怨命，像我這樣的，早就該上吊了。」柳原道：「我知道你是不快樂的。我們四周的那些壞事、壞人，你一定是看夠了。可是，如果你這是第一次看見他們，你一定更看不慣，更難受。我就是這樣，我回中國來的時候，已經二十四了。關於我的家鄉，我做了好些夢。你可以想像到我是多麼的失望。我受不了這個打擊，不由自主的就往下溜。你……你如果認識從前的我，也許你會原諒現在的我。」

流蘇試著想像她是第一次看見她四嫂。她猛然叫道：「還是那樣的好，初次瞧見，再壞些，再髒些，是你外面的人，你外面的東西。你若是混在那裡頭長久了，你怎麼分得清，哪一部分是他們，哪一部分是你自己？」柳原默然，隔了一會方道：「也許你是對的。也許我這些話無非是藉口，自己糊弄自己。」他突然笑了起道：「其實我用不著什麼藉口呀！我愛玩——我有這個錢，有這個時間，還得去找別的理由？」他思索了一會，又煩躁起來，向她說道：「我自己也不懂得我自己——可是我要你懂得我！我要你懂得我！」他嘴裡這麼說著，心裡早已絕望了，然而他還是固執地，哀懇似的說著：「我要你懂得我！」

流蘇願意試試看。在某種範圍內，她什麼都願意。她側過臉去向著他，小聲答應著：「我懂得，我懂得。」她安慰他，然而她不由得想到了她自己的月光中的臉，那嬌脆的輪廓，眉與眼，美得不近情理，美得渺茫。她緩緩垂下頭去。柳原格格的笑了起來。他換了一副聲調，笑道：「是的，別忘了，你的特長是低頭。可是也有人說，只有十來歲的女孩子們適宜於低頭。適宜於低頭的人往往一來就喜歡低頭。低了多年的頭，頸子上也許要起皺紋的。」流蘇變了臉，不禁抬起手來撫摸她的脖子，柳原笑道：「別著急，你絕不會有的。待會兒回前房裡去，沒有人的時候，你再解開衣領上的鈕子，看個明。」流蘇不答，掉轉身就走。柳原追了上去，笑道：「我告訴你為什麼你保得住你的美。薩黑荑妮上次說：

她不敢結婚，因為印度女人一閒下來，待在家裡，整天坐著，就發胖了，我就說：中國女人呢，光是坐著，連發胖都不肯發胖——因為發胖至少還需要一點精力。懶倒也有懶的好處！」

流蘇只是不理他。他一路陪著小心，低聲下氣，說說笑笑，她到了旅館裡，面色方才和緩下來，兩人也就自歸房安置。流蘇自己忖量著，原來范柳原是講究精神戀愛的。她倒也贊成，因為精神戀愛的結果永遠是結婚，而肉體之愛往往就停頓在某一階段，很少結婚的希望。精神戀愛只有一個毛病：在戀愛過程中，女人往往聽不懂男人的話。然而那倒也沒有多大關係。後來總還是結婚、找房子、置傢具、僱傭人——那些事上，女人可比男人在行的多。她這麼一想，今天這點小誤會，也就不放在心上。

第二天早晨，她聽徐太太屋裡鴉雀無聲，知道她一定起來得很晚。徐太太彷彿說過的，這裡的規矩，早餐叫到屋裡來吃，另外要付費，還要給小賬，因此流蘇決定替人家節省一點，到食堂裡去吃。她梳洗完了，剛跨出房門，一個守候在外面的僕歐，看見了她，便去敲范柳原的門。柳原立刻走了出來，笑道：「一塊兒吃早飯去。」一面走，他一面問道：「徐先生徐太太還沒升帳？」流蘇笑道：「昨兒他們玩得太累了罷！我沒聽見他們回來，想必一定是近天亮。」他們在餐室外面的走廊上揀了個桌子坐下。石欄杆外生著高大的棕櫚樹，那絲絲縷縷披散著的葉子在太陽光裡微微發抖，像光亮的噴泉。樹底下也有噴水池子，可沒有那麼偉麗。柳原問道：「徐太太他們今天打算怎麼玩？」流蘇道：「聽說是要找房子去。」柳原道：「他們找他們的房子，我們玩我們的。你喜歡到海灘上去還是到城裡去看看？」流蘇前一天下午已經用望遠鏡看了看附近的海灘，紅男綠女，果然熱鬧非凡，只是行動太自由了一點，她不免略具戒心，因此便提議進城去。他們趕上了一輛旅館裡特備的公共汽車，到了中心區。

柳原帶她到大中華去吃飯。流蘇一聽，僕歐們是說上海話的，四座也是鄉音盈耳，不覺詫異道：「這是上海館子？」柳原笑道：「你不想家麼？」流蘇笑道：「可是……專誠到香港來吃上海菜，總似乎有點傻。」柳原道：「跟你在一起，我就喜歡做各種的傻事，甚至於乘著電車兜圈子，看一張看過了兩次的電影……」流蘇道：「因為你被我傳染上了傻氣，是不是？」柳原笑道：「你愛怎麼解釋，就怎麼解釋。」

吃完了飯，柳原舉起玻璃杯來將裡面剩下的茶一飲而盡，高高的擎著那玻璃杯，只管向裡看著。流蘇道：「有什麼可看的，也讓我看看。」柳原道：「你迎著亮瞧瞧，裡頭的景致使我想起馬來的森林。」杯裡的殘茶向一邊傾過來，綠色的茶葉黏在玻璃上，橫斜有致，迎著光，看上去像一棵翠生生的芭蕉。底下堆積著的茶葉，蟠結錯雜，就像沒膝的蔓草和蓬蒿。流蘇湊在上面看，柳原就探過身來指點著。隔著那綠陰陰的玻璃杯，流蘇忽然覺得他一雙眼睛似笑非笑的瞅著她。她放下了杯了，笑了。柳原道：「我陪你到馬來西亞去。」流蘇道：「做什麼？」柳原道：「回到自然。」他轉念一想，又道：「只是一件，我不能想像你穿著旗袍在森林裡跑。……不過我也不能想像你不穿著旗袍。」流蘇連忙沉下臉來道：「少胡說。」柳原道：「我這是正經話。我第一次看見你，就覺得你不應當光著膀子穿這種時髦的長背心，不過你也不應當穿西裝。滿洲的旗袍，也許倒合適一點，可是線條又太硬。」流蘇道：「總之，人長得難看，怎麼打扮著也不順眼！」柳原笑道：「別又誤會了，我的意思是：你看上去不像這世界的人。你有許多小動作，有一種羅曼蒂克的氣氛，很像唱京戲。」流蘇抬起眉毛，冷笑道：「唱戲，我一個人也唱不成呀！我何嘗愛做作——這也是逼上梁山。人家跟我耍心眼兒，我不跟人家耍心眼兒，人家還拿我當傻子呢，準得找著我欺侮！」柳原聽了這話，倒有些黯然，他舉起了空杯，試著喝了一口，又放下了，嘆道：「是的，都怪我。我裝慣了假，也是因為人人都對我裝假。只有對你，我說過句把真話。你聽不出來。」流蘇道：「我又不是你肚裡的蛔蟲。」柳原道：「是的，都怪我。可是我的確為你費了不少的心機。在上海第一次遇見你，我想著，離開了你家裡那些人，你也許會自然一點。好容易盼著你到了香港……現在，我又想把你帶到馬來西亞，到原始人的森林裡去……」他笑他自己，聲音又啞又澀，不等笑完他就喊僕歐拿賬單來。他們付了賬出來，他已經恢復原狀，又開始他的上等調情——頂文雅的一種。

他每天伴著她到處跑，什麼都玩到了，電影、廣東戲、賭場、格羅士打飯店、思豪酒店、青島咖啡館、印度綢緞莊、九龍的四川菜……晚上他們常常出去散步，直到夜深。她自己都不能夠相信，他連她的手都難得碰一碰。她總是提心吊膽，怕他突然摘下假面具，對她作冷不防的襲擊，然而一天又一天的過去了，他維持著他的君子風度。她如臨大敵，結果毫無動靜。她起初倒覺得不安，彷彿下樓梯的時候踏空了一級似的，心裡異常怔忡，後來也就慣了。

只有一次，在海灘上。這時候流蘇對柳原多了一層認識，覺得到海邊上去去也無妨，因此他們到那裡去消磨了一個上午。他們並排坐在沙上，可是一個面朝東，一個朝西，流蘇嚷有蚊子。柳原道：「不是蚊子，是一種小蟲，叫沙蠅。咬一口，就是個小紅點，像硃砂痣。」流蘇又道：「這太陽真受不了。」柳原道：「稍微曬一會兒，我們到涼棚底下去。我在那邊租了一個棚。」那口渴的太陽汩汩地吸著海水，漱著，吐著，嘩嘩的響。人身上的水分全給它喝乾了，人成了金色的枯葉子，輕飄飄的。流蘇漸漸感到那怪異的眩暈與愉快，但是她忍不住又叫了起來：「蚊子咬！」她扭過頭去，一巴掌打在裸露的背脊上。柳原笑道：「這樣好吃力。我來替你打罷，你來替我打。」流蘇果然留心著，照準他臂上打去，叫道：「哎呀，讓它跑了！」柳原也替她留心著。兩人劈劈拍拍打著，笑成一片。流蘇突然被得罪了，站起身來往旅館裡走。柳原這一次並沒有跟上來。流蘇走到樹蔭裡，兩座蘆蓆棚之間的石徑上，停了下來，抖一抖短裙子上的沙，回頭一看，柳原還在原處，仰天躺著，兩手墊在頸項底下，顯然是又在那裡做著太陽裡的夢了，人又曬成了金葉子。流蘇回到了旅館裡，又從窗戶裡用望遠鏡望出來，這一次，他的身邊躺著一個女人，辮子盤在頭上。就把那薩黑荑妮燒了灰，流蘇也認識她。

從這天起，柳原整日價的和薩黑荑妮廝混著。他大約是下了決心把流蘇冷一冷。流蘇本來天天出去慣了，忽然閒了下來，在徐太太面交代不出理由，只得傷了風，在屋裡坐了兩天。幸喜天公識趣，又下起纏綿雨來，越發有了藉口，用不著出門。有一天下午，她打著傘在旅舍的花園兜了個圈子回來，天漸漸黑了，約莫徐太太他們看房子也該回來了，她便坐在廊簷下等候他們，將那把鮮明的油紙傘撐開了橫擱在欄杆上，遮住了臉。那傘是粉紅地子，石綠的荷葉圖案，水珠一滴滴從筋紋上滑下來。那雨下得大了。雨中有汽車潑喇潑喇航行的聲音，一群男女嘻嘻哈哈推著挽著上階來，打頭的便是范柳原。薩黑荑妮被他攙著，卻是夠狼狽的，裸腿上濺了一點點的泥漿。她脫去了大草帽，便灑了一地的水。柳原瞥見流蘇的傘，便在扶梯口上和薩黑荑妮說了幾句話，薩黑荑妮單獨上樓去了，柳原走了過來，掏出手絹子來不住的擦他身上臉上的水漬子。柳原和他不免寒暄了幾句。柳原坐了下來道：「前兩天聽說有點不舒服？」流蘇道：「不過是熱傷風。」柳原道：「這天氣真悶的慌。剛才我們到那個英國的遊艇上去野餐的，把船開到了青衣島。」流蘇順口問問他青衣島的景致。正說著，薩黑荑妮又下樓來了，已經換了印度裝，兜著鵝黃披肩，長垂及地。披肩上是二寸來闊的銀絲堆花鑲滾。她也靠著欄杆，遠遠的揀了個桌子坐下，一隻手閒閒擱在椅背上，指甲上塗著銀色蔻丹。流蘇笑向柳原道：「你還不過去？」柳原笑道：「人家是有了主兒的人。」流蘇道：「那老英國人，哪兒管得住她？」柳原笑道：「他管不住她，你卻管得住我呢。」流蘇抿著嘴笑道：「喲！我就是香港總督，香港的城隍爺，管這一方的百姓，我也管不到你頭上呀！」柳原搖搖頭道：「一個不吃醋的女人，多少有點病態。」流蘇噗嗤一笑。隔了一會流蘇問道：「你看著我做什麼？」柳原笑道：「我看你從今以後是不是預備待我好一點。」流蘇道：「我待你好一點，壞一點，你又何嘗放在心上？」柳原拍手道：「這還像句話！話音裡彷彿有三分酸意。」流蘇掌不住放聲笑了起來道：「也沒有看見你這樣的人，死七白咧的要人吃醋！」

兩人當下言歸於好，一同吃了晚飯。流蘇表面上雖然和他熱了些，心裡卻怙惙著：他使她吃醋，無非是用的激將法，逼著她自動的投到他的懷裡去。她早不同他好，晚不同他好，偏揀這個當口和他好了，白犧牲了她自己，他一定不承情，只道她中了他的計。她做夢也休想他娶她。……很明顯的，他要她，可是他不願意娶她。然而她家裡窮雖窮，也還是個望族，大家都是場面上的人，他擔當不起這誘姦的罪名。因此他採取了那種光明正大的態度。她現在知道了，那完全是假撇清。他處處地方希圖脫卸責任。以後她若是被拋棄了，她絕對沒有誰可抱怨。

流蘇一念及此，不覺咬了咬牙，恨了一聲。面子上仍舊照常跟他敷衍著。徐太太已經在跑馬地租下了房子，就要搬過去了。流蘇欲待跟過去，又覺得白擾了人家一個多月，再要長住下去，實在不好意思。這樣僵持下去，也不是事。進退兩難，倒煞費躊躇。這一天，在深夜裡，她已經上了床多時，只是翻來覆去。好容易朦朧了一會，床頭的電話鈴突然朗朗響了起來。她一聽，卻是柳原的聲音，道：「我愛你。」就掛斷了。流蘇心跳得撲通撲通，握住了耳機，發了一回愣，方才輕輕的把它放回原處。誰知才擱上去，又是鈴聲大作。她再度拿起聽，柳原筒在那邊問道：「我忘了問你一聲，你愛我麼？」流蘇咳嗽了一聲再開口，喉嚨還是沙啞的。她低聲道：「你早該知道了，我為什麼上香港來？」柳原嘆道：「我早知道，可是明擺著的事實，我就是不肯相信。流蘇，你不愛我。」流蘇道：「怎見得我不？」柳原不語，良久方道：「詩經上有一首詩——」流蘇忙道：「我不懂這些。」柳原不耐煩道：「知道你不懂，若你懂，也用不著我講了！我念給你聽：『死生契闊——與子相悅，執子之手，與子偕老。』我的中文根本不行，可不知道解釋得對不對。我看那是最悲哀的一首詩。生與死與離別，都是大事，不由我們支配的。比起外界的力量，我們人是多麼小，多麼小！可是我們偏要說：『我永遠和你在一起；我們一生一世都別離開。』——好像我們自己做得了主似的！」

流蘇沈思了半晌，不由的惱了起來道：「你乾脆說不結婚，不就完了！還得繞著大彎子！什麼做不了主？連我這樣守舊的人家，也還說『初嫁從親，再嫁從身』哩！你這樣無拘無束的人，你自己不能做主，誰替你做主？」柳原冷冷的道：「你不愛我，你有什麼辦法，你做得了主麼？」流蘇道：「你若真愛我的話，你還顧得了這些？」柳原道：「我不至於那麼糊塗。我犯不著花了錢娶一個對我毫無感情的人來管束我。那太不公平了。對於你那也不公平。噢，也許你不在乎。根本你以為婚姻就是長期的賣淫——」流蘇不等他說完，拍的一聲把耳機摜下了，臉氣得通紅。他敢這樣侮辱她！他敢！她坐在床上，炎熱的黑暗包著她像葡萄紫的絨毯子。一身的汗，癢癢的，頸上與背脊上的頭髮梢也刺惱得難受。她把兩隻手按在腮頰上，手心卻是冰冷的。

鈴又響了起來。她不去接電話，讓它響去。「的玲玲……的玲玲……」聲浪分外的震耳，在寂靜的房間裡，在寂靜的旅舍裡，在寂靜的淺水灣。流蘇突然覺悟了，她不能吵醒整個淺水灣飯店。第一，徐太太就在隔壁。她戰戰兢兢拿起聽筒來，擱在褥單上。可是四周太靜了，雖是離了這麼遠，她也聽得見柳原的聲音在那裡心平氣和地說：「流蘇，你的窗子裡看得見月亮麼？」流蘇不知道為什麼，忽然哽咽起來。淚眼中的月亮大而模糊，銀色的，有著綠的光稜。柳原道：「我這邊，窗子上面吊下一枝籐花，擋住了一半。也許是玫瑰，也許不是。」他不再說話了，可是電話始終沒掛上。許久許久，流蘇疑心他可是盹著了，然而那邊終於撲禿一聲，輕輕掛斷了。流蘇用顫抖的手從褥單上拿起她的聽筒，放回架子上。她怕他第四次再打來，但是他沒有。這都是一個夢——越想越像夢。

第二次早上她也不敢問他，因為他準會嘲笑她——「夢是心頭想」，她這麼迫切的想念他，連睡夢裡他都會打電話來說「我愛你」？他的態度和平時沒有什麼不同。他們照常出去玩了一天。流蘇忽然發覺拿他們當作夫婦的人很多很多——僕歐們，旅館裡和她搭訕的幾個太太老太太。原不怪他們誤會。柳原跟她住在隔壁，出入總是肩並肩，夜深還到海岸上去散步，一點都不避嫌疑。一個保姆推著孩子的車走過，向流蘇點點頭，喚了一聲：「范太太。」流蘇臉上一僵，笑也不是，不笑也不是，只得皺著眉向柳原睃了一眼，低聲道：「他們不知道怎麼想著呢！」柳原笑道：「喚你范太太的人，且不去管他們；倒是喚你做白小姐的人，才不知道他們怎麼想呢！」流蘇變色。柳原用手撫摸著下巴，微笑道：「你別枉擔了這個虛名！」

流蘇吃驚地朝他望望，驀地裡悟到他這人多麼惡毒。他有意的當著人做出親狎的神氣，使她沒法可證明他們沒有發生關係。她勢成騎虎，回不得家鄉，見不得爺娘，除了做他的情婦之外沒有第二條路。然而她如果遷就了他，不但前功盡棄，以後更是萬劫不復了。她偏不！就算她枉擔了虛名，他不過口頭上占了她一個便宜。歸根究柢，他還是沒有得到她。既然他沒有得到她，或許他有一天還會回到她這裡來，帶了較優的議和條件。

她打定了主意，便告訴柳原她打算回上海去。柳原卻也不堅留，自告奮勇要送她回去。流蘇道：「那倒不必了。你不是要新加坡去麼？」柳原道：「反正已經耽擱了，再耽擱些時也不妨事，上海也有事等著料理呢。」流蘇知道他還是一貫政策，唯恐眾人不議論他們倆。眾人越是說得鑿鑿有據，流蘇越是百喙莫辯，自然在上海不能安身。流蘇盤算者，即使他不送她回去，一切也瞞不了她家裡的人。她是豁出去了，也就讓他送她一程。徐太太見他們倆正打得火一般熱，忽然要拆開了，詫異非凡，問流蘇，問柳原，兩人雖然異口同聲的為彼此洗刷，徐太太哪裡肯信。

在船上，他們接近的機會很多，可是柳原既能抗拒淺水灣的月色，就能抗拒甲板上的月色。他對她始終沒有一句紮實的話。他的態度有點淡淡的，可能流蘇看得出他那閒適是一種自滿的閒適——他拿穩了她跳不出他的手掌心去。

到了上海，他送她到家，自己沒有下車。白公館裡早有了耳報神，探知六小姐在香港和范柳原實行同居了。如今她陪人家玩了一個多月，又若無其事的回來了，分明是存心要丟白家的臉。

流蘇勾搭上了范柳原，無非是圖他的錢。真弄到了錢，也不會無聲無臭的回家來了，顯然是沒得到他什麼好處。本來，一個女人上了男人的當，就該死；女人給當給男人上，那更是淫婦；如果一個女人想給當給男人上而失敗了，反而上了人家的當，那是雙料的淫惡，殺了她也還污了刀。平時白公館裡，誰有了一點芝麻大的過失，大家便炸了起來。逢到了真正聳人聽聞的大逆不道，爺奶奶們興奮過度，反而吃吃艾艾，一時發不出話來，大家先議定了：「家醜不可外揚」，然後分頭去告訴親戚朋友，迫他們宣誓保守祕密，然後再向親友們一個個的探口氣，打聽他們知道了沒有，知道了多少。最後大家覺得到底是瞞不住，爽性開誠布公，打開天窗說亮話，拍著腿感慨一番。他們忙著這種種手續，也忙了一秋天，因此遲遲的沒向流蘇採取斷然行動。流蘇何嘗不知道，她這一次回來，更不比往日。她和這家庭早是恩斷義絕了。她未嘗不想出去找個小事，胡亂混一碗飯吃。再苦些，也強如在家裡受氣。但是尋了個低三下四的職業，就失去了淑女的身分。那身分，食之無味，棄之可惜。尤其是現在，她對范柳原還沒有絕望，她不能先自貶身價，否則他更有了藉口，拒絕和她結婚了。因此她無論如何得忍些時。

熬到了十一月底，范柳原果然從香港來了電報。那電報，整個的白公館裡的人都傳觀過了，老太太方才把流蘇叫去，遞到她手裡。只有寥寥幾個字：「乞來港。船票已由通濟隆辦妥。」白老太太長嘆了一聲道：「既然是叫你去，你就去罷！」她就這樣的下賤麼？她眼裡掉下淚來。這一哭，她突然失去了自制力，她發現她已經忍無可忍了。一個秋天，她已經老了兩年——她可禁不起老！於是第二次離開了家上香港來。這一趟，她早失去了上一次的愉快的冒險的感覺。她失敗了。固然，女人是喜歡被屈服的，但是那只限於某種範圍內。如果她是純粹為范柳原的風儀與魅力所征服，那又是一說了，可是內中還摻雜著家庭的壓力——最痛苦的成分。

范柳原在細雨迷濛的碼頭上迎接她。他說她的綠色玻璃雨衣像一隻瓶，又注了一句：「藥瓶。」她以為他在那裡諷嘲她的孱弱，然而他又附耳加了一句：「你就是醫我的藥。」她紅了臉，白了他一眼。

他替她定下了原先的房間。這天晚上，她回到房裡的時候，已經兩點鐘了。在浴室裡晚妝既畢，熄了燈出來，方才記起來，她房裡的電燈開關裝置在床頭，只得摸著黑過來，一腳踩在地板上的一隻皮鞋上，差一點栽了一交，正怪自己疏忽，沒把鞋子收好，床上忽然有人笑道：「別嚇著了！是我的鞋。」流蘇停了一會，問道：「你來做什麼？」柳原道：「我一直想從你的窗戶裡看月亮。這邊屋裡比那邊看得清楚些。」……那晚上的電話的確是他打來的——不是夢！他愛她。這毒辣的人，他愛她，然而他待她也不過如此！她不由得心寒，撥轉身走到梳妝臺前。十一月尾的纖月，僅僅是一勾白色，像玻璃窗上的霜花。然而海上畢竟有點月意，映到窗子裡來，那薄薄的光就照亮了鏡子。流蘇慢騰騰摘下了髮網，把頭髮一攪，攪亂了，夾叉叮鈴噹啷掉下地來。她又戴上網子，把那髮網的梢頭狠狠的啣在嘴裡，擰著眉毛，蹲下身去把夾叉一隻一隻撿了起來。柳原已經光著腳走到她後面，一隻手擱在她頭上，把她的臉倒扳了過來，吻她的嘴。髮網滑下地去了。這是他第一次吻她，然而他們兩人都疑惑不是第一次，因為在幻想中已經發生過無數次了。從前他們有過許多機會——適當的環境，適當的情調；他也想到過，她也顧慮到那可能性。然而兩方面都是精刮的人，算盤打得太仔細了，始終不肯冒失。現在這忽然成了真的，兩人都糊塗了。流蘇覺得她的溜溜轉了個圈子，倒在鏡子上，背心緊緊抵著冰冷的鏡子。他的嘴始終沒有離開過她的嘴。他還把她往鏡子上推，他們似乎是跌到鏡子裡面，另一個昏昏的世界裡去了，涼的涼，燙的燙，野火花直燒上身來。

第二天，他告訴她，他一禮拜後就要上英國去。她要求他帶她一同去，但是他回說那是不可能的。他提議替她在香港租下一幢房子住下，等到一年半載，他也就回來了。她如果願意在上海住家，也聽她的便。她當然不肯回上海。家裡那些人——離他們越遠越好。獨自留在香港，孤單些就孤單些。問題卻在回來的時候，局勢是否有了改變。那全在他了。一個禮拜的愛吊得住他的心麼？可是從另一方面看來，柳原是一個沒長性的人，這樣匆匆的聚了又散了，他沒有機會厭倦她，未始不是於她有利的。一個禮拜往往比一年值得懷念。……他果真帶著熱情的回憶重新來找她，她也許倒變了呢！近三十的人，往往有著反常的嬌嫩，一轉眼就憔悴了。總之，沒有婚姻的保障而要長期抓住一個男人，是一件艱難的、痛苦的事，幾乎是不可能的。啊，管它的！她承認柳原是可愛的，他給她美妙的刺激，但是她跟他的目的究竟是經濟上的安全。這一點，她知道她可以放心。

他們一同在巴丙頓道看了一所房子，坐落在山坡上。屋子粉刷完了，僱定了一個廣東女傭，名喚阿栗。傢具只置辦了幾件最重要的，柳原就該走了。其餘的都丟給流蘇慢慢的去收拾，家裡還沒有開火倉，在那冬天的傍晚，流蘇送他上船時，便在船上的大餐間胡亂的吃了些三明治。流蘇因為滿心的不得意，多喝了幾杯酒，被海風一吹，回來的時候，便帶著三分醉。到了家，阿栗在廚房裡燒水替她隨身帶著的那孩子洗腳。流蘇到處瞧了一遍，到一處開一處的燈。客室裡門窗上的綠漆還沒乾，她用食指摸著試了一試，然後把那黏黏的指尖貼在牆上，一貼一個綠跡子。為什麼不？這又不犯法！這是她的家！她笑了，索性在那薄公英黃的粉牆上打了一個鮮明的綠手印。

她搖搖晃晃走到隔壁房裡去。空房，一間又一間——清空的世界。她覺得她可以飛到天花板上去。她在空盪盪的地板上行走，就像是在潔無纖塵的天花板上。房間太空了，她不能不用燈光來裝滿它。光還是不夠，明天她得記著換上幾支較強的燈泡。

她走上樓梯去。空得好！她急需著絕對的靜寂。她覺得很，取悅於柳原是太吃力的事，他脾氣向來就古怪；對於她，因為是動了真感情，他更古怪了，一來就不高興。他走了，倒好，讓她鬆下這口氣。現在她什麼人都不要——可憎的人，可愛的人，她一概都不要。從小時候起，她的世界就嫌過於擁擠。推著、擠著、踩著、抱著、馱著、老的小的、全是人。一家二十來口，合住一幢房子，你在房子裡剪個指甲也有人在窗戶眼裡看著。好容易遠走高飛，到了這無人之境。如果她正式做了范太太，她就有種種的責任，她離不了人。現在她不過是范柳原的情婦，不露面的，她份該躲著人，人也份該躲著她。清靜是清靜了，可惜除了人之外，她沒有旁的興趣。她所僅有的一點學識，全是應付人的學識。憑著這點本領，她能夠做一個賢慧的媳婦，一個細心的母親；在這裡她可是英雄無用武之地。「持家」罷，根本無家可持。看管孩子罷，柳原根本不要孩子，省儉著過日子罷，她根本用不著為錢操心。她怎麼消磨這以後的歲月？找徐太太打牌去，看戲？然後漸漸的姘戲了，抽鴉片，往姨太太們的路子上走？她突然站住了，挺著胸，兩隻手在背後緊緊互扭著。那倒不至於！她不是那種下流人，她管得住她自己。但是……她管得住她自己不發瘋麼？樓上品字式的三間屋，樓下品字式的三間屋，全是堂堂地點著燈。新打了蠟的地板，照得雪亮。沒有人影兒。一間又一間，呼喊著的空虛……流蘇躺到床上去，又想下去關燈，又動彈不得。後來她聽見阿栗拖著木屐上樓來，一路撲托撲托關著燈，她緊張的神經方才漸漸鬆弛。

那天是十二月七日，一九四一年。十二月八日，炮聲響了。一炮一炮之間，多晨的銀霧漸漸散開，山巔、山窪子裡，全島上的居民都向海面上望去，說：「開仗了，開仗了。」誰都不能夠相信，然而畢竟是開仗了。流蘇孤身留在巴丙頓道，哪裡知道什麼。等到阿栗從左鄰右舍探到了消息，倉皇喚醒了她，外面已經進入酣戰階段。巴丙頓道的附近有一座科學試驗館，屋頂上架著高射炮，流彈不停的飛過來，尖溜溜一聲長叫：「吱呦呃呃呃呃……，」然後「砰」，落下地去。那一聲聲的「吱呦呃呃呃呃……」撕裂了空氣，撕毀了神經。淡藍的天幕被扯成一條一條，在寒風中簌簌飄動。風裡同時飄著無數剪斷了的神經尖端。

流蘇的屋子是空的，心裡是空的，家裡沒有置辦米糧，因此肚子裡也是空的。空穴來風，所以她感受恐怖的襲擊分外強烈。打電話到跑馬地徐家，久久打不通，因為全城裝有電話的人沒有一個不在打電話，詢問哪一區較為安全，作避難的計畫。流蘇到下午方才接通了，可是那邊鈴儘管響著，老是沒有人來聽電話，想必徐先生徐太太已經匆匆出走，還到平靖一些的地帶。流蘇沒了主意，炮火卻逐漸猛烈了。鄰近的高射炮成為飛棧注意的焦點。飛機蠅蠅地在頂上盤旋，「孜孜孜……」繞了圈又繞回來，「孜孜……」痛楚地，像牙醫的螺旋電器，直挫進靈魂的深處。阿栗抱著她的哭泣著的孩子坐在客室的門檻上，人彷彿入了昏迷狀態，左右搖擺著，喃喃唱著囈語似的歌唱，哄著拍著孩子。窗外又是「吱呦呃呃呃呃……」一聲，「砰！」削去屋簷的一角，沙石嘩啦啦落下來。阿栗怪叫一聲，跳起身來，抱著孩子就往外跑。流蘇在大門口追上了她，一把揪住她問道：「你上哪兒去？」阿栗道：「這兒登不得了！我——我帶她到陰溝裡去躲一躲。」流蘇道：「你瘋了！你去送死！」阿栗連聲道：「你放我走！我這孩子——就只這麼一個——死不得的……陰溝裡躲一躲……」流蘇拼命扯住了她，阿栗將她一推，她跌倒了，阿栗便闖出門去。正在這當口，轟天震地一聲響，整個的世界黑了下來，像一隻碩大無朋的箱子，拍地關上了蓋。數不清的羅愁綺恨，全關在裡面了。

流蘇只道是沒有命了，誰知還活著。一睜眼，只見滿地的玻璃屑，滿地的太陽影子。她掙扎著爬起身來，去找阿栗，阿栗緊緊摟著孩子，垂著頭，把額角抵在門洞子裡的水泥牆上，人是震糊塗了。流蘇拉了她進來，就聽見外面喧嚷著隔壁落了個炸彈，花園裡炸出一個大坑。這一次巨響，箱子蓋關上了，依舊不得安靜。繼續的砰砰砰，彷彿在箱子蓋上用鎚子敲釘，搥不完地搥。從天明搥到天黑，又從天黑搥到天明。

流蘇也想到了柳原，不知道他的船有沒有駛出港口，有沒有被擊沈。可是她想起他便覺得有些渺茫，如同隔世。現在的這一段，與她的過去毫不相干，像無線電的歌，唱了一半，忽然受了惡劣的天氣影響，劈劈拍拍炸了起來，炸完了，歌是仍舊要唱下去的，就只怕炸完了，歌已經唱完了，那就沒得聽了。

第二天，流蘇和阿栗母子分著吃完了罐子裡的幾件餅乾，精神漸漸衰弱下來，每一個呼嘯著的子彈的碎片便像打在她臉上的耳刮子。街頭轟隆轟隆馳來一輛軍用卡車，意外地在門前停下了。鈴一響，流蘇自己去開門，見是柳原，她捉住他的手，緊緊的摟住他的手臂，像阿栗摟住孩子似的，人向前一撲，把頭磕在門洞子裡的水泥牆上。柳原用另外的一隻托住她的頭，急促地道：「受了驚嚇罷？別著急，別著急。你去收拾點得用的東西，我們到淺水灣去。快點，快點！」流蘇跌跌衝衝奔了進去，一面問道：「淺水灣那邊不要緊麼？」柳原道：「都說不會在那邊上岸的。而且旅館裡吃的方面總不成問題，他們收藏得很豐富。」流蘇道：「你的船……」柳原道：「船沒開出去。他們把頭等艙的乘客送到淺水灣飯店。本來昨天就要來接你的，叫不到汽車，公共汽車又擠不上。好容易今天設法弄到了這部卡車。」流蘇哪裡還定得下心來整理行裝，胡亂紮了個小包裹。柳原給了阿栗兩個月的工錢，囑咐她看家，兩個人上了車，面朝下並排躺在運貨的車廂裡，上面蒙著黃綠色油布蓬，一路顛簸著，把肘彎與膝蓋上的皮都磨破了。

柳原嘆道：「這一炸，炸斷了多少故事的尾巴！」流蘇也愴然，半晌方道：「炸死了你，我的故事就該完了。炸死了我，你的故事還長著呢！」柳原笑道：「你打算替我守節麼？」他們兩人都有點神經失常，無緣無故，齊聲大笑。而且一笑便止不住。笑完了，渾身只打顫。

卡車在「吱呦呃呃……」的流彈網裡到了淺水灣。淺水灣飯店樓下駐紮著軍隊，他們仍舊住到樓上的老房間裡。住定了，方才發現，飯店裡儲藏雖富，都是留著給兵吃的。除了罐頭裝的牛乳、牛羊肉、水果之外，還有一麻袋的白麵包，麩皮麵包。分配給客人的，每餐只有兩塊蘇打餅乾，或是兩塊方糖，餓得大家奄奄一息。

先兩日淺水灣還算平靜，後來突然情勢一變，漸漸火熾起來。樓上沒有掩蔽物，眾人容身不得，都來到樓下，守在食堂裡，食堂裡大開者玻璃門，門前堆著沙袋，英國兵就在那裡架起了大炮往外打。海灣裡的軍艦摸準了炮彈的來源，少不得也一一還敬。隔著棕櫚樹與噴水池子，子彈穿梭般來往。柳原與流蘇跟著大家一同把背貼在大廳的牆上。那幽暗的背景便像古老的波斯地毯，織出各色人物，爵爺、公主、才子、佳人。毯子被掛在竹竿上，迎著風撲打上面的灰塵，拍拍打著，下勁打，打得上面的人走投無路。炮子兒朝這邊射來，他們便奔到那邊；朝那邊射，便奔到這邊。到後來一間敞廳打得千創百孔，牆也坍了一面，逃無可逃了，只得坐下地來，聽天由命。

流蘇到了這地步，反而懊悔她有柳原在身旁，一個人彷彿有了兩個身體，也就蒙了雙重危險。一彈子打不中她，還許打中他，他若是死了，若是殘廢了，她的處境更是不堪設想。她若是受了傷，為了怕拖累他，也只有橫了心求死。就是死了，也沒有孤身一個人死得乾淨爽利。她料著柳原也是這般想。別的她不知道，在這一剎那，她只有他，他也只有她。

停戰了。困在淺水灣飯店的男女們緩緩向城中走去。過了黃土崖、紅土崖，又是紅土崖、黃土崖，幾乎疑心是走錯道，繞回去了。然而不，先前的路上沒有這炸裂的坑，滿坑的石子。柳原與流蘇很少說話。從前他們坐一截子汽車，也有一席話，現在走上幾十里的路，反而無話可說了。偶然有一句話，說了一半，對方每每就知道了下文，沒有往下說的必要。柳原道：「你瞧，海灘上。」流蘇道：「是的。」海灘上布滿了橫七豎八割裂的鐵絲網，鐵絲網外面，淡白的海水汩汩吞吐淡黃的沙。冬季的晴天也是淡漠的藍色。野火花的季節已經過了。流蘇道：「那堵牆……」柳原道：「也沒有去看看。」流蘇嘆了口氣道：「算了罷。」柳原走得熱了起來，把大衣脫下來擱在臂上，臂上也出了汗。流蘇道：「你怕熱，讓我給你拿著。」若在往日，柳原絕對不肯，可是他現在不那麼紳士風了，竟交了給她。再走了一程子，山漸漸高了起來。不知道是風吹著樹呢，還是雲影的飄移，青黃的山麓緩緩地暗了下來。細看時，不是風也不是雲，是太陽悠悠地移過山頭，半邊山麓埋在巨大的藍影子裡。山上有幾座房屋在燃燒，冒著煙——山陰的煙是白的，山陽的是黑煙——然而太陽只是悠悠地移過山頭。

到了家，推開了虛掩著的門，拍著翅膀飛出一群鴿子來。穿堂裡滿積著塵灰與鴿糞。流蘇走到樓梯口，不禁叫了一聲：「哎呀。」二層樓上歪歪斜斜大張口躺著她新置的箱籠，也有兩隻順著樓梯滾了下來，梯腳便淹沒在綾羅綢緞的洪流裡。流蘇彎下腰來，撿起一件蜜合色襯絨旗袍，卻不是她自己的東西，滿是汗垢，香煙洞與賤價的香水氣味。她又發現了許多陌生的女人的用品，破雜誌，開了蓋的罐頭荔枝，淋淋漓漓流著殘汁，混在她的衣服一堆。這屋子裡駐過兵過？——帶有女人的英國兵？去得彷彿很倉卒。挨戶洗劫的本地的貧民，多半沒有光顧過，不然，也不會留下這一切。柳原幫著她大聲喚阿栗。末一隻灰背鴿，斜刺裡穿出來，掠過門洞子裡的黃色的陽光，飛了出去。

阿栗是不知去向了。然而屋子裡的主人們，少了她也還得活下去。他們來不及整頓房屋，先去張羅吃的，費了許多事，用高價買進一袋米。煤氣的供給幸而沒有斷，自來水卻沒有。柳原提了鉛桶到山裡去汲了一桶泉水，煮起飯來。以後他們每天只顧忙著吃喝與打掃房間。柳原各樣粗活都來得，掃地、拖地板、幫著流蘇絞沈重的褥單。流蘇初次上灶做菜，居然帶點家鄉風味。因為柳原忘不了馬來菜，她又學會了作油炸「沙袋」、咖哩魚。他們對於飯食上雖然感到空前的興趣，還是極力的撙節著。柳原身邊的港幣帶得不多，一有了船，他們還得設法回上海。

在劫後的香港住下去究竟不是長久之計。白天這麼忙忙碌碌也就混了過去。一到了晚上，在那死的城市裡，沒有燈，沒有人聲，只有那莽莽的寒風，三個不同的音階，「喔……呵……嗚……」無窮無盡地叫喚著，這個歇了，哪個又漸漸響了，三條駢行的灰色的龍，一直線地往前飛，龍身無限制地延長下去，看不見尾。「喔……呵……嗚……」叫喚到後來，索性連蒼龍也沒有了，只是三條虛無的氣，真空的橋梁，通入黑暗，通入虛空的虛空。這裡是什麼都完了。剩下點斷堵頹垣，失去記憶力的文明人在黃昏中跌跌絆絆摸來摸去，像是找著點什麼，其實是什麼都完了。

流蘇擁被坐著，聽著那悲涼的風。她確實知道淺水灣附近，灰磚砌的那一面牆，一定還屹然站在那裡。風停了下來，像三條灰色的龍，蟠在牆頭，月光中閃著銀鱗。她彷彿做夢似的，又來到牆根下，迎面來了柳原，她終於遇見了柳原。……在這動盪的世界裡，錢財、地產、天長地久的一切，全不可靠了。靠得住的只有她腔子裡的這口氣，還有睡在她身邊的這個人。她突然爬到柳原身邊，隔著他的棉被，擁抱著他。他從被窩裡伸出來握住她的手。他們把彼此看得透明透亮。僅僅是一剎那的徹底的諒解，然而這一剎那夠他們在一起和諧地活個十年八年。

他不過是一個自私的男子，她不過是一個自私的女人。在這兵荒馬亂的時代，個人主義者是無處容身的，可是總有地方容得下一對平凡的夫妻。

有一天，他們在街上買菜，碰著薩黑荑妮公主。薩黑荑妮黃著臉，把蓬鬆的辮子胡亂編了個麻花髻，身上不知從哪裡借來一件青布棉袍穿著，腳下卻依舊趿著印度式七寶嵌花紋拖鞋。她同他們熱烈地握手，問他們現在住在哪裡，急欲看看他們的新屋子。又注意到流蘇的籃子裡有去了殼的小蠔，願意跟流蘇學習燒製清蒸蠔湯。柳原順口邀了她來吃便飯，她很高興的跟了他們一同回去。她的英國人進了集中營，她現在住在一個熟識的，常常為她當點小差的印度巡捕家裡。她有許久沒有吃飽過。她喚流蘇：「白小姐。」柳原笑道：「這是我太太。你該向我道喜呢！」薩黑荑妮道：「真的麼？你們幾時結婚的？」柳原聳聳肩道：「就在中國報上登了個啟事，你知道，戰爭期間的婚姻，總是潦草的……」流蘇沒聽懂他們的話。薩黑荑妮吻了他又吻了她。然而他們的飯菜畢竟是很寒苦，而且柳原聲明他們也難得吃一次蠔湯。薩黑荑妮從此沒有再上門過。

當天他們送她出去，流蘇站在門檻上，柳原立在她身後，把手掌合在她的手掌上，笑道：「我說，我們幾時結婚呢？」流蘇聽了，一句話也沒有，只低下了頭，落下淚來。柳原拉住她的手道：「來來，我們今天就到報館裡去登報啟事，不過你也許願意候些時，等我們回到上海，大張旗鼓的排場一下，請請親戚們。」流蘇道：「呸！他們也配！」說著，嗤的笑了出來，往後順勢一倒，靠在他身上。柳原伸手到前面去羞她的臉道：「又是哭，又是笑！」

兩人一同走進城去，走了一個峰迴路轉的地方，馬路突然下瀉，眼前只是一片空靈——

淡墨色的，潮濕的天。小鐵門口挑出一塊洋磁招牌，寫的是：「趙祥慶牙醫」。風吹得招牌上的鐵勾子吱吱響，招牌背後只是那空靈的天。

柳原歇下腳來望了半晌，感到那平淡中的恐怖，突然打起寒戰來，向流蘇道：「現在你可該相信了：『死生契闊』，我們自己哪兒做得了主？轟炸的時候，一個不巧──」流蘇嗔道：「到了這個時候，你還說做不了主的話！」柳原笑道：「我並不是打退堂鼓。我的意思是──」他看了看她的臉色，笑道：「不說了，不說了。」他們繼續走路，柳原又道：「鬼使神差地，我們倒真的戀愛起來了！」流蘇道：「你早就說過你愛我。」柳原笑道：「那不算。我們那時候太忙著談戀愛了，哪裡還有工夫戀愛？」

結婚啟事在報上刊出了，徐先生徐太太趕了來道喜，流蘇因為他們在圍城中自顧自搬到安全地帶去，不管她的死活，心中有三分不快，然而也只得笑臉相迎。柳原辦了酒菜，補請了一次客。不久，港滬之間恢復了交通，他們便回上海來了。

白公館裡流蘇只回去過一次，只怕人多嘴多，惹出是非來。然而麻煩是免不了的。四奶奶決定和四爺進行離婚，眾人背後都派流蘇的不是。流蘇離了婚再嫁，竟有這樣驚人的成就，難怪旁人要學她的榜樣。流蘇蹲在燈影裡點蚊煙香。想到四奶奶，她微笑了。

柳原現在從來不跟她鬧著玩了。他把他的俏皮話省下來說給旁的女人聽。那是值得慶幸的好現象，表示他完全把她當作自家人看待——名正言順的妻。然而流蘇還是有點悵惘。

香港的陷落成全了她。但是在這不可理喻的世界裡，誰知道什麼是因，什麼是果？誰知道呢，也許就因為要成全她，一個大都市傾覆了。成千上萬的人死去，成千上萬的人痛苦著，跟著是驚天動地的大改革……流蘇並不覺得她在歷史上的地位有什麼微妙之點。她只是笑吟吟的站起身來，將蚊煙香盤踢到桌子底下去。

傳奇裡的傾國傾城的人大抵如此。

到處都是傳奇，可不見得有這麼圓滿的收場。胡琴咿咿啞啞拉著，在萬盞燈的夜晚，拉過來又拉過去，說不盡的蒼涼的故事——不問也罷！

一九四三年九月選自《傳奇》（一九四四年上海雜誌社出版）

作者

張愛玲（一九二〇——一九九五），出身於名門貴胄之家。祖父是清末重臣張佩綸，祖母為李鴻章之女，父親是清朝遺少。一九三八年畢業於上海聖馬利亞教會中學，第二年入香港大學。太平洋戰爭爆發後，提早結束學業回上海，以賣文為生。一九四三年與胡蘭成結識同居。一九五〇年去香港，供職於美國新聞署駐香港辦事處。一九六〇年定居美國，在加州大學柏克萊分校的中國文學研究中心從事中國文學譯介工作。直至一九九五年閏八月中秋前夕病逝於美國洛杉磯西區公寓內。

主要作品蒐集於《張愛玲短篇小說集》，另外有長篇小說《秧歌》及散文集《張愛玲散文全編》、《張愛玲小說全篇》等。一九九四年獲臺北中國時報頒贈終生文學成就獎。

題解

本篇原發表於一九四三年九月與十月的《雜誌》十一卷六與七期。後收入《傳奇》，再收入《張愛玲短篇小說集》（一九六八年）。

賞析

從敘事情節看，本篇小說以白家這個沒落貴族為主軸，地點從上海到香港，人物從白家全家之人物慢慢集中到白流蘇女主角與范柳原男主角兩人身上，精緻地刻畫兩人的愛恨情愁，細心地描寫兩人的複雜心理與人性。

主軸之下的敘事，由一串串小細節組織起來。前半段由徐老太太的出現，本來要為白家七妹寶絡說媒，帶出了范柳原這個人物。卻在陰錯陽差之下，寫范柳原在相親那天看上的反而是六妹白流蘇，而不是寶絡。於是，全篇小說才由此展開後半段的敘事轉變，把焦點移到范柳原與白流蘇，也把場景由上海帶到香港，推演了新一層次的描寫。

從香港開始，直至二次大戰爆發，白流蘇與范柳原變成烽火中流離失所的一介平民，往日那些才子佳人的幻想，錦心繡口的鬥嘴，勾心鬥角的人性，都在戰爭的毀滅、殘敗與無情之對照下，顯得是多餘的，微不足道的。從「那天是十二月七日，一九四一年」至結尾，寫戰亂之時兩人因相憐相惜而結合，香港戰事惡化，一切天長地久的東西，不論是錢財、地位，還是文化、個性，都不足為貴，唯有平凡夫妻的擁彼相對，彼此順應這種基本人性，才最真實。於是兩人登記結婚。所有人生宇宙的永恆、繁華只剩下如此灰色的一瞬間。這種覆巢之下求完卵的人性追求，頗能反映出世界的荒謬與蒼涼。以及平凡人生的無助、渺小。

全篇小說的故事情節並不複雜，但說故事的手法極考究。

敘事靈活，不見痕跡，有著草蛇灰線一般的快捷筆調，是張愛玲小說一大特色。例如本篇一起筆，寫白流蘇受到娘家兄嫂排斥，連自己最後的支柱——母親，也無力為她撐腰時。白流蘇跪在母親膝前這一刻。小說描寫流蘇因傷心過度產生的幻覺，是一段接近意識流的寫法。幻覺之前是母親，幻覺之後，接著徐太太的出現，一前一後，剪接很好，敘事巧妙，頗具流動感。何以見得？先前流蘇跪在床前的媽媽已下樓去會徐太太，時間應該有一段了。徐太太自己上樓要跟流蘇打招呼，正好出現在白流蘇哭昏了慢慢定神起來之前。這一上一下之間，轉動得很快。敘事極其精省。

本篇小說敘事的另一特點，是善用形象語言。而且，這些形象語言，有時用一長段的場景描寫，寫出顏色、聲音、氣氛、動作等等形象，藉以襯托小說角色的心情。把人物心理放在此形象描寫中暗示，影射。而不用一大堆形容詞去增飾。這確實是張愛玲小說很特別的文筆技巧。譬如形象語言中的聲音描寫，一再出現在本篇小說中。試讀下列這幾段：

1.「說我上去瞧瞧六小姐就來，現在可該下去了。你送我下去，成不成？」流蘇只得扶著徐太太下樓，樓梯又舊，徐太太又胖，走得吱吱格格一片響。

2.陽臺上，四爺又拉起胡琴來了，依著那抑揚頓挫的調子，流蘇不由的偏著頭，微微飛了個眼風，做了個手勢。她對鏡子這一表演，那胡琴聽上去便不是胡琴，而是笙簫琴瑟奏著幽沈的廟堂舞曲。她向左走了幾步，又向右走了幾步，她走一步路那彷彿是和著失了傳的古代音樂的節拍。她忽然笑了——陰陰的，不懷好意的一笑，音樂便戛然而止。

3.然而她直覺地知道它是紅得不能再紅了，紅得不可收拾，一蓬蓬一蓬蓬的小花，窩在參天大樹上，壁栗剝落燃燒著，一路燒過去，把那紫藍的天也薰紅了。她仰著臉望上去。柳原道：「廣東人叫它『影樹』。你看這葉子。」葉子像鳳尾草，一陣風過，那輕纖的黑色剪影零零落落顫動著，耳邊恍惚聽見一串小小的音符，不成腔，像簷前鐵馬的叮噹。

細讀這三段文字的敘事，或者用外在聲音襯托人物的心境，或者把聲音加上色彩，表現人物更複雜矛盾的心理，重點雖在景物情景，但對人物形象的描寫起到無形作用，這正是張愛玲小說的形象語言最成功表現。

總之，張愛玲小說作品的語言華麗、雅致，描述景物、肖像、人物動作有豐富的意象。同時，敘述語言採用類近古典小說說書人全知觀點敘事方式，有《紅樓夢》式的傳統語言味道。可以說，張愛玲是用極嫻熟的民族形式語言表現現代派的小說形式，出入傳統與現代之間，使現代派文學與古典文學融合為一爐。

關於《傾城之戀》的寫法，張愛玲原刊在一九四四年十二月九日上海《海報》的一篇文章自白〈寫傾城之戀的老實話〉，其中一段文字，頗可供參考如下：

寫《傾城之戀》，當時的心理我還記得很清楚，除了我所要表現的那蒼涼的人生的情義，此外我要人家要什麼有什麼，華美的羅曼斯，對白，顏色，詩意，連「意識」都給預備下了：（就像要堵住人的嘴）艱苦的環境中應有的自覺……

我討厭這些顧忌，但《傾城之戀》我想還是不壞的，是一個動聽的而又近人情的故事。結局的積極性彷彿很可疑，這我在《自己的文章》裡試著加以解釋了！

因為我用的是參差的對照的寫法，不喜歡採取善與惡，靈與肉的斬釘截鐵的衝突那種古典的寫法，所以我的作品有時候主題欠分明……

問題與思考

1. 請查考批評家對張愛玲小說的不同意見，分析其得失，進而提出自己的看法？
2. 本篇小說語言很有古典小說特色，特別是《紅樓夢》，請具體指出是哪幾段的語言，並說明之。

3.本篇寫作技巧，慣用形象語言襯托小說人物心理，請找出來，加以欣賞分析。

參考資料

1.于青、金宏達（編），一九九四，《張愛玲研究資料》，福州：海峽文藝出版社。
2.陳炳良，一九八五，《張愛玲短篇小說論集》，臺北：遠景出版事業公司。
3.水晶，一九九五，《張愛玲的小說藝術》，臺北：大地出版社。
4.陳子善（編），《作別張愛玲》，上海：文匯出版社。
5.唐文標（編），《張愛玲卷》，臺北：遠景出版事業公司。
6.文奇（編），一九九五，《張愛玲小說全編》，海拉爾市：內蒙古文化出版社。
7.來鳳儀（編），一九九二，《張愛玲散文全編》，杭州：浙江文藝出版社。

九、永遠的尹雪艷

白先勇

1

尹雪艷總也不老。十幾年前那一班在上海百樂門舞廳替她捧場的五陵年少，有些天平開了，有些兩鬢添了霜；有些來臺灣降成了鐵廠、水泥廠、人造纖維的閒顧問，但也有少數卻升成了銀行的董事長、機關裡的大主管。不管人事怎麼變遷，尹雪艷永遠是尹雪艷，在臺北仍舊穿著她那一身蟬翼紗的素白旗袍，一逕那麼淺淺的笑著，連眼角兒那也不肯皺一下。

尹雪艷著實迷人。但誰也沒能道出她真正迷人的地方。尹雪艷從來不愛擦胭抹粉，有時最多在嘴唇上點著些似有似無的蜜絲佛陀；尹雪艷也不愛穿紅戴綠。天時炎熱，一個夏天，她都混身銀白，淨扮的了不得。不錯，尹雪艷是有一身雪白的肌膚，細挑的身材，容長的臉蛋兒配著一副俏麗甜淨的眉眼子，但是這些都不是尹雪艷出奇的地方。見過尹雪艷的人都這麼說，也不知是何道理，無論尹雪艷一舉手、一投足，總有一份世人不及的風情。別人伸個腰、蹙一下眉，難看；但是尹雪艷做起來，卻又別有一番嫵媚了。尹雪艷也不多言、不多語，緊要的場合插上幾句蘇州腔的上海話，又中聽、又熨貼。有些荷包不足的舞客，攀不上叫尹雪艷的臺子，但是他們卻去百樂門坐坐，觀觀尹雪艷的風采，聽她講幾句吳儂軟話，心裡也是舒服的。尹雪艷在舞池裡，微仰著頭，輕擺著腰，一逕是那麼不慌不忙的起舞著；即使跳著快狐步，尹雪艷從來也沒有失過分寸，仍舊顯得那麼從容，那麼輕盈，像一毬隨風飄盪的柳絮，腳下沒有扎根似的。尹雪艷有她自己的旋律。尹雪艷有她的自己的拍子。絕不因外界的遷異，影響到她的均衡。

尹雪艷迷人的地方實在講不清，數不盡。但是有一點卻大大增加了她的神祕。尹雪艷名氣大了，難免招忌，她同行的姐妹淘醋心重的就到處嘈起說：尹雪艷的八字帶著重煞，犯了白虎，沾上的人，輕者家敗，重者人亡。誰知道就是為著尹雪艷享了重煞的令譽，上海洋場的男士們都對她增加了十分的興味。生活優閒了，家當豐沃了，就不免想冒險，去闖闖這顆紅遍了黃埔灘的煞星兒。上海棉紗財閥王家的少老板王貴生就是其中探險者之一。天天開著嶄新的開德拉克，在百樂門門口候著尹雪艷轉完臺子，兩人一同上國際飯店二十四樓的屋頂花園去共進華美的消夜。望著天上的月亮及燦爛的星斗，王貴生說，如果用他家的金條兒能夠搭成一道天梯，他願意爬上天空去把那彎月牙兒捏下來，插在尹雪艷的雲鬢上。尹雪艷吟吟的笑著，總也不出聲，伸出她那蘭花般細巧的手，慢條斯理的將一枚枚塗著俄國烏魚子的小月牙兒餅拈到嘴裡去。

王貴生拚命的投資，不擇手段的賺錢，想把原來的財富堆成三倍四倍，將尹雪艷身邊那批富有的逐鹿者一一擊倒，然後用鑽石瑪瑙串成一根鍊子，套在尹雪艷的脖子上，把她牽回家去。當王貴生犯上官商勾結的重罪，下獄槍斃的那一天，尹雪艷在百樂門停了一宵，算是對王貴生致了哀。

最後贏得尹雪艷的卻是上海金融界一位熱可炙手的洪處長。洪處長休掉了前妻，拋棄了三個兒女，答應了尹雪艷十條條件；於是尹雪艷變成了洪夫人，住在上海法租界一幢從日本人接收過來華貴的花園洋房裡。兩三個月的工夫，尹雪艷便像一株晚開的玉梨花，在上海上流社會的場合中以壓倒群芳的姿態綻發起來。

尹雪艷著實有壓場的本領。每當盛宴華筵，無論在場的貴人名媛，穿著紫貂，圍著火狸，當尹雪艷披著她那件翻領束腰的銀狐大氅，像一陣三月的微風，輕盈盈的閃進來時，全場的人都好像給這陣風薰中了一般，總是情不自禁的向她迎過來。尹雪艷在人堆子裡，像個冰雪化成的精靈，冷艷逼人，踏著風一般的步子，看得那些紳士以及仕女們的眼睛都一齊冒出火來。這就是尹雪艷：在兆豐夜總會的舞廳裡、在蘭心劇院的過道上，以及在霞飛路上一幢幢侯門官府的客堂中一身銀白，歪靠在沙發椅上，嘴角一逕掛著那流吟吟淺笑，把場合中許多銀行界的經理、協理、紗廠的老板及小開，以及一些新貴和他們的夫人們都拘到跟前來。

可是洪處長的八字到底軟了些，沒能抵得住尹雪艷的重煞。一年去官，兩年破產，到了臺北來連個閒職也沒撈上。尹雪艷離開洪處長時還算有良心，除了自己的家當外，只帶走一個從上海跟來的名廚司及兩個蘇州娘姨。

2

尹雪艷的新公館落在仁愛路四段的高級住宅裡，是一幢嶄新的西式洋房，有個十分寬敞的客廳，容得下兩三桌酒席。尹雪艷對她的新公館倒是刻意經營過一番。客廳的傢具是一色桃花心紅木桌椅。幾張老式大靠背的沙發，塞滿了黑絲面子鴛鴦戲水的湘繡靠枕，人一坐下去就陷進了一半，倚在柔軟的絲枕上，十分舒適。到過尹公館的人，都稱讚尹雪艷的客廳布置妥貼，叫人坐著不肯動身。打麻將有特別設備的麻將間，麻將桌、麻將燈都設計得十分精巧。有些客人喜歡挖花，尹雪艷還特別騰出一間有隔音設備的房間，挖花的客人可以關在裡面恣意唱和。冬天有暖爐，夏天有冷氣，坐在尹公館裡，很容易忘記外面臺北市的陰寒和溽暑。客廳案頭的古玩花瓶，四時都供著鮮花。尹雪艷對於花道十分講究，中山北路的玫瑰花店常年都送來上選的鮮貨。整個夏天，尹雪艷的客廳中都細細的透著一股又甜又膩的晚香玉。

尹雪艷的新公館很快的便成為她舊雨新知的聚會所。老朋友來到時，談談老話，大家都有一腔懷古的幽情，想一會兒當年，在尹雪艷面前發發牢騷，好像尹雪艷便是上海百樂門時代永恆的象徵，京滬繁華的佐證一般。

「阿媛，看看乾爹的頭髮都白光嘍！儂還是像枝萬年青一式，愈來愈年輕！」

吳經理在上海當過銀行的總經理，是百樂門的座上常客，來到臺北賦閒，在一家鐵工廠掛個顧問的名義。見到尹雪艷，他總愛拉著她半開玩笑而又不免帶點自憐的口吻這樣說。吳經裡的頭髮確實全白了，而且患著嚴重的風濕，走起路來，十分蹣跚，眼睛又害沙眼，眼毛倒插，常年淌著眼淚，眼圈已經開始潰爛，露出粉紅的肉來。冬天時候，尹雪艷總把客廳裡那架電暖爐移到吳經理的腳跟前，親自奉上一盅鐵觀音，笑吟吟的說道：

「哪裡的話，乾爹才是老當益壯呢！」

吳經理心中熨貼了，恢復了不少自信，眨著他那爛掉了睫毛的老花眼，在尹公館裡，當眾票了一齣「坐宮」，以蒼涼沙啞的嗓子唱出：

「我好比淺水龍，被困在沙灘。」

尹雪艷有迷男人的工夫，也有迷女人的功夫。跟尹雪艷結交的那班太太們，打從上海起，就背地數落她。當尹雪艷平步青雲時，這起太太們氣不忿，說道：憑你怎麼爬，左不過是個貨腰娘。當尹雪艷的靠山相好遭到厄運的時候，她們就嘆氣道：命是逃不過的，煞氣重的娘兒們到底沾惹不得。可是十幾年來這起太太們一個也捨不得離開尹雪艷，到了臺北都一窩蜂似的聚到尹雪艷的公館裡，她們不得不承認尹雪艷實在有她驚動人的地方。尹雪艷在臺北的鴻祥綢緞莊打得出七五折，在小花園裡挑得出最登樣的繡花鞋兒，紅樓的紹興戲碼，尹雪艷最在行，吳燕麗唱「孟麗君」的時候，尹雪艷可以拿得到免費的前座戲票，論起西門町的京滬小吃，尹雪艷又是無一不精了。於是這起太太們，由尹雪艷領隊，逛西門町、看紹興戲、坐在三六九裡吃桂花湯糰，往往把十幾年來不如意的事兒一古腦兒拋掉，好像尹雪艷周身都透著上海大千世界榮華的麝香一般，薰得這起往事滄桑的中年婦人都進入半醉狀態，而不由自主都津津樂道起上海五香齋的蟹黃麵來。這起太太們常常容易鬧情緒。尹雪艷對於她們都一一施以廣泛的同情，她總耐心的聆聽她們的怨艾及委屈，必要時說幾句安撫的話，把她們焦躁的脾氣一一熨平。

「輸呀，輸得精光才好呢！反正家裡有老牛馬墊背，我不輸，也有旁人替我輸！」

每逢宋太太搓麻將輸了錢時就向尹雪艷帶著酸意的抱怨道。宋太太在臺灣得了婦女更年期的痴肥症，體重暴增到一百八十多磅，形態十分臃腫，走多了路，會犯氣喘。宋太太的心酸話較多，因為她先生宋協理有了外遇，對她頗為冷落，而且對方又是一個身材苗條的小酒女。十幾年前宋太太在上海的社交場合出過一陣風頭，因此她對以往的日子特別嚮往。尹雪艷自然是宋太太傾訴衷腸的適當人選，因為只有她才能體會宋太太那種今昔之感。有時講到傷心處，宋太太會禁不住掩面而泣。

「宋家阿姐，『人無千日好，花無百日紅』，誰又能保得住一輩子享榮華，受富貴？」

於是尹雪艷便遞過熱毛巾給宋太太揩面，憐憫的勸說道。宋太太不肯認命，總要抽抽搭搭的怨懟一番：

「我就不信我的命又要比別人差些！像儂吧，尹家妹妹，儂一輩子是不必發愁的，自然有人會來幫襯儂。」

3

尹雪艷確實不必發愁，尹公館門前的車馬從來也未曾斷過。老朋友固然把尹公館當作世外桃源，一般新知也在尹公館找到別處稀有的吸引力。尹雪艷公館一向維持它的氣派。尹雪艷從來不肯把它降低於上海霞飛路的排場。出入的人士，縱然有些是過了時的，但是他們有他們的身分，有他們的派頭，因此一進到尹公館，大家都覺得自己重要，即使是十幾年前作廢了的頭銜，經過尹雪艷嬌聲親切的稱呼起來，也如同受過誥封一般，心理上恢復了不少的優越感。至於一般新知，尹公館更是建立社交的好所在了。

當然，最吸引人的，還是尹雪艷本身。尹雪艷是一個最稱職的主人。每一位客人，不分尊卑老幼，她都招呼得妥妥貼貼。一進到尹公館，坐在客廳上那些鋪滿黑絲面椅墊的沙發上，大家都有一種賓至如歸，樂不思蜀的親切之感，因此，做會總在尹公館開標，請生日酒總在尹公館開席，即使沒有名堂的日子，大家也立一個名目，湊到尹公館成立一個牌局。一年裡，倒有大半的日子，尹公館裡總是高朋滿座。

尹雪艷本人極少下場，逢到這些日期，她總預先替客人們安排好牌局；有時兩桌，有時三桌。她對每位客人的牌品及癖性都摸得清清楚楚，因此牌搭子總配合得十分理想，從來沒有傷過和氣。尹雪艷本人督導兩個頭乾臉淨的蘇州娘姨在旁邊招呼著。午點是寧波年糕或者潮州粽子。晚飯是尹公館上海名廚的京滬小菜：金銀腿、貴妃雞、搶蝦、醉蟹——尹雪艷親自設計了一個轉動的菜牌，天天轉出一桌精緻的筵席來。到了下半夜，兩個娘姨便捧上雪白噴了明星花露水的冰面巾，讓大戰方酣的客人們揩面醒腦，然後便是一碗雞湯銀絲麵作了消夜。客人們擲下的桌面十分慷慨，每次總上兩三千。贏了錢的客人固然值得興奮，即使輸了錢的客人也是心甘情願。在尹公館裡吃了玩了，末了還由尹雪艷差人叫好計程車，一一送回家去。

當牌局進展激烈的當兒，尹雪艷便換上輕裝，周旋在幾個牌桌之間，踏著她那風一般的步子，輕盈盈的來回巡視著，像個通身銀白的女祭司，替那些作戰的人們祈禱和祭祀。

「阿媛，乾爹又快輸脫底嘍！」

每到敗北階段，吳經理就眨著他那爛掉了睫毛的眼睛，向尹雪艷發出討教的哀號。

「還早呢，乾爹，下四圈就該你摸清一色了。」

尹雪艷把個黑絲椅墊枕到吳經理害了風濕症的背脊上，憐恤的安慰著這個命運乖謬的老人。

「尹小姐，你是看到的。今晚我可沒打錯一張牌，手氣就那麼背！」

女客人那邊也經常向尹雪艷發出乞憐的呼籲，有時宋太太輸急了，也顧不得身分，就抓起兩顆骰子啐道：

「呸！呸！呸！勿要面孔的東西，看你楣到啥個辰光！」

尹雪艷也照例過去，用著充滿同情的語調，安撫她們一番。這個時候，尹雪艷的話就如同神諭一般令人敬畏。在麻將桌上，一個人的命運往往不受控制，客人們都討尹雪艷的口彩來恢復信心及加強鬥志。尹雪艷站在一旁，叨著金嘴子的三個九，徐徐的噴著菸圈，以悲天憫人的眼光看著她這一群得意的、失意的、老年的、壯年的、曾經叱吒風雲的、曾經風華絕代的客人們，狂熱的互相廝殺，互相宰割。

4

新來的客人中，有一位叫徐壯圖的中年男士，是上海交通大學的畢業生；生得品貌堂堂，高高的個兒，結實的身體，穿著剪裁合度的西裝，顯得分外英挺。徐壯圖是個臺北市新興的實業鉅子，隨著臺北市的工業化，許多大企業應運而生，徐壯圖頭腦靈活，具有豐富的現代化工商管理的知識，才是四十出頭，便出任一家大水泥公司的經理。徐壯圖有位賢慧的太太及兩個可愛的孩子。家庭美滿，事業充滿前途，徐壯圖成為一個雄心勃勃的企業家。

徐壯圖第一次進入尹公館是在一個慶生酒會上。尹雪艷替吳經理做六十大壽，徐壯圖是吳經理的外甥，也就隨著吳經理來到尹雪艷的公館。

那天尹雪艷著實裝飾了一番，穿著一襲月白短袖的織綿旗袍，襟上一排香妃色的大盤扣；腳上也是月白緞子的軟底繡花鞋，鞋尖卻點著兩瓣肉色的海棠葉兒。為了討喜氣，尹雪艷破例的在右鬢簪上一朵酒杯大血紅的鬱金香，而耳朵上卻吊著一對寸把長的銀墜子。客廳裡的壽堂也布置得喜氣洋洋。案上全換上才鉸下的晚香玉，徐壯圖一踏進去，就嗅中一陣沁人腦肺的甜香。

「阿媛，乾爹替儂帶來頂頂體面的一位人客，」吳經理穿著一身嶄新的紡綢長衫，佝著背，笑呵呵的把徐壯圖介紹給尹雪艷道，然後指著尹雪艷說：

「我這位乾小姐呀，實在孝順不過。我這個老朽三災五難的還要趕著替我做生日。我忖忖：我現在又不在職，又不問世，這把老骨頭天天還要給觸楣頭的風濕症來折磨。管他折福也罷，今朝我且大模大樣的生受了乾小姐這場壽酒再講。我這位外甥，年輕有為，難得放縱一回，今朝也來跟我們這群老朽一道開心開心。阿媛是個最妥當的主人家，我把壯圖交給儂，儂好好的招待招待他吧。」

「徐先生是稀客，又是乾爹的令戚，自然要跟別人不同一點，」尹雪艷笑吟吟的答道，髮上那朵血紅的鬱金香顫巍巍的抖動著。

徐壯圖果然受到尹雪艷特別的款待。在席上，尹雪艷坐在徐壯圖旁邊一逕慇勤的向他勸酒讓菜，然後歪向他低聲說道：

「徐先生，這道是我們大司傅的拿手，你嚐嚐，比外面館子做的如何？」

用完席後，尹雪艷親自盛上一碗冰凍杏仁豆腐捧給徐壯圖，上面卻放著兩顆鮮紅的櫻桃。用完席上牌局的時候，尹雪艷經常走到徐壯圖背後看他打牌。徐壯圖的牌張不熟，時常發錯張子。才是八圈，徐壯圖已經輸掉一半籌碼。有一輪，徐壯圖正當發出一張梅花五筒的時候，突然尹雪艷從後面欠過身伸出她那細巧的手把徐壯圖的手背按住說道：

「徐先生，這張牌是打不得的。」

那一盤徐壯圖便和了一副「滿園花」，一下子就把輸出的籌碼贏回了大半。客人中有一個開玩笑抗議道：

「尹小姐，妳怎麼不來替我也點點張子，瞧瞧我也輸完啦。」

「人家徐先生頭一趟到我們家，當然不好意思讓他吃了虧回去的嘍。」徐壯圖回頭看到尹雪艷正朝著他滿面堆著笑容，一對銀耳墜子吊在她烏黑的髮腳下來回的浪盪著。

客廳中的晚香玉到了半夜，吐出一蓬蓬的濃香來。席間徐壯圖喝了不少熱花雕，加上牌桌上和了那盤「滿園花」的亢奮，臨走時他已經有些微醺的感覺了。

「尹小姐，全得妳的指教，要不然今晚的麻將一定全盤敗北了。」

尹雪艷送徐壯圖出大門時，徐壯圖感激的對尹雪艷說道。尹雪艷站在門框裡，一身白色的衣衫，雙手合抱在胸前，像一尊觀世音，朝著徐壯圖笑吟吟的答道：

「哪裡的話，隔日徐先生來白相，我們再一道研究研究麻將經。」

隔了兩日，果然徐壯圖又來到了尹公館，向尹雪艷討教麻將的訣竅。

5

徐壯圖太太坐在家中的藤椅上，呆望著大門，兩腮一天天削瘦，眼睛凹成了兩個深坑。當徐太太的乾媽吳家阿婆來探望她的時候，她牽著徐太太的手失驚的叫道：

「嗳呀，我的乾小姐，才是個把月沒見著，怎麼妳就瘦脫了形？」

吳家阿婆是一個六十來歲的婦人，碩壯的身材，沒有半根白髮，一雙放大的小腳，仍舊行走如飛。吳家阿婆曾經上四川青城去聽過道，拜了上面白雲觀裡一位道行高深的法師做師父。這位老法師因為看上吳家阿婆天資稟異，飛升時便把衣缽傳了給她。吳家阿婆在臺北家中設了一個法堂，中央供著她老師父的神像。神像下面懸著八尺見方黃綾一幅。據吳家阿婆說：她老師父常在這幅黃綾上顯靈，向她授予機宜，因此吳家阿婆可以預卜凶吉，消災除禍。吳家阿婆的信徒頗眾，大多是中年婦女，有些頗有社會地位。經濟環境不虞匱乏，這些太太們的心靈難免感到空虛。於是每月初一十五，她們便停止一天麻將，或者標會的聚會，成群結隊來到吳家阿婆的法堂上，虔誠的念經叩拜，布施散財，救濟貧困，以求自身或家人的安寧。有些有疑難大症，有些有家庭糾紛，吳家阿婆一律慷慨施以許諾，答應在老法師靈前替她們祈求神助。

「我的太太，我看妳的氣色竟是不好呢！」吳家阿婆仔細端詳了徐太太一番，搖頭嘆息。徐太太低頭俯面忍不住傷心哭泣，向吳家阿婆道出了許多衷腸話來。

「親媽，妳老人家是看到的，」徐太太流著淚斷斷續續的訴說道：「我們徐先生和我結婚這麼久，別說破臉，連句重話都向來沒有過。我們徐先生是個爭強好勝的人。他一向都這麼說：『男人的心五分倒有三分應該在事業上。』來臺灣熬了這十來年，好不容易盼著他們水泥公司發達起來，他才出了頭，我看他每天為公事在外面忙著應酬，我心裡只有暗暗著急。事業不事業倒在其次，求祈他身體康寧，我們母子再苦些也是情願的。誰知道打上月起，我們徐先生竟好像變了一個人似的。經常兩晚三晚不回家。我問一聲，他就摔碗砸筷，脾氣暴得了不得。前天連兩個孩子都挨了一頓狠打。有人傳話給我聽說是我們徐先生外面有了人，而且人家還是個有頭有臉的人物。親媽，我這個本本分分的人哪裡經過這些事情？人還撐得住不走樣？」

「乾小姐，」吳家阿婆拍了一下巴掌說道：「妳不提呢，我也就不說了。妳知道我是最怕兜攬是非的人。你叫了我聲親媽，我當然也就向著妳些。妳知道那個胖婆兒宋太太呀，她先生宋協理搞上個什麼『五月花』的小酒女。她跑到我那裡一把鼻涕一把眼淚要我替她求求老師父。我拿她先生的八字來一算，果然沖犯了東西。宋太太在老師父靈前許了重願，我替她念了十二本經。現在她男人不是乖乖的回去了？後來我就勸宋太太：『整天少和那些狐狸精似的女人窮混，念經做善事要緊！』宋太太就一五一十的把你們徐先生的事情原原本本數了給我聽。那個尹雪艷呀，你以為她是什麼好東西？她沒有兩下，就能攏得住這些人？連你們徐先生那麼個正人君子她都有本事抓得牢。這種事情歷史上是有的：褒姒、妲己、太真——這起禍水！妳以為都是真人嗎？妖孽！凡是到了亂世，這些妖孽都紛紛下凡，擾亂人間。那個尹雪艷還不知道是個什麼東西變的呢！我看你呀，總得變個法兒替你們徐先生消了這場災難才好。」

「親媽，」徐太太忍不住又哭了起來，「你曉得我們徐先生不是那種沒有良心的男人。每次他在外面逗留了回來，他嘴裡雖然不說，我曉得他心裡是過意不去的。有時他一個人悶坐著猛抽菸，頭筋疊暴起來，樣子真唬人。我又不敢去勸解他，只有乾著急。這幾天他更是著了魔一般，回來嚷著說公司裡人人都尋他晦氣。他和那些工人也使脾氣，昨天還把人家開除了幾個。我勸他說犯不著和那些粗人計較，他連我也喝斥了一頓。他的行徑反常得很，看著不像，真不由得不叫人擔心哪！」

「就是說呀！」吳家阿婆點頭說道：「怕是妳們徐先生也犯著了什麼吧！你且把他的八字遞給我，回去我替他測一測。」

徐太太把徐壯圖的八字抄給了吳家阿婆說道：

「親媽，全托你老人家的福了。」

「放心，」吳家阿婆臨走時說道，「我們老師父是法力無邊，能夠替人排難解厄的。」

然而老師父的法力並沒有能夠拯救徐壯圖。有一天，正當徐壯圖向一個工人拍起桌子喝罵的時候，那個工人突然發了狂，一把扁鑽從徐壯圖前胸刺穿到後胸。

6

徐壯圖的治喪委員會吳經理當了總幹事。因為連日奔忙，風濕又弄翻了，他在極樂殯儀館穿進、穿出的時候，一逕拄著拐杖，十分蹣跚。開弔的那一天靈堂就設在殯儀館裡。一時親戚友好的花圈喪帳白簇簇的一直排到殯儀館的門口來。水泥公司同仁輓的卻是「痛失英才」四個大字。來祭弔的人從早上九點鐘起開始絡繹不絕。徐太太早已哭成了痴人，一身麻衣喪服帶著兩個孩子，跪在靈前答謝。吳家阿婆卻率領了十二個道士，身著法衣，手執拂塵，在靈堂後面的法壇打解冤洗業醮。此外並有僧尼十數人在念經超渡，拜大悲懺。

正午的時候，來祭弔的人早擠滿了一堂，正當眾人熙攘之際，突然人群裡起了一陣騷動，接著全堂靜寂下來，一片肅穆。原來尹雪艷不知什麼時候像一陣風一般的閃了進來。尹雪艷仍舊一身素白打扮，臉上未施脂粉，輕盈盈的走到管事臺前，不慌不忙的提起毛筆，在簽名簿上一揮而就的簽上了名，然後款款的步到靈堂中央，客人們都倏地分開兩邊，讓尹雪艷走到靈堂跟前，尹雪艷凝著神，斂著容，朝著徐壯圖的遺像深深的鞠了三鞠躬。這時在場的親友大家都呆如木雞。有些顯得驚訝，有些卻是忿憤，也有些滿臉惶惑，可是大家都好似被一股潛力鎮住了，未敢輕舉妄動。這刺徐壯圖的慘死，徐太太那一邊有些親戚還怒於尹雪艷，他們都沒有料到尹雪艷居然有這個膽識闖進徐家的靈堂來。場合過分緊張突兀，一時大家都有點手足無措。尹雪艷行完禮後，卻走到徐太太面前，伸出手撫摸了一下兩個孩子的頭，然後莊重的和徐太太握一握手。正當眾人面面相覷的當兒，尹雪艷卻踏著她那風一般的步子走出了極樂殯儀館。一時靈堂裡一陣大亂，徐太太突然跪倒在地，昏厥了過去，吳家阿婆趕緊丟掉拂塵，搶身過去，將徐太太抱到後堂去。

當晚，尹雪艷的公館裡又成上了牌局，有些牌搭子是白天在徐壯圖祭悼會後約好的。吳經理又帶了兩位新客人來。一位是南國紡織新上任的余經理；另一位是大華企業公司的周董事長。這晚吳經理的手氣卻出了奇蹟，一連串的在和滿貫。吳經理不停的笑著叫著，眼淚從他爛掉了睫毛的血紅眼圈一滴滴淌下來。到了第二十圈。有一盤吳經理突然雙手亂舞大叫起來：

「阿媛，快來！快來！『四喜臨門』！這真是百年難見的怪牌。東、南、西、北——全齊了，外帶自摸雙！人家說和了大四喜，兆頭不祥。我倒楣了一輩子，和了這副怪牌，從此否極泰來。阿媛，阿媛，儂看看這副牌可愛不可愛？有趣不有趣？」

吳經理喊著笑著把麻將灑滿了一桌子。尹雪艷站到吳經理身邊，輕輕的按著吳經理的肩膀，笑吟吟的說道：

「乾爹，快打起精神多和兩盤。回頭贏了宋經理及周董事長他們的錢。我來吃你的紅！」

作　者

白先勇（一九三七——），廣西桂林人，白崇禧將軍之子。一九五二年，隨家人來臺。畢業於臺灣大學外文系。一九六三年赴美國留學，獲碩士學位，後到美國加州大學聖塔・巴巴拉分校任教，講授中國語言文學。

白先勇自幼酷愛文學，中小學時已熟讀古典與現代小說。在臺大又受到夏濟安教授指點，開始發表小說。一九六〇年白先勇和陳若曦、歐陽子等人創辦《現代文學》雜誌，風行一時，其大部分作品也發表於該刊，如〈月夢〉、〈玉卿嫂〉、〈小陽春〉等，自傳色彩與古典成分較重。赴美後創作〈芝加哥之死〉系列小說，描寫旅美留學生題材，彙集於小說集《紐約客》。一九六五年小說集《臺北人》問世，敘述從大陸至臺的上層社會沒落生活題材。另外有《孽子》、《寂寞的十七歲》等兩部長篇小說。

題　解

本篇原發表於一九五六年四月出刊的《現代文學》第二十四期。後收入一九七一年《臺北人》短篇小說集。

尹雪艷是本篇小說女主角的名字。

賞析

本篇小說集中在「尹雪艷」這個人物的描寫，塑造她的性格，敘述她的命運，表現她典型的個性。活靈靈地再現了尹雪艷這位傾城傾國的絕世佳人。

全篇小說採用時空交錯的寫法。時間上，安排尹雪艷的青春與年老。空間上，從上海跳到臺北。而不論時空如何跳躍，結局只有一條，就是由大而小，由寬而窄，由光明而暗淡，由榮華而迫敗，最後，十足地透露著「傷逝」之感。這是一篇充滿濃厚深沈傷感的歷史悲情小說。

小說重複寫著「尹雪艷總也不老」。這句話，有著嘲弄的意味，也透露著尹雪艷堅強執拗的性格。小說首先從尹雪艷流落到臺北寫起，寫她與一群過去在上海周旋的貴婦高官如何重現上海生活，但實在已經是境隨人遷，仍然不能忘情過去繁華的無奈心情。

一邊追憶，一邊落實到殘酷的現實臺北，尹雪艷與這一群闊老遺少，失落的人生，只有靠「回憶」去添補，去自我麻醉。

小說進入第二情節，乃穿插了一件徐壯圖遇刺的事故，帶出這一群人的夢醒時刻，「死亡」浮現在眼前。於是，本篇小說真正要表現的傷逝主題，就此揭開而來。

小說最後安排一聲喪禮，本來應可以結束了。但白先勇很善於「反諷」情節的安排，讓小說留下「有餘不盡」的韻味。似結束而實未結束。但也不得不終究要結束，因為一切的「傷逝」，只有遲速之別，只有先後之差，絕無永恆存在的高貴與青春。

何以故事尚未結束的理由？乃是因為尹雪艷參加徐壯圖的喪禮，不料在禮場上又多認識了一群牌友，又可以在喪禮後再回到公館湊上一桌牌局。吳經理、余經理、周董事長……類似這樣自欺欺人的過氣頭銜，進進出出，會一再上演著。所以說，小說故事尚未結束。

但是，這一切最終都要結束的。一群人絕無法逃離傷逝結局，所以，小說用尹雪艷溫柔、善哄卻又冷刻殘忍不已的一句話作結：

吳經理喊著笑著把麻將灑滿了一桌子。尹雪艷站到吳經理身邊，輕輕的按著吳經理的肩膀，笑吟吟的說道：

「乾爹，快打起精神多和兩盤。回頭贏了宋經理及周董事長他們的錢。我來吃你的紅！」

好一個「吃」字，與「紅」的色彩意象，充滿多元的意義，令人產生許多聯想。這正是白先勇小說善於暗藏主題思想的高妙寫法。

白先勇集中刻劃尹雪艷這個角色，完全採用明與暗的兩種手法。首先是象徵暗示。白先勇寫到她從不穿紅戴綠，總是素淨銀白的裝束，而且「風一般的步子」，「像一毬隨風飄盪的柳絮，腳下沒有扎根似的」，彷彿是一個遠離人間的仙魔。再加上有關她的種種「八字重煞、犯了白虎，沾上的人，輕者家敗，重者人亡」的傳說，更是神祕莫測。無疑尹雪艷就是死亡的意象表現。

其次，從寫實的方面來說，作品抓住人物的主要特徵，採用白描手法，描寫人物性格。尹雪艷的主要性格是「冰冷」。她一身素淨，肌膚雪白。盛宴華筵之時，披著束腰的銀狐大氅，廣人綢眾之中，如同冰雪化成的精靈，冷艷逼人。更重要的是，尹雪艷炙手可熱，令交際場上的紳士淑女看得眼睛冒火，而她，永遠是不露聲色。作品常透過對交際場上的尹雪艷的簡潔描述，突出其外表美艷，內心冰冷的個性特徵。尤其是結尾一處寫到尹雪艷參加徐壯圖的喪儀，極簡省地敘寫她如何風一般閃進靈堂，簽名鞠躬，爾後撫摸孩子，與親屬握手，然後又風一般地離去。尹雪艷的整個悼念過程也如風一樣，準確迅速，有條不紊。有如天上來仙，內心「冰冷」之態畢現。

像這樣精緻的人物刻劃，有著「圓形人物」的特點，是白先勇小說技巧的高度成就。

問題與思考

1.白先勇小說素以技巧高妙享譽，試以本篇為例，具體分析其中所用的小說技巧為何？
2.本篇小說所反映的時代背景如何？
3.本篇小說的語言表現，有何特色？請舉例加以欣賞。

參考資料

1.葉維廉，一九七〇，《中國現代小說的風貌》，臺北：晨鐘出版社。
2.歐陽子，一九七六，《王謝堂前的燕子》，臺北：爾雅出版社。
3.明清，秦人（主編），一九九四，《臺港小說鑑賞辭典》，北京：中央民族學院。

4. 姚一葦，一九七九，《欣賞與批評》，臺北：遠景出版社。
5. 白先勇，一九七七，《驀然回首》，臺北：爾雅出版社。
6. 袁良駿，一九九一，《白先勇論》，臺北：爾雅出版社。

十、將軍族

陳映真

在十二月裡，這真是個好天氣。特別在出殯的日子，太陽那麼絢燦地普照著，使喪家的人們也蒙上一層隱祕的喜氣了。有一支中音的薩士風在輕輕地吹奏著很東洋風的「荒城歲月」。它聽來感傷，但也和這天氣一樣地，有一種浪漫的悦樂之感。他為高個子修好了伸縮管，彎起嘴將喇叭朝著地下試吹了三個音，於是抬起來對著大街很富於溫情地和著「荒城歲月」。然後他忽然地停住了，他只吹了三個音。他睜大了本來細瞇著的眼。他便這樣地在伸縮的方向看見了伊。

高個子伸著手，將伸縮喇叭接了去。高個子說：

「行了，行了。謝謝，謝謝。」

這樣地說著，高個子若有所思地將喇叭挾在腋下，一手掏出一隻皺得像蚯蚓一般的菸伸到他的眼前，差一點碰到他的鼻子。他後退了一步，猛力地搖著頭，彎著嘴做出一個笑容。不過這樣的笑容，和他要預備吹奏時的表情，是頗難於區別的。高個子便咬住那菸，用手扶直了它，劃了一支洋火燒紅了一端，嗶嘰嗶嘰地抽了起來。他坐在一條長木凳上，心在很異樣地悸動著。沒有看見伊，已經有五年了罷。但他卻能一眼便認出伊來。伊站在陽光裡，將身子的重量放在左腿上，讓臀部向左邊畫著十分優美的曼駝鈴琴的弧。還是那樣的站法啊。然而如今伊變得很婷婷了。很多年前，伊也曾這樣地站在他的面前。那時他們都在康樂隊裡，幾乎每天都在大卡車的顛簸中到處表演。

「三角臉，唱個歌好嗎？」伊說。聲音沙啞，彷彿鴨子。

他猛然地回過頭來，看見伊便是那樣地站著，抱著一支吉他琴。伊那時又瘦又小，在月光中，尤其的顯得好笑。

「很夜了，唱什麼歌？」

然而伊只顧著站著，那樣地站著。他拍了拍沙灘，伊便很和順地坐在他的旁邊。月亮在海水中碎成許多閃閃的魚鱗。

「那麼就說故事罷。」

「囉嗦！」

「說一個就好。」伊說著，脫掉拖鞋，裸著腳丫子便像蟋蟀似地釘進沙裡去。

「十五、六歲了，聽什麼故事？」

「說一個你們家裡的故事。你們大陸上的故事。」

伊仰著頭。月光很柔和地敷在伊的乾枯的小臉，使伊的發育得很不好的身體，看來又笨又拙。他摸了摸他的已經開始有些兒發禿的頭。他編扯過許多馬賊、內戰、私刑的故事。不過那並不是用來迷住像伊這樣的貌寢的女子啊。他看著那些梳著長長的頭髮的女隊員們張著小嘴，聽得入神，真是賞心樂事。然而，除了聽故事，伊們總是跟年輕的樂師泡著。這使他寂寞得很。樂師們常常這樣地說：

「我們的三角臉，才真是柳下惠哩！」

而他便總是笑笑，紅著那張確乎有些三角形的臉。

他接過吉他琴，撩撥了一組和弦。琴聲在夜空中錚鏦著。漁火在極遠的地方又明又滅。

他正苦於懷鄉，說什麼「家裡的」故事呢？

「講一個故事。講一個猴子的故事。」他說，嘆息著。

他於是想起了一支故事。那是寫在一本日本的小畫冊上的故事。在淪陷給日本的東北，他的姐姐曾說給他聽過。他只看著五彩的小插畫。一個猴子被賣給馬戲團，備嘗辛酸，歷經苦楚。有一個月圓的夜，猴子想起了森林裡的老家，想起了爸爸、媽媽、哥哥、姐姐……。

伊坐在那裡，抱著屈著的腿，很安靜的哭著。他慌了起來，囁囁地說：

「開玩笑，怎麼的了！」

伊站了起來。瘦愣愣地，彷彿一具著衣的骷髏。伊站了一會兒，逐漸地把重心放在左腿上，就是那樣。

就是那樣的。然而，於今伊卻穿著一套稍嫌小了一些的制服。深藍的底子，到處鑲滾著金黃的花紋。十二月的陽光浴著伊，使那怵目得很的藍色，看來柔和了些。伊的戴著太陽眼鏡的臉，比起往時要豐腴了許多。伊正專心地注視著在天空中畫著橢圓的鴿子們。一隻紅旗在向牠們招搖。他原可以走進陽光裡，叫伊：

「小瘦丫頭兒！」

而伊也會用伊的有些沙啞的嗓門叫起來的罷。但他只是坐在那兒，望著伊。伊再也不是個「小瘦丫頭兒」了。他覺得自已果然已在蒼老著，像舊了的鼓，綴綴補補了的銅號那樣，又醜陋、又淒涼。在康樂隊裡的那麼些年，他才逐漸接近四十。然而一年一年地過著，倒也尚不識老去的滋味。不知道那些女孩兒們和樂師們，都早已把他當作叔伯之輩了。然而他還只是笑笑。不是不服老，卻是因著心身兩面，一直都是放浪如素的緣故。他真正的開始覺得老，還正是那個晚上呢。

記得很清楚：那時對於那樣地站著的，並且那樣輕輕地淌淚的伊，始而惶惑，繼而憐惜，終而油然地生了一種老邁的心情。想起來，他是從未有過這樣的感覺的。從那個霎時起，他的心才改變成為一個有了年紀的男人的心了。這樣的心情，便立刻使他穩重自在。他接著說：

「開玩笑，這是怎麼的了，小瘦丫頭兒！」

伊沒有回答。伊努力地抑壓著，也終於沒有了哭聲。月亮真是美麗。那樣靜悄悄地照明著長長的沙灘、碉堡和幾棟營房，叫人實在弄不明白：何以造物要將這麼美好的時刻，祕密地在闃無一人的夜更裡展露呢？他揀起吉他琴，任意地撥了幾個和弦。他小心地、討好地、輕輕地唱著：

——王老七，養小雞，

嘰咯嘰咯嘰——……

伊便止不住地笑了起來。伊轉過身來，用一隻無肉的腿，向他輕輕地踢起一片細沙。伊忽然的又一個轉身，擤了很多的鼻涕。他的心因著伊的活潑，像午後的花朵兒那樣綻然地盛開起來。他唱著：

王老七，……

伊揩好了鼻涕，盤腿坐在他的面前。伊說：

「有菸麼？」

他趕忙搜了搜口袋，遞過一隻雪白的紙菸，為伊點上火。打火機發著殷紅的火光，照著伊的鼻端。頭一次他發現伊有一支很好的鼻子，瘦削、結實。且因流著一些鼻水，彷彿有些涼意。伊深深地吸了一口，低下頭，用夾住菸的右手支著頤。左手在沙地上歪歪斜斜地畫著許多小圓圈。伊說：

「三角臉，我講個事情你聽。」

說著，白白的煙從伊的低著的頭，裊裊地飄了上來。他說：

「好呀，好呀。」

「哭一哭，好多了。」

「我講的是猴子，又不是你。」

「差不多——」

「哦，你是猴子啦，小瘦丫頭兒！」

「差不多。月亮也差不多。」

「嗯。」

「唉，唉！這月亮。我一吃飽飯就不對。原來月亮大了，我又想家了。」

「像我罷，連家都沒有呢。」

「有家。有家是有家啦，有什麼用呢？」

伊說著，以臀部為軸，轉了一個半圓，伊對著那黃得發紅的大的月亮慢慢地抽著紙菸，菸草便燒得「絲絲」作響。伊掠了掠伊的頭髮，忽然說：

「三角臉。」

「呵。」他說：「很夜了，少胡思亂想。我何嘗不想家嗎？」

他於是站了起來。他用衣袖擦了擦吉他琴上的夜露，一根根放鬆了琴弦。伊依舊坐著，很小心地抽著一截菸屁股，然後一彈，一條火紅的細弧在沙地上碎成萬點星火。

「我想家，也恨家裡。」伊說：「你會這樣嗎？——你不會。」

「小瘦丫頭兒，」他說，將琴的胴體掮在肩上，彷彿扛著一枝槍。他說：「小瘦丫頭兒，過去的事，想它做什麼？我要像你：想、想！那我一天也不要活了！」

伊霍然地站立起然，拍著身上的沙粒。伊張著嘴巴打起呵欠來。眨了眨眼，伊看著他，低聲的說：

「三角臉，你事情見得多。」伊停了一下，說：「可是你是斷斷不知道：一個人被賣出去，是什麼滋味。」

「我知道。」他猛然地說，睜大了眼睛。伊看看他的微禿的，果然有些兒三角形的臉，不禁笑了起來。

「就好像我們鄉下的豬、牛那樣的被賣掉了。兩萬五，賣給他兩年。」伊說。

伊將手插進口袋裡，聳起板板的小肩膀，背向著他，又逐漸地把重心移到左腿上；伊的右腿便在那裡輕輕地踢著沙子，彷彿一隻小馬兒。

「帶走的那一天，我一滴眼淚也沒有。我娘躲在房裡哭，哭得好響，故意讓我聽到。

我就是一滴眼淚也沒有。哼！」

「小瘦丫頭！」他低聲說。

伊轉身望著他，看見他的臉很憂戚地歪扭著，伊便笑了起來：

「三角臉，你知道，你知道個屁呢！」

說著，伊又弓著身子，擤了一把鼻涕。伊說：

「夜了。睡覺了。」

他們於是向招待所走去。月光照著很滑稽的人影，也照著兩行孤獨的腳印。伊將手伸進他的臂彎裡，瞌睡地張大了嘴打著呵欠。他的臂彎感覺到伊的很瘦小的胸。但他的心卻充滿另外一種溫暖。臨分手的時候，他說：

「要是那時候我走了之後，老婆有了女兒，大約也就是你這個年紀罷。」

伊扮了一個鬼臉，蹣跚地走向女隊員的房間去。月在東方斜著，分外的圓了。

鑼鼓隊開始了作業了。密密的脆皮鼓伴著撼人的銅鑼，逐漸使這靜謐的午後騷擾了起來。他拉低了帽子，站立了起來。他看見伊的左手一晃，在右腋裡挾住一根銀光閃鑠的指揮棒。指揮棒的小銅球也隨著那樣的一晃，有如馬嘶一般地輕響起來。伊還是個指揮的呢！

許多也是穿著藍制服的少女樂手們都集合攏了。伊們開始吹奏著把節拍拉慢了一倍的

「馬撒永眠黃泉下」的曲子。曲子在震耳欲聾的鑼鼓聲的夾縫裡，悠然地飛揚著，混合著時歇時起的孝子賢孫們的哭聲，和這麼炫然的陽光交織起來，便構成了人生、人死的喜劇了。他們的樂隊也合攏了。於是像湊熱鬧似地，有隨而吹奏起來了。高個子很神氣地伸縮著他的管樂器，很富於情感地吹著「遊子吟」。也是將節拍拉長了一倍，彷彿什麼曲子都能當安魂曲似的——只要拉慢節拍子，全行的。他把小喇叭湊在嘴上，然而他並不在真吹，他只是做著樣子罷了。他看著伊頗為神氣地指揮著，金黃的流蘇隨著棒子飛舞著。不一會他便發覺了伊的指揮和樂聲相差約有半拍。他這才記得伊是個輕度的音盲。

是的，伊是個音盲。所以伊在康樂隊裡，並不曾是個歌手。可是伊能跳得很好的舞，而且也是個很好的女小丑。用一個紅漆的破乒乓球，蓋住伊唯一美麗的地方——鼻子，瘦板板的站在臺上，於是臺下捲起一片笑聲。伊於是又眨了眨木然的眼，臺下便又是一陣笑謔。伊在臺上固然不唱歌，在臺下也難得開口唱唱的。然而一旦不幸伊一下子高興起來，便要咿咿呀呀的唱上好幾小時，把一支好好的歌，唱得支離破碎，暗啞不成曲調。

有一個早晨，伊忽然輕輕地唱起一支歌來。繼而一支接著一支，唱得十分起勁。他在隔壁的房間修著樂器，無可奈何地聽著那麼折磨人的歌聲。伊唱著說：

——這綠島像一隻船，

在月夜裡搖呀搖……。

唱過一遍，停了一會兒，便又從頭唱起。一次比一次溫柔，充滿情感。忽然間，伊說：

「三角臉！」

他沒有回答。伊輕輕地敲了敲三夾板的牆壁，說：

「喂，三角臉！」

「唉！」

「我家離綠島很近。」

「神經病。」

「我家在臺東。」

「……。」

「他×的，好幾年沒有回去了！。」

「什麼？」

「我好幾年沒有回去了！」

「你還說一句什麼？」

伊停了一會，忽然吃吃地笑了起來，伊輕輕地嘆了一口氣，說：

「囉嗦！」

「有沒有香菸？」

他站起來，從夾克口袋摸了一根紙菸，拋過三夾板給伊。他聽見劃火柴的聲音。一縷青煙從伊的房間飄越過來，從他的小窗子飛逸而去。

「買了我的人把我帶到花蓮，」伊說，吐著嘴唇上的菸絲。伊接著說：「我說：我賣笑不賣身。他說不行，我便逃了。」

他停住手裡的工作，躺在床上。天花板因漏雨而有些發霉。他輕聲說：

「原來你還是個逃犯哩！」

「怎麼樣？」伊大叫著說：「怎麼樣？報警去嗎？呵？」

他笑了起來。

「啊，啊啊。」

「早上收到家裡的信，」伊說：「說為了我的逃走，家裡要賣掉那麼幾小塊田賠償。」

「活該，」伊說：「活該，活該！」

他們於是都沈默起來。他坐起身來，搓著手上的銅鏽。剛修好的小喇叭躺在桌子上，在窗口的光線裡靜悄悄地閃耀著白色的光。不知道怎麼地，他覺得沈重起來。隔了一會，伊低聲說：

「三角臉。」

他噓了一口氣，忙說：

「哎！」

「三角臉，過兩天我回家去。」

他細瞇著眼望著窗外。忽然睜開眼睛，站立起來，囁囁地說：

「小瘦丫頭兒！」

他聽見伊有些自暴自棄地呻吟了一聲，似乎在伸懶腰的樣子。伊說：

「田不賣，已經活不好了，田賣了，更活不好。賣不到我，妹妹就完了。」

他走到桌旁，拿起小喇叭，用衣角擦拭著它。銅管子逐漸發亮了，生著紅的、紫的圈圈。他想了想，木然地說：

「小瘦丫頭兒。」

「嗯。」

「小瘦丫頭兒，聽我說：如果有人借錢給你還債，行嗎？」

伊沈吟了一會，忽然笑了起來。

「誰借錢給我？」伊說：「兩萬五咧！誰借給我？你嗎？」

他等待伊笑完了，說：

「行嗎？」

「行，行。」伊說，敲著三夾板的壁：「行呀！你借給我，我就做你的老婆。」

他的臉紅了起來，彷彿伊就在他的面前那樣。伊笑得喘不過氣來，按著肚子，扶著床板。伊說：

「別不好意思，三角臉。我知道你在壁板上挖了個小洞，看我睡覺。」

伊於是又爆笑起來。他在隔房裡低下頭，耳朵漲著豬肝那樣的赭色。他無聲地說：

「小瘦丫頭兒……你不懂得我。」

那一晚，他始終不能成眠。第二天的深夜，他潛入伊的房間，在伊的枕頭邊留下三萬元的存摺，悄悄地離隊出走了。一路上，他明明知道絕不是心疼著那些退伍金的，卻不知道為什麼止不住地流著眼淚。

幾支曲子吹過去了。現在伊又站到陽光裡。伊輕輕地脫下制帽，從袖捲中拉出手絹揩著臉，然後扶了扶太陽鏡，有些許傲然地環視著幾個圍觀的人。高個子挨近他，用癢癢的聲說：

「看看那指揮的，很挺的一個女的呀！」

說著，便歪著嘴，挖著鼻子。他沒有作聲，而終於很輕地笑了笑。但即使是這樣輕的笑聲，都皺起滿臉的皺紋來。伊留著一頭烏油油的頭髮，高高地梳著一個小髻。臉上多長了肉，把伊的本來很好的鼻子，襯托得尤其的精神了。他想著：一個生長，一個枯萎，才不過是五年先後的事！空氣逐漸有些溫熱起來。鴿子們停在相對峙的三個屋頂上，恁那個養鴿的怎麼樣搖撼著紅旗，都不起飛了。牠們只是斜著頭，楞楞地看著旗子，又拍了拍翅膀，而依舊只是依偎著停在那裡。紙錢的灰在離地不高的地方打著捲、飛揚著。他站在那兒，忽然看見伊面向著他。從那張戴著太陽眼鏡的臉，他很難於確定伊是否看見了他。他有些青蒼起來，手也有些抖索了。他看著伊也木然地站立在那裡，張著嘴。然後他看見伊向這邊走來。他低下頭，緊緊地抱著喇叭。

他感覺到一個藍色的影子挨近他，遲疑了一會，便同他並立著靠在牆上，他的眼睛有些發熱了，然而他只是低彎著頭。

「請問——」伊說。

「是你嗎？」伊說：「是你嗎？三角臉，是……，」伊哽咽起來：「是你，是你，是你。」

「……。」

他聽著伊哽咽的聲音，便忽然沈著起來，就像海灘上的那夜一般。他低聲說：

「小瘦丫頭兒，你這傻小瘦丫頭！」

他抬起頭來，看見伊用絹子摀著鼻子、嘴。他看見伊那樣地抑住自己，便知道伊果然的成長了。伊望著他，笑著。他沒有看見過這樣的笑，怕不有十數年了。那年打完仗回到家，他的母親便曾類似這樣笑過。忽然一陣振翼之聲響起，鴿子們又飛翔起來了，斜斜地劃著圈子。他們都望著那些鴿子，沈默起來。過了一會，他說：

「一直在看著你當指揮，神氣得很呢！」

伊笑了笑。他看著伊的臉，太陽眼鏡下面沾著一小滴淚珠兒，很精細地閃耀著。他笑著說：

「還是那樣好哭嗎？」

「好多了。」伊說著，低下了頭。

他們又沈默了一會，都望著越劃越遠的鴿子們的圈圈兒。他挾著喇叭，說：

「我們走，談談話。」

他們並著肩走過愕然著的高個子。他說：

「我去了馬上來。」

「呵呵。」高個子說。

伊走得很婷婷然，然而他卻有些傴僂了。他們走完一棟走廊，走過一家小戲院，一排宿舍，又過了一座小石橋。一片田野迎著他們。很多的麻雀棲在高壓線上。離開了充滿香火和紙錢的氣味，他們覺得空氣是格外的清新舒爽了。不同的作物將田野塗成不同深淺的綠色的小方塊。他們站住了好一會，都沈默著。一種從不曾有過的幸福的感覺漲滿了他的胸膈。伊忽然的把手伸到他的臂彎裡，他們便慢慢的走上一條小坡堤。伊低聲說：

「三角臉，」

「嗯。」

「你老了。」

他摸了摸禿了大半了，尖尖的頭，抓著，便笑了起來。他說：

「老了，老了。」

「才不過四、五年。」

「才不過四、五年。可是一個日出，一個日落呀！」

「三角臉——。」

「在康樂隊裡的時候，日子還滿好呢，」他緊緊地挾著伊的手，另一隻手一晃一晃地玩著小喇叭。他接著說：「走了以後，在外頭兒混，我才真正懂得一個賣給人的人的滋味。」

他們忽然噤著。他為自己的失言惱怒地嚳著鬆弛的臉。然而伊依然抱著他的手。伊低下頭，看看兩雙踱著的腳。過了一會兒，伊說：

「三角臉——。」

他垂頭喪氣，沈默不語。

「三角臉，給我一根菸。」伊說。

他為伊點上菸，雙雙坐了下來。伊吸了一陣，說：

「我終於真找到你了。」

他坐在那兒，搓著雙手，想著些什麼。他抬起頭來，看看伊，輕輕地說：

「找我。找我做什麼！」他激動起來了：「還我錢是不是？……我可曾說錯了話麼？」

伊從太陽眼鏡裡望著他的苦惱的臉，便忽而將自己的制帽蓋在他的禿頭上。伊端詳了一番，便自得其樂地笑了起來。

「不要弄成那樣的臉罷！否則你這樣子倒真像個將軍呢！」伊說著，扶了扶眼鏡。

「我不該說那句話。我老了，我該死。」

「瞎說。我找你，要來賠罪的。」伊又說：

「那天我看到你的銀行存摺，哭了一整天。他們說我吃了你的虧，你跑掉了。」伊笑了起來，他也笑了。

「我真沒料到你是真好的人。」伊說：「那時你老了，找不上別人。我又小又醜，好欺負。三角臉，你不要生氣，我當時老防著你呢！」

他的臉很吃力地紅了起來。他不是對伊沒有過慾情的。他和別的隊員一樣，一向是個狂嫖濫賭的獨身漢。對於這樣的人，慾情與美貌之間，並沒有必然的關係的。伊接著說：

「我拿了你的錢回家，不料並不能息事。他們又帶我到花蓮。他們帶我去見一個大胖子。大胖子用很尖細的嗓子問我的話。我一聽他的口音同你一樣，就很高興。我對他說：『我賣笑，不賣身。』。」

「大胖子吃吃地笑了。不久他們弄瞎了我的左眼。」

他搶去伊的太陽眼鏡，看見伊的左眼瞼收縮地閉著。伊伸手要回眼鏡，四平八穩地又戴了上去。伊說：

「然而我一點也沒有怨恨，我早已決定這一生不論怎麼樣也要活下來再見你一面。還錢是其次，我要告訴你我終於領會了。」

「我掙夠給他們的數目，又積了三萬元。兩個月前才加入樂社裡，不料就在這兒找到你了。」

「小瘦丫頭兒！」他說。

「我說過我要做你老婆，」伊說，笑了一陣：「可惜我的身子已經不乾淨，不行了。」

「下一輩子罷！」他說：「此生此世，彷彿有一股力量把我們推向悲慘、羞恥和破敗。」

遠遠地響起了一片喧天的樂聲。他看了看錶，正是喪家出殯的時候。伊說：

「正對，下一輩子罷。那時我們都像嬰兒那麼乾淨。」

他們於是站了起來，沿著坡堤向深處走去。過不一會，他吹起「王者進行曲」，吹得興起，便在堤上踏著正步，左右搖晃。伊大聲地笑著，取回制帽戴上，揮舞著銀色的指揮棒，走在他的前面，也走著正步。年輕的農夫和村童們在田野裡向他們招手，向他們歡呼著。兩三隻的狗，也在四處吠了起來。太陽斜了的時候，他們的歡樂影子在長長的坡堤的那邊消失了。

第二天早晨，人們在蔗田裡發現一對屍首。男女都穿著樂隊的制服，雙手都交握於胸前。指揮棒和小喇叭很整齊地放置在腳前，閃閃發光，他們看來安詳、滑稽，卻另有一種滑稽中的威嚴。

一個騎著單車的高大的農夫，於圍睹的人群裡看過了死屍後，在路上對另一個挑著水肥的矮小的農夫說：

「兩個人躺得直挺挺地，規規矩矩，就像兩位大將軍呢！」

於是高大的和矮小的農夫都笑起來了。

原載一九六四年十一月《現代文學》第十九期

作者

陳映真（一九三七——），本名陳永善，臺灣竹南人。一九六一年畢業於淡江文理學院，曾任《文學季刊》編輯。一九六八年赴美前夕，因故被捕，在獄中度過八年。一九七五年回到故鄉。一九八三年赴美參加愛荷華大學國際作家寫作班。一九八五年創辦文學刊物《人間》後，繼續創辦人間出版社。

陳映真於大學時代開始從事文學創作，先後在《筆匯》、《現代文學》、《文學季刊》等雜誌上發表作品，結集為《將軍族》、《第一件差事》出版。出獄後發表有《賀大哥》、《永恆的大地》、《某一個日午》等短篇小說，與《夜行貨車》、《行》等中篇。另有中篇小說集《華盛頓大樓》與評論集《知識人的偏執》等。後來出版《陳映真作品集》十四冊。其後，在二〇〇一年由陳映真親自校訂刊行洪範書店版的《陳映真小說集》，以一九九四年人間版為基礎，另增訂〈歸鄉〉、〈夜霧〉、〈忠孝公園〉等三種。陳映真全部小說作品，大抵悉備。

題　解

本篇原刊於一九六四年一月十五日《現代文學》十九期。後收入陳映真作品集1《我的弟弟康雄》。

賞　析

〈將軍族〉是一篇探討社會政治問題的小說。作者藉由小說人物的行為動作、意象喻意與情節安排的手法，反映某一階段社會潛藏的問題。這些社會問題又往往有著深刻的政治意味，透露著作家對社會分析的看法，隱藏作家的政治思想。

小說主要描寫一個叫「三角臉」的退役軍人，他來自大陸，已近中年，但孤家寡人，在軍中康樂隊主奏喇叭，因而結識了「小瘦丫頭兒」。她來自臺灣鄉下貧苦人家，曾被騙到花蓮為妓，是個養女身分，沒有自己主宰的地位。這兩人的結合，代表某一階段社會階層的組織。

他們的相識、相憐、進而相愛，這樣的情節發展，暗示著那一種社會階層的組合分子。代表「臺灣人」與「大陸人」的和睦相處，對未來的希望。

然而，小說結尾卻讓這樣的結合失敗了。小說安排男女主角這兩人一同步向死亡。用感傷的形象，看似喜而實悲的筆調，寫下這一幕結局。

因此小說的基調是死的感傷，同時又帶有新生的愉悅。作品在開頭與結尾處都對環境做了這樣的的氣氛渲染。比如開頭一段，太陽絢爛普照，使得喪家出殯的人們也蒙上喜氣。薩士風管奏著感傷的《荒城歲月》，卻似有一種誇張的悅樂之感。對此，作家歐陽子指出：「喜劇意味的穿插，使這個極度的悲劇故事獲得一種適度的緩衝」。尤其是結尾處，作者描述男女主角一同步向死亡，卻又寫道兩人奏樂大笑，搖晃著歡樂的步子，以致連農人們也向他們招手歡呼。歐陽子認為這種歡樂筆調，「正反映他們二人由於終能互相陪伴著脫離悲苦人間，而感受的內心狂喜。」

開頭與結尾的這種氣氛營造，不僅前後關聯，而且恰恰證明作者對整個人生過程的悲喜式的理解。

小說家陳映真透過這樣的寫法，暗示某種政治訊息。這使得本篇小說帶有「政治潛意識」的傾向。伊果利頓《當代文學理論》對政治文學定義說：

任何與人的意義、價值、語言、感覺和經驗有關的理論，都不可避免要涉及個人與社會的性質、權力與性的問題，對以往歷史的解釋，對當前的看法，以及對未來的希望等等更為深廣的信念。

該書頁二四一——二四二

如此複雜的人與社會政治之關係，提示吾人對小說的任何描寫者不可輕易略過，而應該更注意其中的政治喻意。就本篇而言，可從三種影射去分析這種喻意，分別是：性別、身體、情節等。茲舉例如下：

一、性別的象徵影射：女，養女影射政治地位的被支配者，將軍影射支配者。

二、身體的象徵影射：女的強調左腿，男的強調三角臉，以身體作為語言的暗示。

三、情節的象徵影射：安排雙雙自殺的不合理情節，影射未來前途的幻滅，包括有家歸不得，還有對政治的空間之絕望。

陳映真的小說被徐復觀稱譽為海峽兩岸第一。到底是不是第一，姑且不論。陳映真的小說，的確惹起不少的爭議與談論。

如果從小說的兩種基本手法，即以人物為主的小說，先有一個人物，很特別，很吸引人，再找情節來塑造這個人物。另外一種，是以故事為主，先有個新奇有趣的故事要說，再找許多人物將此故事表現出來。照這兩種類型看陳映真小說，都同時具備。例如〈唐倩的喜劇〉以人物為主，而〈夜行貨車〉則是以故事為主。

然而，吾人在此二種類之餐，又發現一種模糊的、綜合的、互相侵奪，不能硬性歸類的一種陳映真小說表現模式。那就是「意識」主導的一種類型。而這種以「意識」為掛帥的小說，可稱之為政治潛意識。

這種小說，應可再分主動的與被動的，刻意的與不知不覺的。因為，任何一位作家，不能沒有思想，沒有信仰。但此作家的思想與信仰未必明顯在作品中看出來。甚且，此作家主觀意識上欲表現之，比較起不知不覺地流露在作品中，所得到的閱讀效應與詮譯結果，當然又有深淺顯晦之別。

由以上的分析，可知〈將軍族〉小說的解讀，僅作技巧分析是不夠的。因為陳映真創作此文，基本上，是一種「書寫者」角色的運作，他藉小說形式，把小說寫成「書寫成章的論述」。小說對他而言，是一種表達時局的看法的媒介，而不只是當作技巧經營的小說藝術。

如此一來，〈將軍族〉應當看作一種論述。既為論述，當然與社會政治與心理層面互相對應，息息相關。至此，小說是一種文本。所以，要從文本的角度，透過「閱讀活動」的實踐，讀出文本中的訊息。

結果得出〈將軍族〉的文本訊息，潛藏著複雜的政治意圖，傳達出人與社會在政治風暴中的變動訊息。這就是五十年代的白色恐怖與八十年代的政治開放，作為二種不同的人之存在環境，社會的價值、結構如何改變，人又如何在此改變中無可奈何地受著深深的影響。

小說，作為此影響的文字紀錄，乃透過文學慣用的象徵手法，表達了政治潛意識深層的一面。這正是〈將軍族〉這篇小說深層的意義所在。

問題與思考

1. 〈將軍族〉乙文在意象的表現上，有很獨特的描寫，請列舉出來，並加以解釋。
2. 〈將軍族〉乙文在政治上，有什麼象徵意義，可試論之否？
3. 請找出陳映真另外一篇小說〈山路〉，仔細分析其中的政治潛意識。

參考資料

1. 黎湘萍，一九九四，《臺灣的憂鬱》，北京：三聯書店。
2. 龍應台，一九九六，《龍應台評小說》，臺北：爾雅出版社有限公司。
3. 呂正惠，一九八八，《小說與社會》，臺北：聯經出版事業公司。
4. 陸士清，一九九一，《臺灣小說選講新編》，上海：復旦大學出版社。

5.古繼堂，一九八九，《臺灣小說發展史》，瀋陽：春風文藝出版社。
6.汪景濤，一九八八，《臺灣小說作家論》，北京：北京大學出版社。
7.康來新、彭海瑩（合編），一九八七，《曲扭的鏡子——陳映真的心靈世界》，臺北：雅歌出版社。
8.伊果利頓，一九八八，《當代文學理論》，臺北：南方出版社。

十一、我愛黑眼珠

七等生

李龍第不告訴他的伯母，手臂掛著一件女用的綠色雨衣，撐著一支黑色雨傘出門，靜靜地走出眷屬區。他站在大馬路旁的一座公路汽車的候車亭等候汽車準備到城裡去。這個時候是一天中的黃昏，但冬季裡的雨天尤其看不到黃昏光燦的色澤，只感覺四周圍在不知不覺之中漸層地黑暗下去。他約有三十以上的年歲，猜不準他屬於何種職業的男人，卻可以由他那種隨時採著思考的姿態所給人的印象斷定他絕對不是很樂觀的人。眷屬區居住的人看見他的時候，他都在散步；人們都到城市去工作，為什麼他單獨閒散在這裡呢？他從來沒有因為相遇而和人點頭寒暄。有時他的身旁會有一位漂亮的小女人和他在一起，但人們也不知道他們是夫婦或兄妹。唯一的真實是他寄居在這個眷屬區裡的一間房子裡，和五年前失去丈夫的寡婦邱氏住在一起。李龍第看到汽車彷彿一隻衝斷無數密布的白亮鋼條的怪獸急駛過來，輪聲響徹著。人們在汽車廂裡嘆喟著這場不停的雨，李龍第沈默地縮著肩胛，眼睛的視線投出窗外，雨水劈拍地敲打玻璃窗像打著他那張貼近玻璃窗沈思的臉孔。李龍第想著晴子黑色的眼睛，便由內心裡的一種感激勾起一陣絞心的哀愁。隔著一層模糊的玻璃望出窗外的他，彷彿看見晴子站在特產店櫥窗後面，她的眼睛不斷地抬起來瞥望壁上掛鐘的指針，心裡迫切地祈望回家吃晚飯的老闆能準時地轉回來接她的班，然後離開那裡。他這樣悶悶地想著她，想著她在兩個人的共同生活中勇敢地負起維持活命的責任的事。汽車雖然像橫掃萬軍一般地直衝前進，他的心還是處在相見是否就會快樂的疑問的境地。

他又轉一次市區的公共汽車，才抵達像山連綿坐立的戲院區。李龍第站在戲院廊下的人叢前守望著晴子約定前來的方向。他的口袋裡已經預備著兩張戲票。他就要在那些陸續搖盪過來的雨傘中去辨認一隻金柄而有紅色茉莉花的尼龍傘。突然他想到一件事。他打開雨傘衝到對面商店的走廊，在一間麵包店的玻璃櫥窗外面觀察著那些一盆一盆盛著的各種類型的麵包。他終於走進麵包店裡面要求買兩個有葡萄的麵包。他把盛麵包的紙袋一起塞進他左手臂始終掛吊著那件綠色雨衣的口袋裡。他又用雨傘抵著那萬斤的雨水衝奔回到戲院的廊下，仍然站在人叢前面。都市在夜晚中的奇幻景象是早已呈露在眼前。戲院打開鐵柵門的聲音使李龍第轉動了頭顱，要看這場戲的人們開始朝著一定的方向蠕動，而且廊下剛剛那麼多的人一會兒竟像水流流去一樣都消失了，只剩下糾纏著人兜售橘子的婦人和賣香花的小女孩。那位賣香花的小女孩再度站在李龍第的面前，發出一種令人心惻的音調央求著李龍第，搖動他那隻掛著雨衣的手臂。他早先是這樣思想著：買花不像買麵包那麼重要。可是這時候七時剛過，他相信晴子就要出現了，他憑著一股衝動掏出一個鎳幣買了一朵香花，把那朵小花輕輕塞進上衣胸前的小口袋裡。

李龍第聽到鐵柵門關閉的吱喳聲，回頭看見那些服務員的背影一個一個消失在推開時現出裡面黑霧霧的自動門。他的右掌緊握著傘柄，羞熱地站在街道中央，眼睛疑惑地直視街道雨茫茫的遠處，然後他垂下了他的頭，沈痛地走開了。

他沈靜地坐在市區的公共汽車裡，汽車的車輪在街道上刮水前進，幾個年輕的小伙子轉身爬在窗邊，聽到車輪刮水的聲音竟興奮地歡呼起來。車廂裡面乘客的笑語聲掩著了少許的嘆息聲音。李龍第的眼睛投注在對面那個赤足襤褸的蒼白工人身上；這個工人有著一張長滿黑鬱鬱的鬍鬚和一雙呈露空漠的眼睛的英俊面孔，中央那隻瘦直的鼻子的兩個孔洞像正在瀉出疲倦苦慮的氣流，他的手臂看起來堅硬而削瘦，像用刀削過的不均的木棒。幾個坐在一起穿著厚絨毛大衣模樣像狗熊的男人熱烈地談著雨天的消遣。這時，那幾個歡快的小伙子們的狂誑的語聲中開始夾帶著異常難以聽聞的粗野的方言。李龍第下車後；那一個街道的積水淹沒了他的皮鞋，他迅速朝著晴子為生活日夜把守的特產店走去。李龍第舉目所見，街市的店鋪已經全部半掩了門戶打烊了。他怪異地看見特產店的老闆手持一隻吸水用的碎布拖把，困難地彎曲著他那肥胖的身軀，站在留空的小門中央擋著滾滾流竄的水流，李龍第走近他的身邊，對他說：

「請問老闆——」

「嗯，什麼事？」他輕蔑地瞥視李龍第。

「晴子小姐是不是還在這裡？」

他冷淡地搖搖頭說：

「她走開了。」

「什麼時候離開的？」

「約有半小時，我回去吃飯轉來，她好像很不高興，拿著她的東西搶著就走。」

「她和我吵了起來，就是為這樣的事——」

李龍第臉上掛著呆板的笑容，望著這位肥胖的中年男人挺著胸膛的述說：

「——她的脾氣，簡直沒把我看成一個主人；要不是她長得像一隻可愛的鴿子吸引著那些客人，否則——我說了她幾句，她暴跳了起來，賭咒走的。我不知道她為了什麼貴幹，因為這麼大的雨，我回家後緩慢了一點回來，她就那麼不高興，好像我侵占了她的時間就是剝奪她的幸福一樣。老實說，我有錢絕不會請不到比她漂亮的小姐——。」

李龍第思慮了一下，對他說：

「對不起，打擾你了。」

這位肥胖的人再度伸直了身軀，這時才正眼端詳著李龍第那書生氣派的外表。

「你是她的什麼人？」

「我是她的丈夫。」

「啊，對不起——」

「沒關係，謝謝你。」

李龍第重回到傾瀉豪雨的街道來，天空彷彿決裂的堤奔騰出萬鈞的水量落在這個城市。那些汽車現在艱難地駛著，有的突然停止在路中央，交通便告阻塞。街道變成了河流，行走也已經困難。水深到達李龍第的膝蓋，他在這座沒有防備而突然降災禍的城市失掉了尋找的目標。他的手臂酸麻，已經感覺到撐握不住雨傘；雖然這隻傘一直保護他，可是當他抱著萬分之一的希望掙扎到城市中心的時候，身體已經淋漓濕透了。他完全被那群無主四處奔逃擁擠的人們的神色和喚叫感染到共同面臨災禍的恐懼。假如這時候他還能看到他的妻子晴子，這是上天對他何等的恩惠啊。李龍第心焦憤慨地想著：即使面對不能避免的死亡，也得和所愛的人抱在一起啊。當他看到眼前這種空前的景象的時候，他是如此心存絕望；他任何時候都沒有像在這一刻一樣憎惡人類是那麼眾多，除了愈加深急的水流外，眼前這些倉皇無主的人擾亂了他的眼睛辨別他的目標。李龍第看見此時的人們爭先恐後地攀上架設的梯子爬到屋頂上，以著無比自私和粗野的動作排擠和殘踏著別人。他依附在一根巨大的石柱喘息和流淚，他心裡感慨地想著：如此模樣求生的世人多麼可恥啊，我寧願站在這裡牢抱著這根巨柱與巨柱同亡。他的手的黑傘已經撐不住天空下來的雨，跌落在水流失掉了。他的面孔和身體接觸到冰冷的雨水，漸漸覺醒而冷靜下來。他暗自傷感著：在這個自然界，死亡一事最不足道的；人類的痛楚於這冷酷的自然界何所傷害呢？面對這不能抗力的自然的破壞，人類自己堅信與依持的價值如何恆在呢？他慶幸自己在往日所建立的曖昧的信念現在卻能夠具體地幫助他面對可怕的侵略而不畏懼，要是他在那時力爭著霸占一些權力和私慾，現在如何能忍受得住它們被自然的威力掃蕩而去呢？那些想搶回財物或看見平日忠仰呼喚的人，現在為了逃命不再回來而悲喪的人們，現在不是都絕望跌落在水中嗎？他們的雙眼絕望地看著他（它）們漂流和亡命而去，舉出他們的雙臂，好像傷心地與他（它）們告別。人的存在便是在現在中自己與環境的關係，在這樣的情況中，我能首先辨識自己，選擇自己和愛我自己嗎？這時與神同在嗎？水流已經升到李龍第的腰部以上，他還是高舉掛雨衣的左臂，顯得更加平靜。這個人造的城市在這場大災禍中頓時失掉了它的光華。

在他的眼前，一切變得黑漆混沌，災難漸漸在加重。一群人擁擠過來在他身旁，急忙架設了一座長梯，他們急忙搶著爬上去。他聽到沈重落水的聲音，呻咽的聲音，央求的聲音，他看見一個軟弱女子的影子趴在梯級的下面，仰著頭顱，掙扎著要上去，但她太虛弱了。李龍第涉過去攙扶著她，然後背負著她（這樣的弱女子並不太重）一級一級地爬到屋頂上。李龍第到達屋頂放她下來時，她已經因為驚慌和軟弱而昏迷過去。他用著那件綠色雨衣包著她濕透和冰冷的身體，摟抱著她靜靜地坐在屋脊上。他垂著頭注視這位在他懷裡的陌生女子蒼白面孔，她的雙唇無意識地抖動著，眼眶下陷呈著褐黑的眼圈，頭髮潮濕結黏在一起；他看出她原來在生著病。雨在黑夜的默禱等候中居然停止了它的狂瀉，屋頂下面是繼續在暴漲的泱泱水流，人們都憂慮地坐在高高的屋脊上面。

李龍第能夠看到對面屋脊上無數沈默坐在那裡的人們的影子，有時黑色的影子小心緩慢地移動到屋簷再回去，發出單調寂寞的聲音報告水量升降情形。從昨夜遠近都有斷續驚慌的哀號。東方漸漸微明的時候，李龍第也漸漸能夠看清周圍的人們；一夜的洗滌居然那麼成效地使他們顯露憔悴，容貌變得善良冷靜，友善地迎接投過來的注視。李龍第疑惑地接觸到隔著像一條河對岸那屋脊上的一對十分熟識的眼睛，突然升上來的太陽光清楚地照明著她。李龍第警告自己不要驚慌和喜悅。他感覺他身上摟抱著的女人正在動顫。當隔著對岸那個女人猛然站起來喜悅地喚叫李龍第時，李龍第低下他的頭，正迎著一對他熟識似的黑色眼睛。他懷中的女人想掙脫他，可是他反而抱緊著她，他細聲嚴正地警告她說：

「你在生病，我們一起處在災難中，你要聽我的話！」

然後李龍第俯視著她，對她微笑。

他內心這樣自語著：我但願妳已經死了；被水沖走或被人們踐踏死去，不要在這個時候像這樣出現，晴子。現在，妳出現在彼岸，我在這裡，中間橫著一條不能跨越的鴻溝。我承認與緘默我們所持的境遇依然不變，反而我呼應你，我勢必拋開我現在的責任。我在我的信念之下，只佇立著等待環境的變遷，要是像那些悲觀而靜靜像石頭坐立的人們一樣，或嘲笑時事，喜悅整個世界都處在危難中，像那些無情的樂觀主義者一樣，我就喪失了我的存在。

他的耳朵繼續聽到對面晴子的呼喚，他卻俯視著他的頭顱注視他懷中的女人。他的思想卻這樣地回應她：晴子，即使你選擇了憤怒一途，那也是你的事；你該看見現在這條巨大且凶險的鴻溝擋在我們中間，你不該想到過去我們的關係。

李龍第懷中的女人不舒適地移動她的身軀，眼睛移開他望著明亮的天空，沙啞地說道：

「啊，雨停了——」

李龍第問她：

「你現在感覺怎麼樣？」

「你抱著我，我感到羞赧。」

她掙扎著想要獨自坐起來，但她感到頭暈坐不穩，李龍第現在只讓她靠著，雙膝夾穩著她。

「我想要回家——」

她流淚說道。

「在這場災難過去後，我們都能夠回家，但我們先不能逃脫這場災難。」

「我死也要回家去，」她倔強地表露了心願。「水退走了嗎？」

「我想它可能漸漸退去了，」李龍第安慰她說：——「但也可能還要高漲起來，把我們全都淹沒。」

李龍第終於聽到對面晴子呼喚無效後的咒罵，除了李龍第外，所有聽到她的聲音的人都以為她發瘋了。李龍第懷中的女人垂下她又疲倦又軟弱的眼皮，發出無力的聲音自言自語：

「即使水不來淹死我，我也會餓死。」

李龍第注意地聽著她說什麼話。他伸手從她身上披蓋的綠色雨衣口袋掏出麵包，麵包沾濕了。當他翻轉雨衣掏出麵包的時候，對面的晴子掀起一陣狂烈的指叫：

「那是我的綠色雨衣，我的，那是我一慣愛吃的有葡萄的麵包，昨夜我們約定在戲院相見，所有現在那個女人占有的，全都是我的……」

李龍第溫柔地對他懷中的女人說：

「這個麵包雖然沾濕了，但水分是經過雨衣過濾的。」

他用手撕剝一小片麵包塞在她迎著他張開的嘴裡，她一面咬嚼一面注意聽到對面屋頂上那位狂叫的女人的話語。她問李龍第：

「那個女人指的是我們嗎？」

他點點頭。

「她說你是她的丈夫是嗎？」

「不是。」

「雨衣是她的嗎？」

他搖頭。

「為什麼你會有一件女雨衣呢？」

「我扶起妳之前，我在水中揀到這件雨衣。」

「她所說的麵包為什麼會相符？」

「巧合罷。」

「她真的不是你的妻子？」

「絕不是。」

「那麼你的妻子呢？」

「我沒有。」

她相信他了，認為對面的女人是瘋子。她滿意地說：

「麵包沾濕了反而容易下嚥。」

「天毀我們也助我們。」

他嚴正地再說。李龍第暗暗噙著淚水，他現在看到對面的晴子停止怒罵，倒歇在屋頂上哭泣。有幾個移到李龍第身邊來，問他這件事情，被李龍第否認揮退了。因為這場災禍而發瘋甚至跳水的人從昨夜起就有所見聞，凡是聽見晴子咒罵的人都深信她發瘋了，所以始終沒有人理會她。

妳說我背叛了我們的關係，但是在這樣的境況中，我們如何再接密我們的關係呢？唯一引起妳憤怒的不在我的反叛，而在妳內心的嫉妒：不甘往日的權益突然被另一個人取代。至於我，我必須選擇，在現況中選擇，我必須負起我做人的條件，我不是掛名來這個世上獲取利益的，我須負起一件使我感到存在的榮耀之責任。無論如何。這一條鴻溝使我感覺我不再是妳具體的丈夫，除非有一刻，這個鴻溝消除了，我才可能返回給妳。上帝憐憫妳，妳變得這樣狼狽襤褸的模樣……。

「你自己為什麼不吃呢？」

李龍第的臉被一隻冰冷的手撫摸的時候，像從睡夢中醒來。他看看懷中的女人，對她微笑。

「妳吃飽我再吃，我還沒有感到餓。」

李龍第繼續把麵包一片一片塞在她口腔裡餵她。她一面吃一面問他：

「你叫什麼名字？」

「亞茲別。」李龍第脫口說出。

「那個女人說你是李龍第。」

「李龍第是她丈夫的名字，可是我叫亞茲別，不是她的丈夫。」

「假如你是她的丈夫你將怎麼樣？」

「我會放下妳，冒死泅過去。」

李龍第抬頭注意到對面的晴子在央求救生舟把她載到這邊來，可是有些人說她發瘋了，於是救生舟的人沒有理會她。李龍第低下頭問她：

「我要是拋下妳，妳會怎麼樣？」

「我會躺在屋頂上慢慢死去，我在這個大都市也原是一個人的，而且正在生病。」

「妳在城裡做什麼事？」

「我是這個城市裡的一名妓女。」

「在水災之前那一刻妳正要做什麼？」

「我要到車站乘火車回鄉下，但我沒想到來不及了。」

「為什麼妳想要回家？」

「我對我的生活感到心灰意冷，我感到絕望，所以我想要回家鄉去。」

李龍第沈默下來。對面的晴子坐在那裡自言自語地細說著往事，李龍第垂著頭靜靜傾聽著。

是的，每一個人都有往事，無論快樂或悲傷都有那一番遭遇。可是人常常把往事的境遇拿來在現在中作為索求的藉口，當他（她）一點也沒有索求到時，他（她）便感到痛苦。人往往如此無恥，不斷地拿往事來欺詐現在。為什麼人在每一個現在中不能企求新的生活意義呢？生命像一根燃燒的木柴，那一端的灰燼雖還具有木柴的外形，可是已不堪撫觸，也不能重燃，唯有另一端是堅實和明亮的。

「我愛你，亞茲別。」

李龍第懷抱中的女人突然抬高她的胸部，雙手捧起李龍第的頭吻他。他靜靜地讓她熱烈地吻著。突然一片驚呼在兩邊的屋頂上掀起來，一聲落水的音響使李龍第和他懷中的女人的親吻分開來，李龍第看到晴子面露極大的痛恨在水裡想泅過來，卻被迅速退走的流水帶走了，一艘救生舟應召緊緊隨著她追過去，然後人與舟都消失了。

「你為什麼流淚？」

「我對人會死亡憐憫。」

那個女人伸出了手臂，手指溫柔地把劃過李龍第面頰而不曾破壞他那英俊面孔的眼淚擦掉。

「妳現在不要理會我，我流淚和現在愛護妳同樣是我的本性。」

李龍第把最後的一片麵包給她，她用那隻撫摸他淚水的手夾住麵包送進嘴裡吃起來。她感覺到什麼，對李龍第說：

「我吃到了眼淚，有點鹹。」

「這表示它衛生可吃。」李龍第說。

李龍第在被困的第二個夜晚中默默思想著：現在妳看不到我了，妳的心會獲得平靜。我希望妳還活著。

黑漆中，屋頂上的人們紛紛在蠢動，遠近到處喧嚷著聲音；原來水退走了。這場災禍來得快也去得快。天亮的時候，只剩下李龍第還在屋頂上緊緊地抱著那個女人。他們從屋頂上下來，一齊走到火車站。

在月臺上，那個女人想把雨衣脫下來還給李龍第，李龍第囑她這樣穿回家去。他想到還有一件東西，他的手指伸進胸前口袋裡面，把一朵香花拿出來。因為一直滋潤著水分，它依然新鮮地盛開著，沒有半點萎謝。他把它插在那個女子的頭髮上。火車開走了，他慢慢地走出火車站。

李龍第想念他的妻子晴子，關心她的下落。他想：我必須回家將這一切的事告訴伯母，告訴她我疲倦不堪，我要好好休息幾天。躺在床上靜養體力；在這樣龐大和雜亂的城市，要尋回晴子不是一個倦乏的人能勝任的。

原載一九六七年四月《文學季刊》第三期

作者

七等生（一九三九——），原名劉武雄，臺灣苗栗人。臺北師範學校畢業後，曾任國民小學教師。生活清苦、孤獨，性格內向，不善言辭。

七等生於一九六二年在萬里國民小學任教時，發現了自己的創作潛能，隨後開始中短篇小說創作。他受西方現代主義文學影響較深，在文學作品中思索自我個性與整體宇宙間的哲學關係，並稱自己的作品為「理念小說」。其小說形式怪異，人物怪誕，文意晦澀。有小說集《隱遁者》、《離城記》、《我愛黑眼珠》、《放生鼠》、《沙河悲歌》等。

題解

本篇原發表於一九六七年《現代文學》季刊。後收入一九七六年出版的《我愛黑眼珠》短篇小說集。

黑眼珠，是本篇小說男主角李龍第之妻的形象特徵。小說家七等生經常以黑眼珠為名撰寫一系列短篇小說。

賞析

本篇可稱作意念小說。藉由小說人物李龍第這個人物的生命觀，與李龍第跟晴子之間的一段愛情觀，綜合起來描寫李龍第這個人物的生活與生存意念。

李龍第的行為太怪異了。

大雨滂沱，淹沒城市，路上行人為了逃生，爭相躲避。在世界末日這時，李龍第從現實世界之中掙脫出來，感慨世人求生欲念的可恥，思索在冷酷的自然力量之下，如何堅信、保持自己作為人存在的價值。他把一個昏迷落水的妓女抱上屋脊，與她共度危難，並不顧妻子的責罵，一意孤行。在他看來，他已不再依附妻子，而另一個女人又不得不依附於他的幫助，從而實現了自我的人生尊嚴。

李龍第的生存意念也太奇特了，尤其他對愛情的看法，幾乎是離經叛道。因而，整篇小說其實是專門以李龍第為描述焦點。因而，也導致對李龍第這個人物做出種種不同的錯誤解釋。下引三家，可以代表各自的觀點。其一劉紹銘云：

> 我們應該怎樣讀這篇小說呢？視它為墨子思想的現代寓言嗎？視它為中國式的卡繆荒謬英雄嗎？李龍第談論利他主義的愛情，人的責任，與存在榮耀，他的獨白誠然宏哉偉哉——倘若我們能一刻或忘壓榨他妻子的收入，吞噬他妻子的生命的竟是同一個人。甚至他餵女孩的麵包，也是他妻子的錢買的。當然……我們並不否定他的人性。在任何時間，任何情況之下，救一個病弱瀕溺的女孩都是了不起的行為。使我們大惑不解的不是他的「英雄精神」，而是他奇怪的推理過程。在他的妻子並沒有因妒生恨，阻止他救這個女孩之前，他為什麼希望晴子死掉？對自己的妻子殘酷，難道是對陌生女人溫柔的先決條件嗎？即使大體上同情七等生的怪癖的批評家，也不會和李龍第「哲學」的荒謬妥協。

這是從道德觀點去看李龍第，其實，並沒有真正看到李龍第內心的想法。

其二葉石濤云：

他的小說〈我愛黑眼珠〉，如果以道德戒律來命名之。大約其主題是「嫉妬」。這篇小說在詮釋「嫉妬」的涵義上已達到象徵的境界。正如七等生的任何一篇小說一樣。這小說的情景是非現實的，一個幻想的世界。然而也唯有靠這象徵化了的精神和風景，才能生動地襯托出這抽象性的主題：「嫉妬」。

這個解釋，與其說是從道德戒律，不如說是在解釋晴子作為女人的吃醋心理，是人性的自然表現。其實也沒有看透李龍第根本不在乎這一點，至於說李龍第的世界是非現實的，也與小說實際描寫並不相符。

其三周寧云：

所謂李龍第的信念，實際上就是一種現世哲學。由於他在過去奮鬥的挫折，和在現實生活裡的「跛行」，使得現世主義思想在他心頭滋長，他唯有採取這種生活態度，才能卸脫現實殘酷的壓力，忘掉過去和現在的種種不幸，並藉此獲得信仰。

這個解釋雖然指出了李龍第的信念，才是支配李龍第何以有怪異行為的背景因素，但李龍第的信念絕不等於現世哲學。

那麼李龍第到底是什麼信念呢？說穿了就是一種流行於臺灣六十年代的現代思潮，即存在主義哲學。存在主義大師沙特說：「存在先於本質，人是自由的，無所謂善與惡。」從此可知人的存在與善惡問題是兩種層次，當存在者做出「自由」的人之本質時，他並無必然性會去思考善惡道德問題，然而，這也不能因此就解釋說「存在者」沒有道德觀念。因而，本篇小說的重點是在理解李龍第的存在信念，由此而體悟李龍第的存在行為、存在動作，而不是只停留在李龍第這個非理性的人之課題。

何謂存在信念？有四要素，分別是：⑴選擇⑵行動⑶機緣⑷改變環境。

存在者認為人與外界的關係是一種機緣，他必須選擇其中一個，然後以行動證實一切的存在，如果另一個機緣改變，人與外在環境的關係也跟著一齊改變。

套用前面的理論去解釋李龍第果然貼切無比。李龍第與晴子的關係代表一種機緣，李龍第表達現世的愛乃是不得不做出的一種選擇，李龍第去看晴子就是行動的表現。

但是，當大洪水淹沒整個城市，李龍第面對外在環境的改變，在眼前這位大水中載沈載浮的不相識女子，他必須選擇另一種機緣，以證實自己的存在。於是，李龍第行動了。他不但救起女子，尚且把之前本來要給晴子的麵包，也施予這女子。李龍第甚至不顧相對不遠，視線可及的妻子晴子面前，對不相識的女子百般呵護。其實，李龍第在這一刻的行為，完全出於存在者的一種行動實踐，非關忠誠道德問題。

問題與思考

1. 何謂存在主義？本篇小說中的人物所表現的生活觀符合這種理論嗎？試論之。
2. 李龍第的愛情觀為何？你是否贊成？
3. 本篇小說的文體有何奇特之處？請具體說明之。

4.請蒐集有關七等生小說的各家評論，分析各家說法的優劣如何？

參考資料

1.封祖萌（編），一九九〇，《臺灣現代派小說評析》，福州：海峽文藝出版社。
2.張恆豪（編），一九七七，《火獄的自焚》，臺北：遠行出版社。
3.林瑞明、陳萬益（編），一九九三，《臺灣作家全集——七等生集》，臺北：前衛出版社。
4.劉紹銘，一九七七，《小說與戲劇》，臺北：洪範書店。
5.廖淑芳，一九八九，《七等生文體研究》，作者自印，七十八年成功大學歷史語言研究所碩士論文。

十二、看海的日子

黃春明

魚群來了

當海水吸取一年頭一次溫熱的陽光，釀造出鹽的一種特殊醉人的香味，瀰漫在漁港的空氣中，隨著海的旋律飄舞在人們的鼻息間的時候，也正是四月至五月鰹魚成群隨暖流湧到的時候。三月間，全省各地漁港的拖網小漁船，早就聚集在南方澳漁港，準備撈取在潮頭跳躍的財富。而漁船密密地挨在本港和內埤新港內，連欠欠身的間隙都沒有。人口的流動，使原來只有四五千人的漁港，一時增加到兩萬多人。其中以討海人占最多；那些皮膚黑得發亮，戴著闊邊鴨嘴帽的，說起話來很大聲的，都是討海人。還有臨時趕到漁港來擺地攤的各種攤販，還有妓女，還有紅頭的金色蒼蠅，他們都是緊隨著魚群一起來。一年裡頭，這是漁港的一個忙碌的時節，也是一個瘋狂的時節。

從那一天，第一批漁船在海洋裡，放下拖網觸到滯重的鰹魚訊息開始，整個漁港的作息即刻就解開了晝與夜的劃分。帶著漁訊回來的船隊的漁火，在澳口外十多公里海上的黃昏裡升起來了。等漁訊來到澳口的時候，山的巨大輪廓已被黑暗吞食。海只剩下簇擁在石蟾蜍礁群前漂晃著的漁火，魚船一隻一隻謹慎地閃過暗礁，駛入他們叫作門檻的礁間的深溝。穿過這門檻以後，漁火就成了整齊的一路縱隊，直駛入澳肚，再駛向港內。船裡的喧嘩傳出漁訊。當船還沒入港之前，漁港的人都似乎被一記巨大的鐘聲懾住了。從那一剎那，漁港的人都以語言或是喜悅的顏色和動作，互傳著「魚群來了！」的消息。

那些貧窮人家的小孩，提著草袋，帶著弟妹，很快的跑到魚市場，等待偷一些魚回去。其實他們經常是等漁船一靠岸，魚一籮一籮地被扛下來時，就在眾目睽睽之下，俯身到籮筐裡去搶魚的。這在他們想起來也是一種交易。當他們俯身去搶魚的時候，任憑自己的背部讓討海人的痛打，讓人辱罵。開始時這些孩子們這樣想：拿他幾條魚，打也給打了，罵也給罵了，現在不是平了？討海人也那麼想：打也打了，罵也罵了，就讓他拿幾條魚吧！

幹伊娘哩！小土匪！後來雙方都不必再那麼想了，打罵和魚的交易，早就在此地成為這種時節裡的他們的一種生活習慣了。

船的引擎聲漸漸逼近了。臨時搭在山腰間的娼寮，開始緊張起來了。阿娘站在門外看到已經駛入澳肚裡的漁船，心裡也跟著引擎聲砰砰地跳動。她回過頭向裡面喊著說：「你們這些查某鬼仔，錢來了！」裡面的妓女都走出外面。阿娘指著下面的漁火：「哪！鰹魚群來了！今年比去年來得早。才月初呢！……」她突然改變語氣向裡面喊：「阿雪，你還不快吃飯，等一下連讓你坐起來的時間都沒有咧！」

雨夜花

見了她的人都深信她以前一定很美。現在除了憔悴了些，仍然對男人有一股誘惑的魅力。或許這只是一種對她過去的美的聯想幻覺所駐留的錯覺。儘管她怎麼努力於樸素的打扮，始終無法掩飾那種她極力想掩飾的部分和自卑。自從十四歲就在中壢的窯子裡，墊著小凳子站在門內叫阿兵哥的日子，到現在足足有十四年了。這段期間習慣於躺在床上任男人擺弄的累積，致使她走路的步款成了狹八字形的樣子。那雙長時間仰望天花板平淡的小世界的眼睛，平時也致使它的焦點失神地落在習慣了的那點距離，而引她聽到那種雄性野獸急促喘息的聲音，令她整個人就變得那麼無可奈何起來。再加上一般人對她們這種職業的女人的直覺，這些即是牢牢地裹住著她和社會一般人隔開的半絕緣體。

雖然她早已習慣於在小房間裡，在陌生男人的面前剝掉僅有的衣著。但是她還是一直害怕單獨到外頭走動。除非有什麼不得已的事情，這次她必須趕回去。誠然她永遠不能原諒養父出賣她身體的事。可是頭一年的忌辰在她家裡來說，是一個重大的日子。阿娘本來很不願意她在這個生意盛忙的時候請兩天假，尤其像她能叫絕大部分的男人喜歡，而當他們再度來買女人時，都指名找她的情形下，這兩天的假在阿娘和她本身，都算是損失的。有什麼辦法？遇到這種日子，只好答應阿娘儘早回來。臨走阿娘又再三的吩咐說：「早一點回來，最好能多帶幾個查某來幫忙。」從漁港順便帶幾條新鮮鰹魚，急忙的趕到蘇澳搭十二點零五分的火車，準備回瑞芳九份仔。

起站的車廂有的是空位。她很容易的選到合意的位子。現在剩下來的時間是火車的了。有足足兩個小時的時間，夠她小憩一下。從鰹魚大量的被討海人撈起來的那一天開始，她就沒有好好的休息過。比起山腰的房子，現在好多了。閉起眼睛睡不睡都沒關係，只要能迴避那種叫人渾身不舒服的冷眼就好了。把頭靠在窗緣，雙手抱在胸前，腿鬆鬆地伸直而小腿交疊著，這樣整個人像舒適的頂在一個巧妙的支點，隨著車廂規律的沿途輕搖。因為心裡老擺著一串鰹魚放在椅子底下，她的瞌睡在短短的時間內就被驚醒過來。每次探頭去看椅子底下，從鰹魚的口裡流出來的鮮血，一次比一次地攤展開來。她心裡還有點為了公德的歉意而著急。看看鄰近的人那種若無其事的閒情，總叫心裡平靜了許多，其實也不知怎麼做才好。

車子到了羅東，再經宜蘭，車廂就擠滿了旅客。在她的瞌睡中，旁邊的空位早已坐下來一個中年的男人。等她醒過來，那個人慇懃的遞過來一支香菸給她。她一時驚異而木訥地望著對方現出困惑的樣子。那男人笑著一邊把香菸送得更近，且一邊說：「你當然不會認識我，但是我認識你呀！真想念啊。嗯！來一支吧！」她對這男人的輕浮感到噁心，甚至於十分惱怒。這種一支，一條，一根啦的等等用詞的雙關語意，她聽得多了，不過那都是在幹那種買賣的時候，心裡早就有這種迎合客人的準備。因此比這更露骨，更下流，更黃的都不在意。為什麼在外面，這些人還不能把我也當著一般人看待？眼看身邊這個油頭粉面的胖臉，她猛轉過臉不去理他。那男人把香菸放在自己的嘴裡點燃，而他那種悠悠自得的神情，似乎預期等待收穫她的氣憤的樣子，他笑了。從來就沒有像此刻這種受嘲的情形，使她感到這般寂寞。儘管她怎麼嘶聲呼救，或是呼喊自己的名字，在心靈裡竟連自己也聽不見了。一陣惶惑過後，她想：她要是一個普通人的身分，這一下子很有理由給這個無恥的男人摑一記耳光，但是話又說回來，我要是一個普通的女人，他也不會對我這般無禮吧。她從骨子裡發了一陣寒，而這種孤獨感，即像是她所看到廣闊的世界，竟是透過極其狹小的，幾乎令她窒息的牢籠的格窗。突然，一個熟習而友善的臉孔，在另一個車站上車的旅客中出現，沒有比這更叫她興奮的了。

「鶯鶯——。」她站了起來。由於過分的興奮，尖銳的聲音引起許多陌生的臉孔也一起轉過來。

那個在人群中特別小心地抱著嬰兒的母親，驚訝的將視線拋過來，接著禁不住地喊了出來：

「梅姐！——」安睡在懷中的嬰兒，被母親大聲呼喊驚駭了一跳。母親一邊輕拍著小孩壓驚，一邊急急的擠過來。當她們面對面的時候，一時激動得說不出話。只有讓互相關心著的而滿含感情的眼睛，彼此去體會無從敘說的話。最後鶯鶯欣慰的打量著梅姐身邊的那個男人。梅姐明白了這個意思，馬上解釋說：

「我一個人回九份仔。」她不再木訥了。她快活地：「什麼時候生了小孩？怎麼結婚都不讓我知道？」

鶯鶯似乎被責備而歉意的說：

「去年在臺東結婚的。當時我只想讓你一個人知道。但是，那時聽說你在屏東，後來又聽說你在北投，又聽說在桃園，這叫我到哪裡去找你好？」她的眼眶紅起來了：「結果我們這邊只有我一個人。要不是魯先生的幾個朋友，我想我的婚禮是最寂寞的了。」

本來一直站在後頭的一個五十開外，個子高大，外貌忠厚的男人，向前踏了一步出來和鶯鶯並肩依在一起，同時伸出笨拙的右手臂，輕輕地摟著似乎因受委屈而感傷的女人，給予無限的安慰。從那男人善良的笑容，即可看出鶯鶯已經真正的結束了過去的生活了。梅姐心裡十分高興而深深地感動著，除了她，沒有人會為這件事這般地感動。

「是我的丈夫，姓魯。」鶯鶯亮起眼睛又說：「她就是梅姐！」他們互相點了點頭。鶯鶯接著說：「他曾經是少校咧！我的一切他都知道了。我也經常向少校提起你的事。他一直說他很願意見你。」她轉過臉向少校說：「喏！我們終於見到了！」

「是，是。……」少校內心的那股純厚叫他尷尬了一陣，停了半晌說不出別的話來。

而梅姐亦為莫名的感觸，害臊的低下頭來。

四年前，梅姐和鶯鶯曾經在桃園桃源街的一家妓女戶裡幹活。那時鶯鶯也是才十四歲，是一個發育不甚健全的女孩子。她到那裡的第二天傍晚，一個兔脣的粗漢，帶著七八分的醉意，一進門就看中了鶯鶯，這個兔脣的男人將頭低下來，逼近鶯鶯的臉，鶯鶯的背部牢牢地貼在巷廊的三夾板的牆壁，由於她極力的退縮，三夾板的牆壁吱吱地叫響。本來鶯鶯還本能地用手去推他。但一看到那可怕的臉孔的逼近，她很快的縮手，連手也牢牢地貼在牆壁，腳卻一直感到酥酸起來。那男人說話了：

「怎麼，嫌我醜嗎？我不嫌你就好了。臭婊子！」鶯鶯什麼都沒聽到。只看到近前一個怪異且大的嘴巴用力的動著。在那人中的部位，缺裂得很開，同時在那裡還可以看到兩邊橫長出來的四顆大黃牙。在那頂端隨時都凝聚一團泡沫，每次開口說話，那泡沫就飛濺過來。鶯鶯迅速的甩動自己的頭，讓臉頰在自己的肩上擦去對方的口沫。然後又迅速的閃開，一直衝進小房間裡把自己鎖在裡面害怕的哭起來。這兔唇的男人好不甘心的跟著追過去，拼命的敲那小房間的門叫：

「他媽的，我操死你這小屄樣！」那扇甘蔗板的小門幾乎就要被搗碎。鶯鶯在裡頭嚇得再也不敢哭出聲了。這時白梅很快的走過來，拉著那個盛怒的男人說：

「客官，你搞錯了。那是我們這裡的小妹，要是你想買香菸你可以叫她。」

「我才不在這裡抽菸，我要玩她。」

「你想吃她，那還要等幾年哩！」白梅輕鬆的說。

「我不要等幾年，我現在就要！」

「現在就要嗎？好吧！來嘛！」白梅施著媚態，將那男人的手牽過來放在自己的胸口裡面。那男人笑了：

「他媽的！還是真貨哪！」

就這樣，這個瘋狂的兔脣的醉漢就乖乖的被白梅帶到另一個小房間裡去了。

在這一場買賣的過程中，白梅在小房間裡除了聽雄獸急促的喘聲之外，還隱約的聽到從後房傳來的鞭打聲和鶯鶯無助的呻吟。

將近一個小時，那個男人很滿足的樣子。在外面還不時回頭看看那已經塵污了的紅漆字頻頻點頭。白梅昨天才燙做了的頭髮，已經蓬亂得像被頑童搗亂了的鳥窩。她蹲在水缸邊，一次又一次地換著牙膏沒命的刷著牙，這回刷了大概有十多分鐘，外面攬客的幾個姐妹都圍攏來說：

「白梅，你想把牙齒刷掉嗎？」

白梅滿口含著牙膏沫，難受的說：

「那個兔脣的男人吻了我。」

姐妹們都哄笑起來了。

經過這一次，鶯鶯雖然挨了鴇母一頓鞭打，但是她還是很感激白梅替她解了免受兔脣的男人的驚駭的圍。有一次的機會，鶯鶯從頭到尾哭著向白梅敘說了她的經過。白梅覺得鶯鶯的經過跟她很相像。她們倆就在這時候暗中結拜為姐妹了。所以鶯鶯一直都叫梅姐。從此，她們的生活過得很密，一有時間兩人就說話，在那說不盡的話中，有時也會閃現著希望，然後兩人就忘我的去捕捉。有一次就是她們兩個正捕捉著一線渺茫的希望時，同時走進來兩個客人，而這兩個客人正好看中她們倆。她們就各自帶著客人到只隔一層甘蔗板的房間裡。當她們同時在做買賣的時候，她們隔著甘蔗板還繼續剛才的談話。鶯鶯說：

「梅姐，你會做裁縫嗎？」

隔壁的梅姐就應聲說：

「有過學裁縫的年齡，但是就沒有機會學。」

「那你會不會養雞養鴨？我會……」鶯鶯興奮的說著。

「那有什麼困難，我想我會的。」

鶯鶯正想再說話的時候，突然聽到梅姐那邊清脆的響了一記耳光，接著那男人怒氣的說：

「要賺人家的錢專心一點怎麼樣！」

鶯鶯一直注意梅姐那邊的動靜，她聽到梅姐很爽朗的聲音說：

「對不起，對不起。好，我專心，我專心。」

鶯鶯聽到那男人亢奮的喘息，還聽梅姐對他的誇獎說：

「嗯！你真棒，你真棒。」語句中夾著有意的浪笑。

鶯鶯心裡想，梅姐對這打人的人怎麼去專心呢？她真想哭出來。這時重重地壓在她上面的男人講話了：

「你也想挨打嗎？像你這種貨色，以後倒貼我錢我都不幹！」但是他一面說著，卻一面猛力的，像是拼命要撈回本錢那樣。

這兩個客人回去之後，她們在後面洗滌時，鶯鶯看到梅姐的左頰還紅紅地印著五隻指頭痕而哭起來：

「梅姐，都是我不好……。」

梅姐笑著說：「沒什麼，比這更糟的都遇到了，這不算什麼。」

「我很欽佩你，要是我……我辦不到。」

「辦不到？辦不到你要怎麼辦？」梅姐笑著：「要是我也像你這樣，我豈不枉費多長你八歲？再等八年以後，你像我現在這麼大了，那時你也……噢！不！八年以後，你已經回到你的鄉間養雞養鴨了。山下那一片你說的芭樂林，照樣結著果實，等你去摘。」

「那不是我們的，恐怕那個老伯已經不在了。」

「那麼他的兒子也一定和他一樣善良，你摘幾個自己吃，人家不會說你是偷的。」

鶯鶯的臉上浮現出童稚般的光亮，但一下就暗淡下來，她哭喪著臉說：

「我知道，再等八年以後，我仍然和現在一樣，你曾說過，命運是傲横的，不是我們這樣的女人能去和他撤嬌的事。」

「不……。」梅姐還來不及安慰鶯鶯，同時正苦於不知怎麼去否定以前自己的話的時候，外面老鴇嚴厲的叫聲已經傳進來了。

「你們兩個洗什麼東西洗那麼久！被水溺死了嗎？」

她們兩個趕緊套上外衣，略微整理一下頭髮，又站在門口，對著走過的男人，使著眼叫：「進來吧！我的先生不在家哪。」

鶯鶯畢竟是幼雛，她的情緒就沒有辦法截然地這樣改變。她可憐著梅姐，躲在門後偷偷的流淚。梅姐走到門後，輕輕的罵了一聲：「傻瓜。」

顯然的，鶯鶯在梅姐那裡學了不少。主要的是她也已經有了適應這種生活的觀念。如果不是這樣，梅姐說這就是和自己作對！

有一天鶯鶯滿懷歡喜的，偷偷的告訴梅姐一件事：

「梅姐，我愛上了一個人了。」她有點驚訝。她不但沒預期的看梅姐臉上的喜悅，相反的卻看到她的冷淡。她補充著說：「是他先愛上我咧！現在他愛我愛得發狂呢！」鶯鶯是一個很傷感的女孩子。她預期到事情的可怕，她想哭。但是又哭不出來。

「是不是最近常來找你的那個充員兵？」冷冷的。

鶯鶯渴望著希望的眼睛朝著梅姐點頭。

梅姐被那乞憐的眼神感動著，她溫和的說：

「阿鶯，你應該相信我。好事情我一定成全你的。」

就這樣她們整夜沒睡的談著。梅姐分析這種愛情給她聽，也把過去自己類似的愛情悲劇吐露出來。結果兩個人擁抱著痛哭了一場，梅姐作為結束的話是這樣的：

「在這種場合你千萬別動感情。」

雖然鶯鶯一時被說服了，但是梅姐仍然擔心，所以有計畫的向鶯鶯說：

「幹我們這一行的要時常流動才行，在同一地方浸久了，身價會低落，到時候就是跌落到二十塊錢也沒人要。要是你想永遠保持三十歲，那就必須到各地方流動流動。男人的心眼最壞了，他們好新。」

「你想離開？」鶯鶯不安的說。

「和你。」

「我？怎麼可能？」

「你不是說還差阿娘三千塊嗎？」

鶯鶯點點頭。

「我先借你，以後慢慢還我好了。」

她們不久就離開了桃園，到全省各地方去幹活。起初，鶯鶯有時還會為那初戀的感情的創傷而悲傷，梅姐就來安慰她說：

「阿鶯，我從來就沒聽過你唱歌，你也沒有聽過我唱歌。但是我會唱一支歌。因為太喜歡那一支歌了。」說著梅姐就唱起來了：

雨夜花，雨夜花

受風雨吹落地

無人看顧，冥日怨嗟

花謝落土不再回

雨夜花，雨夜花

……

「我聽過。」鶯鶯說。

「你有什麼感想？」

「好像很悲傷，但是你唱起來好像更悲傷。」

「阿鶯，我的眼淚在幾年前都流光了。我知道有眼淚流不出是很痛苦的。現在你還有很多的眼淚。要是你覺得要哭而哭不出來的時候，你不妨唱唱這一支歌吧。這樣一定對你很有幫助。」

鶯鶯仍然沒能了解這個意思：

「什麼是雨夜花呢？」

「你。」

「我？」鶯鶯茫然的指著自己。

「我也是。」

鶯鶯安心多了。因為和梅姐一樣的她總是情願。

「但是這怎麼說呢？」

「我們現在所處的這個環境不是很黑暗嗎？像風雨的黑夜，我們這樣的女人就像這雨夜中一朵脆弱的花，受風雨的摧殘，我們都離了枝，落了土了是不是？」

鶯鶯點著頭流著淚，開始死心於這種悲慘的宿命了。

她們倆相處了兩年多，鶯鶯被養父騙去，又被賣到另一個地方。她們就這樣被拆散，而失去了連絡。

魯 延

魯先生和鶯鶯在後頭找到了位子，嬰兒就留在梅姐這裡抱著。三個多月的嬰兒還不會認人。只要睡飽吃飽而且尿布是乾的，這樣就張開圓溜溜的眼睛看人。梅姐被小眼睛瞪得很歡喜。她哼啊呀啊地逗著嬰兒玩，嬰兒竟然咯咯的笑出聲來。這對於梅姐是新鮮的。她腦子裡想，老是哼啊呀啊也不行啊！不變化玩藝兒，嬰兒會感到厭倦罷。但是拿什麼和他玩呢？她心裡一邊急，一邊感到歉意。這時火車剛離開頭城站沿著海岸奔跑。看到海她高興的把嬰兒抱挺起來，兩人的臉就朝著海那一邊，她指著海說：

看哪！看哪！那就是海啊！

海水是鹹的哪！那裡面養著很多的魚。
有的像火車那麼大的。
也有像你的小拇指那麼小的。
哼啊呀啊！看哪！
那裡有船哪！
討海人坐在船上捉魚。
捉魚給我們的魯延吃。
魯延說青色的魚我不要。
討海人就去捉黃色的魚。
魯延說黃色的魚我不要。
討海人就去捉綠色的魚。
魯延說你們都笨蛋，我要花的魚。
……

她的聲音像歌那樣唱著，嬰兒看車窗外閃動的景物，高興的蹬著，口裡咿啞咿啞的和著叫。梅姐以為是嬰兒喜歡她那樣的唱著，所以更有興趣的唱。她忘了四周，也忘了小嬰兒的程度，繼續著她臨時編出來的歌唱著：

討海人紅著臉向魯延說我捉不到花魚。

魯延說把船給我，我來捉又花又大的大花魚。

哼唷——哼唷——

…………

魯延捉了滿載的花魚回來。

魯延叫討海人一個一個爬著來叩頭。

每一個討海人都重重的被他打一下屁股。

討海人噯唷噯唷地叫，

魯延說笨蛋，你以後敢不敢欺負我的阿姨？

討海人說不敢了，不敢了。

哼啊——哼啊——

…………

……………

小嬰兒為那吟哦的單調的旋律歡喜得蹬跳著。當火車快進山洞的時候，鶯鶯走過來笑著說：

「給阿姨撒尿了沒有？」

梅姐轉過臉讚嘆說：

「阿鶯，你看你的魯延。這孩子好精呀！好像我說的話他都聽得懂。」

「有人說做母親撒三年謊。你做人家的阿姨也要撒三年的謊？」鶯鶯笑著。「我們下一站就到了。」

梅姐把小孩遞還給鶯鶯之後，拿了兩張五十元鈔，塞進魯延的衣服裡面說：

「在車裡找不到紅紙，這是我要給魯延添弟弟的。一點點錢意思意思。」

鶯鶯硬不肯收，兩人在車上推拖了一陣。鶯鶯他們下車了。車開動了。梅姐探出頭叫了一聲，就把原先準備給嬰兒的紅包錢拋下去。

鶯鶯的手舉得高高的，很遠很遠了，那變小的手仍然因激動而揮動不停。再看不見什麼了。她把頭縮回來，欣慰的想：她畢竟拿了那給魯延的錢。另一方面，她對鶯鶯找到歸宿而高興。她不知覺的牽著袖口去拭掉滿眶的淚水。歡喜間腦海裡還可聞見鶯鶯的幸福的語句：魯少校的人相當聰明哪，他說我們的孩子要是男的就要叫魯延，生女的就叫魯緣。延就是延長的意思，表示他魯家有繼延了，有希望了。女孩的緣就是緣分的意思，紀念從大陸北方來的他，還有緣分和我結婚。從魯延出生以後，他酒也不喝，煙也不抽了。聽說他以前就是不愛講話，整天在臺東的山間喝酒和抽菸咧……。

無意之間，拿鶯鶯和自己對照起來，一股空虛逼著她，使她猛轉過頭凝望著窗外的天空出神。曾經也有人來提過親，養母也託媒去物色。但是他們不是牽牛車的，就是補破鍋的，並且這些人的年齡都相當大，養母費盡了口舌，最後直截了當的說：

「你又不想想看！你是什麼身分？人家不挑你就好囉！你還嫌棄什麼？……」

「又不是你們要結婚，你們急什麼？」

「女人總要有個歸宿啊！──你就是不該懂幾個字。」

「我猜透你們的心了。」有點無理的氣憤似的。

「你這話怎麼說？你這話怎麼說呀？」

白梅未開口，就哭出來了。

養母生氣的罵起來：

「你這爛貨不識抬舉，你還吵，吵什麼？」

白梅終於將內心裡淤積已久的話都傾出來了：

「是的，我是爛貨。十四年前被你們出賣的爛貨，想想看：那時候你們家裡八口人的生活是怎麼過的？現在是怎麼過的？你們想想看。現在你們有房子住了。裕成大學畢業了。結婚了。裕福讀高中了。阿惠嫁了。全家吃穿哪一樣跟不上人家？要不是我這爛貨，你們還有今天？」鼻涕眼淚和著這些話，使養母的銳氣大大的減殺了。

養母輕聲細說：

「好了好了，我們總想你好。」

白梅不可收拾的哭敘著：

「再看看我們生家，他們到今天還是那麼窮。你們把我看成什麼？爛貨，沒有這個爛貨，裕成有今天嗎？他們看不起我，逃避我，他們的小孩就不讓我碰！裕福、阿惠都一樣，他們覺得我太丟他們的臉了，枉費！真是枉費！」

「好了好了，阿梅你一向很乖的。你不要再說了，阿母都知道。」

「不！今天我一定要說得痛快。以前什麼時候你聽過我發出一句半話的怨言？你逼我就嫁，這還證明你有點良心，因為你受良心的責備才會逼我就嫁。但是我已經不需要別人對我關心了，我對我自己另有打算。」

養母被這事實刺痛得哭泣起來：

「阿梅，這些阿母都知道，就是不知道要對你怎樣才好，我知道我們錯了，但是不知道錯在哪裡，從什麼時候開始這樣一直錯下來的！阿梅，你原諒阿母吧！——」

這個軟心腸的阿梅，抱著養母，反過來乞求養母對她剛才的話能夠原諒。

現在他們陳家，除了養母沒有一個人是白梅所能原諒的。突然，她竟想起需要一個孩子，像魯延那樣的一個孩子，只有自己的孩子的目光，對她才不會冷漠欺視。只有自己的孩子，才能讓她在這世上擁有一點什麼。只有自己的孩子，才能將希望寄託，她深遠的想著：

「我深信我可以做一個好母親。」

「但是結婚怎麼辦？」

「不，我絕不結婚。已經二十八了，又是幹這種生活的，有人要，那麼那個人一定是沒什麼出息的，或是歹人。」

「那麼小孩子的父親是誰？」

「鏢客裡面也有好人。」

「你要向他說你想和他生一個孩子嗎？」

「不，我要認清他的臉孔，認清他的聲音和樣子，這樣就好了。」

「那麼小孩子長大了問起父親的事怎麼辦？」

「我說你爸爸已經死了。他是一個很了不起的人，他希望他的兒子同他一樣，雖然他死了，他還是期待著你。」

「你的事呢？」

「咦！我可以不讓我的孩子知道我的一切。我會搬到很遠很遠，而且是完全陌生的一個地方去。」

「你有把握嗎？」

「從現在開始我盡我所能。」

「你真的這麼需要一個孩子？」

「這就是我還要活下的原因吧！」

「決定了？」

「決定了！」想到這裡她坐不住了，她站了起來又不想走動。所以又坐了下來，而那完全是另一種不是她坐過的新姿勢，很溫和且嚴肅的那種樣子。鶯鶯的聲音又清清楚楚地在她耳膜裡浮現：魯延的延字就是代表有希望了。等她想再聽下去，但什麼都沒有了。火車輪壓著鐵軌跑的格答格答聲，就是那麼規律，那麼單調，那麼統一的一路麻醉著人的感覺。

埋

頭尾才三天不見的漁港，已經沸騰到最高潮的頂點了。山腰間的野花，根本就沒有時間套上外衣，穿襯衫的時間也是很短很短的，討海人一個接著一個，他們也沒有時間挑選合他們意的身材的女人。這些討海人身上的腥味，已經比他們撈上來的鰹魚更濃更重。

有一個中年的討海人，一邊扣著腰帶，一邊打趣著說：

「他媽的，三天的時間鰹魚從一公斤八塊六跌到一塊九，你們這些女人還是老價錢三十塊？」

這些臨時搭起來的房子兩端，還有人正忙著構搭新的，娼寮頂上的路面運魚的鐵牛車和卡車急忙的穿梭著。但是到了這一排房子上，司機和車伕絕不會忘記猛按喇叭和向下面吹口哨，甚至也有叫嚷的。要是妓女們有時間的話，她們也不會輕易的放過他們。她們會叫著說：下來吧！不然澆你一腳桶水。有時候她們真的就潑水上去。雖然潑上去的水離路面還有一段很長的距離，但是上下雙方面的人就這麼樂著。

一個陽光特別熱，煮熟了這個年輕討海人的欲念的上午，照理說臨時的娼寮只有這個時間較為清閒。

因為他在那上面工作的船，昨夜撈獲了大量的鰹仔，回來時船身埋水過深，所以入澳肚進門檻那道礁間的深溝時，船底略微擦了傷。這對這位年輕的討海人來說，是一件幸災樂禍的事，幾天來連著不眠不休，實在再也熬不下去了。趁修補船底，在盛忙的日子裡，難得有兩天的休假。天一亮第一件事他就想起女人來了。雖然不算是一件尷尬的事，但是身體裡隱隱的漲著不安的內壓。他還記得他們每次出海，船頭沿著山丘要切入澳口時，半山腰間就傳來鶯燕啼鳴的聲音，然而船上早就準備了滿船的那種情緒，到時亂喊亂鬧了一陣，於是沿途就談著女人，直到無人島的海面上，大公（船長）發出第一次準備捉魚的命令，這些討海人的腦子裡，一下子就把女人拋到很遠的地方，看他們作起業來的那種情形，好像這個世界不曾有過女人這種生物。這樣過了一段忙碌等船又滿載地掉轉頭朝漁港的那個瞬間，他們很自然的且那麼整齊的又談起女人來。年紀稍大一點的討海人，公然的挑起幾條肥大的雄鰹仔，剖開肚子，取出雄鰹仔才有的那副白色內臟，張開嘴和著血就吞進肚子裡去。沒有一個討海人不知道，這是最好的強精壯陽的辦法。所以看到坤成吞了兩副壯陽品的人就打趣著說：

「我看坤成嫂今晚可倒楣囉！」

「不，不，我要半山腰那些鶯鶯燕燕啼叫得更美妙。」

旁人笑是這麼笑，吃補品大家照樣吃。不過年輕的阿榕卻一個人在船尾，偷偷的剖了幾條母鰹，最後才發現了一條公的，他閉著眼強把補品吞了。等他難受得還沒睜眼之前，他已聽到被同船的人圍起來，受四面八方的笑聲襲擊著，他慌張的睜開眼看著大家你一句他一句的：「阿榕真是寂寂三碗半的人哪！阿榕到底走哪一條路線？」

「阿榕哪！有什麼見不得人自己偷偷的在這裡吃補？他媽的，鰹仔的公母都還分不清，又在這麼暗的地方，你剛吞進去的恐怕是魚卵吧。」

「哇——那不有趣？那以後我們不必再爬半山腰去找女人啦，就在咱們船上找阿榕不是很好嘛！」同阿榕差不多年紀的一個人這麼開玩笑起來，而沒有一個不為這一句笑話，逗得樂不可支。

阿榕的臉漲得通紅，一個箭步衝到那人的面前，一下子兩個人就扭成一團。當時有人趨前想把他們拉開，但是馬上又有人阻止著說：

「沒關係！自家狗咬無妨。」

「對，自家狗讓他們咬吧！不然精力那麼旺盛，船底都要被打洞了。」

所有的人圍了一個大圈，把他們倆圍在中間，作為一種娛樂節目觀賞。如果看到阿榕被壓在底下了，旁邊的人就笑著說：阿榕剛才真的吞錯了魚卵了。好一會兒阿榕翻上來了，旁人又說：不，不，阿榕是吞對了補品了。一邊說著一邊走過去糾正他們倆的姿勢，讓他們像在做愛那樣。其他人拍掌大笑。另外有一個傢伙，卻匆匆忙忙的跑去打了半臉盆的水和拿幾張衛生紙來擺在他們兩人的旁邊。這一著幾乎把這些去買過女人的老馬，笑得人仰馬翻起來。船有點顛。大公故作發號施令狀地喊：喂！把他們抬到中間一點。他媽的，船都斜了。大家搶著把仍舊扭成一團的他們倆，好好的抬起來不放。這時，阿榕他們也笑起來了，這麼一笑，兩人一鬆手，上面的阿榕差一點就溜下來。這一場架也就由坤成仔的話作為結束。他說：

「好了好了，留一點氣力。你們不是都吃了補品嗎？」

傍晚，那是娼寮生意最旺的時候。當船來到那山腰下，剛剛進澳口船底擦到暗礁的餘悸，頓時飛掉了。他們渴望的抬頭望著那排娼寮，只見討海人一個一個穿進穿出之外，再也看不到半個妓女出來作態。這時距離他們最近的就是海水，再就是從娼寮拋下來的半壁的白色衛生紙團，在溫和的海邊風中簌簌地像滿開的百合花在顫動。

阿榕慫恿心裡的那股熟了的欲念，低著頭走進娼寮裡面，毫無意思挑選地見了白梅就要她。看他那種不很自然的表情，白梅就明白這個客人不會為難她。她很客氣的帶他到裡邊說：

「怎麼？這麼好天氣不出海？」

「船底破了。」他懶懶地。

「破了。」白梅眼睛睜得大大的問。

「是的，昨晚船底擦了礁。」

「人呢？」

「噢！人都好。」

白梅出去打水和拿紙進來。

「你很聰明，知道在這個時候來。」她說。

「為什麼？」阿榕有點茫然。

白梅淡淡地笑了笑，覺得這年輕人傻得有點可愛。她心裡想：他一定是老實人，不會刁難人的。

「嗯——」停了停：「沒什麼。」

阿榕急著要做那件事。

「你是不是要趕時間？」

「沒有！我們的船要兩天才能修好。」

「你結婚了沒有？」

「還沒有。」他說：「要是我結婚了哪還要來這裡？」

「結婚就不會到外頭亂搞了？我才不信。你們男人啊都是狗肺。」白梅一直都在注意這位年輕的客官。那健壯的肌肉發達得很均勻。她想著他那有力的胳臂死勁的摟她而致使幾乎窒息的快感。她牽著他的手在她的身上撫摸起來。他很笨拙的撫摸，他聽過朋友的話說妓女是沒有快感的。所以他想起來問她：

「人家說妓女這種生活幹久了，對這件事的感覺都麻痺了。那是真的嗎？」

白梅對他這種蠢稚的問話心裡暗地裡喜歡。他可不就是我要借他生一個小孩的老實人嗎？她問：

「你問這個幹什麼？」

「我想，如果你們已經是沒有什麼感覺了，那麼所有的嫖客就變得很可笑。」他笑了。

「你笑什麼？你說嫖客都變成什麼？」

「你知道人工授精嗎？」

「聽說過。」

「我在家看過豬哥被誘精的情形。」他格格地笑：「獸醫把板凳用稻草綑起來，最後一層就包上麻袋布。包起來很像跳箱那種木馬的樣子。然後在一端塗上母豬的陰液，那豬哥被牽出來聞，豬哥聞了一陣，興奮的淌著口涎，就騎上去拼老命，哈哈——」他笑得更大聲。白梅也想起那可笑的樣子笑了起來。

「你侮辱我，你說我像一隻木馬。」白梅撒嬌著。

「我不是也笑我自己嗎？我像豬哥……」

白梅注意到他那整齊潔白的牙齒，注意到他那清爽的目光。她看到他裡面的一片良善的心地。她告訴自己說就是要和這個人生一個小孩。這天正是她的受孕期，她決定事後不做避孕的安全措施。想到這裡她心裡有點癢癢起來了。「不！你笑我像一隻木馬。」

阿榕有點受不住這般的挑逗，他一直想爬起來。但是白梅希望他繼續撫摸。阿榕問：

「對了，你還沒有回答我的問題。對這種事有沒有感覺呢？」他的臉肌顯現那渴急的抽動，而本能的吞了一口口水。

「那要看對方是誰。」他自己也意外的感到自己的尷尬：「有了感情，我們照樣的會感動。」

「如果是我呢?」

「我不知道。」那聲音很低。她默默地望著他許久,仍然不讓他爬上來。她在腦子裡深深地刻記著阿榕。

她問:

「你住在哪裡?」

「我家在恆春。我家是種田的,但是我喜歡討海。」

「你叫什麼名字?」她動情的用著眼睛,用著聲音。

「吳田土。」

她聞著他的身體。他有點顫抖。她說:

「你只有腥味,一點田土味都沒有,你應該叫吳海水。」

他摟著她說:

「好!我就叫作吳海水。從現在起我不叫吳田土了。」

他很認真的使用著感情吻她,這時白梅真覺得需要。她攀著他的肩膀,暗示他可以做了。他輕輕的說:

「板牆上有了幾個洞。」

「那不是都用紙團塞起來了嗎？」

「有的沒有。」

「沒人會看的，看了別人這樣是會倒楣。」

「你叫什麼？」

「白梅。」

「咦！白梅……。」他一時被莫名的幸福感動著。他在上面一直關心著她的感覺，一直問她怎麼樣怎麼樣。最後他看到她兩個眼窩裡蓄滿了眼淚。

他輕輕地翻下來，緊挨著她的身體躺著，且看白梅抽噎的樣子，他在心裡自責起來。因為白梅太叫他滿足了，向來就沒有妓女使他這樣，一方面他覺得有點虧待她了。我大概沒使她滿足吧！下次一定時間要長一點。

突然間板牆格格地有人敲響，接著就是阿娘的聲音：

「白梅，你怎麼了？」那語氣很不耐煩的樣子。

阿榕小聲的問白梅：

「她在趕我們快一點是嗎？」

「不要管她。」然後稍微大聲的向外頭說：「客人還要繼續。」

阿榕聽了之後，慌張的說：

「我不，我……。」

白梅向他使著眼睛。

阿娘又打門說：

「那你再給我一張牌子。」

「等一下給你。」白梅說。

「那怎麼行，等一下一忙我又忘了。」

「好吧！」說著，白梅在枕頭底下拿了一張馬糞紙剪的牌子，往門縫一塞說：「哪！在這兒。」

阿娘從門縫拿走了紙牌。阿榕好奇的問：

「那是幹什麼的？」

「抽頭就憑紙牌算錢。」白梅把這件事都丟開似的說：「你想急著回去嗎？」

「我很疲倦了，我不想再玩第二次。」其實阿榕身上只有五十元不夠他玩兩次。

「你陪我躺一下子好嗎？」

「我，」他結巴地：「我不能玩兩次。我，……」

白梅親密的按住他說：

「抱著我。」很舒服地：「就這樣躺一會就好了。」

他傻傻的抱著白梅，腦裡反而清醒起來了。而這種清醒是整個心沈入無法判斷的情感裡面的愚昧。這個時刻，對白梅來說是重大的，她希望能從現在就開始。無形之中，白梅覺得似乎真的有個希望靜靜地潛入她的身體裡，而只有她感到那種微妙和艱巨。她令阿榕害怕的倒在他的懷裡慟哭起來。白梅總希望把她微弱的希望不但已經埋在她的身體裡面。雖然也同樣的被埋在這個社會，被埋在傲橫的無比的養女到妓女的命運。但是還希望有那麼有一天，她看到她的希望長了出來。

坑底

白梅目送著阿榕走下山坡之後，她照著以前自己的計畫匆匆忙忙地打點行李，並且向阿娘告辭。阿娘一時感到驚訝，一邊還以為剛才得罪她。阿娘辯解著說：

「要是你怪我剛才給你要牌子那就錯了，那是我們這裡的規矩，你是這裡的大姐，比起她們你應該更懂得。」

「不是這個意思。」

「那我更不清楚你為什麼要走。」

「沒為什麼。」她心裡明白，要是她向阿娘或是別人說她要去孕育一個孩子，那不是變成笑話嗎？

「那就怪囉！」

「我要回去結婚。」她敷衍的說。

「我怎麼沒聽你說過？」阿娘問：「和誰？」

白梅只是笑著搖搖頭。

「就是剛才來的那個年輕人嗎？」

有什麼辦法？這樣追問著要一把話柄。白梅為了儘早擺脫阿娘的盤問，只好又笑著默默地點頭。

「嘿！白梅你糊塗了？為了你好我想勸告你……。」

不管阿娘費了多少口舌，白梅提著包袱走出門了。那些姐妹都出來問口，每個人都顯得很困惑地送她。阿娘在中間以嘲笑的口氣，大聲的說：

「你們看哪！我家的阿梅要去嫁尪了。」

白梅淚汪汪地抱著滿懷歡喜走下山坡，走向漁港的公路局巴士站，頭也不回，一秒都不停地向前走著，雖然她曾一直都在海邊，但是今天才頭一次真正聽到海的聲音，一陣一陣像在沖刷她的心靈。不久，來了一班車就把白梅的過去，拋在飛揚著灰塵的車後了。

這天，當白梅回到仍舊叫她乳名的生家的山路口，已經是傍晚時分。二十多年來，只有這些地方沒有變。小土地公廟仔還是在路口的九芎樹下，側旁的歇腳石的石面比早前光滑了。那附近敷毒瘡的鍋蓋草同樣的爬滿坡面。記得小時候下山買番仔油的角子就是落在這坡上，找了半天拔光了鍋蓋草還是不見角子，當時急得哭起來了。她躲在土地祠裡不敢回去，她知道一定會挨一頓痛打的。為了避免痛打，她把油瓶摔在歇腳石，然後揀一塊破片，想將自己的腳底劃一道傷口讓它流血。這樣母親就不會打我了。母親一定會可憐我，本來手拿著瓶子皮望自己的腳掌一直缺乏勇氣而發抖的她，一想到母親看到她流血的傷口，會給她許多的痛惜時，勇氣突然來了，她不再覺得割傷自己是一件可怕和不幸的事，她想著母親替她洗腳，替她敷傷口，還替她難過的情形，心裡感激得快慰而溫暖起來，她一邊哭著一邊用瓶子皮狠狠地將腳底劃開了。血奔出來了。這一下確實劃得過分。她安慰自己，說傷口越嚴重越能得到母親的同情。其實她也懂得去抓一把田泥來敷傷口止血。但是為了要得到更多的同情，寧願就這樣讓傷口血流得更多。她躲在土地祠裡等著家人來發現。然而，她等了幾個小時還不見有人下山來找她，天已經晚了，她心裡著實害怕，早就聽說過山路口鬼火的故事。後來越想越不對，想自己走回去也不行了。腳底的傷口確實太嚴重了。正在她絕望的時候，大哥找到她就背著她回去。沿路她描述她的經過給大哥知道。大哥也一路安慰著她。但是一進門，什麼事情都出她的意外。母親不但沒可憐她，還重重地痛打了她一番，連山芋的晚頓，她一條小山芋都吃不到。就在這事情的第三天，來了一個陌生人就把她帶走了，有一段時候，梅子一直以為因丟了角子母親才不要她。同時還有一點不能了解的事，那就是她臨走的時候，母親還哭哭啼啼地吩咐了一大堆話：梅子，你八歲了，什麼事都懂了，你得乖哪！什麼都因為我們窮，你記住這就好了，從今以後你不必再吃山芋了。什麼都該怪你父親早死……。那時對母親的氣憤還沒消，說走就跟人走了。

阿梅沿著梯田的石級爬了一段，再順著小山路走。她沿途拾著小時的記憶回家。在園裡工作的人，遠遠見了穿著這麼入時的女人走入這山間，引得不管男女老幼都放下工具，挺直著腰注目過來。在山坡下番薯田那邊打赤膊的不就是福叔嗎？是！就是福叔。他的長短腳站起來還是老樣子。梅子揚手喊：

「福叔——，你在除番薯草嗎？」

福叔甚感意外地興奮了一陣，同時亦迷惑了一陣。

「噢！是啊——，你是誰哪？怎麼認識我呢？」從那邊傳過來的聲音，因喜悅而起伏地波顫著。

梅子有意要福叔快樂，便應答回去：

「山路口的土地祠就是你一個人蓋起來的。這誰不知道？」

「是啊——，是啊——，那是二十三年前的事了。等我這一季番薯賣了錢，我還想把它翻修一番咧！」福叔真的更樂起來了：「喂——，查某官，你來我們坑底找誰呀？」

「我就是閹雞松的小女兒啊——。」

「什麼？閹雞松的小女兒有這麼大了？那麼——，那麼你就是梅子嗎？」

「是的——，我就是梅子——。」

「哇——，不認得了，不認得了。閹雞松死了這麼多年了？」停了一停：「有，是有那麼久了，我蓋土地祠的第二年他死了。土地祠的三百六十個磚就是閹雞松替我挑擔的。」

互相沈默了一會兒。梅子說：

「等一下來我們家坐吧。」

「好好，你快點回去，你母親在等你。」

「梅子沒走幾步，聽到後面有人跑步趕過來的腳步聲，等她轉過頭，一個十五六歲的女孩子已經在她的身邊了。

「我阿爸叫我來幫你提大皮箱。」那女孩子說著就要接過皮箱。

「免了免了。」她回頭感激的看福叔，福叔在遠遠的園裡揚手表示：沒關係，讓小孩子拿了。梅子的皮箱已被女孩子搶過去扛在肩上。她們走著。

「你回來住幾天？」女孩子問。

「我不走了。」梅子安舒的說。

「不走了？」驚奇的：「為什麼？」

「我想休息。」梅子平視著前方，像自言自語地說。

小徑在山腰間伸延著，上下兩邊不是番薯田就是相思林。一群六七八歲的村童，在上側的林間，始終保持七八尺遠的距離，好奇的跟著梅子跑。一會兒跑，一會兒停的笑著什麼。梅子看到有一個抱著鳥窩的男孩，她覺得很像誰。她問那孩子：

「你是不是阿嬌的小孩？」

那小孩愣了一下。其他的小孩子笑著說，是啦，是啦。還有這個也是。本來參與在笑的一個小女孩，被其他人推出來時，她的笑容亦被駭跑了。

「阿嬌幾個小孩子？」

剛才那個男孩伸出六隻手指頭來。

梅子又在另一個男孩子的臉上看到他的父親的影子。她接著說：

「你是不是阿木的孩子？」

那孩子害羞的藏起來。其他的孩子又笑了。

「呀？奇怪，你怎麼知道？真好玩。」有一個小孩這麼說。

「好！我再來猜。」梅子一個一個看著小孩的臉。小孩一個一個掩著臉，笑著再往前跑了一段路。看到這群活潑的小孩子，梅子馬上就聯想到自己也要有孩子。但是，使她憂心的是，是不是這樣就已經在她的身體裡面形成了？不能失敗啊！不然什麼都要從頭做起，神明啊！註生娘娘啊！您要保佑。

梅子的母親突然在路上出現了。

「阿母——。」梅子再也說不出話來了。

「福叔的孩子跑來告訴我，說你回來了。」

母親亦沒有停下來。等她走下來，梅子走上去，然後兩個人再並著肩走，

「準備住幾天？」

「我不走了。」

「不走？」母親覺得意外：「那怎麼行？」

「我不管。」

兩人沈默地走了一會兒。

「家裡最近怎麼樣？」梅子問。

「那都要看這一季的番薯了。」

「大哥的腿呢？」

「還是要看這一季的番薯才能鋸掉。」冷冷地。

「鋸掉？」梅子嚇了一跳。

「醫生說不鋸掉的話，活不久。前天抬出去，昨天又抬回來。」

梅子還記得大哥那時背她上山的腿倒滿矯健。

「你不會住下來的。他的七個小孩子吵死了。」

「阿母，我有一些錢，明早就帶大哥下山吧！」

這時母親才流著淚說：

「梅子，並不是我不愛你大哥，人說虎怎麼兇殘也不吃自己的兒子。我看他是沒有救了，醫生也不敢擔保。你說救他一個倒不如救他七個孩子。」

「阿母，我們還是試試看。」

「你不要天真，明年官廳就要收回所有我們坑底人種番薯的林班地了。那時候看我們還能變出什麼辦法？」

「收回林班地幹什麼？」

「土地是官廳的，官廳要長草就讓它長草。」

一直默默地扛著皮箱跟在後頭的那個福叔的女兒，突然很樂觀的插了一句話說：「聽他們說省議員已經替我們提出陳情了。」他們母女倆同時回轉過頭來。看到低著頭扛箱的女孩，她們的感覺和臉上的表情是極端的不同。

前頭爬滿了貼壁蓮的石頭牆就是梅子的生家。一隻黑狗遠遠的兇猛地吠著衝過來。

「黑耳，你發瘋了，梅子也是咱們自己人哪！」經母親這麼一說，這隻黑狗竟變得溫順，輕輕的走到梅子身邊搖著尾嗅她。母親又說：「這隻狗很有趣。去年一來到咱們家就賴著不走，有時沒讓牠吃東西，牠還是乖乖的。牠自己會去捉野鼠。捉多了我們就幫牠吃，那些野鼠比我們人有得吃。每一隻都肥得很，差不多都是一斤多重的，有時黑耳還會咬到野兔呢！」

黑耳好像知道主人在稱讚牠。牠趕快跑過來主人這一邊，用牠的身體，很親熱的擦著主人的腳。

「討厭的傢伙，還不走開。等一下踩到你的腳才叫那就遲囉。」

黑耳輕巧的一躍，自己就領先帶著他們穿進石頭牆了。

第二天，漁港這邊，那個叫阿榕的討海人，差不多和昨天同一個時間，他帶了五條肥大的鰹魚，到娼寮去找白梅。同時也要告訴白梅，說他們的船修補好了，他得再回到船上工作。但是，很出他的意料，他撲空了。

「她不在了。」鴇母說。

「她昨天才在這裡。」

「她說要去和你結婚。」笑著問：「你們結婚了？」

「不要再開玩笑，白梅哪裡去了？」焦急地。

「我問你。」

「她家在哪裡！」

「我也問你。」

阿榕渴望的掃視著裡面，掃視著其他的妓女。他轉頭走了。

「怎麼？不玩玩就走？留著吧。我找一隻嫩雞給你吃吃。這麼年輕不應該找老的啊！」

那個老鴇說。

阿榕失望的走了，手上那一串魚從他的手上滑下來。他看都不看地走了。老鴇看了這情形就喊著說：

「小雀，快點出去揀那一串魚回來。我們中午有魚吃了。」

十個月

梅子回到坑底的生家，第一件事，決定準備替大哥鋸掉那條爛腿。

在一串均勻的呻吟中，突然哀叫出來：

「阿池，——阿池——，行行好吧。快來趕掉阿爸腿上的蒼蠅吧。阿池你不要離開。阿池——……。」

梅子趕快趕到大哥的房裡，替他趕掉密集在爛腿上吸吮膿汁的蒼蠅。她再勸大哥說：

「你應該聽話了，命是你的，你自己不知道寶惜，別人是沒有辦法啊！」

「阿池這孩子變了，這孩子討厭我了。」他哭泣地說：「我知道，家裡的人都討厭我，他們常常在背後說我，我知道。」

「你這未免太冤枉人了。你知道阿母為你流了多少淚，大嫂簡直就不像是女人了，你所有的工作都落在她身上，那為的是什麼？」

「阿池呢？我要他來替我趕蒼蠅。」

「只有四歲的小孩懂什麼？我看他在地上睡著了，剛剛才抱他上床的。你，——」

「唷！蒼蠅！」大哥痛苦的叫起來。

梅子一邊趕著蒼蠅一邊說：

「你還是聽我的話，反正你已經殘缺一條腿了就下決心把死腿去掉，不然你不久就會死掉。」

「我現在只求蒼蠅不要來折磨我，能好好的死了我倒不怕。」他想了想：「我大概熬不到這一季番薯的收成吧。」

「錢的事情你不用管。」

「不，不，我絕不能再拖累你這個妹妹。」他慚愧地：「從父親死後，我應該為你安排好生活的，但是誰都一樣。我是沒有希望了。你能原諒這個無用的大哥？」

「沒有人做錯什麼。我們不再談這些事了。」

「唷！要命的蒼蠅！」梅子因為用心談話，一時忘了揮動手趕蒼蠅。而使大哥突然痛叫起來。

「決定了。明天送你到醫院去。」梅子肯定的說。

「不，不，我活著還有什麼用？」

「你忘了？你的手藝不是很好嗎？你不是可以用竹子做椅子，做畚箕，做篩子，做很多很多東西？」

「是的，那都是最簡單不過的事。」他的眼睛亮起來了：「梅子，現在叫你大嫂在溪邊種痲竹還來得及哪，清明前種竹子最好了，明年這些竹子就是好材料。」

回到坑底的第一個月，是梅子對什麼都開始有信心的時候，大哥不但接受她的勸告去鋸掉腿。並且病況非常進步，其中最令她禁不住喜悅，那就是經期的時候，月事沒來了。經城裡的兩家醫院的檢查，醫生都說很可能懷孕了。有一個醫生推算，如果這次算懷孕的話，明年的正月就是順月。

五月的陽光並沒有落掉坑底這個角落。

一天清晨，由坑底一個叫木仔叔的中年人，從城裡帶回來一項消息，使得整個坑底都翻了起來。木仔叔手裡握著一份報紙，像瘋了似的興奮的飛奔上來，每碰到他的人，馬上就被傳染上那份瘋狂，在坑底跑來跑去。

木仔叔站在幾個還沒獲得消息的村人的中間，大聲的說：

「官廳明年不但不收回山坡地，反而把這些土地都要放領給我們咧！」

其中有人懷疑的問：

「誰說的？」

「報紙上說的！」木仔叔將城裡的那家雜貨店老闆告訴他，並替他用紅筆把那條新聞的標題圈出來的報紙，拿給他們看。用力的指著圈紅裡面的字。

圍著木仔叔的人，認真的瞪著紅圈內的黑字，然後有一個人抬起頭來說：

「那麼那是真的囉？」

其他的人也紛紛抬起頭說：那是真的啦，那是真的啦！其實這裡面沒有一個人識字。

阿母在番薯田聽到這個消息之後，放下把子直奔到家，拉著梅子說：

「梅子，我們不同了，我帶你去看看我們的土地。」

梅子一時感到很茫然。但經過她母親的解釋之後，她才明白過來。

阿母帶著梅子翻了山嶺去看坡地的番薯田。

「看哪！從那崙頭到這邊谷底都是我們的哪！」

她們又走到另一塊斜坡地。

「梅子，現在你踏的就是我們的地，你總想不到吧，直到底下都是。一枝草一點露，一點也不錯，誰會餓死誰會富，這都是注定著的。」

在回家的途中，母親突然沈默了一陣，然後說：

「以前我們愁沒有錢沒有地，現在有了地，問題又來了。」

梅子略微體會出這句話的意思，但她不敢去料想，她沈默著。

「梅子，你不覺得我們有了這些地之後，還要有一個男人。」母親看看沈思著的梅子：

「何況你又是年輕。」

果然不出她所料，母親終於講出來了。梅子想了想，她認為她的意願也可以趁機會說出來了。

「你的意思我明白了。但是這一次我回來，我是有我的一套計畫的。」她很平靜的說：

「我已經有身了，我準備在這平靜的地方，將這孩子生出來。」

「那男人是誰？」

「那不重要。我是借著他給我孩子，我需要自己有一個孩子。」

「你怎麼突然糊塗起來呢？沒有和人結婚大了肚子，這叫我怎麼向村人解釋？」

「還有什麼事比當妓女更不名義？只要對人家好，當什麼都沒有關係。」

「我真想不通，你要孩子你大哥多得養不起，我看阿池就是一個好孩子。」

「不，我主張小孩子不要和父母分離，或打亂他們的心。雖然阿池可以讓我做兒子，但是他的心肝就被擾亂了。」梅子看到母親那副嚴肅的樣子：「阿母，我並不是怪你們以前對我怎麼樣。」

「好吧！」這個老母先做了讓步，一方面努力於改變自己的想法，去將就梅子。她想：梅子一回來已經使家裡改善了許多了，我還能向她要求什麼？她想著想著：「梅子，你不但帶給咱們家好運，整個坑底的運氣也是你帶來的啊！」老母親快樂起來了。

幾天後，整個坑底人都認為梅子的回來是一個好吉兆，山坡地放領的運氣就是梅子帶來的。同時梅子對家裡的負責和孝行，再加上對村人的熱誠，她在坑底很受敬重。

六月是土地向勞力還債的時候。坑底的土開始被翻動了，一條一條碩大的番薯，叫人見了就歡喜起來。村人先將板車抬到山路口，然後再挑擔番薯和豬菜裝上板車。他們一大早就成隊把番薯運到二十公里外的城裡。

梅子家雖然沒有男人，但是大嫂和三個較大的孩子，他們都打上男人穿的草鞋，同樣的也參加了運番薯的車隊裡面。

這天回來，每一家的板車上排著的鹹魚，多多少少都誘走了城裡的蒼蠅到坑底來。

「他媽的，拿鋤頭的真不值錢哪！種得半死，一百斤番薯才四十八塊。」

「可不是！」

「不過我們的勞力太多了。」

「你看嘛！兩條鹹魚十六塊。十六塊錢可以買我們的一大堆番薯咧！」

回來的空車隊，有的並排著走回來而這樣埋怨著。到了山路口，大家都在那裡歇腳，抽菸、飲谷水。

「梅子，坑底這麼苦你還想住下來嗎？」福叔問。

「不！我覺得很好。」梅子說。

這時，所有在土地祠附近歇腳的村人都注意過來了。

「你不會覺得貧窮是一件好玩的事吧！」福叔嚴肅起來了：「你想想看，一百斤番薯四十八塊這不是好玩的吧？」梅子根本就沒想到，由剛才福叔的那句平凡的閒話，會掉進一個這麼深淵的問題裡面去，她有點害怕。不過這天她跟大嫂他們到城裡去趕集，回來倒也想了這個問題，終於梅子將自己羞於發表的看法，幾乎等於被逼出來了。

「一百斤番薯四十八塊，這價錢好像我們自己向人要的。」梅子說。

離開遠一點的人都攏過來了。

梅子接著說：

「今早坑底出去的二十幾輛板車，大概有一兩萬斤的薯蕃出市吧？」

「不只！有三萬多斤！」當中有人這麼答。

「對了，三萬多斤。你們看，整個媽祖廟口的番薯市場，我們坑底的番薯就占有七成以上。」梅子覺得有點困難，她很怕不能完全表達內心的意思。但又看到周圍專神期待結論的眼睛，她焦急地說：「我的意思是說，我們每天有這麼多的番薯能分成三天或四天運出去的話，可能價錢會提高一點。」她趕快聲明著：「我不知道，這是我一時的想法。」

很出乎梅子的料想，村人從梅子的話得到了啟示，於是就在山路口的土地祠前，大家得到了協議，將每日三萬多斤的番薯分成三批，輪流運出去趕集。

果然，他們隔天就發現了效果。每一百臺斤的番薯，已經多長了二十四塊錢了。

七月有時只是屬於某一個人的。

事情就這麼確定了。早晨，梅子一起身就在後院吐起來了。母親輕輕的從背後走過來，在她的背上輕輕的拍著：

「那是真的了！那是真的了！」母親的聲音有點激動，但也有點猶豫。

梅子滿含著欣慰的熱淚，慢慢的轉向母親說：

「我想已經確定了。」

「是的！已經確定了。」

梅子的臉上，綻開了一朵含羞的笑容說：

「阿母，我突然很想吃到醃蘿蔔。」

「醃蘿蔔？」老母親翻翻眼睛：「啊！看看你的運氣，去年的還有一瓶，不知道霉了沒有？沒關係，瓶底總有幾條能吃的吧！」說了就忙著走開。

這個老母親在一堆舊瓶子裡翻來翻去，一瓶一瓶地打開栓子聞聞，再拿起來照照，她心裡急得很。

「阿母，你找什麼哪？」大媳婦問。

「我們去年剩下來的一瓶醃蘿蔔呢？」

「醃蘿蔔？」大媳婦被問得發傻了。

「梅子害喜了。」

「什麼？梅子害喜了？」

梅子在背地裡聽到，瓶子碰瓶子的清脆聲，全身就被燙溫暖似的感覺。

八月、九月和十月在他們的記憶裡，像一隻貓那樣的走掉。

十一月是有潔癖的。

每年這個月份，總不失信帶大量雨水，來洗刷坑底。

首先，山雨連綿的下著。到了中旬風也夾進來了。坑底人留在家裡不能出去工作。幾乎所有坑底的女人都在這同一時候開始懷孕了。梅子大哥的腿的鋸口好了很多，大嫂也就有了身孕。然而，她的內心卻後悔萬分。

梅子的肚子已經挺得有點不方便。她小心翼翼的照顧肚子裡的那塊希望。順月所要用的東西，嬰兒的衣服都準備了。母親早就替她養了十二隻雞。等梅子月內時正補得著。

一夜，雨加大了，風也增強了。坑底整夜都在暴風雨的夜中顫抖。

「再這樣下去，我們土磚牆可受不了。」大哥似乎預感到什麼的說。

「這樣子好了，我們都到八仙桌下躲起來。」大嫂很冷靜的說著。

但是老母親卻天啊地啊的呼喊起來。

等他們一家十一個人都擠在桌下，一聲轟隆，後面的牆就坍倒了。竹子和茅草的屋頂也就跟著斜插下來。

梅子忍著淚，安慰哀號的老母說：

「我們不能再怪天了！我們總算是不幸中之大幸了。剛才我們要是遲了一步離開後間，我看我們都被活埋了。」

一夜之間，不只梅子家，整個坑底都被洗得乾乾淨淨了。

梅子不像其他人那麼埋怨災難。她感激著能保有平安的身軀，仍然平安的孕育著她的唯一的希望。

十二月脫去以往的黑紗露出笑容走來了。

坑底人覺得他們的生活像是在補老屋頂那樣，好容易抓到這邊的漏，補了這邊的漏，接著那邊又有漏，找了半天漏，好容易才找到了漏，補了那邊的漏，別地方又開始漏了。這叫他們放下來也不是，認真也不得，可真難為了他們。

十一月的山雨過後，陽光懶散地露出臉來，看著他們收拾災後，土磚牆坍倒的十多戶人家，他們在崙腰合作起來，在那裡有的切稻草和泥，有的牽牛在泥堆打轉稻泥，有的翻拌，有的鑄磚。十多天來崙腰是坑底最熱鬧的地方。

「這種軟日頭和北風是做土磚最好的日子。做出來的土磚不會有裂痕。」在那裡的大人這樣告訴著小孩子。

在旁有人打趣說：

「不過最好是不要有做土磚的事情。」

「那當然，除非是要蓋房子，要不是我們不希望有做土磚的工作。」

在談話中，話轉啊轉地到閹雞旛的身上來了。

「閹雞旛，梅子肚子那麼大了，到底什麼時候給人吃麻油酒。」木仔叔問。

在旁的人也紛紛關心起來；

「是啊！什麼時候？」

「快了吧。」

梅子的母親聽到村人這麼關心梅子，心裡十分高興。本來她有點替梅子擔心受村人的嘲笑呢。

「落咱們人十二月。」閹雞旛說。

「唷！那就到了嘛！」

「這個女孩很乖，應該保佑她生一個男的。」一個老年一點的人說。

「是的，那是我長眼睛僅見的一好女孩子。」

「哪裡的話，是你們這些長輩不甘嫌她。」梅子的母親暗暗在心裡歡喜。

「說實在的，我們讚美都來不及呢。」

「我猜她會生男的。看她的肚子好尖哪。」有一個女人這麼說。

「該賞她一個男的才公道。」

「為什麼肚子尖就會生男的呢？」一個正牽著牛在泥堆打轉的十二三歲的男孩問著。

「小孩子和人插嘴問什麼生子的事，你懂得把牛牽牢就是了。」小孩的父親在輕鬆的語氣中帶有點教訓。

在和樂的笑聲中，闍雞嬸還聽到有人說：「闍雞嬸好福氣啊。」這一趟她多挑了兩塊土磚回去。可是心裡的歡暢仍然令她感到整個人漂浮起來。

「阿母，你該少挑幾塊啊！年老了腰是閃不得啊！」梅子一見她母親，足足挑了八塊土磚，心裡有點放心不下。

「梅子啊！整個坑底人都要你生一個男的哪！」老母親放下擔子，汗都來不及擦又說：「爭氣點哪！」

梅子苦笑一下。她心裡何嘗不想抱個男孩。但是求誰呢？她只有盡力安慰著自己，到時候再想別的了。

「我想我一定會生一個男孩。這孩子在肚子裡動得好厲害。現在左右兩邊都會動了。並且動起來可真像男孩子哪。」突然她停下來，感覺肚子又起了一陣鼓動：「阿母，你的手快點來，就是這裡。」

梅子的母親一手按住梅子的肚子，眼睛翻起來凝注精神，像是在偷聽隔房人家的動靜。半響，嘴巴略張開，翻起來的眼睛的黑球，一下子跑過來左邊，又凝了半響，然後才說話：

「哇！這孩子可野哪！不是男孩子哪來這股野勁？」

梅子從頭到尾看著母親的臉，而被那臉上的表情帶引到一個無處可退的絕境似的，滿臉渴望的只能間歇性的說對不對？對不對？

「一定是男的啦！梅子。」

「應該是男的吧，應該是男的吧！」

「一定是男的，我以前生你的四個哥哥都是這樣。」

「生我的時候呢？」梅子問。

「你和你姐姐在肚子裡的時候，我覺得像生了一塊靜瘤在那裡。那時候我就知道生出來必定是女的。果然不錯就生了你們姐妹。」

「那麼說，我是會生男的囉？」

「唉！你緊張什麼？生男就生男，難道還會跑掉？」老母親樂觀的語氣，給梅子很大的信心。「梅子啊！你快到屋裡去，當心感冒。土磚一定積起來了，我得趕快去。」說著，她又挑起空擔走了。但是她心裡明白，梅子能生男不能生男，那是不可能預卜的。其實生梅子的時候，梅子在肚子裡就動得很厲害。她想了想，她生六個孩子裡面，梅子動的野勁最大。有什麼辦法？我是無心騙梅子啊！她回頭看看，梅子已經很聽話的不在外面，那裡只有一堆濕濕的柴，和部分的土磚。她有點撐不住什麼的，也許洩點氣好些，腿軟起來了，踩著泥路像踩著自己那樣。前面是兩座山銜接的地方，中間是很大很大的谷口，向谷口望出去什麼都沒有，不過很深遠很深遠的有著什麼似的，在天空一直往後延，延到那麼一點的地方吧。梅子的母親凝望著那裡，突然覺得谷口更亮了。她像來到神的殿堂前，抖擻著心靈，很虔誠的以一種乞求的聲音訴願：

「神明啊！給梅子一個男孩吧。」

正月人們都說是一個開始。

使城裡的人萎縮在爐邊或是被窩裡的落山風，就是從坑底的屋脊滑下來，再由谷口摜到城裡的，要是城裡人敏感一點的話，他們可能從落山風裡面，觸覺到坑底人被颳走的體溫，整個坑底就像冰窟。

梅子的腰並不是為了冷鋒的侵襲而酸痛，她知道這是肚子裡面的嬰兒已經在開始落蒂了，心裡的感覺真是憂喜參半。

「梅子，只有你這個孩子我不敢替你接生。」老母親這麼說。

梅子聽了這句話，心裡暗暗的高興。她很早以前就擔心著這件事，一直不敢說出口來。她想，坑底的女人都是在自己家生小孩，到時候怎麼說呢？現在她不愁了。她告訴母親說：

「阿母，天氣這麼冷，我想到城裡去生比較好些。」

「我也是這麼想。」

就在當天晚上，梅子的肚子絞痛起來了。大哥早就替她裝了一頂轎子等她用，村人一聽說梅子要進城生小孩子，一下子就有好幾個人來幫她抬轎。

半夜裡冷風扣得很緊，三四朵火把的火焰被壓得倒在一邊，有時比紙蕊還低，黑耳當先開路，一會兒前，一會後的跑著。

大哥撐著枴杖，站在風中，目送著黑夜中的火炬，一直到很小，一直到看不見。然而，一種直覺使他感到那情景的嚴肅和隆重，不由得竟從骨子裡發寒起來。

梅子到了城裡的產科醫院，每二十分鐘間隔一次的陣痛，已經急促到每隔五分鐘就陣痛，醫生說快了。護士來打了一針催生劑說：大概再過半小時，這一針打完不久，陣痛的情形起伏而連續不停。被攙扶到產臺的梅子，額頭凝聚大顆的汗粒，忍耐著造物授母性給女人的原始儀式。但是心裡卻為這激痛的實在感慰藉，痛得越是厲害，越讓她感到她希望不曾是妄想，而是一件就要實現的事實了。

醫生說梅子的雙手握緊產臺兩邊的把子，同時在肚尾用力擠壓，醫生在旁邊指導著她，說這樣不對、這樣對地鼓勵著說：你做得很好，這就樣再用力，一直到小孩生出來。羊水早已破了，這樣過了三個小時天也亮了，小孩還不見生出來，梅子顯得十分疲倦，醫生心裡暗暗的吃驚，照這樣的情形，照理應該產出來了，無論如何梅子一直做得很好。醫生知道，她是比任何產婦更能忍痛，更用盡力氣的。恐怕是臍帶纏到小孩子的脖子吧？醫生這樣想。

因為這裡是小醫院，產臺只有一個。所以有別的產婦急著來生產的時候，梅子被扶到另一個房去。這樣子別人已經有兩人產了小孩了，只有梅子還是停留在用力擠壓肚尾的階段。

聽到別人家的新生嬰兒在隔間的啼哭，梅子想像到一個全身通紅的嬰兒，她知道她也將有一個。但是萬萬沒料到竟是這樣困難的事，她躺在產臺又盡力使勁的行壓，欲想把嬰兒產出來。醫生看看她的體力，覺得催生還可以讓它綿密，於是再三的打了催生劑，一陣一陣撕裂般的疼痛遂使梅子用力咿——啊——地掙扎著。醫生說：

「對對，你做得很好，就這樣，不要停，再用力。」

每次梅子感到乏力和失望的時候，只要醫生這麼說，從她整個都癱軟下來的身體，就充滿氣力，一次一次再一次的試著使力，有醫生在旁她就有信心。

醫生的額頭也在發汗了，他走到玻璃櫥前，望著裡面排得很整齊的手術器材發楞。他猶豫著，他內心欽佩這個產婦，從頭到尾都是那麼聽話，那麼認真，每一陣的催生都將痛苦化成力量在那裡掙扎。她還有意志和力量的，等她這些都使盡了再看看。醫生離開玻璃櫥，看看壁上的掛鐘，搖著頭記住已經拖了六個小時了。

「好心的醫生，請幫忙，我一定要這個孩子。」梅子以微弱的聲音乞求著。

「你放心好了，這孩子早就是你的了。」強裝笑臉。

「我要活的，我一定要活的。」

「當然是活的。」醫生握著她的脈：「你覺得怎麼樣？」

「關心我的孩子吧！」

「沒有你怎麼會有你的孩子呢？你覺得頭怎麼樣？」

「很清醒吧！」

「好吧！」醫生又吩咐護士打了一針催生劑。

梅子又被一段很長而綿密的陣痛所折磨，而她一次都不浪費的將痛苦的掙扎化成力量。

她全身濕得像從河裡撈起來。看那樣子，比剛才虛弱多了。那種虛弱而清醒的樣子，有點令人害怕，老母親從頭到尾陪在身邊心痛得不斷流淚。

「阿母，你為什麼哭？是不是已經知道沒什麼希望了？」梅子問。

老母親只能搖搖頭，什麼話都說不出來。

「醫生呢？」梅子急著問。

醫生重新堆著滿臉的笑容走進產房，他又替她打了一針藥說：

「時候已經到了，你剛才所做的對現在很有幫助，你再用力擠就行了。」

疏落下來的陣痛激增起來，梅子仍然用著力使勁擠，但是一次一次顯得沒力氣了。

「你知道，嬰兒該出來的時候，不能出來也是很苦的，他也很想出來啊！但是誰都幫不了忙，只有靠母親了。來！用力。」

「咿——」梅子在用力。

「對，再來。」醫生鼓勵著。

「咿——」

「很好，快了。」

「梅子，……」老母親也急著想鼓勵女兒，但她一開口說話就會變成哭泣，她把嘴閉起來。

「啊！我們看到嬰兒的頭了。」

「咿——」這一打氣梅子特別用力得久。

「再用力些，我們看到頭了。嬰兒在說媽媽你再用力呢，再用力。」醫生和著梅子：「咿——對對。」醫生的心裡難過，根本就還不見小孩的頭，羊水已經流光了，所剩的時間不多了。

「咿——」她盡力的做著，現在她像一頭馱著笨重荷物的象，就在她向前走一步就能勾到的地方，有一串香蕉，她肚子很餓，她向前走一步想勾到食物，但食物也跟著向前一步，她連續的追著這一串香蕉，而香蕉始終和她保持那一步的距離，後來她明白這是一套奸計，然而她更努力的追著，她想她的意志和傻勁必定會獲得同情吧。梅子努力著，已經變得那麼微弱，她還是不放棄希望。最後那種用力擠壓的動作變成象徵性了，她就漸入昏迷。

眼前一片花園，梅子茫然的走進去。有一個人大概是園丁吧，他嚴厲的說梅子不該隨便闖進來。

「我曾經在這裡種過花。」

「什麼花？」

「我說不出。」

「什麼樣子的？」

「就是那樣。」

「什麼樣？」

「我說不出。」

「你是說菊花嗎？」

「不是！」

「玫瑰？」

「不是！」

「那麼我們這裡沒有你說的那種花。」

「有！我曾經在這裡種過。」

「我沒有印象。」

梅子大聲的叫起來：

「我不管——。」

醫生握著脈，數著脈搏，又打了一針，他向梅子的母親說：

「我們再也顧不到小孩了，大人要緊。」

「醫生——，你不知道，這孩子是她的生命。」

醫生了解到這並不是普通的意思。

「我當然盡我的能力。」

醫生和護士都帶起口罩和橡皮手套來了。金屬物偶爾相碰的聲音撕裂開產房的靜寂。梅子昏迷中感到另一種新的劇痛刺激著她。她醒過來了，在心理上像小和尚在誦經中打了瞌睡醒了過來那樣，慌張的又裝念經的樣子，她愧歉著。她又用力擠壓起來，咿——

「對對，好極了。」醫生已經將夾子夾住嬰兒的頭，等梅子再用一下力，才要把嬰兒拖出來，好讓梅子高興，讓她覺得她並沒有白費力氣。

「咿——」

醫生順手一拖：

「哇——生出來了，生出來了。是一個男的！」

老母親和護士也像放下一塊大石似的叫起來。

梅子肚子一下被拉出一塊東西的感覺是凝聚在沒有情緒的狀態，接著嬰兒哇地叫了，這時的梅子才感到她的過去一切都真正的過去了，她非常的冷靜，老母親卻歡喜的哭出聲來。產房的門開了，門外站著才鋸掉腿的大哥和大嫂，還有他們的孩子們。

看海的日子

幾乎同孩子一起誕生出來的一個意願，一直在心裡鼓動著梅子，而這意願卻專橫的不允許她做最簡單的說明。雖然，是她自己的意願。但是，在她的裡面始終站在另一極端的位置，而不怕被孤立。她心裡如此的掙扎著：

「走！抱著小孩到漁港去。」

「魚群還沒有來呀。」

「我知道。」

「那麼不可能遇到他，這孩子的父親。」

「我知道，這不是我主要目的。」

「那為什麼？」

「我不知道，也許可以遇見他。」

「遇見他怎麼辦？」

「我會告訴他這孩子是他的。」

「想去依賴他？」

「絕不！」

「那是為什麼？」

「我明知道他現在不會在漁港，因為魚群還沒有來。現在他可能在恆春。」

「那麼你去漁港有什麼目的？」

「沒什麼，我知道我不會遇見他，但我必須去一趟。」

「——」

「我也不明白，所以我不能說明那一點意願是什麼？」

從有了這個意願開始，梅子始終不叫自己明白。她只知道這是急切的。現在她的健康已算恢復了，這個意願在內心撞擊得更強烈。

梅子抱著她的孩子，買了一張往漁港的車票，和一群人擠車。火車來了，車廂裡面沒有一個位子是空的。但是她只要能登上車，握一張往漁港的車票，她心裡就高興了。正在她想找一個角落偎依時，在她的面前同時有兩個人站起來要讓位給她。對這件平常的事她感到意外，由於過於感激而發呆，有一個女人走過來，牽著梅子去坐她的空位。梅子開始正視對方的眼睛，那女人親切而和善的微笑著。她看旁邊的人，她看所有車廂裡面她所能看到的眼睛，他們竟是那麼友善，這是她長了這麼大第一次經驗到。她的視覺模糊起來。曾經一直使她與這廣大人群隔絕的那張裹住她的絕緣體，已經不存在了，現在她所看見的世界，並不是透過令她窒息的牢籠的格窗了。而她本身就是這廣大的世界的一個分子。梅子十分珍惜的慢慢的落到那個空位，當她的身體接觸到座椅的剎那，一股溫暖升上心頭。她想，這都是我的孩子帶給我的，梅子牢牢地抱著孩子輕輕地哭泣起來。

火車穿過大里的那道長長的山洞，一片廣大無邊的太平洋的波瀾就映入梅子的眼裡。她凝視片刻，將手裡的孩子讓他靠著母親的手臂抱挺起來，面向著大海。小孩子的眼睛圓溜溜的還沒有任何焦點，梅子指著海說：

看哪！孩子，那就是海啊！

海水是鹹的哪！那裡面養著很多很多的魚。

有的像火車這麼大的。

也有像你小拇指那麼小的。

看哪！那裡有船哪！

討海人坐在船上捉魚。
捉紅的魚，白的魚，青的魚，黃的魚，
統統給我的乖孩子吃。
對了，你爸爸就是一個很勇敢的討海人，
有一天他為了捉大魚，在很遠很遠的海上死掉了。
我的乖孩子，
你長大以後不要做討海人，
你要坐大船越過這個海去讀書，
你要做一個了不起的人。

梅子又像在祈禱似的自言自語的說：

「不，我不相信我這樣的母親，這孩子將來就沒有希望。」她的眼睛又濕了。

太平洋的波瀾，浮耀著嚴冬柔軟的陽光，火車平穩而規律的輕搖著奔向漁港。

作者

黃春明（一九三九——），臺灣宜蘭縣人。先後就讀於臺北師範、臺南師範與屏東師範。畢業後曾任小學教員、廣告公司職員。後從事電影、電視拍攝與編輯工作。黃春明於一九六二年服兵役時，開始創作。早期少量作品受到現代主義的影響。《看海的日子》和《鑼》的發表，開始轉變他的鄉土寫實風格。已出版的短篇小說集有《兒子的大玩偶》、《鑼》、《莎喲娜啦•再見》、《我愛瑪莉》等等。另外，還先後把自己的一些名作改編為電影，引起很大迴響。由於作品大多以鄉土人物為主。因此，黃春明被臺灣評論界譽為「小人物的代言人」。曾獲第一屆國家文藝獎。

題解

本文原刊於一九六七年十一月《文學季刊》第五期。後收入一九八五年《黃春明小說集》。

本篇小說曾拍過電影，片名也叫「看海的日子」。

賞　析

看海的日子是一篇反映臺灣鄉土生活，表現素樸的人性與鄉土精神的作品。整篇小說集中寫白梅一生由妓女命運，養女身分，轉變為鄉土婦女，主宰自己生命的主體者。更細緻地看，全篇有三段重要情節描寫，暗示深刻的文本訊息。分別是：

一、魚群隱喻浮游的一種生存訊息

第一場景猶如一副動態畫面，所有人物都是動的，筆調如此輕快活潑，一種聲音魚群來了，不斷散布在漁港，而所有的人都被這種聲音呼喚著，那是真實的，有希望的，一種生存的呼喊。這裡的敘述模式相較於以前的現代主義截然不同：

順序——向未來——現象

倒敘——向回憶——意識

二、白梅的生命歷程

鏡頭從大而小，慢慢集中在白梅這一單一角色的敘述上。描寫白梅的生命歷程，其結構是這樣的：白梅的出身與環境，決定了白梅的命運，也主宰了白梅的生命觀，那就是宿命的人生。中間經過回鄉，在路上，火車內，與鶯鶯的重逢，讓她有機會抱著魯延，於是從新生嬰兒的一種希望的感覺，啟示她的母性動力，發展成下一段白梅懷孕寄生的情節，也帶來了白梅的新生命歷程。其結構是這樣的：

宿命｛出身、環境｝→立命｛△人性的激發　△社會結構　△政治　△文化｝

小說家在此展現了一種對人的愛心，對人性的肯定，對生存的尊重，以及對生命的熱愛，總結來說，是素樸的民間信仰——人定勝天的意志，與人心是善的積極。因為白梅的人生觀開始由宿命向立命了。

三、省籍的化解與希望的結合

有一段寫鶯鶯與魯先生的結合，是新生命的來源，新生活的開始，完全是喜悅與希望的結合。相較於將軍族那篇伊與他的結合，被一種力量推向絕望悲哀的感覺不同。由此省藉問題乃是不存在的，可以化解的。亦由此而可見小說家不同的用心。

全篇小說由白梅的新生重生，引發對白梅改變生命結局的探討，是鄉土的召喚，也是人性的追求。從人性觀點分析白梅的思想法，乃是極切合事理的解釋。白梅的行為、動作、思想，都合人性欲望的追求與滿足。故而可知是「人性」的堅持改變了白梅的一生。

本篇小說除了展現鄉土文學的風格特色之外，也可以把鄉土與人性結合起來。嘗試從「人性」這個角度去理解白梅這個人物。

何謂人性理論呢？茲引托瑪斯的說法可助一解。

據 Thomas, Znanriecki 之定義，認為人皆有四大欲望，求在社會的結合中滿足：

1. 求新經驗、新刺激之欲望。
2. 被承認之欲望，包括性愛，社會的讚賞，並以裝飾及科學成就以保障之。
3. 駕馭之欲望，即「求權之意志」表現於所有權，家庭的專斷，政治的專制，此基於恨之本能，但可昇華為可讚賞的野心。

4. 安全的欲望，基於恐懼之本能，消極的表現於在永恆孤獨中或在社會禁忌下的個人的困苦。

問題與思考

1. 本篇小說為典型的鄉土小說，試問其中運用了哪些鄉土素材？

2. 若從女性主義觀點討論此篇白梅這位女主角，您認為契合嗎？請詳述正反意見。

3. 〈看海的日子〉曾經拍成電影，請就具體項目比較小說文本與電影二者之間的異同優劣。

參考資料

1.卓惠美，一九七七，《臺灣鄉土文學作家──黃春明》，輔仁大學德文系碩士論文。
2.劉春城，一九八五，《愛土地的人──黃春明前傳》，臺北：錦德圖書公司。
3.夏志清，一九八二，《新文學的傳統》，臺北：時報文化出版公司。
4.張錦郎，一九八七，〈黃春明作品評論索引〉，刊於《當代文學史料叢刊》第一期，頁一八九──一九七，臺北：大呂出版社。
5.葛浩文，一九八四，《弄斧集》，臺北：學英文化事業有限公司。
6.艾・阿德勒，一九九一，《理解人性》，貴陽：貴州人民出版社。

十三、將軍碑

張大春

除了季節交會的那幾天之外，將軍已經無視於時間的存在了。他通常在半夜起床，走上陽臺，向滿園闇暗招搖的花木揮手微笑，以示答禮。到了黃昏時刻，他就舉起望遠鏡，朝太平山一帶掃視良久，推斷土共或日本鬼子宿營的據點。如果清晨沒有起霧或落雨的話，他總是穿戴整齊，從淡泊園南門沿小路上山，看看多年以後他的老部下們為他塑建的大理石紀念碑。

將軍能夠穿透時間、周遊於過去與未來的事一直是個祕密。人們在將軍活著的最後兩年裡始終無法了解他言行異常的原因；還以為他難耐退休的冷清寂寞，又經常沈湎於舊日的輝煌彪炳之中，以致神智不清了。於是有人怪罪將軍的獨子；認為他沒有克盡孝職，害得老人家幽居日久，變得瘋瘋癲癲的。也有人熱心籌劃些同鄉會、基金會之類的機構，敦請將軍出任理監事或者顧問等等，免得他「閒慌了」。此外，為將軍八十歲而出版過慶壽文集的人更再三請示他口述回憶錄，好為大時代留下歷史的見證。

在將軍仍能開口說話的時候，他總是禮貌地向這些偶爾來表達關切的人士道謝，並且為兒子維揚辯解。早幾年裡他還知道自己會在訪客面前撒些小謊——比方說虛報維揚回淡泊園來探視的次數或逗留的時日，可是日子一久，將軍就真的弄不清；究竟維揚是「前天上午剛走」？還是「昨兒晚上才回來過」？漸漸地，他應答客人的話少了，他經常答得驢唇不對馬嘴，原因是他開始當著所有人的面神遊起來。有一次同鄉會的人請他談養生之道，他卻讓對方立正站好一刻鐘。另一次事件發生在將軍八十三歲的暖壽筵席上。他一口瀝乾了金杯中的餘酒，虎地站起身子，衝七十二位賀客說道：「你們要是真心看得起我武鎮東，就把山上那塊碑給卸了！我可擔不住那麼些好辭兒！」客人面面相覷，不明白將軍的意思，大家都懷疑自己聽錯了——山上哪裡有什麼碑？可是沒有人敢拂逆將軍什麼，連忙稱：「是。」將軍反而惱了，他知道沒有人會去拆那塊碑，氣得一屁股坐下去，罵了聲：「媽個屄的！一群小人」武維揚這時輕輕推身離座，彎彎曲曲繞過幾張紅布圓桌，抬手格開老管家前來阻攔的肩膀，在一片鬨鬧聲中走出淡泊園。將軍目送兒子的背影消失在廊外的那排龍柏之間，又聽見老管家囁嚅著說：「大少爺晚上有個講演會，趕回臺北去了。」當下便打了個酒嗝，向眾人點頭、微笑、渾若無事地揮揮手。然而沒有人知道：將軍已經打定主義：從此再也不開口講話了。

第一個發現將軍變成啞巴的是基金會聘來為將軍撰寫回憶錄的傳記作家石琦。她花了一整天的時間請將軍「努力回想一下民國十五年十一月北伐軍克復九江的情形」，可是將軍逕自在搖椅裡前仰後合，絲毫不為所動。最後，石琦關掉錄音機，輕拍著將軍的手背，說：「那麼您休息吧，我告辭了。」

其實將軍一直沒有休息，他仍舊流利地運用他那貫穿時間的祕密能力，把石琦從九江帶到南昌，在一所珐瑯工廠的地下室裡，會見了當地青幫的頭目馬志方。馬某人當場透露了一個驚人的情報：共產黨即將在上海發動一次群眾暴動。將軍回頭看一眼瑟縮在珐瑯器堆裡的石琦，笑著說：「不要怕，有我在。」說著便昂昂下巴示意石琦注意會議桌前和馬志方會談的那個年輕、英挺的自己。「那年我還不滿二十五。」將軍隨即拉起石琦的手，穿過四個月又二十天，抵達上海法租界外，看見兩百多支削尖的竹竿上掛著一顆顆血淋淋的人頭。石琦驚叫著倒在他的臂彎裡。將軍搖醒她，扠腰環視著混戰之後硝煙瀰漫的街道，說：「暴民都正法了，不要怕。」然而石琦卻瞪起一雙又驚又疑的眼睛，對他凝視了半晌，才輕拍兩下他的手背，說：「那麼您休息吧，我告辭了。」將軍看著那雙渾圓的小腿和纖細的腳踝，聽見高跟鞋踏在青石磚上發出喀喀的脆響，任由她消失於煙塵之中。接著他發現自己孤獨地站在黃浦馬路上，放聲吶喊著：「今天是個大日子！」喊聲混揉著極喜和極悲，極響亮也極靜默，將軍無法確知：今天究竟是他二十五還是八十三歲的生日？

將軍也曾悄悄地造訪過自己八十四歲時的葬禮。

葬禮果然按照他的意思，在淡泊園舉行。他的遺像還是七十二歲剛退役的時候照的那張，懸掛在大廳朝南的牆上。兩旁四壁和大廳的橫梁上掛滿了各式各樣的輓聯和匾額。（他摘下老花鏡，看了一幅上聯，就感覺有點頭昏腦脹，上氣不接下氣，乾脆作罷。）

他好不容易從人堆裡瞥見維揚，穿著一襲白布長衫，銀絲框眼鏡底下的一雙眼睛略帶點浮腫，顯然是哭過了。這使將軍在錯愕中不禁有些驚喜，便往裡擠了擠，站到他身邊去。維揚比他高半頭，他得挺直腰桿、踮顫著腳尖才看清楚兒子的鬢角也泛白了。將軍半是嗔怒、半是憐惜地扯扯維揚的袖口，說：「到我死了還不肯討老婆，我做了什麼孽？要你來罰我絕子絕孫！」維揚甩甩袖子，沒理他。

將軍嘆口氣，吹跑了婦聯會一個代表旗袍襟上的手絹兒。然後他跟著滿地亂滾的手絹兒步出大廳，躲開朗誦祭文的怪腔怪調，看見石琦站在廊簷底下拿手指抹眼淚。他正想拾起手絹兒遞上去，卻聽見基金會的祕書長說話了：「真是難得難得！石小姐，難得有機會碰見你。」他們親切地寒暄一陣之後，石琦又恢復了先前憂戚的神色，低聲說道：「人家辛辛苦苦又訪問、又錄音，又搞了三個月，結果全泡湯了。」祕書長拍撫著石琦的肩膀，想了半天，忽然眉頭一展：「有了，待會兒我把將軍的公子給你引見引見，也許還有救。」將軍這一下急了：「那小子知道個屁！」「我知道他。」石琦掠一下額前的瀏海，微笑著說：「他是社會學的名教授！」「放屁！」將軍氣得從臺階上跳下來，翻倒了好幾個花圈。

從葬禮回來之後，將軍就病了。每天昏睡十幾二十個鐘頭。老管家守候在床邊，求老天爺讓將軍說幾句夢話，也好明白他究竟胡思亂想些什麼。可是將軍憑仗著數十年如一日的堅毅果決的精神，連夢話也不肯說。直到一個月之後的一天清早，滿園的七里香味沿著青石磚路浩浩蕩蕩穿過迴廊，開赴臥房的時候，將軍才精神起來。他下床走向窗邊，對列隊恭迎的花香不住地點頭，然後衝老管家說了一句話：「開春了。」老管家一楞，頓時喜淚盈眶，道：「您、您總算醒啦！」將軍卻覺得莫名其妙，以為對方老糊塗了。他恢復沈默，瞪視著老管家，氣得竟然不記得這些日子以來主僕倆在江南打保衛戰的艱苦患難。

將軍之所以要帶著老管家重返古戰場，無疑也是由於葬禮上受到刺激的緣故。他堅持讓老管家作個見證：證明維揚沒有資格續他的回憶錄；在他最輝煌的那些歲月裡——「維揚這臭小子還不知道在哪裡當孤魂野鬼，沒處投胎呢！」多年以來，每當父子倆發生摩擦衝突的時候，將軍都會意氣風發地這麼說，可是話一出口，就會有另一種更大、更強硬的恐懼浮現——將軍真的懷疑這個戰後出生的老來子，曾經是某個無名火線上冤死的孤魂野鬼，或者是所有冤孽的總合和菁華。在這種恐懼的催迫之下，他不得不向老管家重新翻修他對歷史的解釋，編織一些新的記憶，塗改一些老的記憶，以抗拒冥冥中可能已經加諸在他身上的報應。

於是，當主僕二人來到民國二十一年一月二十日的上海，看著五十名「日本青年保衛社」社員燒毀一家毛巾工廠、燒死兩名中國工人的時候，將軍便忙不迭地告訴老管家：「其實我那時候兒根本不在上海。打保衛戰以後我才來的。」可是他無法說明：既然眼前這場夜火處於一個他從未經歷的時空，他又怎麼能帶老管家「回來」？「將軍！您以前說過：鬼子燒工廠是為了向您報復啊！您不是先活活打死了一個日本臭和尚嗎？」將軍立刻搖頭否認，以免把那臭和尚和獨身的維揚牽扯在一起。他義正辭嚴地斥道：「胡說！」然而在另一方面，將軍已經看見那個年輕、英挺的自己衝進火窟，救出了第三個中國人，卻沒料到：對方竟然是虹口地面上的中盤鴉片商。火災事件之後，將軍的懊惱並沒有持續太久，因為他所救的人在爾後的一段日子裡資助了他的非正規軍一大筆糧餉，到頭來還成為他的岳父。

將軍接著悄聲向老管家表示：他從來就沒喜歡過他岳父那個老王八蛋。「可是，那時節——」將軍沈吟著、嘆息著，沒有繼續說下去。他希望對方能體諒：在內戰外患頻仍的年月裡，沒有什麼人、什麼事是純粹的。榮耀與罪惡、功勛與殺孽、權勢與愛情、恩與仇、生與死……全是可以攪和成一體的稀泥。「這我懂，將軍。」老管家說。將軍咬緊牙關，以免臉上流露出感激的表情；他使勁兒昂起下巴，堅定地凝視廠房那邊冒竄到半空之中的熊熊烈焰。心底卻有一股如火燒巨木般摧枯拉朽的聲音在喊著：「維揚啊！你這個小孽障就從來沒懂過！你懂得個屁！」

維揚再度回到淡泊園時正當清明節。將軍一身仍舊是壽宴上穿的那套黑緞面夾襖和藍綢袍子，坐在落地窗前，拿望遠鏡眺望梅雨中蠢蠢欲動的山勢。維揚拍打著風衣上晶瑩的雨珠走來，按住搖椅靠背，繞身到前頭，彎腰端詳了老人一陣，將軍偏了偏頭，嫌他遮住光。維揚則繼續俯視著他絞皺的額頭、臉頰和乾縮的嘴，替他拈掉沾在下巴上的飯粒和襟前的一叢線球。然後對老管家說：「他精神不太好。」

「欸！就是啊，從二月裡做壽到今天，將軍跟掉了魂兒似，怎麼也不肯說話。」老管家也近前來，陪維揚一道審視將軍。他們同時感覺到：將軍根本不知道也不在乎跟前的這兩個人。維揚又撣掉將軍膝頭的一些雨珠，隨口和老管家聊兩句天氣越來越壞，一年比一年多雨之類的話。老管家彷彿也被維揚那種鑑賞骨董藝術品的肅穆神情和純淨潔癖所感染，抬手熨平了將軍左耳後方殘存的幾莖亂髮，漫聲應道：「是啊！杜鵑花都光結苞子不開花了。」「臺北更糟，空氣壞得一塌糊塗。」維揚說著，替將軍摳掉一顆附著在鼻梁旁邊的眼屎：「還是山上乾淨些。」「是啊！」「他現在自己會不會大小便？」「會的會的。您放心。將軍吃喝拉撒都好。」「那好，」維揚伸手想去拉稱將軍夾襖的縐褶，發現老管家已經搶先做了，便鬆口氣說：「那好——？唉！還是山上乾淨些。」「是啊！」老管家為將軍捲了捲袖口，忽然發覺襯裡的白袖筒已經髒了一圈，便趕緊再翻回原狀，一面說：「我在後園裡種了一畦菜，沒有農藥的，您回去的時候帶一點。」維揚點點頭，順手理了理將軍的衣頭，輕推一下搖椅，說：「好的。我先到媽墳上看看去，回頭再和你四處逛逛。」他們一左一右離開窗前，走了幾步，維揚有些未盡心意而不安的感覺，回頭望一眼兀自在搖椅上俯仰的將軍，說：「他精神不太好。」「欸！就是啊，從做壽那天起，人就不說話了。」

將軍從望遠鏡筒裡盯住維揚灰色的風衣漸行漸遠。維揚走得很慢、很小心。滿地爛濕的草葉和飛濺的泥漿居然沒有弄髒他筆挺的米色法蘭絨褲角。將軍自己倒不顧忌這些，他一輩子高視闊步，撲面的風雨和陷腳的泥濘總讓他感到爽快。這時他已然穿透望遠鏡筒越出焦距之外，穩穩地在山頭站定，等著他的兒子。

「快啊！」將軍脫下白手套，捏緊拳頭朝半山腰裡的維揚吼了一聲。他有些不耐煩，擔心維揚來不及看見他們第二十軍團重創日本「北支那方面軍」的好戲。將軍皺緊眉頭瞥一眼西北角煙霧瀰漫的黃土平原——那邊隱約傳來一陣又一陣的炮擊；當炮擊打著唿哨掠去將軍的帽子的時候，維揚才爬到崖子口。將軍一把把他提起來，按倒在新綠的草叢裡，緊接著塞了支望遠鏡過去：「看見沒有，那就是『北支那方面軍』第十師團的瀨谷支隊，他們已經掉進咱們的口袋兒裡來了。」維揚一面點頭，一面拍打著沾附在衣袋上的芒草尖。「再看那邊，正面。我們從開封、徐州開來的戰車隊和重炮馬上就要到了。看著罷！明兒一早，咱們給它來個甕中捉鱉，叫他們一個也活不了！」「我還要趕去上墳，爸！」維揚擄袖子瞄一眼精工錶，低聲說道：「這裡什麼時候可以結束？」將軍深深地望了望對方，捺住性子，繼續說：「再過幾天，日本第五師團的坂本支隊也來了四個大隊，是從那個方向——看見沒有？東北方——從那兒來的。哼！一樣來得去不得！」「爸！到底還要打多久——」「多久？」將軍猛地蜷起身子：「八年！光這場仗你老子就打了八年！還不止咧！

告訴你，老子打了一輩子！」「我真的趕時間，爸！」維揚抬起手背輕輕拭去額頭的汗水，哀求著說：「我得上墳去了。」「上你媽的個墳！」將軍罵道。「是。」維揚扶了扶銀絲框眼鏡，平靜地說：「是上媽的墳。」將軍一發怒不可遏，把手套摜在地上，舉起靴底狠狠跺兩跺，叫道：「你給我回來！老子斃了你。——這是中國的歷史你知道不知道？」「那是您的歷史，爸。」維揚小心翼翼地循著來時的腳印退下崖子，語氣仍舊十分恭敬：「而且都過去了，爸。」將軍氣得眼眶都要暴裂了，他跳兩跳，一顆低飛的流彈不偏不倚擦中他的頂門，掀去一塊頭皮。從此將軍的頭頂上方禿掉一片，終身沒再長過一根毛髮。這一年將軍三十七歲，他一輩子不會忘記這個叫臺兒莊的地方。

臺兒莊以後無數個日子裡，將軍養成了一些非常奇特的習慣。沒事他就會試探性地摩擦幾下禿掉的頭皮，看看有沒有復活的髮芽兒在神不知、鬼不覺的情況下冒生出來。背著人的時候，將軍往往會面對一方小鏡子，用指甲尖擠弄頭皮，以測知底下的髮根是否真的死了。年歲一久，期待禿髮再生的意思淡了，但是潛藏著的那種試探的意圖卻沒有死。他總是在焦慮、困窘、憤怒或疑懼的時刻，伸手上頭，讓掌心在禿頭上空不到一毫米的地方按兩下，有如一位剛燙好新髮型的婦人試驗髮質彈性的模樣。然後，他會用半長不短的指甲在頭皮上往復搔抓，直抓得紅光滿面。

將軍第一次抓破頭皮是維揚進大學那年夏天。他簡直氣壞了，不敢想像自己的兒子竟然要念「社會學系」。在他看來，社會學就等於社會主義，社會主義就等於左派，左派就是共產黨。「你不能打仗，那是你的造化。你要念文學校，也隨你的便。」將軍越說越快，聲調也越高：「可是要念共產黨的玩意兒，沒門兒——給我立正站好！」維揚低下頭，臉頰和下巴頦上的青筋抽搐著。將軍來回踱方步，踹翻了一個茶几，嚇得將軍夫人在旁打抖，連茶碗的碎片也不敢拾。將軍一逕噴著唾沫道：「你要讀書，不讀讀歷史啊？你老子打共產黨打了一輩子——」「那是您的歷史，爸！」維揚沈聲打了個岔：「而且都過去了。」說完便掉頭步出門去。將軍終於抓搔出一頭血爪印，大罵將軍夫人無能：「搞得家裡一點紀律也沒有！」

維揚趁天黑前從墳上回到淡泊園。將軍也輾轉由四十六年前的臺兒莊和二十年前的官邸等大小戰場上獨自歸來。父子倆都略略顯出疲憊之態，隔著張飯桌輪流打呵欠。維揚照例報告一些教學和研究工作的近況，隨時不忘抬手看看腕錶或者整理一下原來已經整潔完美的西裝、領帶。將軍總會在對方話語稍做停頓的時刻適切地點點頭，並趁機喝口湯、夾點菜什麼的。咀嚼和吞嚥的動作絲毫不影響他心裡對兒子的談話：「不管怎麼著，不准你答應基金會那幫子人替我寫什麼錄不錄的！又立碑、又立傳，像什麼話？我又不是個死人。再一說，現在是個什麼年月？屁大的事兒還沒做了呢，先論起功、行起賞來咧？呿？小人當道。再一說，連你老子都不配寫什麼錄不錄的，你小子能懂什麼？別讓人捧嗒捧嗒地忘了自己吃幾兩米。教授？教授能大過司令官去麼？」「我夜間部那邊還有兩堂課，爸，我得走了。」維揚推桌起立，接過老管家早就準備好的一大包空心菜，順勢禮貌地跟他握手：「過兩天我再來，您多費心了。」「這些菜都是我親手種的，一點農藥都沒有，吃著好吃再來拿去，還有一大園子呢。」「還是山上乾淨些。臺北空氣壞得一塌糊塗。」維揚又轉臉瞥了瞥將軍，說：「他現在會不會自己大小便？」「會的會的。」老管家像個介紹人似的朝將軍攤伸手掌，說：「將軍吃喝拉撒都好。」「您留步。」「您慢走。」他們在寒暄的時候並沒有聽見將軍的話——他兜回頭仍然在數落基金會的不是：「像什麼話？我又不是個死人！」

將軍這天晚上睡得很不安穩，半夜雨停的過程都聽得一清二楚。好不容易捱到天濛濛亮，他便決心到自己的墳上逛逛去的。

墳頭的高麗草還是新植的，比起旁邊將軍夫人的來，要顯得精短爽利得多。將軍俯身摸了摸草皮的頂端，掌窩子裡傳來一陣堅挺強韌的觸感，生趣盎然。他朝裡再摸兩下，發現草根處有土，不禁滿意地笑起來。不過，這一抹笑意並沒有維持幾秒鐘，因為將軍不該像平常抓頭皮那樣生猛狂暴地抓搔著草根下的土壤——它只是薄薄的一層，禁不起將軍早年跟著青幫會家子練就的一副鷹爪鐵指功，三摳兩摳便現露出底部灰綠色的塑膠墊。將軍不免大為懊惱，一屁股頹坐在墓石前，望著「顯考前陸軍上將武公鎮東之墓」的字樣，幽幽地嘆了口氣，怕打掉殘附在指間的草皮斷葉，道：「假的。」

前來上墳的維揚實在不能忍受高麗草剝落一大塊的殘缺景象，他扔下盛著供果、香燭和鮮花的竹籃，一個箭步竄上去，抖散了原先被賓士美髮霜糊貼得非常順亮的髮梢，忍不住叫道：「看這草給扒的！這附近一定有野狗。」跟隨在他身後的石琦笑著說：「聽說你是個『不可救藥的完美主義者』，看來還真不錯。」將軍被維揚壓在墓石上，背脊一陣涼，鼻子卻得忍受維揚身上的古龍水氣味，頓時煩噁起來，想一把推開對方；可又覺得幾分不忍，畢竟他有好幾十年未曾如此親近過兒子了。

維揚頗花了些氣力，在墳堆四周拾回幾莖帶根的高麗草，將就著散碎石塊給補植上去。左右顧盼，總不能順眼，整個人的心緒都搞壞了。他默默地把香燭、供果擺設好，鮮花就放在半禿的塊草皮上——以免瘡痍礙眼——便逕自伏身鋪了手帕，跪拜起來。石琦也跟著鞠躬如儀，將軍趕緊拍屁股離位，站到一邊去。

「我很感激你願意陪我走這一趟！」維揚衝著墳對石琦說：「可是，我恐怕不能提供你什麼有價值的資料——我和先父不是很親近的，我也沒趕上他的時代，你知道。」將軍點了點頭。

石琦也點了點頭：「總可以談談你的家庭生活吧？比方說：童年的經驗啦！父母的關係啦、什麼的。」

「童年經驗？」維揚的鼻孔因哼笑而張大了些，久久不能恢復原狀。他走踱到一旁，下巴幾乎撞到將軍的額頭，才說：「有一回他教我行舉手禮，為了我的手掌抬不平，就讓我對著國父遺像罰站，說是：『站到國父滿意了、笑了，才准離開。』那年四歲——這，算不算童年經驗？」

石琦不理他的話，頑皮地笑著說：「結果你站了多久？」

「三天，整整三天。」維揚輕咬著牙關，連將軍都聽見那喀叱喀叱的摩擦聲——可是他想不起家裡曾經發生過這種事件，不由得：「咦？」了一聲。石琦再也笑不出，瞪起一雙慣於又驚又疑的眼睛：「啊！好可怕，將軍那麼慈祥的人，真想不到！」「沒影兒的事！這小子胡扯八蛋！」將軍抓搔幾下頭皮，繼續說：「你當我死人哪？這麼編排你老子！」說完狠狠一巴掌摑在維揚的左頰上。維揚拉起風衣領遮住風，走向將軍夫人的墳。他小心翼翼地彎腰、曲腿、伸直手臂，拔除許多突兀的芒草，和幾株野生的紫色牽牛，說：「我媽在旁邊陪我跪了兩天兩夜，流了淚也不敢擦，一身旗袍都濕透了。結果她得了風寒，我有幾個月不能走路。」

「難道就沒有一點愉快的事？」

「有什麼好愉快的？」維揚和將軍同時說。維揚忽然有些恍惚，覺得說這話時的情境似乎從前曾經經歷過，卻又若近似遠，飄移不安，令人捉摸不著。他只好定定地敘述起「從小就穿一身筆挺僵硬軍服、戴軍帽、掛勛標、佩刀帶槍」的記憶——「先父一直想把我塑造成一種標準軍人的Stereotype，可是我不行。我骨子裡就有那種Anti-bureaucrat的抗體。結果他痛苦，我痛苦，全家都痛苦。」將軍聽不懂洋文，可是他了解「痛苦」是用任何語言都矇混不了的，當下氣虎虎地掏出夾襖口袋裡的皮夾子，翻出一張泛黃膠套裡的泛黃照片；照片裡的維揚顯然還很年幼，一身鮮亮的軍裝，斜著小巴掌朝鏡頭敬禮，咧著張沒牙的嘴呵呵傻笑。「這叫苦？」將軍放聲吼：「放你媽的狗臭屁！」

「最苦的是我媽。」維揚退兩步，審視將軍夫人墳上的雜草已經清除淨盡，才沈吟著說：「她是被先父逼死的。」

將軍最是聽不得這話，胡亂放了皮夾、照片，一步搶上前，左手抓起維揚的衣領，右手掣住石琦的肘彎，道：「給老子滾回去看看：是誰逼使誰？到底是誰逼使誰？」

那一年將軍屆齡退役，簽請延了兩年，正為「老驥伏櫪，志在千里」的古訓欣慰不已；那裡又別無閒事，於是找了個國畫名家，依古禮拜師學學書畫。將軍嫌山水呆板、花鳥柔弱，仕女更是不屑一顧，指定學畫龍、虎、馬。紙要大，筆要粗，端的是張張飛白。學的日子不多，求討墨寶的卻不少。將軍偶爾也會寄個一、兩軸到美國，給正在念學位的維揚。題詞不外「王師北定中原日／家祭毋忘告乃翁」、「壯志飢餐胡虜肉／笑談渴飲匈奴血」之類，權代書信。

維揚和石琦被將軍押返淡泊園的時刻，書房裡那個七十歲的將軍正在為一頭白額吊睛大虎落款，虎頭衝左扭，彷彿不勝迎面狂風之力而暴惱怒吼的模樣。維揚瞄一眼題辭，是辛棄疾的「南鄉子」：「何處望神州／滿眼風光北固樓／——生子當如孫仲謀」那幾個老句子，隨即扭臉對石琦說：「就是這一幅，可把我整慘了。」「哦？」石琦瞄一眼畫，又瞅了瞅正在凝神觀賞自己作畫的將軍。「那年我在D.C.，」維揚立刻警醒地壓低了聲，附耳上去，說：「搞保釣。一起參加活動的幾個同學知道我的出身，又看到他寄來的這幅畫，就開了個檢討會狠狠鬥了我一頓，叫我作自我批評，整整鬧了一晚上。」維揚苦笑著搖搖頭。「你那時候，那麼左啊？」「也不是左，唉！怎麼說！——」維揚緊一緊領帶，脖子不很自在地扭了扭：「很困擾吧？」「可是開那種會——」「當時只是我們的『民主實習』

罷了，不嚴重的。」

「不嚴重？」將軍指著書房門口跑進來的老管家，衝兩人說：「你們自己看著！」

老管家遞給作畫的將軍一只航空信封，封皮下角印著「香港新風畫廊」的篆字名銜，將軍一面拆著，一面說：「要我去開畫展的。」話音還沒落定，臉色卻變了，整個人上半身微微地抖顫著，震得硯池裡的墨汁幾乎潑灑出來。好一陣定過神，喘口大氣，才對老管家說：「把這張拿去裱了，寄美國——請夫人來一趟。」

將軍夫人挪蹭進屋的時候維揚對石琦說：「我一直認為中國女性的犧牲人格是一種政治副產品。」石琦解意深長地點點頭。將軍則再度提醒他倆注意——將軍夫人從丈夫手中接過信箋，讚聲：「好哇。」「好個屁！看清囉——那個畫廊的副理事長是誰？」夫人依言看去，忍不住「啊」的一聲喊：「阿爹？他逃出來格囉！」「做夢！」將軍順手拈起枝畫筆，扯過紙來，在上頭隨手畫些粗大飛白的圓圈，一圈圍一圈，密密疊疊，然後說：「憑他那副煙骨頭？咕？他是給放出來的。」「你好像——」石琦側昂起臉注視著維揚：「看得很透澈。」「也是出去待了幾年，才慢慢兒想清楚的。」維揚視線落在兩個將軍和將軍夫人之間某個遙遠又空茫的定點上，說：「中國人的男女關係和倫理關係其實一直被 condition 在一種 political sphere 的困境裡面，出不來。」「逃出來、放出來，弗是都一樣？」

夫人似乎已經感受到將軍身上迸散出來的那股凜冽的惡意。將軍抻紙壓筆，重重地畫了個大叉，沙著嗓子喊道：「女人家你懂得什麼？放他出來是衝老子來的，這是給我好看。邀我去開畫展，去會會老丈人、去他娘的丟人現眼哪？還當我是沒毛兒的奶孩子？呿！」「一家團圓是好事，丟啥子人哩？」夫人說這話時淚水止不住地淌下來，語聲一字比一字細弱，頭也垂了，彷彿要說服自己的繡花鞋。「當時你會去搞運動，是為了走出這種困境嗎？」石琦索性從皮包裡掏出記事本子，速記起來。維揚撫平了鬢角，清清喉嚨，開始進入像平時接受記者採訪一般的情境，緩聲說道：「Well，呃，我想，在行動的邏輯上，是的，不過我必須澄清的是：我並沒有深入，我很快就退出了，成為一個旁觀者。我對後來『釣運』會轉變為『統運』也一直非常遺憾！當然，這是另一個層次的問題……」「狗屁的話！什麼團圓哪？他們這是存心翻我的老帳。」將軍把筆一扔，叫道：「這叫『統戰』！你要去和那老王八蛋團圓，你就給我去死！」最後兩句話被將軍背後的將軍搶著蓋過去：「聽見沒有？是『統戰』！」「以我個人的觀點，事情過了這麼多年，我們應該用比較理性的態度去看它，不能再訴諸情緒了。」將軍夫人此刻再也忍不住，罵聲：「你不是人！」便轉身衝出房去。將軍繼續吼道：「你去死！」「那麼……」石琦睃一眼將軍和將軍背後的將軍：「話說回來；你是不是也能理性地談一談令尊呢？」維揚聞言，抿起嘴唇思索了片刻，才說：「坦白說，我們都活得很矛盾。」

將軍帶著極大的困惑從墳地回來，想著「矛盾」這兩個他從來沒用過的字，以及它們的意思。他對這兩個字的反感，一方面是因為「他畢生的敵人慣用矛盾律的伎倆」——這已經是職業軍人奉為信念的事；另一方面，將軍一向認定：人只要信奉點什麼，就根本不會有屁的矛盾。可是這樣想來，將軍不禁要替維揚擔心。如果說維揚自己「活得很矛盾」，那就表示他是個沒什麼信仰的人。那麼，父子之間多年以來的摩擦便不只是「硬對軟」、「文對武」、「新對舊」這樣簡單的鬥爭而已了。更可怕的是：將軍搞不清楚兒子究竟在什麼地方？他相信什麼？他反對什麼？他為什麼？——相形之下，將軍反而覺得：維揚把他母親的死歸咎於老父之顢頇跋扈，倒是無可厚非的小事了。

在山頭繞了兩個圈子，將軍從北坡回淡泊園南門，在山腰上看見一群榮工處的老榮民正在搭建一座鷹架，鷹架中間是空的。不過他知道：那中空的位置即將興建起一座大理石紀念碑，碑上有七十二位基金會、同鄉會的老朋友、老部下和他的老來子簽署鐫刻的銘讚之辭，紀念碑將於許久之後——他的九十歲冥誕那一天——落成揭幕。維揚甚至會應邀發表一篇長達七分半鐘的演講，講題是：「我的父親武將軍生前二三事」。

將軍停下腳步，和榮工領班打了個招呼。「要蓋個紀念碑是罷？」他說。「是啊！」

領班掀起汗衫前襟拭額角的汗水，露出小臂上「反共抗俄救中國／殺朱拔毛鋤漢奸」的青黑紋字：「一位老將軍的，死了好幾年了。」

「噢。」

「了不起啊！打仗打了一輩子。」

「噢。」

「聽說筆底下也好，還畫過不少畫。」

「噢。」

將軍又聽他褒揚了自己的勛業一番，卻沒有像往常那樣受不了過譽之辭而大發雷霆。他捺住性子聽，不時地點點頭，彷佛正在聽一首溜耳即逝的陌生樂曲。最後，他向對方舉手致答禮告辭，喃喃地說：「是啊是啊！人死得越久，也就越沒什麼矛盾了是罷？」「您說啥？」

將軍在夏天來臨時說過一句話：「熱起來了。」把老管家嚇了一跳，以為自己的耳朵出了毛病，竟然會真切地聽見幻音。將軍說「熱起來了」的時候已置身於冥誕紀念會場，望著一襲火燥燥、紅猩猩的巨大綢布從紀念碑上飄然揭落，以一種滑翔的姿勢冉冉墜在碑礎四周的花籃內側，眾人立時爆炒起一陣沸聒聒的掌聲。

維揚的演講卻讓將軍十分意外。他竟然能清楚地說出將軍在哪一年打過什麼仗、在哪一年突過什麼圍、哪一年受勛、哪一年晉級。除了少數幾個地名、人名念錯之外，大致還符合將軍的記憶。只有一點，將軍聽得仔細，而不敢置信：

「民國六十年一月，先母周太夫人心臟病突發過世，先父哀毀逾恆，守靈四十九天，幾乎粒米未進，可見先父用情之深了……。」

維揚念著這一段的時候，臉色像平日一般鎮白，毫無表情，只是把「哀」字念成了「衰」字，他自己也沒有察覺更正。倒是將軍這邊詫異得緊，他猛烈地撓抓頭皮，不知道該不該同意維揚的說法。

將軍利用一整個夏天，盤桓在妻子吞服安眠藥去世之後的那段時空裡。有時候他會帶著新配了助聽器的老管家一塊兒。兩人的衣衫單薄，受不住舊日寒冬的凜殺，經常是去去就回。將軍總在那樣的冷風裡問：「你倒是說，我究竟替她守靈了沒有？」老管家打著哆嗦渾身搖撼，望望他，說：「您說呢？」「我在問你啊！」老管家再望望空盪盪的廳堂，把個腦袋小小心心地湊合著害冷而搖得更劇烈了：「好，好像是沒有哇！」「可我又記得——」「您說有就有，不就結啦？」將軍「嗯」了聲，又問：「那你再說說，我吃飯了沒有？」老管家一楞，扶了扶助聽器：「啥？你說啥？」「我說我吃飯了沒有哇？」「有哇！」老管家說：「我做的飯菜，您都吃啦！還喝酒了咧，驅寒嘛。」「咦？怪了！」將軍說：「我不是光守靈、不吃飯來嘛？」老管家又發起抖、搖起頭來：「冷哪！回去吧，將軍！」

將軍最後一次步行出淡泊園是在重陽節。維揚攙著他艱難地迎風上山。將軍開口說道：「葉子都落了。」維揚答聲：「是。」良久之後才忽然省悟到將軍並沒有變啞，便不自覺地停下腳步：「別走了，爸，山上冷。」將軍不再理會他，逕自往坡上邁。他要帶兒子到冥誕紀念會場去，讓他聽一聽：自己在六年以後說了些什麼？

「──可見先父用情之深了。總而言之，先父是一個有信仰的人，他畢生為他的信仰而奮鬥、犧牲，在我們這個充滿變動和矛盾的時代裡，他留下了不可磨滅的典型。他老人家雖然已經去世多年，但是他的精神不死，將永遠和我們在一起。」

「你，你這、這是真心話？」將軍顫聲問道，同時左顧右盼地打量臺上和身邊的兩個兒子。身邊的維揚遲疑了好一陣，說：「你不愛聽麼？」臺上的維揚在掌聲中走入人群，和來賓一一握手，最後他站在基金會祕書長的身旁，向對方致謝：「如果不是祕書長幫忙，我還真不知道該講些什麼呢。」說著，揚了揚手裡的講稿。「別謝我。」祕書長笑著說：「稿子是石小姐給擬的。啊！真是，文采流暢，字字珠璣，動人之至，動人之至。」

將軍聽著，頭皮已經暴紅起來，甩臂脫開身邊的維揚攙在他脅下的手，喝道：「你要是不信這一套，為什麼講得這麼溜啊？」「只不過是一個演講而已嘛！」說著，維揚拍兩拍弄皺的袖子。「你到底反我什麼？你到底信什麼？」將軍狠命一抬腿，朝紀念碑的方向踢去，颳動一陣涼風，讓花籃、紅布翻倒作一堆。演講的維揚和石琦一起跑去把花籃歸位，把紅布也拉拉稱。「坦白說，我們都活得很矛盾。」身邊的維揚一面說，一面朝前走了。將軍看著兒子的兩個身影左衝右突，忽而分，忽而合，時而清晰，時而模糊；當下一陣天旋地轉，放開嗓子大喝一聲，挺起腦袋朝紀念碑撞去。也就在這一刻，他聽見體內體外同時奔放出一陣轟然巨響，劈開一切虬擾纏祟的矛盾——他第一次相信，也從此解脫的東西。

於是將軍無所不在，也無所謂褒貶了。他開始全心全意地守候著：有一天，維揚終究也要懂得這一切的；因為他們都是可以無視於時間，並隨意修改回憶的人。

作　者

張大春（一九五七——），原籍山東，生於臺北市。輔仁大學中文研究所碩士畢業。張大春屬八〇年代後現代派小說代表作家，早期作品屬寫實一派，但也較多的運用了西方現代主義的某些技法如小說觀點、心理分析等。創作《公寓導遊》之後，越出現實主義範疇，內容與形式不斷變化，創作後設小說、魔幻現實主義小說、歷史傳奇小說與新型現代武俠小說。藝術上不斷探新而內容又緊扣現實。著有《雞翎圖》、《公寓導遊》、《四喜憂國》、《大說謊家》、《病變》、《刺馬》等小說集與長篇小說。曾獲吳三連文學獎。

題解

本篇小說是作者張大春獲第九屆「時報文學獎」小說類首獎的得獎作品（一九八六）。其後收入一九八九年短篇小說集《四喜憂國》。

賞析

〈將軍碑〉是一篇小說技巧全新的寫法。這種寫法就是後設小說的類型。後設小說是反省小說的小說。它要顛覆過去傳統小說的思考模式，質疑小說的固定寫法。主要思考對象是小說語言自身。認為小說語言所表現的真實，是真的？抑或也是小說家營造出來的？

再者，小說人物是「被寫」的？還是真有其人？又或者小說中的人物其實就是讀者自己。小說其實也不是作者與讀者對立的。而這一切，都是因為小說語言本身的問題。

當真實與現實被解構後，小說的現實是一種魔幻性質。所以，後設小說往往結合魔幻手法，又叫作魔幻寫實。本篇小說寫法就是一個典型例子。

〈將軍碑〉寫一位退役上將武鎮東，一生戎馬，馳騁沙場，終生所奉的「領袖、國家」信念，一直支持他一輩子，直到晚年。誰知戰爭結束，太平日子過久了，將軍體力也衰了，風燭殘年，一切的時代環境都已改變，全新的多元價值觀取代過去信守的「效忠」老觀念。「國家」模糊了，過去的榮華也消失了。然而將軍仍然不能放棄舊有的東西。終日活在昔日的形影與記憶裡。全篇故事大要如此。

在主要軸線之外，本篇另外安排了將軍的兒子武維揚，與將軍終生的侍衛，穿插其間。而小說的首尾藉由一位女記者傳記作家石琦把這幾位人物組織起來。女記者是這一大段故事的「編織者」，也是全篇小說人物的「甘草人物」。雖然，表面上，女記者藉由訪問將軍的兒子，一點一滴地把將軍過去的軍旅生涯挖掘出來，寫出一本有關將軍的一生傳記。但別忘了，將軍早已墓木拱矣！死亡多年，然而卻在關鍵處，不時聽到將軍的聲音，看到將軍的影子，活靈活現地跳出來，猶如現實人物一般，憑著「在場經歷」的權威口氣，指正兒子的錯誤說法，或者補充女記者的遺漏。小說一開始就讓將軍的化身出現在太平山，看看自己部下為他塑立的大理石紀念碑。隨後即展開一段將軍過去時空與事件人物的追憶。時間依序回溯到民國二十一年一月二十日的上海，將軍與日本兵打保衛戰的場景。無意中，救出一位中盤鴉片商的兒子。最後他不但資助將軍非正規軍糧餉，也成了將軍的岳父。

以下接著採用一進一出，一虛一實的寫法。寫將軍參加臺兒莊戰爭大勝，將軍深感光榮，卻被兒子忽略過。寫將軍夫人死於自己的跋扈個性，寫兒子維揚照每年忌日慣例，報告將軍一生行誼，將軍跳出來糾正兒子的說法，到小說最後，寫兒子非出於真心的恭維話，以及女記者隨意添加的讚詞，其實都是「編造的語言」。這樣編造出來的將軍其實也不必專指武震東，而是一個普遍現象，凡是經過「語言」表述的客體，都有可能是如此的。所以小說最末以武震東的自白作結云：

> 於是將軍無所不在，也無所謂褒貶了。他開始全心全意地守侯著：有一天，維揚終究也要懂得這一切的；因為他們都是可以無視於時間，並隨意修改回憶的人。

試想，可以「隨意修改回憶」的人，不正是說明了人的「真實」之不可能，連自己也可能要去掩飾過去不為人知的錯誤行為偏差想法。何況，又要再藉由「語言」表述出來，其更不可能是真實了。因而可斷定，真實現實不可能，而語言更充滿了隨意性與遊戲性。小說，如果太依賴或相信語言的表述，那麼，小說的真實與現實真的可能嗎？

最後，吾人可為後設小說下一定義如下：凡是運用語言，引起讀者注意小說敘述與結構本身的問題，從而摧毀傳統小說給讀者的意義與期望，並且，打散文學的、社會的，或真的與假的之間的分別者謂之後設小說。

問題與思考

1. 什麼是後現代主義？
2. 什麼是後設小說？它與後現代主義的關係為何？
3. 試分析本篇小說應用了後設小說的哪幾種技巧？

參考資料

1. 張惠娟，一九九〇，〈臺灣後設小說試論〉，收入林燿德、孟樊主編《世紀末偏航》，頁二九七——三二六，臺北：時報文化出版企業有限公司。
2. 楊澤（主編），一九九四，《從四〇年代到九〇年代——兩岸三邊華文小說研討會論文集》，臺北：時報文化出版企業有限公司。
3. 王德威，一九八八，《眾聲喧嘩——三〇與八〇年代的中國小說》，臺北：遠流出版事業股份有限公司。
4. 詹宏志，一九九〇，《閱讀的反叛》，臺北：遠流出版事業股份有限公司。
5. 古繼堂，一九八九，《臺灣小說發展史》，瀋陽：春風文藝出版社。
6. 陸士清，一九九一，《臺灣小說選講新編》，上海：復旦大學出版社。
7. 陳光孚，一九八六，《魔幻現實主義》，廣州：花城出版社。
8. 柳鳴九（主編），一九九〇，《未來主義・超現實主義・魔幻現實主義》，臺北：淑馨出版社。

9.瘂弦（主編），一九八七，《如何測量水溝的寬度》，臺北：聯合文學出版社。

十四、死了一個國中女生之後

蕭颯

十二月八日星期二下午五點四十分左右，百齡橋下通河東街段淡水河，發生國中女生落水不幸溺斃事件。

這樣的寒冷冬夜，原來應該是鬼影不見的淡水河岸，此時卻刑警、管區警員、驗屍法醫、目擊證人、圍觀群眾……足足站了六、七十人。大家三三兩兩聚落著，有辦事的，有幫忙的，有議論紛紛的；只有已經覆蓋了草蓆的屍體，寒凜寂靜的躺在一邊等待處置。

我掏出實習記者證，訪問了目擊證人。

「請問大名？」

「陳火生。」此人年紀五十上下，身材矮小，戴頂黑色絨線帽，像是極歡喜管扯閒事的一類。

「是你第一個看見嗎？」

「對！只有我看見。天已經很黑，附近根本沒有別人。」

「說說當時情形好嗎？是不小心掉下去？還是自殺？」

「那我怎麼知道？得問那個跑掉的傢伙了。」

「什麼人跑掉？不是說只有你看見嗎？」

「是只有我看見，」他很不高興我的愚魯，「算了！我重新講給你聽好了，剛才已經說了不知道多少遍。你應該早點來。」

「對不起，對不起。」

「我有便祕毛病，家裡馬桶坐不慣，非蹲著不可，所以每次方便，都是趁著天黑沒人，到河邊上來，那邊有一堆茅草。」他指給我看，幾乎比人還高，黑裡只見那白花花的蘆葦隨風搖曳。「我就蹲在那裡。頭先也聽到些聲音，還以為是風叫。後來再聽是叫救命，我穿了褲子站起來，只看見有人已經掉進河裡，另外一個男的站在岸邊上，也不去救，望了一會兒，拔腿就跑。你要問那女孩子是自殺還是他殺，得問那跑掉的。」

「什麼樣男的？」

「十六、七歲，穿件深色夾克，黃卡其褲，反正小太保就對了。現在這些男孩、女孩，不得了啊！成天亂搞，殺人、放火、偷東西，沒有一樣不會的，真是恨得人牙癢癢，一個個都該好好抽一頓鞭子，才會學乖。」

「後來呢？」

「後來什麼？後來當然救人第一啦！可是我又不會游泳，只有到處叫人幫忙。可惜，天太黑又看不清楚，又耽誤了不少時間，反正沒救活。」

「什麼樣的女孩？」我實在不願意去揭那草蓆，想著都全身不舒坦。

「國中生嘛！聽說才一年級。可怕，多大一點啊？怎麼會跟小太保混在一起？老師也不管管，真不知道都是幹什麼吃的。」

既然不是單純的落水事件，我就有義務打電話告訴阿王，叫他自己親自出馬。阿王是我未來的準姐夫，我這實習身分也是憑藉了他的關係才弄到的，凡事我當然只能算是個副手。

「男的為什麼要推女的下水？」這是阿王的直接反應。

「我沒有這麼說啊！」

「好！好！那她為什麼會掉到水裡淹死？和那男的什麼關係？好好打聽。我馬上就來，我沒到之前，你儘量蒐集資料，愈齊全愈好，不怕多，只怕沒有。」

我跟去警局，初步驗屍報告是這樣的：

「死者藍惠如，生前落水，除手掌、大腿、臉部有輕微擦傷，無其他嚴重外傷。處女膜沒有破裂，陰道亦無男性分泌物，上身著學校卡其襯衣，鈕釦遺落兩粒；下身藍色學生褶裙完整，但未著內褲。遺物在河岸附近尋獲，包括藍外套、書包和白色三角內褲；另外還有上下集兩本《豔窟奇遇》漫畫書。」

我選中一位胖呵呵像是比較好說話的王刑警。

「請問，這是強姦未遂嗎？」

他上下打量我，顯然沒有把我這樣的實習記者放在眼裡。

「你還是學生吧？」

「新聞系，明年畢業。」

「噢！噢！那很好。」也不知道他好些什麼。「很慘哪！女孩才十二歲，念國中一年級。」

「那個男孩子找到了嗎？是不是他推下去的？」

「那誰知道，」他瞪瞪眼：「得抓到人才知道。」

「找得到人嗎？」

「正在找，現在有利的線索就是那兩本漫畫書，經藍惠如家屬指證，不是死者所有。書是租來的，有租書店蓋的店章，應該很快就可以查出個所以然來。」

「已經去查了嗎？」

「廢話！小老弟！你以為我們都是幹什麼的？」

「那我在此地等消息。」

「隨便你。」

事實上，我並沒有待在局裡等候消息，那是消極的作法。我積極的查出藍惠如所屬的國中、年級和班級，然後再到學校問明白導師的姓名、住址。

「我是陳莉安老師，請問有什麼事嗎？」

陳老師疑惑的揑著我給她的實習證，看了又看，她顯然是什麼都還不知道，先生、孩子一家四口正高高興興的吃著晚飯。我開始覺得有些尷尬，不知道該如何啟口了。

但是不說也是不行的，四對眼睛都好奇的盯牢在我身上，我很小聲很小聲，如耳語般的把事情經過講出，可是也一共說了三遍，陳老師才臉色大變的完全搞懂。

「怎麼會呢？怎麼可能？她今天沒來學校……我還以為她病了……怎麼……」

她的丈夫和孩子都趕了過來，簇擁著她。

「對不起，陳老師……這麼打擾。」我連連的陪罪：「真是對不起。」

「我以為她病了，」陳老師卻並不在意我的抱歉，仍然繼續著驚駭：「照說家裡也該打個電話來……怎麼會？怎麼……」

「藍惠如逃學嗎？她常常逃學？」

「不！從來沒有過。」她開始啜泣。

陳老師的丈夫很不諒解的大聲斥問我：

「到底發生了什麼事情？」

我不得不當著孩子，將事情再大聲的說了一遍。「我要去看看她，」陳老師止住了淚，抓著她丈夫的手臂勉強起身：「學生發生了這樣的事，我們做老師的也有責任。」

「還是不要去吧！」她丈夫勸說著。

「我一定要去。」

車上，陳老師跟我說了一些事。

「藍惠如我早就知道她會出問題，今天沒來我就覺得不對，可是……可是誰知道會發生這樣的事呢？

這孩子，一開學我就注意到她，每次週記都寫得很傷感，總說很厭倦啦！對一切的一切都厭倦；人生沒有意義啦！又什麼如果媽媽沒有生她就好啦！就沒有煩惱啊！

其實她家的環境很好，爸爸開貿易公司，媽媽很漂亮，母女倆長得很像，就是都太瘦了，不很健康的樣子。我想問題可能出在她是獨生女，一般情形，獨生女兒在家裡備受寵愛，可是在過團體生活時，也最容易發生不適應。我勸她要多交朋友，好的朋友可以互相切磋功課、聊天、談心，彌補她因為沒有兄弟姐妹的寂寞。

可是你知道她怎麼說？她說：

『老師，我不覺得沒有兄弟姐妹有什麼寂寞的，有時候我還想，家裡如果有七、八個小孩，那才吵死人呢！而且，我不喜歡我們班上的同學，一個比一個小家子氣，心胸狹窄，煩死人了。』

我們學校男女分班，我帶的這班是純女生班，她有這種討厭女生的想法，我當然覺得奇怪。又觀察了她好一陣子，後來看她考試成績很好，在班上除了沈默寡言，不太合群外，並沒有惹是生非，就把她歸為良性的問題學生。不過就在兩個禮拜前吧，班上有同學來告狀，說常看見藍惠如和別班的男生講話，甚至放學了也不回家，和一個二年級男生躲在燒紙屑的大焚化爐後頭講悄悄話。

我不是個老古板，可是也不贊成少男少女太早就有感情問題，而且放了學後還在隱祕地方約會，如果出了點事，真是後果不堪設想。所以我決定還是請家長來了解一下狀況。

我委婉的將藍惠如的事講給藍太太聽了，原以為她會是很明理的家長，可是誰知道，那麼瘦瘦小小的女人，激動起來真是嚇人，她漲紅了臉，尖起嗓子否認：

『不可能有這樣的事，根本不可能。我們小如從小就最乖，最聽話，怎麼可能和男生在一起說話？她平常看見男孩子還要躲起來呢。你們當老師的，不能亂講話，這樣冤枉小孩子，實在不應該。小如是我生的女兒，我最了解，你要說她會亂來，我死也不信，不可能的！她還小，什麼都不懂！我自己的女兒，我怎麼會不了解？』

每個做父母的，都口口聲聲說了解兒女，其實他們並不了解什麼，這樣的例子我見多了。像這次，我只不過希望家裡多了解孩子一些，並不是要責難她，沒想到卻換來這樣一頓叫囂。我想，我還是盡自己該盡的責任，多親近藍惠如，了解她真正的需要。以後，我每次叫她送簿子、拿紅筆，捉住機會便和她聊天。藍惠如也表現得很好，看來這孩子是極願意與我親近的，我一直相信，不用多久，我就能獲得她的信任，啟開她孤寂的心扉。可是誰知道，會發生這樣的不幸……我想，如果當時她母親能夠與我合作，儘早了解這孩子，也許，也許今天的事是可以避免的。」

我們一行三人才下計程車，就見警局裡正蹣跚走出一對男女。男的高壯，女的瘦小，兩人衣著整齊，但是卻神色不只慘澹，簡直已經面無人色，尤其女的，完全是癱軟在男的手臂中行走。陳老師衝上前去，抓住女的，便慟哭失聲，男的眼眶紅腫也一邊站著掉眼淚。不用說也看得出來，這對夫婦正是藍惠如的父母。

整個晚上，我忙著奔走，而毫未感染到真正的哀傷。直到這一刻，子夜的寒風一陣陣襲來，現實殘酷的擺明了一個改不了的事實——死了一個女孩子，年輕的小女孩，她永遠再也回不來了。

第二天早報，已經有了阿王發的消息，很小很小一則，擠在地方版上——十二歲少女，墜河身亡，原因不詳，警方正全力偵查——

奉了阿王命令，我再去警局，問人找到沒有，王刑警往裡邊努努嘴，我問他可不可以見見？

「開玩笑，正在問話呢。」

「承認了嗎？」

「什麼話也不說，屁都不放一個。」

「叫什麼名字？是不是同學啊？」

「高宏輝。什麼同學？十七歲，不學好，三個月前才因為偷竊受保安處分，交付保護管束。」

「那有觀護人囉？」

「廢話！」他很不高興的拍拍桌子：「現在小孩子，真是愈來愈厲害，前天才辦了兩個十六歲男孩，強迫十四歲女孩賣淫。你看看！這什麼世界嘛！」

我等阿王。九點多卻來了個胖胖的歐巴桑，六十來歲，進門就一把鼻涕一把眼淚的哭叫要孫子。

「高宏輝阿媽！」王刑警指給我說。

我連忙過去，遞了疊衛生紙給她擦眼淚，她有了哭訴對象，也就不像剛才那麼茫然激動，慢慢開始講給我聽：「我們阿輝是被冤枉的啦！他真的是被冤枉的。警察怎麼可以隨便就來家裡把人抓走呢？天壽啊！我們阿輝是有點頑皮，不喜歡念書，可是要說他殺死人，我是絕對不相信，天公也不會相信的。我跟他們說了一百次，阿輝沒有殺人，昨天晚上他還到我賣檳榔的攤子來拿錢吃飯，吃過晚飯就回家了。他怎麼會去殺人呢？」

「他幾點去找你拿錢的？」

「七點多啦！我正在看七點的連續劇，不會錯的。呵！這孩子歹命，我一手帶大，現在除了我疼他，還會有誰疼他呢？這些警察，隨便就來冤枉好人。人哪！就是不能錯一件小事，看！就因為被抓過一次，現在喔！連附近有人死了也來找麻煩。」

「阿輝是你帶大的，他爸爸、媽媽呢？」

「那種媽媽，沒有天良，阿輝三歲不到伊就跟人跑了。阿輝爸爸也是沒有用，賭博、喝酒，什麼樣款女人能夠跟得了長久？阿輝是我帶大的，我最知道，他不是壞，只是頑皮，小時候很乖很乖，又聰明，兩歲不到什麼話都會說，附近鄰居沒有不誇讚的，念幼稚園都是第一名，上了小學，才比較不愛念書。也怪他爸爸，喜歡打他，一點點小事就打半死，這樣小孩子怎麼會喜歡念書？當然更不愛念了，可是不愛念書的小孩多的是，並不就是壞孩子啊！」

「聽說他三個月前偷了人家東西。」

「亂講！不是偷，阿輝以為放在那裡的腳踏車沒有人要，才拿走的，他哪裡是要偷人家東西？其實，我們阿輝一直是很乖很聽話的。小孩子哪個不打架？哪個不會拿人家東西去玩？不能這樣就說成偷，那誰家敢說小孩從來沒偷過？誰敢說？不能這樣，就說我們阿輝是太保、不良少年。他上了國中也是受壞朋友騙，硬拉他去吸強力膠，他自己的話，絕對不敢的。」

「昨天晚上他來找你拿錢，有沒有什麼和平常不一樣的地方？」

「有什麼不一樣？一樣。每天都一樣。我們阿輝真的不壞，他就是太倔強，不能跟他兇，什麼都要慢慢說給他知道，他就一定會聽的，還是孩子嘛！十七歲，能有多大？他如果做錯了什麼，自已都不會知道。最近，他更是乖，前幾天還跟我說想去給人做學徒，賺錢養我。現在，你們又把他抓起來，到底有沒有良心哪？不能說因為撿到兩本書是他掉的，死在那裡的人就是他害死的，這樣太沒天良了，天要罰的。我們阿輝絕不會害人，我們鄰居都可以替我作證明，我們阿輝絕不會殺死人。」

阿王來了，說高宏輝的觀護人廖易成他認識，我們趕去地方法院。是個很年輕的觀護人，師專畢業考上資格，才受訓、分發到臺北沒多久。他說不接受訪問，可是可以提供些簡單資料。

「高宏輝，男，民國五十四年五月三十日生，血型A，身高一百七十公分，體重六十一公斤，國中畢業。

民國七十年九月六日，因偷竊王力勤腳踏車，轉賣得款三百元，後為王力勤告發，受保安處分，交付保護管束。」

「聽說你昨天已經去過警局。」阿王問他。

廖易成點點頭，他看來是個嚴肅的人，很少見這麼年輕就表情如此嚴肅的人。

「他不說話？」

他又點頭。

「你相信案子和他有關嗎？聽說目擊證人已經證實當時看見的男子正是高宏輝。」

「這不是相信不相信的問題，而是事情本身就有很多層面，如果你換成他，你也就會有不同的說法和看法。」

「家裡好像不正常？」

「媽媽吃不了苦，改嫁了；爸爸是酒鬼，不事生產；祖母一味溺愛。」

「典型的問題家庭。」我說。

「從小祖母管不了，父親又根本不管。父子關係很糟，幾乎是水火不容，到現在十幾歲了，家裡只有兩間睡房，他也不跟父親睡而跟祖母睡一張床。小學就偷錢、打架，很不受同學歡迎，上了國中更加自暴自棄，和一些同類型孩子認同，吸強力膠、遊盪、逃家。不管怎麼說，他這還不算是太嚴重的，應該是可以輔導糾正導向正途。尤其最近好像自己想通了些，我勸他既然不想念書，可以學一門技術，他也答應考慮要做哪一行。」

「有沒有性方面的問題？」

廖易成猶疑一陣，道：

「我想有些事情，我是有義務保密的。」

阿王要我去高宏輝家裡看看，他另外有事，先走了。顯然，阿王對這件案子興趣並不濃厚，他只求交差。而我呢？除了好奇，還有種擱不下手的感覺，這麼年輕的孩子，我也曾如此年輕過啊！可是為什麼他們卻還沒長成就走向了結束？

高宏輝的家離命案現場只有一公里半路，是一處國民住宅的四樓，三、四十戶人家共用同一通道，裡頭十分陰黑，幾乎是伸手不見五指。有些人家大門洞開，有些則關得嚴緊，高家屬於前者，只虛掩了一道布滿灰黑的紗門。沒有電鈴，我拍打了半天紗門木框，好不容易才走出個人影，直到他開了燈，才看清楚屋裡一切。八坪大地方，居然除了廚廁，也隔成三間房，外頭只放得下一張飯桌，白天也要開燈才能看見；裡頭兩間才是有窗戶的睡房。

出來應門的男人一副宿醉未醒模樣，瞇著眼，紅鼻子，直打呵欠，一嘴酒氣。

「找誰？」

「我是記者。」

「什麼記者?」他很不耐煩,摸到廚房倒了杯水出來自己喝了。

「是……是想訪問一下,有關高宏輝……」

「不必!不必!」他連連揮手,卻無意將我趕走,反而找把椅子自己坐下:「幹伊娘!死了最好!」

「他祖母說他是無辜的。」

「呸!什麼無辜?那種爛女人生的賤種,還有什麼好的?我從小就看他沒有出息,長大了果然找麻煩。」

「他母親……」

「伊娘!不要提到她!那種爛女人,只會要錢,錢!錢!錢!呸!賺錢?是人就沒有不想賺錢的,賺給她吃,給她穿,給她花。幹伊娘!可是錢又不會從天上掉下來,賺錢,那麼容易?不偷不搶,叫我哪裡去賺?」

「高宏輝……」

「幹!我現在是什麼都看透了,什麼女人?孩子?全都是假的,就是錢也是假的,有什麼用?人都是要死的,死了還要錢幹什麼?所以啊!還不如一瓶紅標米酒現實。哼!其他全是假的。」

「我是說，高宏輝那天晚上，是不是有什麼不對勁的地方？」

「警察來，我就知道沒有好事。哼！要砍要殺，都隨便，我問都懶得問。伊娘！殺人？說他放火我也相信，從小不學好，打架、偷東西……什麼壞事沒幹過？別說殺外人，就是他爸他也敢殺。去年不過罵了他兩句，他凶神一樣敢拿酒瓶嚇我！呸！我怕？我怕就不是他爸，拿把菜刀就追上去，要他知道誰是爸。幹伊娘！我沒生過這樣兒子，早死早好。」

「高……」

「伊娘，後來又來個姓廖的，囉嗦要死，說什麼啊阿輝沒有母愛，缺少父愛，反正錯的不是他自己，反而是我。駛伊娘！幹伊娘！他要愛是不是？第二天我就領他到寶斗里去愛個夠，那裡有的是女人，要怎麼愛就怎麼愛。這壞種！嘗到了甜頭，偏偏作怪，搞人家十二、十三歲女學生，還把人家淹死。幹！幹伊娘！」

警局裡，我終於見到高宏輝長什麼樣子，和我想像的出入很大，他並不尖嘴猴腮如他父親，反而方頭大臉，很是整齊，一點也看不出是個問題少年。他仍然緊閉著嘴，臉色慘白，什麼也不肯說，偵訊人員問什麼，他都只搖頭。

藍蕙如家離案發地點更近。是一座大廈頂樓，占地五十多坪，裝潢考究，客廳裡整套歐式紅木傢具，棗紅絨布面沙發，酒櫃裡各式洋酒排滿，果然是富裕的中上家庭。只是如今這一切都已經籠上一層愁雲慘霧，任誰見了也心有不忍。

藍惠如母親病了；他父親勉強答應見我，還給我看了些藍惠如生前照片，她真是十分清秀好看的小女孩，細長眼睛、小巧鼻子、薄唇，很像她母親。

「小如從小就乖，又聰明、用功，沒有哪個老師不喜歡她。唉！說真的，發生這樣的事，我一直沒辦法相信是事實，可是家裡確實少了個活生生會說會笑會唱的孩子，就不得不叫我相信。她母親那兒，我也不知道該說些什麼，我想她是完全崩潰了，不吃不喝不睡，甚至不哭。小如是我的寶，卻是她的命，我也想安慰她兩句，可是，我們已經……」

「什麼？」

「沒什麼。」藍先生沈痛的眼睛，一下子有了閃躲的意思。想來是有難言之隱。「小如長得像她母親，對不對？算滿漂亮，就是太瘦太小。她真的從小就聰明，學鋼琴、學跳舞，學校功課也不錯，小學畢業時還領了議長獎，聽說是前幾名才有的榮譽。不過因為公司事忙，我沒能去參加畢業典禮。不過，她念國中頭一天，我特地抽出時間送她去學校，看她剪短了頭髮，穿起制服，已經是中學生了。我說：『要好好念書。考好的高中，進好的大學，將來出國留學。』」

「她說呢？」

藍先生想了想：

「她沒說什麼，不過很高興的樣子，一直說我能天天送她上學多好。」

「進了國中，發生過什麼問題嗎？」

「沒有，絕對沒有。她一樣功課好，每天按時上下學，回家便在房裡讀書寫字，我們還請了一位家庭教師，給她補習功課。她絕對沒有任何太保、太妹的壞毛病，也絕不會逃學……學校說她那天沒去上課，我想她一定從早上出門就出事了。現在臺北治安這麼壞，又是偷又是搶，還有那些變態……每天報紙都登不完。老天是不公平的。這樣的事，怎麼就偏偏發生在我們身上？我的孩子，我最了解，她絕不會學壞的，平常也沒有不三不四的朋友，更沒有發生過什麼吃迷幻藥、吸強力膠的問題，小如是個乖孩子，她是我的孩子，我最了解。」

回到警局，阿王正在看高宏輝的偵訊筆錄。

「招了，」他說：「這小子真不簡單，哄了二十多個小時，又是他祖母，又是觀護人，曉以大義，好說歹說……」

偵訊筆錄

你認識藍惠如嗎？

「以前只見過不認識，知道她家住在橋那邊的玫瑰大廈。因為她父親有輛不太新的藍色賓士轎車，車頭上不鏽鋼標誌就是我卸下來拿走的，所以特別知道。」

車子的標誌呢？

「一百塊錢賣給二樓瘸腳老頭了，他專門蒐集名牌轎車標誌。」

你覺得藍惠如怎麼樣？

「我沒有想過會認識她，她家裡有錢，在學校一定是好學生，又漂亮。她和我們是完全不同的人，我真的從來沒有想過會認識她。」

那後來怎麼認識的？

「十二月八日下午太陽天氣很暖和，我在堤防上看《豔窟奇遇》。看完書，吹了一陣風，想些『將來』的事。」

什麼樣「將來」的事？

「譬如說，我不能就這樣靠阿媽過一輩子，她老了，也只有我會養她。我不要像我爸一樣做個沒有出息的人，他根本是個失敗的人。」

為什麼要這樣說你父親？

「他本來就是，他攆走我阿母，自己只會喝酒，從來沒有幹過一件正經事，和他從前認識的朋友，人家一個個早就發達住好房子了，只有我們……我恨他，他也恨我。」

不要這麼說。說說你想的「將來」吧。

「我在想我的觀護人說的也許是真的，只要不再和阿坤他們一起胡搞，我可以打拚一番，成就起自己的事業。他說我們那邊市場裡賣豬肉和開雜貨店的，從前都是登記有案的流氓，可是人家改邪歸正，現在好好做生意，有房子，有店……我想，我也許也可以……」

後來呢？

「後來，三點多鐘，風大了起來，太陽也黯了，我站起來準備回家，可是卻看見有個穿制服背書包的女孩子，也坐在附近，我好奇的過去看看，就是住在玫瑰大廈爸爸開賓士那個女孩子。我想她一定是逃學，就想逗逗她玩。」

她同你講話了嗎？

「起先沒有，她下了堤防往河邊走，我也跟去，說知道她家住在玫瑰大廈。她嚇了一跳，問我怎麼知道？我騙她我家也在玫瑰大廈，念建中夜間部，她相信了。」

你們講了些什麼話？

「很多話。」

譬如呢？

「很多，我編了些學校發生的笑話給她聽；她告訴我她為什麼逃學。」

她為什麼逃學？

「她說這是她有生以來第一次逃學，早上起來心情很不好，就不想去學校了，而且下午抽考，每天考試，煩都煩死了。我就笑她一定是沒念書不敢去。她說才不是，主要還是因為討厭她們導師，很討厭，每天找她囉嗦，一天到晚想要知道她心底的祕密，其實她一輩子也不會讓她知道。我就問她是不是有了麻煩，她笑，說其實是她們老師大驚小怪，只不過她常和別班男生說話而已。」

還有沒有告訴你別的事？

「還說她家裡的事。說她爸爸在外頭有女人，生了個兒子。她很生氣，可是又不敢說，她在家裡都沒人可以說句真心的話。她說她的家庭很不正常，因為她媽媽就是不正常的女人，她媽媽知道爸爸有女人一點都不氣，因為她高興他有別的女人，可以不用煩她。他們很多年前就不同房，她媽媽不喜歡同房，她是個不正常的女人。她說大人以為她什麼都不知道，其實她什麼都知道。她知道她媽媽很後悔憑媒妁之言就結婚，她嫌她爸爸只會做生意，沒有一點藝術修養，她媽媽可是很棒的，會彈琴，喜歡看書，欣賞畫展。可是她卻喜歡爸爸，也喜歡媽媽，所以十分痛苦。」

後來呢？

「我們聊得很好，有茅草擋風，坐著不覺得冷。又講了很多話，我就告訴她，她愈看愈像漫畫裡的小甜甜。她就笑，突然問我：你是不是想親我一下？我嚇一跳，不過她真的很可愛，小小的，我很想親她一下。」

你親她沒有？

「有。」

她呢？

「她很好。我親她臉，親她眼睛，親她鼻子，親她嘴，還有頸子。她不反對，只是一直說話。」

說什麼？

「說，說她小學時候就給他們班長親過，說她很喜歡他們班長。還有，她不要像她媽媽，她要做個正常的女人。還說她不喜歡和女生玩，女生都很小氣；還說……」

還說什麼？

「說她看過很多錄影帶，知道很多事。」

她知道什麼？

「她不知道，什麼都不懂！」

你怎麼知道她不懂？

「後來我變得很衝動，拉開她外套拉鏈，要摸她奶。」

她同意還是拒絕？

「她不要，她變得害怕。我這才知道，其實她什麼都不懂。可是……可是已經太晚了，我控制不了我自己，我想要她，所以……」

所以什麼？

「所以我用腳夾住她，把她三角褲脫掉。」

她呢？

「她又叫又跳，我就打她一耳光。」

她還叫嗎？

「她不叫了，可是她的反抗變得有力氣多了。最後竟然給她掙脫了。」

後來呢？

「我去追她。」

追到了嗎？

「只抓到了外套，可是她把外套脫了，又跑……又跑……天黑，就掉到河裡去了，她自己掉進河裡。」

你沒有推她？

「沒有，真的沒有。她自己掉進水裡，我聽到叫救命，看她在水裡一下沈一下浮，我也很想跳下去救她，可是，可是我害怕……」

怕什麼？

「怕給送到感化院。所以，我逃跑了。我真的沒有推她，而且是她要我親她的。我真的沒有……我也想救她……只是很怕……她沒有死吧……不會死的，一定沒有吧？我想，是你們騙我吧？」

走出警局，夜已經深了，風很冷，阿王連連打著呵欠，說：

「晚上你發稿吧！五百字頂夠了，給你個表現機會。」

我沒有接腔，想這麼複雜的事，五百個字怎麼能夠報導完整呢？

原載一九八二年二月十二、十三日《聯合報》

作者

蕭颯（一九五三——），原名蕭慶餘，原籍江蘇南京，生於臺灣。臺北女子師專畢業，後任職於臺北縣積德國小。

蕭颯十六歲即開始寫作，以其女性敏銳的感覺，表現大都市人複雜的情愛、婚姻、家庭生活問題，揭示了臺灣社會道德倫理觀念的嬗變。其作品可稱之為「問題小說」。有小說集《二度蜜月》、《我兒漢生》、《霞飛之家》、《死了一個國中女生之後》以及長篇小說《如夢令》、《愛情的季節》等。

題解

本篇原發表於一九八二年二月十二日、十三日聯合報《聯合副刊》。後入選為《七十一年短篇小說選》年度小說選集。

題目：一個國中女生，指本文所寫兩位主角之一，叫藍惠如，十二歲，獨生女。因家庭問題而死亡的故事。

賞析

蕭颯的小說，擅長發掘社會現象，剖析社會問題，探討人在社會群體中的成長過程。她不限性別。但大都以青少年成長，與家庭問題為題材。並把四十年來臺灣社會發展的轉變，不同年齡層的心智問題，做了縱橫兩切面的分析。所以說，這是一種「問題小說」的類型。

本篇小說就是探討青少年成長與家庭生活病態結構關係的小說，表現明顯的社會意義。首先，小說用倒敘法開始，先寫國中女生藍惠如墜水而死，震驚了家庭社會，於是展開了一場偵探追查，尋找死因的一層一層推演。

接著，透過實習記者的側面訪查，得知藍惠如的個性孤僻，有著嚴重的青少年不健全發展的性格。而問題就出在父母雙雙忙於生計，用心於個人事業，未能與子女做好溝通，付出關懷。終於種下問題的惡因。

小說再進一步探討問題的惡化發展，轉筆帶出高宏輝這個人物，也是來自不健康家庭結構，發展出早熟的性格，以及一大堆惡習。

小小年紀，卻偷竊、鬥毆、逃學、到處游盪。其根本原因即在於家庭的不健全。父親酗酒嗜賭，導致夫妻離異。他既沒有母親，也得不到父親疼愛，而祖母又一味溺愛，百般袒護，都是高宏輝誤入歧途所造成的家庭悲劇的。

小說最後的安排，當然是讓藍惠如與高宏輝的認識、鬼混、產生臭氣相投的「同類意識」。最終偷嘗禁果，不幸的事終究發生了。

小說基本上按事件發生、偵破的順序展開情節，主要目的在於揭示少年不幸的原因，但敘事角度多有變化，或以採訪者第三人稱口吻進行敘述，或以當事人、監護人的身分進行第一人稱的敘述，十分真實，令人信服。敘述過程以事件偵破為主線，又存在兩條線索，雙線交叉，跌盪起伏。先由目擊人引出現場還有第二人的懸疑，然後跟蹤查訪，引出高宏輝涉嫌此案。而對高宏輝，則由於其祖母、父親的不同說法，疑團頻出。與此同時，另一條線索同時展開，透過藍惠如父母與老師的敘述，其性格變異漸漸顯露。到最後雙線合一，藉由高宏輝的敘述交代，所有一切真相乃大白。

本篇小說先果後因的追敘手法，至此真相大白。把兩個青少年成長的過程，及其與家庭社會結構的複雜關係呈現出來。它只是呈現，並不為此問題之呈現提出解決問題的方法。它特別注意把社會現象的「病態」問題，加以描述剖析。這就是「問題小說」的類型。何謂問題小說？

它是指以婦女、家庭、婚姻、戀愛等社會問題為主要內容的小說，這種小說通過人們所關心的普遍存在問題，揭露社會制度的病態，提醒社會中人。但問題小說雖然指出病症，卻未必開出藥方，僅是把重點放在呈現社會病態現象，引起讀者關心，進而思考的一種企圖而已。就此定義而言，很符合這篇小說的寫法，只是蕭颯把焦點放在青少年這個層次罷了。

問題與思考

1. 何謂問題小說？本篇小說符合這樣的歸類嗎？請具體舉證。
2. 試就自己的經驗，闡述類似的青少年問題，除了本篇小說所展示者，之外，尚有其他什麼問題？
3. 請再參讀蕭颯另一篇問題小說〈我兒漢生〉，比較與此篇所探討的問題取向，有何異同？

參考資料

1. 陸士清，一九九一，《臺灣小說選講新編》，上海：復旦大學出版社。
2. 周寧（編），一九八三，《七十一年短篇小說選》，臺北：爾雅出版社。
3. 蕭颯，一九八一，《隱地看小說》，臺北：爾雅出版社。

十五、海水正藍

張曼娟

1

七月的一個下午，我帶著鉛筆和筆記簿逃出悶熱的家——那幢日本式的花園平房，每到夏天，就成了令人難以忍受的烤箱了。

騎著新買的腳踏車，讓黃昏的晚風迎面吹拂，嗅著沿途不知名的草花香，望著群群歸鳥，縷縷炊煙，最後，在無垠的碧海邊停下。我是個愛海的孩子，只要到了海邊，踩著軟軟的細沙，讓浪花圈住我赤裸的雙足，便有一種無來由的平靜和喜悅。

打開小簿子，輕劃下一個「家」字，我決定寫一個離群海鳥千里尋家的兒童故事。十七歲開始，我在報上執筆寫了一連串淺顯的兒童故事，專欄定名為「給小彤」，那年小彤剛滿週歲，至今已有六個年頭。雖然只是個地區性的小報紙；雖然小彤這兩年才開始識字，但，想到專欄上六年來未曾改變的「給小彤」三個字，我的內心深處便湧起一股無法止息的力量。

靈感來的時候，我唯恐追不上它，正寫得入神，遠方突然傳來童稚的呼喚：

「小阿姨！小阿姨喲——」

不可能，正念著他，就來了？我回頭，夕陽下的沙灘一片柔和的金黃，依稀有幾條長長短短的身影跳動著，笑著迎他，想把他高舉起來，可是，他實在太重了。

「哎喲！」我笑著吻他被汗水濡濕的圓頰：「小彤又長大了。」

小彤踮腳攀著我的脖子嚷嚷：

「小阿姨！我好想妳！妳為什麼都不到我家來了？」

我笑著揉他密密的短髮，對他說：

「小阿姨忙著寫故事給小彤看啊！」

「我不看故事，只要看小阿姨！」

「哈哈哈！」我笑擰他的腮幫：「小嘴愈來愈甜囉！你乖不乖？有沒有聽話？」

他點頭說：

「我是很乖！很聽話！可是，沒有用嘛！」

他的笑意一下子消失了，取代而來的是心有餘悸的、不應當屬於他的嚴肅：

「爸爸媽媽還是天天在吵架。他們要離婚了——」

我楞在那兒，無言以對，大姐牽著雪雪走來，雪雪掙開她母親的手，小小的身子向我撲來，我抱住她，雪花似的柔軟輕盈，一雙無邪的大眼睛眨呀眨地盯著我瞧。我拂開她粉紅面頰上細軟的髮絲，笑著問：

「雪雪！我是誰？」

「小姨姨。」童音軟軟的、甜甜的，蜜一樣的漾開來。

我放下雪雪，看著小彤自己除去鞋襪，又費力的替三歲半的雪雪脫鞋。這才望向大姐，她依然裝飾得華貴大方，但，薄薄的脂粉，根本掩不住眼角的疲憊與滿面憔悴。

「怎麼來了？」我問。同時，發現蕭亦珩，滿面笑意的站在一旁，忙接著道：

「蕭大哥！你也來了？」

蕭亦珩走近一些，他說：

「我到妳家，正巧碧縈他們剛到，找不著妳呢！我一想準在這兒，就帶著他們來了。還好妳真的在，不然，可交不了差了。」

我們三個人一道坐下，小彤正牽著雪雪踩海水，姐姐大聲叫著：

「過來！你們兩個！」

「我小心一點嘛！」小彤央告的眼光望向我。

「讓他去吧！」我說：「反正我們都在這兒。」

小彤和雪雪再度高興的在淺水裡跳著，笑著。姐姐收回眼光，她咬咬唇：

「我們決定離婚了。」

我一抬頭，與蕭亦珩的眸光碰個正著，我們同時掉轉目光望向大姐。她努力想做得輕鬆，卻徒然露出一個蒼涼的笑。

「意外嗎？下禮拜就簽字了。」

「剛才，小彤已經告訴我了。」我說，有些怨忿，這事為什麼讓孩子知道？姐有些意外與驚訝，深吸一口氣，她喃喃地：「也好，反正早晚都要知道的——」

「你們又吵架了？」

「吵架已經不能解決問題了！我們現在到了彼此都無法忍受對方的程度，連話都沒法兒說了——只有離婚！」

「真奇怪！你們曾經說過的海誓山盟，甜言蜜語呢？全是假的？」

「哼！」大姐冷笑，她咬咬牙：「屁也不值一個！」

我不自禁地一顫，昔日那樣文雅、那樣溫柔的羅碧縈，真的被婚姻折磨至此？消瘦、失神、狼狽以及時而顯露的粗俗。我不禁憐惜起她來。

「大姐！再試試看……」

「還試？兩年了！小妹，別人不知道，妳知道的。搞到後來，妳連我們家都不願來了，是不是？妳只是旁觀者，都受不了，何況我，我是當事人啊！」她的情緒再度激動起來。

「可是，妳總該想想孩子……」

「孩子！孩子！就是為了孩子才拖到今天。我要孩子，我一定要孩子！」

「姐夫肯把孩子交給妳嗎？」

大姐搖頭，又搖頭：

「他知道孩子是我的弱點，要離婚，除非把孩子交給他。他說可以給我錢，不能給我孩子。他根本就知道，我是不要錢的——」

然後，我和大姐的眼光一齊望向沈默的蕭亦珩，他有些為難的開口：

「民法規定，夫妻離婚後，除非另有約定，否則，子女的監護權，歸父親——」

「其實，我已經請教過律師了……」姐姐說，又一次失望。

「我想，姐夫並不要和妳離婚的——」我道。

「不錯！是我要離！因為，我再也無法忍受他的所作所為！到了這個關頭，他還想用孩子控制我。哼！沒有用了。我做了那麼多年的傻瓜，我受夠了！」

我抬起頭，天空有彩霞，有早出的星星，但，我心中充滿悲傷的情緒，一直擔心這件事的到來，它還是來了。

「妳……怎麼交代呢？」

「婆婆那兒，由他去說！爸爸那兒，由媽去說，媽那兒，妳去說……」

「很好！」一股欲哭的情緒升起：「孩子呢？誰去說？雪雪還不懂事，小彤已經很懂了，他什麼都知道，妳不可以傷害他。」

「我知道！我……」大姐的目光望向海面，她突然尖叫起來，我跳起身，海水中兩個小身子載浮載沈地掙扎著，蕭亦珩比我更快速的衝進海水中，一隻手臂夾著一個，把他們提上沙灘，上了岸，小彤才鬆開緊握雪雪的手。大姐衝上前，一把摟住出聲大哭的雪雪，我則上前擁住渾身濕透打顫的小彤。兩個孩子喝了幾口海水，都沒什麼事。但，姐姐開始止不住的哭泣：

「寶貝啊！媽的寶貝！」

她抱著小的，撫著大的：

「你們這樣教媽怎麼放心呢？怎麼放心呢？」

大姐抱著雪雪，蕭亦珩背著小彤，我走在最後，推著腳踏車離開沙灘，向家的方向走去，彩霞已經被黑夜吞沒，天幕上留下的是閃爍不定的滿天星星。

2

為了大姐的事，在香港工作的二姐碧綢也拿了休假趕回來了。我和她一道去找姐夫談談，碧綢依舊是吉普賽女郎的味道，唇邊仍是不在乎的笑痕。見著姐夫，開門見山的問：

「大情聖！到底是要離婚了，啊？」

姐夫苦笑不語，我急切的：

「事情不會到這般田地，一定可以挽回的。」

「是她要離婚！不是我！難道叫我跪下來求她？這像什麼話？」

「好！」碧綢揚起聲音：「偉大的大男人主義！」

「公平一點，碧綢！小妹知道碧縈的自以為是，不講道理。」

「我不想知道你們——」我說，可是，碧綢同時也在說，她的聲音壓過我的：

「反正是恩斷義絕了，不是嗎？」

「提出離婚的是她，妳為什麼不問問她？」姐夫有些憤怒了。

「誰要離婚並不是重要關鍵！」碧綢聲音更大。

「好了，你們幹什麼嘛！」我的勸解一點作用也沒有。

他們兩人愈說愈激動，卻也離題愈遠。碧綢答應過我，要心平氣和的談，可是現在，姐夫的話勾起了她昔日痛楚的愛情創痕……

「夠了！你們！」我尖銳的聲音打斷了他們的爭執：

「你們只想到自己！誰替孩子想過？」

「法律規定，孩子歸我的，碧縈不答應……」姐夫說。

「法律規定？」我覺得自己抖瑟起來：「你們只會爭爭吵吵，搶搶奪奪。有沒有顧慮到孩子的感覺？」

「孩子還小，他們很快會習慣的……」姐夫說，聲音平緩得多。我靠上椅背，乏力的聽著他對碧綢說，要將新成立不久的澳洲分公司交給碧縈，作為補償。

「反正從認識她，就注定了欠她的……」他說，聲音特別沈痛喑啞。

母親流了幾天淚，她堅持要到臺北去，唉聲嘆氣的父親不讓她去。

「你不管，問題怎麼解決得了？」母親拭淚說。

「妳去了，問題還是解決不了！」父親又重重嘆了口氣：「三個寶貝女兒，比三十個兒子還難帶——」

我和碧綢不約而同的垂下頭。

大姐和姐夫簽字那天，我帶著小彤和雪雪到兒童樂園玩，陪著我們的是蕭亦珩。小彤和雪雪玩得很盡興，不停的發出銀鈴般的串串笑聲。望著學法律的蕭亦珩，我說：「看起來，法律並不是解決問題的最好方法。」

他笑笑，在我身邊坐下，態度輕鬆的說：

「文學呢？文學是比較好的方法嗎？」

我也笑起來，果然是反應敏捷。雖然是一塊兒長大的，可是，浪子回頭的他，的確在這幾年有了很大的改變。

「我想，『愛』是比較好的方法。」我說。

他點點頭，而後沈思的說：

「除了愛，一定還有別的……」

可不是嗎？姐和姐夫有足夠的愛，但，今天以後，他們竟將形同陌路了。他們之間缺少什麼？那些廝守終身的恩愛夫妻，又多了一些什麼？

我們四個人回到姐夫家時，滿屋子的人還未散去，小彤奔向他奶奶，祖孫兩人摟在一處，雪雪也過去纏著老人家。姐姐眼中含淚，姐夫鼻頭微紅。

「辦完了？」我輕聲問。

大家都沒反應，姐夫僵硬的點點頭。小彤正興高采烈的對他奶奶敘述整天遊玩的情形，突然注意到大家凝重的面色，他停住口，然後，不安地問：

「媽媽！妳怎麼了？」

姐姐忙強作笑顏，走到他身邊，牽他過來：

「沒有啊！媽媽很好……」

姐夫走近他們，對小彤說：

「你要乖乖聽話，媽媽得到澳洲去上班，要很久才回來……」

小彤瞪大眼睛，望著姐夫，再望住姐姐，他的聲音怯怯響起：

「媽媽……」

姐姐憤怒的站直身子，對姐夫嚷叫起來：

「為什麼告訴他？你是什麼意思——」

「怕什麼？」姐夫也咆哮著：「敢做就要敢當！孩子早晚都會知道的！」

「我知道……」小彤顫慄著，他的臉蒼白，眼中盛滿恐懼，變了調子的童音撕裂一般的響起，震懾住每一個人。

「你們離婚了！」

父親重重的嘆息，母親窸窣的哭泣……姐姐、姐夫則失措的站立著。

小彤費力喘氣，哽咽著：

「你們……離婚了……」

「小彤！」姐姐握住他的手。他哀求的望著姐姐：

「媽！不要離婚嘛……」

「小彤！」姐夫按著他的肩頭，他攀住姐夫的手臂：

「爸！爸爸……不要離婚。」

「你長大了，要聽話，要懂事……」姐夫說著。

淚水快速的滑下小彤的面頰，他抖著身子，哀哀央告：

「我一定聽話！我以後好好彈鋼琴！我做完功課才看電視！我不打電動玩具！我會照顧雪雪！我下次考第一名！你們不要離婚好不好？我……我……」他再想不出什麼辦法，渴盼的望著對立著的姐夫、姐姐，像一個等待宣判的死刑犯，猶等待著可能出現的一絲希望。可是，流著淚的姐姐說道：「不可能了，小彤！」

小彤七歲半的世界，在一瞬間，毀滅殆盡。我幾乎可以聽見他小小心靈被擊成粉碎的聲音。他停頓了大約五秒鐘，然後，如野獸垂死前歇斯底里的哀嚎哭叫起來，那是一種令人顫慄的，自地獄傳來的聲音。雪雪嚇得跟著大哭，我們只能陪著哭，所有的人，對小彤破碎的世界，全都愛莫能助啊！奶奶、外祖父母和阿姨——全都愛莫能助。

整整三個星期，我沒法子寫「給小彤」的童話故事，因為，我知道他真正想要的是什麼！不是童話故事啊。

3

大姐去了澳洲，臨行前，和小彤談了很多，小彤不再哭泣，他早熟而憂鬱的眼神，看來不再是七、八歲的小孩子。

「你愛媽嗎？」大姐問。

「愛。」他低低回答。

「聽媽的話，好好照顧妹妹，好好愛護她，知道嗎？」

「知道。」他望著大姐，切切地問：

「只要我聽話，就可以和媽住在一起了，是不是？」

「媽會回來看你，等你長大了，就可以和媽……住在一起。」

「哦……」小彤失望的低下頭。

大姐把他交給我，叫我多照顧他。

「從小我就特別疼他，最放心不下他！他太聰明……」

我點點頭，握住小彤的手：

「我會和姐夫說，讓他和雪雪到淡水過完暑假，再送他們回臺北。」

可是，往日的「姐夫」，現在的「呂大哥」，沒有答應我的請求，他當著新請來的保母高小姐和孩子們，對我說：

「孩子們沒有母親，我必須嚴加管教，不能教他們玩野了心。」

「姐夫……哦，呂大哥，你難道不放心我？我好歹是他們的阿姨啊！」我陪著笑，對表情冷淡的他說。他坐下道：

「不是不放心，只是他們要學琴、學畫畫，我是有計畫的教導孩子！」他自信的笑笑，繼續說：

「妳應當聽說過『學琴的孩子絕不變壞』吧？」

我站在那兒，覺得窘迫，有些激動地：

「你不會為了姐姐，把我們列為拒絕往來戶吧？」

「什麼話！小妹！」呂大哥揚起眉：「我只是要孩子們好！」

小彤牽著雪雪站在高小姐身旁，他的小臉緊繃著，緊張而陰沈的望著我們。我深吸一口氣：

「我不知道學琴的孩子會不會變壞；但是我知道，除了鋼琴、除了畫畫，還有關懷和愛——有足夠的愛，孩子就不會變壞！」

一個星期之後，呂家司機開車將小彤和雪雪送到淡水來。呂大哥託他捎來一封信，簡單的說明，他要到花蓮出差幾天，所以請我們照顧小兄妹一個星期。我欣喜若狂的撫這個吻那個；小彤只是拘謹的站著，一等司機駕車離去，他便一躍而起，叫著笑著，從小花園到房裡，充滿了興奮的氣氛，父母愁眉不展也一掃而空。吃過午飯，小彤吵著要到海邊玩兒，眼看烏雲密布就要下雨了，我本來不帶他們去，偏偏蕭亦珩騎著腳踏車來了，於是，我載雪雪，他載小彤，一行四人乘興向海邊駛去。

一路上的笑笑嚷嚷，教我幾乎沒有氣力踩踏板。到了海邊，四個人脫掉鞋襪，在沙灘上滾著、踢著，海水濺濕了我們的衣裳。大聲叫著、笑著、唱著歌。天上一聲霹靂雷響，豆大的雨點滴落下來，雪雪尖叫著撲進我懷中。我們急著搶救拋在沙灘上的鞋襪，蕭亦珩背著小彤，牽著我的手，向不遠處一個廢棄已久的碉堡跑去。我們鑽進碉堡，踩著軟綿綿的細沙，喘著氣坐下來。這是一個神祕的小天地，微弱的光線投射進來，把雷雨隔絕在外。我輕摟身旁安靜的雪雪，望著小彤，眼中閃爍著興奮，然後，望向蕭亦珩，他也望著我，唇畔有絲笑意。

「那時候，我比小彤大，妳比雪雪還小，我們常到這兒來玩，記得嗎？」奇妙的迴聲盤旋著——記得嗎？記得嗎？

我笑著點頭，將雪雪的頭枕在我腿上，她似乎是累了，一動也不動的躺著。小彤俯身趴在蕭亦珩的背上，他說：

「蕭叔叔！你喜歡我小阿姨，對不對？」

蕭亦珩拉他坐在膝上，含笑說道：

「小彤果然是個聰明的孩子！你呢？喜不喜歡小阿姨？」

「當然喜歡啦！我好聽話的彈琴、畫畫，爸爸才准我來看小阿姨和外公、外婆的。」

小彤到我身旁，挨著我坐下，他問：「小阿姨，妳能帶我去找媽媽嗎？」

我憐惜的擁住他，輕聲說：

「今天晚上，打電話給媽媽，你跟媽媽講話，好不好？」

「好！」他說：「其實啊，我常常在沒有人的地方跟媽媽說話，媽媽說我想念她，她都會知道。有一天晚上，我好想好想媽媽，後來我睡著了，真的看見媽媽來了，她把地上的小熊撿給我，我大聲叫媽媽，結果，不知道怎麼搞的，變成爸爸了。爸爸說我又做惡夢了，我不是做惡夢，只是夢到媽媽……」

我的鼻頭一酸，淚水盈眶。蕭亦珩坐到小彤身邊，他低聲地說：

「小彤，媽媽不在身邊，你要活得好好的，才能讓媽媽放心……像蕭叔叔的媽媽，很早就過世了，可是，我也長得這麼大了，是不是？長大了，就可以做自己想做的事。」

小彤點頭，他望著蕭亦珩，像是心領神會。過了一會兒，垂下頭：「可是，我還是想媽媽……」

蕭亦珩一把緊抱住小彤，他痛楚的閉上眼睛：

「我知道，小彤！我知道！」

我感動的、無能為力的看著他們……。

一個小時之後，雨停了。太陽又露出臉，海面上碧波閃亮。小彤和雪雪蹦蹦跳跳的跑出去，蕭亦珩在堡口對我說：「時常我會想起小時候，想起妳，那段單純的日子，那種不含雜質的喜悅，令我的生命保持一絲溫柔，不肯沈淪。」

我站在那兒，來不及的咀嚼他的話，他讓開身子，將我一個人留在那兒。沙灘上，小彤和雪雪忙不迭地撿貝殼，放在耳朵上。

「貝殼是大海的耳朵！」小彤大聲嚷著，一邊跑向雪雪：

「妹妹！我們來和媽媽講話！」

「喂喂喂！媽媽——媽媽——」小彤叫著。

「喂喂喂！媽媽——媽媽——」雪雪學著。

蕭亦珩挺直的站立，他突然指向天空：

「看！那是什麼？」

我們一齊望向天空，一道優美的七色彩虹跨在海天之間。

「橋耶——」雪雪尖細的童音嚷。

「不是橋！是彩虹啦！」小彤臉上有種虔誠的光華：

「嘩！好漂亮！」

我抬頭望著那道虹，雷雨之後出現的，最美麗的東西。

一個禮拜中，每天晚上，大姐都和孩子們通電話，她常在那頭痛哭失聲。小彤要回家的前一夜，教我說故事給他聽，他說我以前寫的故事，大姐都說給他聽了。

「講一個新的。」他說。

「對！講新的！」雪雪附和地。

「好吧！」我想了想：「阿姨講一個海的故事，從前啊，海邊有一家人，爸爸媽媽和兒子，兒子叫作來寶……。」

「為什麼叫來寶呢？」雪雪問。

「因為他是爸爸媽媽的寶貝嘛！」小彤說著。

「對了！」我接著說：「爸爸媽媽都很愛來寶。爸爸是打魚的，他抓的魚又肥又大。可是有一年，海裡突然捉不到魚了，爸爸好難過，媽媽也難過，因為他們每個月都要送一條大魚給國王，如果沒有魚，國王就要把他們統統殺掉！來寶心裡真著急，他是一個孝順的孩子，不能看著親愛的爸爸媽媽被殺掉啊！所以，他就到海邊去，走著哭著，求海龍王賜給他們一條魚。」

「海龍王聽得見嗎？」小彤輕聲問。

「聽得見的。阿姨不是告訴過你，貝殼是大海的耳朵嗎？它們是替大海打聽消息的。所以，來寶到海邊去了第三天，突然看見一位白鬍子的老爺爺，他問來寶為什麼哭得那麼傷心呢？來寶告訴老爺爺，要是再捉不到魚，他們全家都要被殺死了。來寶說：『我死了沒關係，可是爸爸媽媽年紀大了，他們辛辛苦苦的撫養我，我一定要想法子救他們的！』老爺爺很感動，稱讚來寶是個孝順的孩子。他告訴來寶，海龍王心愛的兒子死了，所以很悲傷，就不願意把魚送給人們了。來寶問老爺爺應該怎麼辦？老爺爺問來寶願不願意做海龍王的兒子？如果來寶做了王子，海龍王心裡高興，就會把大魚送給人們了。而且，當了王子以後，吃得好、穿得好，比現在的生活好太多了。可是，來寶捨不得離開他的父母，他情願過窮苦的生活。老爺爺一直勸他，假如他不願意，他們全家都會被殺死。來寶想了很久，為了救親愛的父母親，他答應和老爺爺到海裡去。老爺爺帶著來寶去見海龍王，海龍王非常喜歡來寶，把他當作親生的兒子，每天都過著最好的生活，可是，來寶一直都不快樂……。」

「因為，他很想念爸爸媽媽。」小彤突然接口。

「是啊！」我停了停，接著說道：

「來寶的爸爸媽媽捉了很多大魚，國王給了他們好多錢，他們也可以過很好的生活了，可是，爸爸媽媽也很不快樂，因為，他們再也看不見來寶了。媽媽為了想念來寶還生病了。海龍王很同情他們，就讓來寶回家去看看。來寶回家以後，爸爸媽媽高興極了。媽媽再也不讓來寶走了，她的病也好了。但是，海龍王也想念來寶，最後，老爺爺想了個法子，讓來寶在海裡住一個月，在家裡住一個月。這樣，大家都覺得很快樂了。」

故事說完了，雪雪也睡著了，月光自窗外投射進來，映在她的小臉上，一片安詳的寧靜，我想，她在夢中是不會有憂愁煩惱的。而小彤呢，他出神的眼睛顯得更清亮，若有所思的問：

「小阿姨！人如果死了，還能活過來嗎？」

「我想，是不能的。」我帶著笑回答。

「那……如果我死了，是不是可以到我想要去的地方？可以看到我想看的人？」

我一凜，立即收斂了笑容：

「小彤！你怎麼會這樣問呢？我不知道人死了會怎麼樣，可是活著的人就看不見死掉的人了。」

「沒關係啊！死掉的人長了翅膀，可以飛回來看他的家！」

「但是，活著的人會很想念他，會很難過！很難過……」

「真的嗎？」小彤問。有些悠忽的神情。

我突然有些不自在，怎麼和孩子談這個問題？而小彤的表情和語氣，似乎是非常陌生，這種感覺教我害怕。於是，我催他睡覺，自己也躺下，準備入睡。不知過了多久，聽見小彤喚我，我睜開睏眼，聽得見風聲、蟲鳴，和老狗莉莉的低吠聲，但什麼聲音都不太真切。

「小阿姨！我明天可不可以不回家去？」

「不行！高阿姨一早就來接你們……」

又過了一會兒，小彤的聲音微弱的響起：

「小阿姨！我要到什麼時候才能看到媽媽？」

「你要乖乖的……。」我含糊的、力不從心的回答，翻了個身，沈沈睡去，什麼聲音都聽不見了。

4

儘管小彤不止一次告訴我，他不喜歡「高阿姨」，然而，我並沒有放在心上，直到一個多月後，我發現高小姐由竊聽我們通電話，到控制小彤與我們通話時，這才不得不相信小彤的話。八月底，小彤得了感冒，他偷偷撥電話給我們，卻被高小姐掛斷了。他連續撥了三次，我就守在電話旁，聽著那頭硬生生的被截斷三次。最後，我撥去的電話被高小姐接了起來，她平平淡淡地說：

「小彤感冒了，醫生吩咐要好好休息，他偏在這兒胡鬧！羅小姐，請妳不要和小孩一般見識！」

然而，透過聽筒，我清晰的聽見小彤聲嘶力竭的哭喊，沙啞的叫「媽媽」。握著被切斷的電話筒，從未有過的、無法置信的憤怒充塞胸腔，幾乎要爆炸了！

晚上，呂大哥打電話來了，我正急著述說，他搶著說：「我都知道了。小妹，妳也太孩子氣！還在生氣嗎？」

「你根本不知道！她太過分了，我受點委屈不算什麼，可是小彤……」

「高小姐對小彤很好，妳可別誤會人家！」呂大哥打斷我的話，然後他喚小彤來和我說話。小彤的聲音傳來，平板而生硬的：

「小阿姨！妳好。」

「小彤！」我仍輕顫，關切而疼惜：「你現在怎麼樣了？有沒有好一點？」

「對不起……小阿姨，是我錯了！是我不好！我不應該給妳找麻煩，我以後要聽爸爸的！聽高阿姨的話——」

他在那頭背臺詞一樣的說著，一字又一句，我在這頭激動得發抖，心中不住的扭絞抽搐。

「不是！小彤！不是你的錯！」我幾乎是吼叫的，和淚的對話筒大嚷。可是，他依然低低的背誦著他的「懺悔辭」，那最後的一句：

「我會做個乖孩子，聽話的孩子。」

話筒又轉到呂大哥手中，我筋疲力竭的，任一種突來的無力感把我重重包圍，掙了半天才說：

「不要怪小彤！一切是我不好。他是個乖孩子。」

「他以前是。」

「他現在還是！」我的聲音不正常的高揚著。

「好了！小妹！」呂大哥的語調很輕鬆：「妳真是個孩子。」掛了電話，比接電話以前更沈重。姐夫——呂大哥！你是小彤的父親！就算你聽不見小彤心中淌流的鮮血，難道也看不見兒子眼中積藏的怨忿嗎？

那夜，碰巧大姐也打電話回家，我剛開始還平靜的問她何時回家？當她說要一、兩個月才能安定時，我便無法抑制的發洩了：

「妳到底算不算一個母親？妳有沒有想過妳的孩子？除了錢，妳還認得什麼？」

母親一把將話筒搶下，父親在一旁斥責我的態度惡劣，我抹著淚，坐在一旁，聽母親對大姐說：

「不要理她！她今天心情不好！我知道……我知道……小彤好！雪雪也好！嗯……放心吧！我們會的……一定會的……」

老狗莉莉開了紗門進入客廳，牠和小彤差不多大，是小彤最喜愛的玩伴，我撫著牠棕色光亮的長毛，心想，應該把牠送去陪伴小彤，那麼，小彤該有多麼高興……

可是，當我第二大告訴呂大哥時，呂大哥說大廈中不適合養狗，他很客氣的拒絕了。

於是，那個星期的「給小彤」童話故事，寫的是一條老狗的故事，有棕色的毛，名字叫「莉莉」……

半個月之後的一天下午，蕭亦珩找到在海邊的我，他說：「小彤和雪雪來了！」

我驚喜的站起身，可是，蕭亦珩的臉色不太好：

「他們倆是偷偷跑來的！」

「偷偷？」一時間，我有些不能理解。

「小彤偷了錢，帶著雪雪坐上車子到了這兒，剛好讓我在街上碰見，就送他們到妳家。羅伯伯打電話給妳姐夫，他好像非常生氣……。」

我們趕著回去，家裡的氣氛，果然極不好。雪雪坐在沙發上吃西瓜，她的衣裳和髮絲都不整齊，但，大眼睛中仍閃著無憂的光采。小彤正在講電話，母親伴著他，父親坐在一旁，鎖緊眉頭。

「媽媽！我不要回家，我真的不要。媽！妳回來好不好？……那，妳帶我到澳洲去好了！我一定聽話……那要等到什麼時候？啊？長大以後？可是，我什麼時候才可以長大嘛！媽！媽媽！妳不要哭嘛！對不起！妳不要哭……好！好嘛！我聽話……我乖……。」

掛上電話，他轉過頭，沒有出聲哭，卻有淚水不斷滾落，看見我們集注在他身上的眼光，小小的身子顫抖得更厲害，母親拉著他問：

「媽媽怎麼說？」

「叫我……回家。」他抿著嘴，哽著聲音。

「那就……回家吧。」母親困難地。

他的眼光環視在場的我們，我的心劇烈跳動，無法迎接他哀求的訊息。最後，他望向雪雪，她已經吃完了西瓜，嘴邊塗著紅色的汁液，看來像個可憐兮兮的小丑。

「妹妹！來。」

雪雪順從的走到他身邊，小彤拉住雪雪的手，兩人突然一齊跪下，跪在母親腳前，母親驚痛的跳起來：

「寶貝兒！你們幹什麼？」

「外婆！求您讓我們留下來吧！求求您！我再也不要回家了！我一定聽話！我會乖！真的會乖！」他哭著說，雪雪也哭著。我和母親正要拉他們起身，小彤突然叩頭如搗蒜一般，敲得地板碰碰作響。雪雪真的被嚇哭了，哭聲異常尖銳。我和母親竟也拉不住小彤，他的氣力出奇的大。母親哭著，心疼的喚：

「小寶貝！快起來！有話好好說！乖——」

可是，他似乎聽不見，只不斷的將額頭擊在地板上，發出陣陣令人心驚的聲音。蕭亦珩強行抱起掙扎踢打的小彤，他大聲對小彤說：

「聽話啊！小彤！你答應蕭叔叔的——」

小彤靜了下來，他用淚眼望著蕭亦珩：

「可是，我不能回家，爸爸會把我打死的，我偷了錢……。」

「不會！」我和蕭亦珩一同說。但，我的話被淚水沖散了，蕭亦珩繼續安慰他：

「只要你向爸爸認錯，以後再不要拿爸爸的錢了……你拿錢做什麼呢？」

小彤拭去頰上的淚水，他說：

「我買信封和信紙，要寫信給媽媽……。」

「可以告訴爸爸，爸爸會給你錢的。」

「不行！不可以告訴爸爸，爸爸說媽媽已經不要我們了。」

我疼惜的伸出手為他拭淚，才發現自己的手那樣反常的顫抖著。因為沒有關大門，所以，當我們發現時，呂大哥派來的王司機和高小姐已打開紗門走進客廳了。見到他們，小彤滿眼恐懼，他瘋狂的搖頭，再度嚎啕掙扎起來。

「我不要回家！我不要你們——」

在高小姐的示意下，王司機上前接過小彤，小彤死命的摟緊亦珩的脖子，亦珩一邊勸解著，一邊掰開他的手，當小彤終於鬆開亦珩時，我聽見他絕望、痛苦的長嚎，那一霎間，雪雪也被高小姐抱走了。我突然聽見自已失常的哭喊：「求求你們！求求你們！不要！不要這樣——」

二十幾年來，一種從未有過的，生離死別的情緒氾濫開來，像一把利刃插入心窩，鮮血和痛苦在體內瘋狂的奔流。亦珩過來攬住我，我無助的聽著小彤悽慘的號哭，他們已穿過庭院，拴著的莉莉狂吠著，小彤仍拚命叫喊，喊著那些可能幫助他的人。

「外婆！外公！小阿姨——」

他們終於出門了，我追了兩步，聽見那令人痛徹肺腑的、長長的呼喚：

「媽——」

車子揚長而去。院中的莉莉吠叫著，屋內母親正痛哭，父親摘下老花眼鏡拭淚，他說：

「造孽啊！」

我仍佇立，又一次，我們雖然愛他，卻全然的無能為力！沒有任何一個時刻，我比現在更恨自己。

5

我終於忍不住寫了一封信給大姐，翻來覆去，無非提醒她對子女的責任。回信不是大姐寫的，卻是碧綢的筆跡，她說大姐看了我的信很傷心，不知說什麼才好，碧綢在信中寫著：

世間有情人多有山盟海誓願，卻少能有天長地久緣。沒有愛情，只有傷害的夫妻，勉強相守，只是一種毀滅，對家庭、對孩子，全然無益！倘若，離婚是一次新生的機會，我們至少應當試試，不是嗎？碧紋！我不知道妳對「愛情」的看法如何？但，它是那樣空虛縹緲的東西，在不知覺中來，在不知覺中去。當它發生時，任何阻礙都不成理由；當它消失時，任何挽留都不起作用。「責任」只是種理想中的東西，有時帶著殘忍的本質……。

意外地，接到臺北一家出版社的信，他們有意選出「給小彤」童話故事中的二十篇，輯冊出書。這是個興奮的午後，我和蕭亦珩在海邊談笑著。

「我這本書，就叫作……叫作什麼呢？」我望著他。

他的眼睛望向大海，那平靜、美麗的海水，一波一波的湧上沙灘。

「小彤喜歡海，就取個和海有關的名字吧！」

我們又談了很多，一種奇異的、教人迷惘的氣氛，彌漫在我們之間。他的眼眸中，有著強烈的、令人不敢正視的溫柔與深情……這是什麼時候發生的呢？我下意識的想逃，卻又十分的不甘。

「很久了。」他如夢囈般低語：

「那幾年我混太保，又落魄、又潦倒，不管身上有錢沒錢，都是一副狼狽相！村子裡，誰都瞧不起我。連一塊兒長大的玩伴，也像避瘟一樣逃著我，只有清湯掛麵的妳，每次見到我，都坦坦然喚一聲『蕭大哥』！只有那時候，我覺得自己是個被尊重的『人』……。」

碧綢曾經說：「在碧紋心裡，沒有誰是壞人。」那時的我，年輕得不願相信世上有壞人、有壞事。沒想到，卻也給與一個浪子心靈上的慰藉。我聽他敘說自己的故事，早逝的母親，嗜酒如命、好賭成性的父親。

「母親去世以後，我就常常逃家，難得回家，被賭輸了的父親逮到，就是一陣狠打！他賭輸了打我，戒賭的時候也打我；喝醉以後打我，沒酒喝打得更厲害！那時候，我簡直過不下去了。所以，我離開家到了城裡，三年多的時間，我做了許多妳可以想像，和無法想像的壞事，然後我莫名其妙的有錢了。」他的眼光掉向我，眼神卻已穿透我，落在一個遙遠的地方，繼續說著：

「所以，我大搖大擺的回家了，在父親準備動手之前，將鈔票撒了滿地，他的面孔，一剎那間完全翻轉成諂媚的、可憐兮兮的笑容……我不必再逃家了，可以待在家裡吆五喝六的挺神氣，但是，心裡的那份悲哀，是難以形容的——我的父親，愛鈔票，遠超過愛我！」他低下頭，可是，我已經看見了他眸中的淚光。

「我曾經試著和他溝通，可是，正常的父子關係似乎對我是一種奢侈。以前，我是受氣包，他是大暴君；後來，我成了闊少爺，他是老奴才……。沒多久，錢用完了，我悄悄溜走，為的是怕又成受氣包。他那時候就病著，而我沒多久就進了牢，也顧不得他。我在裡頭，心中直怨他連看都不來看我，還計畫著出去以後再幹一票，然後，回家去撒一地的鈔票——卻不知道，他已經死了。他死的時候，身邊沒個親人，而留下我在世上，也再沒有親人。我這下才感覺到：我們原來應該這樣親密和相愛，可是，我們完全枉費了這一趟父子緣……」

他注視著我，帶一份酸楚的笑意，輕聲說：

「碧紋，妳哭了。」

我才發現，有淚水正沿著面頰滑下，忙拭去淚，我說：

「我真的……真的沒想到，有這樣的家庭！有這樣的父親！」

「有的！」他深吸一口氣：「我在牢裡聽得太多……假如，父母能為子女的幸福，多做一點犧牲，就不會有那麼多不幸與懊悔。」

他站起身，拍去沙土，然後，拉我起來，我說：

「是啊！我真替小彤擔心。前天和他通電話，他還問我，是不是不喜歡他了？」

「怎麼？那天的事，給他的刺激這麼深？」

「是啊！我以為孩子都是健忘的，誰知道……唉！雪雪得了腮腺炎，天天吵著要媽，小彤說，他要替妹妹把媽找回來，他說他要到澳洲去。」

「這孩子，太敏銳了，他把自己逼得太苦……。」亦珩說。

我們騎車回家，望著湛藍的海水，心中一動，我嚷著：

「海水正藍！海水正藍好不好？」

「什麼？」他迷惑地。

「那本書，出版時正巧趕上小彤八歲生日，我想，這本書就叫『海水正藍』，小彤他最愛海的！」

亦珩點點頭，他說：

「好！希望小彤能過個快樂的生日！」

海風灌滿了我的衣裳，而我心中，則被一種朦朧的喜悅充塞著。

蕭亦珩為著趕在開學前，替「海水正藍」畫插圖及封面設計，所以，我們共處時間更多了。那個下午，收音機中播放著颱風警報，母親在廚房裡蒸饅頭，父親趕著出門買蠟燭電池一類的備用物品。屋外，細細的雨絲開始飄落，據說強風將在夜間登陸。蕭亦珩拿著木板木條，扛著工具，替我們敲敲打打做防颱工作。我幫著他，遞上遞下，一時興起，便選了一根木條，學著他釘了起來，他從高處跳下，緊張的跑過來：

「小姐！妳這樣釘法會傷到手——」

不容分說，他從我身後拿下釘鎚敲打起來，而我，就被他圈住了，他或許並不自覺

——我告訴自己——不要太小題大作了。我在他胸前無法移動，只得望住他修長的雙手，是藝術家的雙手嗎？我想著。他的手停住，釘完了。可是，他並沒有挪動，依然圈著我。

「蕭大哥！謝謝……謝謝你！」我說這話時，已是面紅耳赤，心臟狂跳。但，他仍不動，過了一會兒，他說：

「妳已經叫過太多的『蕭大哥』！我們都長大了，可以改口了！」

「為什麼……為什麼要改呢？」他應當可以聽見我的心跳了，那心跳已震動了我的耳鼓。

「只要我們願意，很多事都可以改變的！」他的聲音溫柔的漾著，然後，他的雙手落在我肩上，將我扳過身，面對著他，他的眼中滿是柔情：

「開了學，我得回臺中去，讓我好好看看妳！碧紋！看著我……。」

我不由自主的迎視他，突然——時間、空間、風聲、雨聲都停息了，我所有的思緒，也停息了。他不再說話，我也閉著嘴，他不動，我也靜止著，而這一刻，只這一刻，是如此寧靜、美好……。驀地，廳中電話鈴響起，我倆都一驚，他戀戀的鬆開手。我垂著頭，快步走去，拿起聽筒。那頭傳來呂大哥的聲音，口氣不太好：

「小彤在嗎？」

「他不在！」我立即的反應。

「小妹！」他忍耐的、壓抑的：「他離家已經快三個小時了，妳不必瞞我，我只是想知道，小彤──到了沒有？」

我的頭腦常不是清晰的，趕不上他急促的話語。

「你叫他們來的？沒人陪他們嗎？怎麼……？」

「他是逃家的！」他大聲打斷我的話，語氣中有掩不住的怒氣：「他又逃跑了！妳的乖外甥！他偷了我和高小姐的錢，說要去澳洲，找碧縈！」

「啊！」我張開嘴，不能出聲，怎麼會呢？怎麼可能呢？

「他不可能到別的地方去，除了你們那兒……。」他說。

「他也可能去找他奶奶啊！」我的思想開始轉動了，小彤！再一次的逃家。

「我媽上個月底就到美國看我大哥、大姐去了！」呂大哥說。

小彤曾在電話裡說，他再不敢一個人跑到這兒來了。「因為，外公、外婆和小阿姨，都不能保護我……。」我們是愛你的，我們絕對想保護你的！只是……

「他真的沒有來！」我無力地：「他也不會來的，小彤再也不相信我們……。」

「我知道，妳心裡總怨我對他不夠好。」

「你是他爸爸！」我極力克制眼中的淚水：「他要的不是新衣服！不是小汽車！小飛機！更不是錢！他只需要愛！多給他一點點愛……」

「我是他爸爸！世界上沒有人比我更愛他。以前，我們父子感情那麼好，我不懂！碧縈一走，小彤的心也走了！他成天只想著媽媽。我守在他身邊，我儘可能陪著他，一點用也沒有！碧縈不在這兒，卻整個兒占住小彤的心！我的努力全部白費！為什麼？小妹，為什麼？」他的聲音哽在那兒，我的胸腔則被一種不知何來的痛苦充滿了。

「我請高小姐來照料他們，為的是不要他們受到家庭破碎的影響，我要他們儘早適應，然後，才能過正常的生活。我錯了嗎？」聽起來，他並沒做錯什麼事。

「我打了他！可是，打他只是要他斷念，斷絕那份不該由他承擔的痛苦和憂鬱！不管怎麼樣，我不應該打他的……」

「姐夫！」我心裡不忍，不知怎麼就這樣叫出口：

「姐夫！小彤不會怨你！他可能還在你家附近，不敢回去！也可能……可能一會兒就來了。我會好好跟他說，然後，送他回去。」

「謝謝妳！小妹！我出去找找。小彤要是到了你們那兒，就讓他多待兩天吧。」

掛上電話，母親和亦珩都來探問，我和他們說了，母親雙手合十，喃喃自語：

「老天保佑！大風大雨的，這孩子能平安無事！」

亦珩深鎖眉頭，走向窗邊，他說：

「他沒地方好去！應該會來。」

屋外，風雨加劇了。我走到桌旁，亦珩為小彤畫的圖像中，小彤正仰臉笑著，一臉璀璨的笑著……快來吧！小彤！我們再不會任你哭號哀求而無能為力！亦珩說得對，只要我們願意，很多事是可以改變的！可以改變的！只要你來！小彤，只要你來——

6

父親半個鐘頭之後回來了，他出門整整兩個小時。才進院子，就嚷叫起來：

「小彤嗳！」

我和亦珩一齊衝向紗門口，兩邊都帶著驚訝，然後，三個人，幾乎是同時的：

「小彤呢？」

「嗳！」爸爸走進客廳，放下兩大包的物品，特意掏出餅乾和蘋果，他說：

「我在街上碰見徐伯伯，他說在咱們巷子口看見小彤，我才又去買了他愛吃的蘋果和餅乾……。」

我望向母親，又望向亦珩，他們都變了臉色，相信，我的臉色在一剎那間也變得可怕。

「不可能的！爸！他沒有回來。」我說，喉中極乾澀。

父親抬頭，望著我們。母親重複那句：

「他沒來，沒有來！」

停頓了大約五秒鐘，父親薄弱的笑意浮起：

「開玩笑！徐伯伯說，莉莉還跟著小彤的……」

莉莉?!我飛快的推開紗門，風中，只剩狗圈搖擺，一左一右，一左一右……蕭亦珩來到我身後，他低而短促的說：「天！他真的回來過！」

小彤回來過，他把唯一忠實可靠的朋友帶走了。而房內的我不知道！亦珩也不知道！我們除了彼此，竟然什麼都看不到，也聽不到。

我們希望小彤帶著莉莉回家去了，可是，天黑了，他仍然沒有出現——在他自己家，或是我家！呂大哥開車載著雪雪來了。我們所有的人，除了雪雪，沒有人吃一點東西。風雨交加中，呂大哥開著車，同著父親與亦珩在鎮上尋找。我則伴著母親與雪雪在家中等待。

等待，真的是一種無盡殘酷的折磨。小小的雪雪說：

「哥哥呢？哥哥說他去找媽媽……」

「老天爺！」母親擁緊雪雪，開始掉淚。我握住母親的手：

「別急！媽！不會有事的。一定沒事。小彤說不定躲在哪兒睡覺呢！」

我沒有哭。我不哭，因為，我知道他一定是沒事的。他有時候真調皮，卻也真靈巧、真機敏，他不會有事的。

「砰」地一聲，大門關上了。我跳起來，向庭院跑，廊下的燈慘白的發著光亮，院中的樹影不支的晃動，死命的掙扎，我掉過臉，不看它們……空著的狗圈依然飄起、墜落……。

「不會有事的！」我迎向母親的淚眼，語調輕鬆地：「有莉莉和他作伴，沒問題！」

可是，狂風呼嘯著，而出去尋找的他們，兩個多小時了，怎麼還不回來？

收音機中播報颱風消息，說是颱風轉向漸離本島，可是，那風、那雨，依然不停不歇……他們終於回來了，三個人都濕透了，呂大哥的頭上纏著紗布，亦珩的面頰也呈紫黑。

父親大聲說：風雨中車子撞上電線桿，呂大哥的額頭出血了，他們到陳外科包紮之後才回來。呂大哥的臉色慘白的，他走向母親，無助的說：

「我們找不到他！媽！我們找不到……。」

「會找到的！」母親憐惜的撫著他，如同撫著小彤：

「我們一定會找到他。」

夜裡，碧縈的電話竟然來了，她要找小彤。

「小彤不在！」我驚惶的。

「我剛才打電話到那邊，他們說，小彤父子三人都在這兒！」我楞在那兒，怎麼，這麼巧？可是，我不能告訴碧縈，絕對不能呵。

「他、他、他……他們是來了，呃，可是，颱風來了，妳知道，又是風、又是雨的……」

「我知道有颱風！我只想和小彤說說話，我好想他……」

「大姐！」我僵在那兒，突然，靈機一動：

「他呀！小彤被雪雪傳染了，嗯，腮腺炎，他不方便說話，已經睡了。」

「他也病了？可是，可是他很小就得過腮腺炎的……」哦！天啊！

「他到底是什麼毛病？有沒有看醫生？」大姐急切地。

「我也不知道，等明天，明天一早，我們就帶他去看醫生，妳放心吧！」

「小妹，我就是不放心他，妳替我好好照顧他和雪雪。下個星期，我就回來了！」

下個星期！下個星期！為什麼就不能早一點回來呢？

突然，停電了，睡眼朦朧的雪雪哭鬧起來。母親給我一枝蠟燭，叫我帶她去睡覺。入夢前，雪雪還呢喃地：

「小姨姨，哥哥什麼時候回來？」

「乖乖睡，哥哥很快就回來了……。」

我靠在床上，凝望著燭火，窗外的風雨一陣又一陣，廳內低語一波又一波……疲倦開始從四面包圍而來，我緩緩閉上眼，並未睡去，凝神細聽：可以聽見花樹窸窣的搖曳，父親的嘆息，母親與呂大哥低聲的說話……突然，一個奇異的聲音響起：

「小阿姨！」

我蹙了蹙眉，沒睜眼。那聲音又傳來了：

「小阿姨！」是小彤！我睜開眼，果然是小彤！他就站在窗邊，眨著亮晶晶的雙眼——小彤哦！小彤！我跳下床，一下子擁抱住他！謝謝天！感謝神！小彤沒事！他好好的，好好的……

「小彤！」我激動的：「你跑到哪兒去了？你把我們都急死了！嚇死了！你知道嗎？」

小彤笑笑，他走向床畔，輕聲說：

「我來看妹妹，看小阿姨，我答應妹妹，去找媽媽回來。」

「好孩子！媽媽下個星期就要回來了，高不高興，啊？」

他轉頭，興奮的對我說：

「我已經可以看見媽媽了，像來寶一樣！看見媽媽，也看見你們……」

一股寒意直往上竄，我拉住他的手，緊緊地：

「你說什麼，誰是來寶？」

一時間，我實在想不起「來寶」——這個似曾相識的名字。只覺得小彤的話極怪異，他的手，好冰涼，他的笑卻很飄忽：「小阿姨！」他仰望我，笑著說：

「我要走了。」

「不可以的！小彤！」我用力捉住他的手，透骨的冰涼：

「你冷嗎？」

他點點頭說：

「我冷！衣服和鞋子都濕了……好冷哦……」

我走向壁櫥，對他說：

「我找找件衣服給你換上，就不冷了！」

我動手在微弱的燭火中，翻著、找著，小彤的聲音極弱、極輕：

「我走了……」

我扯下一件長袖襯衫，口中說著：「乖乖，來換……」

一轉身子，全身的血液直往上衝，小彤！小彤又不見了！不見了！不見了！我猛地一彈，出了一身冷汗，自己正在床上，雪雪在我身旁……是夢，只是個夢！胸口卻像千斤重般沈沈壓迫著……母親悄悄進來，我問：「小彤呢？」

母親搖頭，愁容滿面。

天將亮時，風雨較小，父親和呂大哥再度出門尋找，母親拿出棉花和藥，要為亦珩敷藥，我接過來，替他清洗瘀血的面頰，一掉頭，看見桌上，小彤的畫像，仰頭的笑容，我心中狠狠一驚，手中的棉花掉落下來。突然，我想起「來寶」和那個故事，與海龍王「交換」的故事……「我已經可以看見媽媽了，像來寶一樣！」小彤說。

我用藥棉輕拭亦珩的瘀青，心裡漸漸明白了……清晰了……這是個交換嗎？不！不可以！不可以——亦珩握住我亂顫的手，我的淚，開始一個勁的落下，因為，我知道發生了什麼事，我知道了哦。

「我不疼的……。」亦珩安慰我，可是，我哭得更厲害。

「別擔心！碧紋！我們會找到小彤，他一定會回來的！」我摀著臉，只是哭泣。天哪！讓他回來吧！即使真要交換，不該是小彤！不該是他！

風雨隨著黎明而減弱，天亮之後，雨停了，只有風，依舊肆虐著狼藉的草木。母親煮了鍋稀飯，大家都吃了，只有呂大哥，一夜之間，他憔悴而狼狽，失神落魄的坐在一旁，不吃也不喝。我端了碗稀飯，在他身邊坐下。

「吃一點吧！」

他搖頭，注視著地面，一言不發。

「你這樣不吃不喝，有什麼用呢？」我焦急地。

「我不該打他的……」呂大哥喃喃地說：「一錯……再錯……」

「姐夫！」我脫口而出：「這也不是你的錯啊！」

「是我！妳知道，其實，我並不是完全不能忍受碧縈，也不是不愛她，只是……」他蒙住臉，再說不下去了。

突然，我們都聽見一個聲音，大家的眼中都閃過強烈的喜悅，是狗吠，是——莉莉！我們一齊衝向庭院，莉莉渾身濕淋淋的蹲在院中，抖瑟著，低吠著……

「小彤！」我叫著，向門外奔跑。

「小彤！」呂大哥環視庭院。

「小彤！小彤！小彤！」所有的人都叫喚著、找尋著。

而莉莉，牠的吠聲如低泣，垂著頭，縮著身子，我猛地俯下身，亂七八糟的嚷著：

「莉莉！小彤呢？他到哪兒去了？你們到哪兒去了？告訴我們！莉莉！告訴我們啊——」

亦珩也彎下身，他檢視莉莉，而後說：

「莉莉在流血，牠受傷了！」

莉莉的後腿淌著血，毛上結著一大片乾凝的血液和細沙。沙——沙？！一個意念竄進腦中，我的聲音尖銳的、不能控制的高揚起：

「在海邊啊！海邊——」

沙灘上，碉堡遙遙在望，海水曾漫上沙灘，沙子又軟又濕，我跑不快，思想卻轉得飛快——讓小彤在裡面吧！在碉堡裡吧！貝殼是大海的耳朵——哦！天哪，救救小彤吧！他沒有罪哦！天！他沒有罪！神啊！不管何方神聖，只要你能傾聽，求你聽我祈禱！救他吧！他只是個孩子，只是孩子！

「我什麼時候可以看到媽媽？」哦！小彤！媽媽下星期就回來了。就回來了。

「爸爸和媽媽離婚以後，可不可以再結婚呢？」可以的，小彤！只要你平安無事，什麼都可以重新開始，真的可以的！

「我冷！衣服和鞋子都濕了，好冷哦！」小阿姨帶了衣服來給你，我們都來了，你再不必怕，也不會冷！外公、外婆愛你！爸爸、媽媽愛你！阿姨也愛你！我們都愛你……

我們都來了，小彤！和我們回家吧——

我一腳踏進碉堡，所有的思想在一霎間被抽成真空——碉堡是空的！什麼都沒有。

海邊一下子來了好多人，有警察、有駐軍，還有一些不相干的人們，我坐在碉堡中，那已被我瘋狂搜尋多次而一無所獲的地方。呂大哥被亦珩扶進來，他的臉色陰慘、青白，雙眼盛載著恐懼。亦珩望望我，轉身向外走去，我突然歇斯底里的拉住他。

「你要救小彤！一定要救他！」

「碧紋！」他安慰的拍撫我的手背。

「你要答應我！一定救他回來！答應我？答應我？」我搖晃著他，卻搖落自己滿眶淚水。他咬咬牙，給我一個承諾：

「我一定救他回來！一定！」

他走了！我坐回碉堡，由他那薄弱的承諾安慰自己：他們會救他回來的！他還不到八歲呢！而他那麼聰明，那麼懂事，那麼討人喜愛！彤雲、瑞雪，一對可愛的小兄妹，誰會忍心傷害他們……

「找到啦！找到啦──」沙灘上一陣喧嘩沸騰起來，我立即衝出碉堡，迎面燦亮的陽光，白花花一片，令我暈眩，然而，我還是看見了！看見小彤！平躺在不遠的沙灘上，被一些不相干的人包圍著，他們在搖頭、在嘆息……

「小彤！」我大叫，緊抱著手中的衣服跑向他，他的衣服和鞋子都濕了，他冷！小阿姨給小彤換好衣裳，然後，我們回家──有人衝過來，擋住我。

「不要看了！碧紋──」他說，是蕭亦珩。

「我要小彤──」我說，全身開始顫慄。他不說話，慘白著臉搖頭，暗啞著嗓子：

「來不及……他去了！」

我站在那兒，聽見呂大哥悽厲的、肝腸寸斷的哭喊：

「小彤啊！小彤──」

我可以看見，他緊摟小彤小小的身體，吻了又吻……我上前兩步，亦珩再度攔我。

「你答應我的──」我尖銳地朝他大叫：「你答應救小彤回來！」

我拚命推他，用盡全身氣力，嘶聲哭叫：

「小彤！小阿姨來了！小阿姨來了——」小彤的衣裳落在地上，我沒管，他躺在他父親懷中，再不寒冷了。

「小阿姨！人如果死了，還能活過來嗎？」

「如果我死了，是不是可以到我想要去的地方？可以看到我想看的人？」

小彤哦！小彤！我虛弱的癱坐在沙灘上，伸出手怎麼也搆不著小彤，我用盡氣力掙扎向前，不知怎麼，整個沙灘突然之間向我兜頭傾下，不及呼叫與逃避，我失去知覺。

7

我們葬了小彤，小小的棺木，小小的墳地，石碑上的小彤開心的笑著，他終於看見他想看見的人們：外公、外婆、妹妹、爸爸，還有媽媽呢！

我們離去的時候，雪雪突然問：

「哥哥一個人睡在那裡，他怎麼不跟我們回家？」

大家都不說話，只紛紛拭淚，雪雪掙開大姐的手，她說：「我要陪哥哥！我睡覺的時候，我生病的時候，哥哥都陪我。」

「雪雪！」大姐又崩潰了，「我求妳！不要胡鬧，不要……」

我握住雪雪，她的大眼睛淚汪汪的。

「好乖！雪雪……」我抱起她，她索性摟住我的脖子。

「哥哥會回家陪妳，他現在是個小天使，長著一對翅膀，可以飛到妳的床邊！妳看不見他，可是，他可以看見妳，所以，妳要乖乖聽話……」

「真的嗎？小姨姨！」雪雪注視著我的眼睛。

小彤是這樣說的，他是這樣說的……

「是真的。」我說，吻了吻她微潤的面頰。

大姐沒回澳洲去，她守著雪雪，寸步不離。呂大哥也不上班了，他守著小彤的相片，從早到晚。

秋天，呂大哥決定到美國住一段時間，他將公司業務交給大姐。大姐要送他搭機離去，我說：

「帶著雪雪不方便，把她留下吧！」

「不！」大姐摟緊雪雪，她說：

「我們一道去，絕不分開！」

雪雪啃著新上市的麻豆文旦，依著母親，伴著父親——小彤！這就是你的交換嗎？這樣的交換，孩子！你可滿意？

十一月的陽光，依舊亮麗，我坐在碉堡旁，膝上放著剛出版的書，藍色的封面，燦笑的小彤，與鮮紅的字體——海水正藍！

蕭亦珩向我跑來，又是個假日嗎？他看見我，蹙了蹙眉：

「碧紋！妳還是這樣？」

「別管我了！就讓我這樣吧！什麼都不要說……」我用書蒙住臉，不看他。他劈手拿開我的書：

「小彤走了！這件事不能影響妳一生！妳得戀愛！得結婚！也要生兒育女——難道，妳就這樣逃避一輩子？」

「戀愛是什麼呢？」我對他發洩的喊叫：「婚姻又是什麼？生兒育女又能保證什麼？你看看今天的社會上，有多少小彤？有多少雪雪？誰來負責？誰來負責——」

他不說話，我冷笑道：

「法律告訴我們了嗎？到底誰該負責？難道是小彤？」

「不該是小彤！」他爆發出來：

「當然不該是他！法律只是設法解決問題，可是，人類是軟弱的——自私、猜忌、傲慢、偏見、愚昧、無知——」他的語氣緩和下來，輕緩地：

「碧紋，要有愛！有足夠的信任與包容，才不會發生問題。」

他把書交給我，我接過來，小彤仍笑著，滿足而開懷的笑著。

「以前，我等妳長大。」亦珩溫柔的說，眼中有懇切光芒：

「現在，我等妳有信心。」

他笑笑，拍拍我的肩，走了。我想喚他，終究沒開口，只望著他的背影愈走愈遠，白茫茫的愈不清晰……

海水一波湧著一波，急切的翻滾上岸，像要訴說什麼，上了岸，卻又低首斂眉，徐徐退去，到底什麼都沒說。「給小彤」的專欄又開始了，我一直想寫一隻孤獨的海鷗，找不著「家」的故事……小彤！小阿姨開始說故事了，從前，很久以前，海邊有一隻小海鷗……

我抬起頭，正有一隻潔白的海鳥低飛而過。天空，是這樣澄淨，而海水嘿！海水正藍。

作者

張曼娟（一九六一——），祖籍河北，生於臺北市。東吳大學中文所博士，曾任教於東吳大學與香港中文大學。現任教於東吳大學中文系，並主持一個小說工作坊，大力推動小說學術與創作。

自八十年代開始，張曼娟以一部《海水正藍》處女作小說集崛起，獲得廣大讀者的閱讀感動，此後一直創作不斷，作品風行，並致力於小說學術的研究，多方探討小說理論。已出版重要作品有：《笑拈梅花》、《我的男人是爬蟲類》、《緣起緣滅》、《夏天赤著腳走來》等多部。

題解

本文最早發表在一九八三年十二月號的《皇冠》雜誌，收入希代版的《海水正藍》一書中，後經作者親自改訂，再收入皇冠版的《海水正藍》（一九九五年），今從後出本選刊小說正文。

賞析

本篇小說透過「我」作為第一人稱敘述，是旁知觀點的敘事法。但作者大量運用眾多人物的「對話」，在人物的對話敘述中，延伸很多「我」所不知道的其他情節，故而全篇在敘述上頗見靈活之妙。全文分七個自然分段，可是，透過「閱讀活動」，實際可以重新建構一個「情節結構」。以小彤的出走、投海，達到故事的最高潮。全篇小說的藝術手法主要有兩點：

首先，這篇小說在人物的安排上，很有「對稱」之美。小說主要敘述者雖以「我」的人稱敘述為主。但我與蕭亦珩是一組對稱。叫「我」為小姨姨的小彤與雪雪又是一組對稱。然後，大姐與姐夫，爸與媽，又是另一組對稱。

這幾組人物對稱之中，小彤這一組是完全的天真，愛與純潔，在其世界中，沒有惡與醜陋的複雜人性與社會人生。然後，依次是「我」這一組，居於中間位置，我與蕭亦珩脫離了小彤這一層次的全然天真，走向「成長」，開始熱烈地追求「愛」與人性真善的一面。

到了第三層次，變成大姐與姐夫這一組，結了婚，立了業，生兒育女，終於建造了一座美滿的家園。這是人生「似乎」人人要完成，或者，十分夢想的「歸宿」。但很不幸，在這個社會急遽演變中，不知「什麼」原因？這樣努力攀爬到的人生高峰，摘取到的甜蜜果實之後，人，卻總是不知何故？無法好好地保持，長久地擁有、珍惜。

最後，人生的歸宿，起了變化。有的離婚、改嫁，另起新境。那些守住的，不願分離的，雖然守住了，而且白首偕老。但那最初的盼望、美感與幸福，是否歷經中年、老年，而依舊存在呢？不褪色呢？

這一層次的人物對稱，就是我的「爸」與「媽」這一組為代表。

照這樣看，本篇小說的企圖，相當明顯地，是要把人生的歷程，藉由小說的形式，加以探討、研究。

另外，這篇小說在事件的安排上，也是一種意義的對稱。全篇主線，以一個八歲小孩小彤的「出走」為一種意義的代表。再以呂大哥與大姐的「說不出理由」的離婚，又代表另一種意義。兩種對稱，所暗示的小說意義是：

小彤只堅持家、只信仰愛。

呂大哥、大姐迷失於堅持，茫然於自己與人生。為了替這兩種事件做一妥適的調節，本文安排小彤的投海自殺，對家的「出走」，目的在換來爸媽的結合，家的完美這一段情節高峰，以便在小說末尾能交代「媽」終於自澳洲歸來，最後「我們一道去，絕不分開」這樣的做法，是頗近

「情理」的。

如此的事件對稱，讓讀者較能清楚作者的「信念」，感受小說所要傳達的主旨意圖。簡言之，讀完本篇小說，對小彤的「交換」情節，所換取而得的對於人生真愛、家庭與真情價值的肯定，起到了一定的作用。小彤的交換，因而似乎有一種「救贖」的效果。雖然，小彤這樣的做法，令「我」非常地悲傷，幾至崩潰。

綜合以上「人物」與「事件」這兩點的特色，本篇小說的「說故事」味道很強。這正是小說作為一種文學表現形式最具有說服力的一點。也是小說要能感動讀者的基本條件。

問題與思考

1. 試分析本篇小說的幾組人物類型，探討各組所代表的人生階段為何？
2. 本篇小說安排小彤的「交換」情節，請從各個不同角度探討其價值與意義？
3. 請嘗試回答本文敘述呂大哥與大姐的離婚原因。

參考資料

1.張曼娟，一九九八，《海水正藍》，臺北：皇冠文化出版有限公司。
2.張方（中譯），一九九七，《講故事》，臺北：駱駝出版社。
3.張儒林（中譯），一九九七，《次文化》，臺北：駱駝出版社。
4.孟樊、林燿德（合編），一九九二，《流行天下》，臺北：時報文化出版企業有限公司。
5.黃凡、林燿德（主編），一九八九，《新世代小說大系》，臺北：希代出版有限公司。

國家圖書館出版品預行編目資料

現代小說精讀／游喚，徐華中 編著.
--三版.--臺北市：五南，2005 [民94]
面；　公分--(現代文學系列)
ISBN 978-957-11-4120-6（平裝）
857.61　　94017936

1XI7 現代文學系列

現代小說精讀

作　　者 — 游　喚(337.1)　徐華中
發 行 人 — 楊榮川
總 編 輯 — 龐君豪
主　　編 — 黃惠娟
責任編輯 — 陳姿穎　吳燕萍
校　　對 — 李鳳珠
出 版 者 — 五南圖書出版股份有限公司
地　　址：106台北市大安區和平東路二段339號4樓
電　　話：(02)2705-5066　傳　　真：(02)2706-6100
網　　址：http://www.wunan.com.tw
電子郵件：wunan@wunan.com.tw
劃撥帳號：01068953
戶　　名：五南圖書出版股份有限公司
台中市駐區辦公室/台中市中區中山路6號
電　　話：(04)2223-0891　傳　　真：(04)2223-3549
高雄市駐區辦公室/高雄市新興區中山一路290號
電　　話：(07)2358-702　傳　　真：(07)2350-236
法律顧問　元貞聯合法律事務所　張澤平律師
出版日期　1998年11月初版一刷　共五刷
　　　　　2002年10月二版一刷　共三刷
　　　　　2005年 9月三版一刷
　　　　　2008年10月三版三刷
定　　價　新臺幣600元